SP   CORNW
Cornwell, Patricia Daniels
Post mórte

JUN   2011

ZETA

Título original: *Postmortem*

Traducción: M.ª Antonia Menini, cedida por Random House, S.A.

1.ª edición: octubre de 2010

© 1990 by Patricia Cornwell
© Ediciones B, S. A., 2010
  Para el sello Zeta Bolsillo
  Consejo de Ciento, 425-427 - 08009 Barcelona (España)
  www.edicionesb.com

Printed in Spain
ISBN: 978-84-9872-438-7
Depósito legal: B. 31.634-2010

Impreso por LIBERDÚPLEX, S.L.U.
Ctra. BV 2249 Km 7,4 Polígono Torrentfondo
08791 - Sant Llorenç d'Hortons (Barcelona)

Post mórtem

PATRICIA CORNWELL

Para Joe y Dianne

1

Estaba lloviendo en Richmond el viernes, 6 de junio.

El implacable aguacero, que había comenzado al amanecer, azotaba los lirios, dejando los tallos desnudos y el asfalto y las aceras llenos de hojas. Había pequeños riachuelos en las calles y charcos recién nacidos en los campos de juego y los prados. Me quedé dormida sobre el trasfondo del rumor del agua golpeando el tejado de pizarra y estaba viviendo una terrible pesadilla cuando la noche se disolvió en las primeras y brumosas horas de la mañana del sábado.

Vi un blanco rostro al otro lado del cristal veteado por la lluvia, un inhumano rostro sin forma, como los rostros de las contrahechas muñecas que se hacen con medias de nailon. La ventana de mi dormitorio estaba oscura cuando apareció de repente aquel rostro y miró hacia el interior con perversa inteligencia. No supe qué era lo que me había despertado hasta que volvió a sonar el teléfono. Lo encontré sin necesidad de buscarlo a tientas.

—¿Doctora Scarpetta?

—Sí.

Extendí la mano hacia la lámpara de la mesita y la encendí. Eran las 2.33 de la madrugada. El corazón me latía con tal fuerza que parecía querer atravesarme las costillas.

—Aquí Pete Marino. Tenemos otra en el 5602 de la avenida Berkley. Creo que será mejor que venga.

El nombre de la víctima, añadió Marino, era Lori Petersen, una mujer de raza blanca y treinta años de edad. El marido había descubierto su cuerpo media hora antes.

Los detalles eran innecesarios. En cuanto descolgué el teléfono y oí la voz del sargento Marino, lo supe. Puede que lo supiera en el mismo instante en que sonó el teléfono. La gente que cree en la existencia de los hombres lobo teme la luna llena. Yo había empezado a temer las horas que mediaban entre la medianoche y las tres de la madrugada cuando el viernes se transforma en sábado y la ciudad está todavía dormida.

Normalmente, cuando se produce un crimen se llama al forense que está de guardia. Sin embargo, aquello no era normal. Después del segundo asesinato, yo había dejado bien claro que, en caso de que se produjera otro, debían llamarme a la hora que fuera. Marino no era muy partidario de la idea. Desde que me habían nombrado jefa del Departamento de Medicina Legal de la mancomunidad de Virginia, me había puesto dificultades. No sabía si no le gustaban las mujeres o si simplemente no le gustaba yo.

—Berkley está en Berkley Downs, zona sur —me dijo en tono de superioridad—. ¿Conoce el camino?

Confesé que no y anoté las indicaciones en el cuaderno de apuntes que siempre tenía junto al teléfono. Colgué el aparato y mis pies ya estaban en el suelo cuando la adrenalina me excitó los nervios como un café exprés. La casa estaba en silencio. Tomé mi negro maletín arañado y desgastado por los años de uso.

El aire nocturno era como una sauna fría y no había luces en las ventanas de las casas de mis vecinos. Mientras hacía marcha atrás por la calzada con mi «rubia» color azul marino, contemplé la luz encendida por encima del porche en la ventana de la habitación de invitados, donde dormía mi sobrina Lucy, de diez años. Aquél iba a ser otro día de la vida de la niña que yo me iba a perder. Había acudido a recibirla al aeropuerto el miércoles por la noche. Y, hasta el momento, habíamos comido juntas muy pocas veces.

No encontré tráfico hasta que llegué a Parkway. Minutos más tarde crucé velozmente el río James. Los faros traseros de los automóviles que me precedían a una considerable distancia parecían rubíes y, a través del espejo retrovisor, veía la fantasmagórica silueta de los edificios del centro de la ciudad, recortándose contra el cielo. A ambos lados se abrían en abanico unos vastos llanos oscuros, con unos minúsculos collares de tenue luz en los bordes. «En algún lugar de aquí afuera —pensé—, hay un hombre. Puede ser cualquiera, camina como todo el mundo, duerme bajo un techo y tiene el habitual número de dedos, tanto en las manos como en los pies. Probablemente es blanco y mucho más joven que yo, que ya he cumplido los cuarenta. Es un hombre corriente en casi todos los aspectos y probablemente no conduce un BMW y no frecuenta los bares del Slip ni las elegantes tiendas de ropa de la calle Main.»

Pero a lo mejor sí. Podía ser cualquiera y no era nadie. La clase de individuo de quien no te acuerdas tras subir veinte pisos sola con él en un ascensor.

Se había convertido en el autoproclamado y siniestro dueño de la noche, en una obsesión para miles de personas a las que jamás había visto y en una obsesión también para mí. El señor Nadie.

Puesto que los homicidios habían empezado dos meses atrás, cabía la posibilidad de que hubiera salido recientemente de la cárcel o de un manicomio. Ésa era la conjetura que había circulado la semana anterior, pero las teorías cambiaban constantemente.

La mía seguía siendo la misma que al principio. Sospechaba que no llevaba mucho tiempo en la ciudad, que había hecho lo mismo en otro sitio y que jamás había pasado un solo día tras la puerta cerrada de una prisión o una unidad de medicina legal. No era un sujeto desorganizado, no era un aficionado y con toda seguridad no estaba «loco».

Wilshire se encontraba dos semáforos más abajo a la izquierda y Berkley era la siguiente a la derecha.

Vi las luces rojas y azules parpadeando a dos manzanas de distancia. La calle Berkley a la altura del 5602 estaba iluminada como si se hubiera producido un accidente. Una ambulancia, con el motor rugiendo escandalosamente, circulaba a gran velocidad al lado de dos automóviles de la policía sin identificación y con los faros delanteros encendidos, y de tres coches patrulla de color blanco con las luces de la capota emitiendo destellos. La unidad móvil del telediario del Canal 12 acababa de llegar. Se habían encendido y apagado las luces en muchas casas de la calle y varias personas en pijama y bata habían salido a los porches.

Aparqué detrás de la furgoneta del noticiario mientras un cámara cruzaba corriendo la calle. Con la cabeza inclinada y el cuello de mi gabardina color caqui subido hasta las orejas, caminé pegada al muro de ladrillo para acercarme a la puerta principal de la casa. Siempre me había molestado verme en los telediarios nocturnos.

Desde que se iniciaran los estrangulamientos de Richmond, mi despacho estaba desbordado y los reporteros de siempre llamaban una y otra vez, haciéndome las insensibles preguntas de costumbre.

—Si es un asesino en serie, doctora Scarpetta, ¿no le parece probable que vuelva a ocurrir?

Como si quisieran que volviera a ocurrir.

—¿Es cierto que encontró usted señales de mordiscos en la última víctima, doctora?

No era cierto, pero, cualquiera que fuera mi respuesta a semejante pregunta, no podía vencerles. Si decía: «Sin comentarios», daban por sentado que era verdad. Si contestaba: «No», la siguiente edición del periódico proclamaría: «La doctora Scarpetta niega que se hayan encontrado señales de mordiscos en los cuerpos de las víctimas...» Con lo cual se daba una nueva idea al asesino, que leía el periódico como todo el mundo.

Los más recientes reportajes eran aterradoramente detallados y minuciosos, rebasando con mucho el útil propósito de advertir a la población de la ciudad. Las mujeres, sobre todo las que vivían solas, estaban muertas de miedo. Durante la semana que siguió al tercer asesinato, la venta de armas de fuego y de cerraduras de seguridad se había incrementado en un cincuenta por ciento, y en la Sociedad Protectora de Animales se les habían agotado los perros... fenómeno que, como es lógico, también había saltado a la primera plana de los periódicos. La víspera, la diosa reportera de sucesos Abby Turnbull, galardonada con varios premios por su labor, se había presentado con su habitual descaro en mi oficina y había amenazado al personal de mi departamento con la ley de Libertad de Información en un infructuoso intento de conseguir copias de los informes de las autopsias.

Los reportajes de sucesos eran muy agresivos en Richmond, una antigua ciudad de Virginia de doscientos mil habitantes, que el año anterior había ocupado el segundo lugar en las listas del FBI de ciudades con el más alto índice de homicidios per cápita de Estados Unidos. No era insólito que forenses de la Commonwealth pasaran un mes en mi departamento para mejorar sus conocimientos sobre las heridas por arma de fuego. Y tampoco era insólito que oficiales de policía como Pete Marino abandonaran la locura de Nueva York o Chicago para acabar descubriendo que Richmond era todavía peor.

Lo insólito eran aquellos asesinatos de carácter sexual. El ciudadano corriente no se identifica con los ajustes de cuentas relacionados con la droga, con los tiroteos domésticos o con el apuñalamiento de un borracho por parte de otro por culpa de una botella de vino peleón. Pero aquellas mujeres asesinadas eran las compañeras que se sientan a tu lado en el lugar de trabajo, las amistades con quienes charlas en una fiesta, las personas que hacen cola contigo para pagar en una tienda. Eran la vecina de alguien, la hermana de alguien, la hija de alguien, la amante de alguien. Estaban en sus propias casas, durmiendo en sus propias camas cuando el señor Nadie entraba a través de una de sus ventanas.

Dos hombres uniformados flanqueaban la puerta abierta de par en par y cruzada por una cinta adhesiva de color amarillo en la que se advertía:

ESCENARIO DE UN DELITO – NO PASAR

—Doctora.

Aquel chico vestido de azul que se apartó a un lado en lo alto de los peldaños y levantó la cinta para que yo pudiera pasar por debajo de ella hubiera podido ser mi hijo.

El salón estaba impecablemente decorado en cálidos tonos rosa. Un bonito armario de madera de cerezo contenía un pequeño televisor y un reproductor de discos compactos. A su lado, un soporte sostenía unas partituras de música y un violín. Bajo una ventana protegida por cortinas había un sofá modular y sobre la mesita de cristal situada delante de ésta se podía ver media docena de revistas pulcramente amontonadas. Entre ellas figuraban la *Scientific America* y el *New England Journal of Medicine*. Al otro lado de una alfombra china de dragones con medallón central de rosas sobre fondo crema, había una librería de nogal en la que dos estantes estaban enteramente ocupados por tratados de medicina.

Una puerta abierta daba acceso al pasillo que recorría toda la longitud de la casa. A mi derecha se abrían una serie de habitaciones y, a mi izquierda, se encontraba la cocina, donde Marino y un joven oficial estaban hablando con un hombre que debía de ser el marido.

Observé distraídamente las pulcras superficies, el linóleo del suelo y los muebles de aquel color blanco un tanto desvaído que los fabricantes llaman «almendra», y el amarillo pálido del papel de la pared y las cortinas. Pero lo que me llamó la atención fue la mesa, sobre la cual se encontraba una bolsa de nailon rojo cuyo contenido había sido examinado por la policía: un estetoscopio, una linterna médica, un recipiente Tupperware que se habría utilizado para conservar una comida o un tentempié y los últimos ejemplares de las publicaciones de medicina *Annals of Surgery*, *Lancet* y *Journal of Trauma*. Para entonces yo ya estaba totalmente alterada.

Marino me miró fríamente cuando me detuve junto a la mesa y después me presentó a Matt Petersen, el marido. Petersen estaba derrumbado en una silla, con el rostro desencajado por el sobresalto. Era exquisitamente apuesto, casi hermoso, con unas facciones impecablemente cinceladas, un cabello negro como ala de cuervo y una tersa piel levemente bronceada. Tenía hombros muy anchos y cuerpo delgado, pero elegantemente musculoso, e iba deportivamente vestido con una camisa blanca y unos desteñidos pantalones vaqueros. Mantenía los ojos clavados en el suelo y las manos rígidamente inmóviles sobre las rodillas.

—¿Todo eso es suyo?

Tenía que preguntarlo. Los objetos médicos hubieran podido pertenecer al marido.

—Sí —me confirmó Marino.

Petersen levantó lentamente los ojos. Eran intensamente azules y estaban inyectados en sangre, pero parecieron experimentar un cierto alivio al verme. Había llegado la doctora, un rayo de esperanza allí donde no había ninguna.

Con las truncadas frases propias de una mente fragmentada y aturdida, musitó:

—Hablé por teléfono con ella. Anoche. Me dijo que regresaría a casa hacia las doce y media, que regresaría de la sala de urgencias del centro médico. Llegué aquí, encontré las luces apagadas y pensé que ya se habría ido a la cama. Entonces entré allí. —Levantó la trémula voz y respiró hondo—. Entré en el dormitorio. —Me miró con desesperación y añadió en tono suplicante—: Por favor, no quiero que nadie la vea de esta manera. Por favor.

—Tienen que examinarla, señor Petersen —le dije con toda la delicadeza que pude.

Un puño se estrelló súbitamente sobre la mesa en un sorprendente estallido de cólera.

—¡Lo sé! —Tenía la mirada enloquecida—. ¡Pero toda esta gente, la policía y todos ésos! —Le temblaba la voz—. ¡Ya sé lo que ocurre! Periodistas y toda clase de gente paseando por aquí. ¡No quiero que todos esos hijos de puta la vean, no quiero que la vean, no quiero que la vea su hermano!

Marino no se inmutó.

—Bueno, yo también tengo una esposa, Matt. Sé lo que

quiere decir, ¿comprende? Tiene mi palabra de que se la tratará con el debido respeto. El mismo respeto que yo querría si me encontrara en su lugar, sentado en esta silla, ¿de acuerdo?

El dulce bálsamo de las mentiras.

Los muertos están indefensos y la violación de aquella mujer, como la de las otras, no había hecho sino empezar. Yo sabía que no terminaría hasta que Lori Petersen hubiera sido vuelta del revés y examinada por todas partes, fotografiada centímetro a centímetro y exhibida ante los expertos, la policía, los abogados, los jueces y los miembros del jurado. La gente pensaría cosas y haría observaciones sobre sus atributos físicos o la ausencia de ellos, se contarían chistes de mal gusto y se harían cínicos comentarios mientras se sometía a un proceso no al asesino sino a la víctima y se analizaban todos los aspectos de su persona y su forma de vivir, juzgándolos y, en determinados casos, degradándolos.

Una muerte violenta es un acontecimiento público y precisamente esta faceta de mi profesión era la que tan duramente chocaba con mi sensibilidad. Hacía todo lo que podía para proteger la dignidad de las víctimas, pero poco podía hacer cuando una persona se convertía en un número, en una prueba que pasaba de mano en mano. La intimidad se destruye tan absolutamente como la vida.

Marino salió conmigo de la cocina mientras el oficial seguía interrogando a Petersen.

—¿Ya han tomado las fotografías? —pregunté.

—Los de la ID ya están allí —me contestó, refiriéndose a los oficiales de la Sección de Identificación que estaban examinando el lugar de los hechos—. Les he dicho que no se acerquen al cuerpo.

Nos detuvimos en el pasillo.

En las paredes había varias acuarelas muy bonitas y toda una colección de fotografías con los respectivos compañeros de curso de la esposa y el marido y una artística fotografía de la joven pareja apoyada contra una barandilla desgastada por la intemperie sobre un fondo de playa, con las perneras de los pantalones remangadas hasta media pantorrilla, el viento albo-rotándoles el cabello y los rostros enrojecidos por el sol. Ella era muy bonita en vida, rubia y con delicadas facciones y una cautivadora sonrisa. Había estudiado en el Brown y después se había licenciado en medicina en Harvard. El marido también había estudiado en Harvard. Se debían de haber conocido allí y, al parecer, él era más joven que ella.

Ella. Lori Petersen. Brown. Harvard. Brillante. Treinta años. A punto de ver realizado su sueño. Al cabo de por lo menos ocho años de duro adiestramiento médico. Una médica. Todo destruido en pocos minutos por culpa del aberrante placer de un extraño.

Marino me rozó el codo.

Aparté la vista de las fotografías mientras él me indicaba una puerta abierta un poco más adelante a la izquierda.

—Entró por aquí —me dijo Marino.

Era un pequeño cuarto con suelo de mosaico blanco y pa-redes empapeladas de azul Williamsburg. Había un inodoro, un lavabo y una canasta de mimbre para la ropa sucia. La ven-tana por encima del inodoro estaba abierta; era un cuadrado de negrura a través del cual penetraba el fresco y húmedo aire nocturno, agitando las blancas cortinas almidonadas. Más allá, en los oscuros y frondosos árboles, las cigarras estaban can-tando.

—La persiana ha sido cortada. —Marino me miró con ros-tro inexpresivo—. Está apoyada contra el muro posterior de la casa. Justo bajo la ventana hay un banco de la mesa del jardín. Parece que lo acercó a la pared para poder subir.

Yo estaba examinando el suelo, el lavabo y la superficie de la taza del inodoro. No vi restos de suciedad ni manchas de huellas de pies, pero no era fácil decirlo desde donde yo esta-ba, y no tenía la menor intención de correr el riesgo de conta-minar algo.

—¿Estaba cerrada la ventana? —pregunté.

—Parece ser que no. Todas las demás ventanas estaban ce-rradas. Ya lo hemos comprobado. Lo lógico es que ella se hubiera tomado la molestia de cerciorarse de que ésta también lo estaba. De todas las ventanas, es la más vulnerable, porque se encuentra más cerca del suelo y en la parte de atrás, donde nadie puede ver lo que ocurre. Es mejor entrar por aquí que por la ventana del dormitorio porque, si el tipo actuó en silencio, no es probable que ella le oyese cortando la persiana y encaramándose para saltar al interior, estando tan al fondo del pasillo.

—¿Y las puertas? ¿Estaban cerradas cuando el marido regresó a casa?

—Él dice que sí.

—Entonces el asesino se fue por el mismo sitio por el que entró —concluí.

—Eso parece. Una ardilla muy ordenada, ¿no cree? —Marino estaba apoyado en el marco de la puerta, levemente inclinado hacia dentro, pero sin entrar—. Aquí no se ve nada; a lo mejor, lo limpió todo para asegurarse de que no quedaran huellas en el lavabo ni en el suelo. Ha llovido todo el día. —Me miró con frialdad—. Debía tener los pies mojados y quizá sucios de barro.

Me pregunté adónde quería ir a parar Marino. No era fácil comprenderle y yo aún no sabía si era un buen jugador de póquer o si simplemente era lento, justo la clase de investigador que yo evitaba siempre que podía elegir... un gallito de pelea absolutamente inaccesible. Rondaba los cincuenta, tenía un rostro chupado por el tiempo y un cabello entrecano con crencha lateral muy baja, aplanado sobre la coronilla. Medía por lo menos metro ochenta de estatura y tenía una tripa prominente, fruto de varias décadas de *bourbon* o cerveza. Su ancha y anticuada corbata a rayas rojas y azules estaba pringosa alrededor del cuello a causa del sudor de muchos veranos. Marino era el típico policía duro... un tosco y grosero investigador que probablemente tenía un loro malhablado y una mesita de café llena de revistas pornográficas.

Recorrí todo el pasillo y me detuve delante del dormitorio principal. Experimenté una sensación de vacío interior.

Un oficial de identificación estaba cubriendo todas las superficies con polvo negro y un segundo oficial lo estaba grabando todo en vídeo.

Lori Petersen se encontraba tendida en la cama, con la colcha blanca y azul colgando al pie de ésta. La sábana superior estaba arrugada bajo sus pies y las esquinas de la sábana bajera se habían soltado, dejando al descubierto el colchón, mientras que las almohadas habían sido empujadas a la derecha de su cabeza. La cama era el núcleo de una violenta tormenta rodeada por la imperturbable serenidad del mobiliario de roble de un dormitorio de la clase media.

Estaba desnuda. Sobre la alfombra de vistosos colores de la derecha de la cama se encontraba su camisón de algodón amarillo pálido. Rasgado desde el cuello hasta el dobladillo, como los de los tres casos anteriores. El hilo del teléfono de la mesilla de noche más cercana a la puerta había sido arrancado de la pared. Las dos lámparas a ambos lados de la cama estaban apagadas, y los hilos eléctricos habían sido cortados. Con uno de ellos el asesino le había atado las muñecas a la espalda. El otro había sido diabólicamente utilizado de la misma manera que en los tres casos anteriores: una vuelta alrededor del cuello, otra alrededor de las muñecas atadas a la espalda y otra muy fuerte alrededor de los tobillos. Cuando ella tenía las rodillas dobladas, la vuelta alrededor del cuello se mantenía floja. Pero cuando estiraba las piernas, como reacción al dolor o a causa del peso del asaltante sobre su cuerpo, el lazo alrededor de su cuello se apretaba como un dogal.

La muerte por asfixia se produce en pocos minutos. Pero eso es mucho tiempo cuando todas las células del cuerpo están pidiendo aire a gritos.

—Ya puede pasar, doctora —dijo el oficial de la videocámara—. Lo tengo todo grabado.

Mirando dónde ponía los pies, me acerqué a la cama, dejé el maletín en el suelo y saqué un par de guantes quirúrgicos. Después, saqué mi cámara y tomé varias fotografías del cuerpo in situ. Su rostro era grotesco, estaba hinchado hasta resultar casi irreconocible y mostraba un color púrpura azulado a causa del aflujo de sangre provocado por la atadura alrededor del cuello. Un líquido sanguinolento se había escapado de su nariz y su boca, manchando la sábana. Su cabello rubio pajizo estaba alborotado. Era moderadamente alta, no menos de metro setenta, y considerablemente más corpulenta que la versión más joven captada en las fotografías del pasillo.

Su aspecto físico era importante porque la inexistencia de una pauta se estaba convirtiendo en una pauta. Las cuatro víctimas de los estrangulamientos no parecían tener ninguna característica física en común, ni siquiera la raza. La tercera víctima era negra y muy delgada. La primera era pelirroja y regordeta, y la segunda morena y de baja estatura. Ejercían distintas profesiones: una profesora de primaria, una redactora independiente, una recepcionista y ahora una médica. Las cuatro vivían en distintas zonas de la ciudad.

Saqué un termómetro químico de mi maletín y tomé la temperatura de la habitación y después la del cuerpo. El aire estaba a 22 grados y el cuerpo a 33,5. El momento de la muerte es más escurridizo de lo que cree la gente. No se puede establecer con exactitud a menos que alguien haya sido testigo de la muerte de la víctima o que el reloj de la víctima se haya parado. Pero Lori Petersen llevaba muerta no más de tres horas. Su cuerpo se había enfriado entre uno y dos grados por hora, y la rigidez se había iniciado en los músculos más pequeños.

Busqué alguna prueba visible que tal vez no superara el viaje hasta el depósito de cadáveres. No había cabellos sueltos sobre la piel, pero encontré una multitud de fibras, la mayoría de las cuales debía de proceder de la colcha y las sábanas de la cama. Con una pinza recogí varias muestras, algunas minúsculas y blancuzcas y otras que parecían proceder de un tejido azul oscuro o negro. Las coloqué en pequeños estuches metálicos de pruebas. Las pruebas más llamativas eran el olor a almizcle y las manchas de un residuo transparente y reseco semejante a un pegamento en la parte superior anterior y posterior de las piernas.

El líquido seminal estaba presente en todos los casos, pero no tenía apenas valor serológico. El asaltante pertenecía al veinte por ciento de la población que poseía la peculiaridad de no ser secretor. Lo cual significaba que los antígenos de su grupo sanguíneo no podían encontrarse en sus restantes líquidos corporales como la saliva, el semen o el sudor.

En otras palabras, sin una muestra sanguínea no se podía establecer su grupo. Podía ser A, B, AB o cualquier otra cosa.

Apenas dos años antes, la condición de no secretor del asesino hubiera sido un obstáculo considerable para la investigación forense. Pero ahora se podía echar mano del perfil del ADN, recién introducido y lo bastante significativo como para poder identificar a un asaltante y excluir a todos los demás seres humanos siempre y cuando la policía consiguiera atraparlo, se pudieran obtener muestras biológicas y no tuviera un hermano gemelo idéntico.

Marino había entrado en el dormitorio y se encontraba de pie directamente a mi espalda.

—La ventana del cuarto de baño —dijo, contemplando el cuerpo—. Bueno, según el marido —añadió, señalando con el pulgar en dirección a la cocina—, el motivo de que estuviera abierta es que él la abrió el pasado fin de semana.

Me limité a escucharle.

—Dice que aquel cuarto de baño casi nunca se usa, a no ser que tengan algún invitado. Dice que cambió la persiana el pasado fin de semana y que es posible que olvidara volver a cerrar la ventana cuando terminó. El cuarto de baño no se ha utilizado en toda la semana. Ella... —Marino volvió a contemplar el cuerpo— no tenía ningún motivo para pensar en la ventana, porque debía de suponer que estaba cerrada. —Una pausa—. Es curioso que la única ventana que, al parecer, probó el asesino fuera justamente ésa. La que estaba abierta. Las persianas de las demás no están cortadas.

—¿Cuántas ventanas hay en la parte posterior de la casa? —pregunté.

—Tres. En la cocina, el aseo y el cuarto de baño de aquí.

—¿Y todas tienen bastidor corredizo para abrirlas hacia arriba y una cerradura en la parte superior?

—Así es.

—Lo cual quiere decir que, iluminando con una linterna la cerradura desde el exterior, probablemente se podía ver si estaba cerrada o no, ¿verdad?

—Es posible. —Otra vez aquella mirada tan fría y hostil—. Pero sólo en caso de que uno se encaramara para mirar. No se habría podido ver desde el suelo.

—Me ha mencionado usted un banco de jardín —le recordé.

—Lo malo es que el patio de atrás está completamente empapado de lluvia. Las patas del banco habrían tenido que dejar huellas en el césped si el tipo lo hubiera acercado a las otras dos ventanas. No parece que el asesino se acercara a ellas. Más bien parece que se acercó directamente a la ventana del cuarto de baño del fondo del pasillo.

—¿Es posible que estuviera ligeramente entreabierta y que por esta razón el asesino se encaminara directamente hacia ella?

—Bueno, cualquier cosa es posible —reconoció Marino—. Pero si hubiera estado entreabierta, quizás ella también se habría dado cuenta en algún momento de la semana.

Puede que sí. Y puede que no. Es fácil ser observador cuando las cosas ya han ocurrido. Sin embargo, la mayoría de la gente no presta mucha atención a todos los detalles de su hogar y tanto menos a las habitaciones que apenas usa.

Bajo una ventana con cortina que daba a la calle había un escritorio con otros mudos recordatorios de que Lori Petersen y yo ejercíamos la misma profesión. Sobre el papel secante se hallaban diseminadas varias publicaciones de medicina, los *Principios de cirugía* y el Dorland. Junto a la base de la lámpara de latón de sobremesa había dos disquetes de ordenador. Las etiquetas estaban fechadas con rotulador con un simple «6/1» y numeradas «I» y «II». Eran unos disquetes normales de doble densidad, compatibles con IBM. Probablemente contenían algo en lo que Lori Petersen estaba trabajando en el VMC, el colegio médico donde había numerosos ordenadores a disposición de los alumnos y los médicos. No parecía que hubiera ningún ordenador personal en la casa.

En el rincón entre la cómoda y la ventana había una silla de mimbre sobre la cual se hallaban pulcramente colocadas varias prendas de vestir: unos pantalones blancos de algodón, una blusa de manga corta a rayas blancas y rojas y un sujetador. Las prendas estaban ligeramente arrugadas, como si se hubieran usado y dejado allí al término de la jornada tal como yo hago a veces cuando estoy demasiado cansada como para colgar la ropa.

Eché brevemente un vistazo al armario empotrado y al cuarto de baño. En conjunto, el dormitorio principal estaba intacto y en orden, exceptuando la cama. Según todos los indicios, el modus operandi del asesino no incluía ni el saqueo ni el robo.

Marino siguió con la mirada a un oficial de identificación que estaba abriendo los cajones de la cómoda.

—¿Qué otra cosa sabe del marido? —le pregunté.

—Cursa estudios de grado en Charlottesville, vive allí durante la semana y regresa a casa los viernes por la noche. Se queda aquí el fin de semana y después vuelve a Charlottesville el domingo por la noche.

—¿Qué especialidad estudia?

—Literatura, eso es lo que ha dicho —contestó Marino, mirando a su alrededor sin hacerlo ni una sola vez hacia mí—. Quiere obtener el doctorado.

—¿En qué?

—En literatura —repitió Marino, pronunciando muy despacio cada sílaba.

—¿Qué clase de literatura?

Al final, sus ojos castaños se clavaron indiferentemente en mí.

—Americana, me dijo. Pero yo tengo la impresión de que su principal interés es el teatro. Creo que en estos momentos interviene en una obra. Shakespeare. *Hamlet*, creo que me ha dicho. Dice que ha trabajado mucho como actor y que incluso ha interpretado pequeños papeles en películas que se han rodado por aquí y que también ha hecho un par de anuncios para la televisión.

Los oficiales de identificación interrumpieron su labor y uno de ellos se volvió sosteniendo el cepillo en la mano.

Marino señaló los disquetes de ordenador y exclamó en voz lo suficientemente alta como para llamar la atención de todo el mundo:

—Me parece que sería mejor examinar lo que hay aquí dentro. Quizás el chico está escribiendo una obra.

—Podemos examinarlos en mi despacho. Tenemos un par de PC compatibles con IBM —dije.

—PC —dijo Marino, arrastrando las sílabas—. Pues vaya. Es mejor mi RC: Royal Crapola, modelo estándar, negro, cuadrado, llaves lustrosas, nueve metros de largo.

Un oficial de identificación sacó algo de debajo de un montón de jerseys que había en un cajón del fondo: un cuchillo de supervivencia de larga hoja con una brújula fijada a la parte superior de su negro mango y una pequeña piedra de afilar en el interior de un bolsillo secundario de la vaina. Procurando tocarlo lo menos posible, lo colocó en el interior de una bolsa de plástico de pruebas.

El oficial sacó del mismo cajón una caja de preservativos Trojans, lo cual, le comenté a Marino, era un poco raro, pues Lori Petersen, a juzgar por lo que yo había visto en el dormitorio principal, utilizaba anticonceptivos orales.

Marino y los demás oficiales empezaron a hacer las cínicas observaciones de costumbre.

Me quité los guantes y los guardé en mi maletín.

—Ya la pueden retirar —dije.

Los hombres se volvieron al unísono, como si se hubieran acordado de repente de la mujer brutalmente asesinada en el centro de la revuelta y deshecha cama. Tenía los labios torcidos en una mueca de dolor que dejaba al descubierto los dientes, y sus hinchados ojos convertidos casi en unas ranuras miraban ciegamente hacia el techo.

Se transmitió un mensaje por radio a la ambulancia y, varios minutos más tarde, entraron dos camilleros vestidos con monos azules portando una camilla que cubrieron con una sábana blanca limpia y colocaron al lado de la cama.

Lori Petersen fue levantada según mis instrucciones, doblando encima de ella la ropa de la cama sin que las manos enguantadas tocaran su piel. Después la colocaron cuidadosamente sobre la camilla y cubrieron todo con la sábana, asegurando los extremos en la parte superior para que no se perdiera ni añadiera ninguna prueba. Las cintas de velcro emitieron un chirriante sonido cuando los hombres las arrancaron y fijaron sobre el blanco capullo.

Marino abandonó conmigo el dormitorio y yo me sorprendí de que me dijera:

—La acompañaré a su automóvil.

Matt Petersen ya se había levantado cuando bajamos por el pasillo. Estaba muy pálido, tenía los ojos empañados y me miraba con desesperación porque necesitaba algo que sólo yo podía darle. Seguridad. Una palabra de consuelo. La promesa de que su esposa había muerto rápidamente y sin sufrir. De que la habían atado y violado después de morir. Pero yo no podía decirle nada. Marinó cruzó conmigo el salón y ambos nos dirigimos a la puerta principal de la casa.

El patio de la casa estaba iluminado por los focos de la televisión, cuya luz flotaba sobre un fondo de hipnóticos destellos rojos y azules. Las voces sincopadas de unos incorpóreos comunicantes competían con el rumor de los motores de los vehículos, mientras una fina lluvia empezaba a caer a través de la ligera bruma.

Los reporteros, provistos de cuadernos de apuntes y grabadoras, andaban de un lado para otro, esperando con impaciencia el momento en que el cuerpo fuera sacado de la casa y colocado en la ambulancia. En la calle había un equipo de televisión; una mujer enfundada en una trinchera con cinturón hablaba contra un micrófono con la cara muy seria mientras una cámara la enfocaba en primer plano «en el lugar de los hechos» para el telediario del sábado por la noche.

Bill Boltz, el fiscal de la mancomunidad, acababa de llegar y estaba descendiendo de su automóvil. Parecía aturdido y medio dormido, pero estaba firmemente dispuesto a evitar a los representantes de la prensa. No tenía nada que decir porque aún no sabía nada. Me pregunté quién le habría avisado. Tal vez Marino. Había policías por todas partes, algunos de ellos iluminando infructuosamente la hierba con sus poderosas linternas y otros conversando junto a sus blancos coches patrulla. Boltz se subió la cremallera de la chaqueta acolchada, me saludó brevemente con la cabeza cuando sus ojos se cruzaron con los míos y subió rápidamente por la calzada.

El jefe superior de policía y un comandante se encontraban acomodados en un vehículo beige sin identificación con la luz interior encendida. Tenían la cara muy pálida y de vez en cuando asentían con la cabeza y hacían comentarios a la reportera Abby Turnbull, la cual estaba hablando con ellos a través de las ventanillas abiertas. La reportera esperó a que alcanzáramos la calle y entonces se acercó corriendo a nosotros.

Marino la rechazó con un movimiento de la mano y un «Sin comentarios» dicho en un tono de voz de «Vete al carajo».

Después, apuró el paso y yo experimenté casi una sensación de alivio.

—Eso ya parece una cancha, ¿verdad? —dijo en tono de hastío mientras se palpaba el cuerpo en busca de la cajetilla de cigarrillos—. Un auténtico circo de tres pistas. Qué barbaridad.

Sentí la suave y fría lluvia en el rostro cuando Marino me abrió la portezuela de la «rubia». Mientras giraba la llave de encendido, Marino se inclinó hacia delante y me dijo, esbozando una afectada sonrisa:

—Conduzca con mucho cuidado, doctora.

2

La blanca esfera del reloj flotaba como una luna llena en el oscuro cielo por encima de la vieja estación ferroviaria condenada al derribo, las vías del tren y el paso elevado de la I-95. Las manecillas de filigrana del gran reloj se habían detenido cuando se detuvo el último tren de pasajeros muchos años atrás. Marcaba las doce y diecisiete minutos. Siempre serían las doce y diecisiete minutos en el extremo sur de la ciudad, donde el Departamento de Salud y Servicios Humanos había decidido erigir su hospital para los muertos.

Aquí el tiempo se ha detenido. Los edificios tienen las puertas y ventanas atrancadas y se están desmoronando. El tráfico y los trenes de mercancías retumban y rugen perpetuamente como un lejano mar embravecido. La tierra es una playa envenenada donde sólo crecen las malas hierbas en medio de los desperdicios y no hay luces cuando se hace de noche. Aquí nada se mueve, excepto los camioneros, los viajeros y los trenes que circulan velozmente por las vías de acero y hormigón.

El blanco rostro del reloj me miró mientras conducía mi vehículo en medio de la oscuridad; me miró como el blanco rostro de mi sueño.

Atravesé con la «rubia» una abertura de la valla metálica y aparqué detrás del edificio de estuco en el cual había pasado prácticamente todos los días de los dos últimos años. El único vehículo oficial, aparte del mío, era el Plymouth gris de Neils Vander, el experto en huellas dactilares. Le había llamado inmediatamente después de que Marino me llamara a mí. Tras la segunda estrangulación, se había instaurado una nueva forma de actuación. En caso de que se produjera otra, Vander debía reunirse conmigo en el depósito de cadáveres. En aquellos momentos, ya se encontraba en la sala de rayos X, preparando el láser.

La luz se derramaba sobre el asfalto a través de la entrada abierta y dos camilleros estaban sacando de la parte posterior de una ambulancia una bolsa negra que contenía un cadáver. Las entregas se prolongaban durante toda la noche. Cualquiera que hubiera muerto violenta, inesperada o sospechosamente en la zona central de Virginia era enviado allí, a cualquier hora del día o de la noche.

Los jóvenes de los monos azules me miraron sorprendidos mientras yo cruzaba la entrada y sujetaba la hoja de la puerta que daba acceso al interior del edificio.

—Llega usted muy temprano, doctora.

—Un suicidio en Mecklenburg —me explicó el otro—. Se arrojó al paso de un tren. Los trozos estaban esparcidos a lo largo de veinte metros de vía.

—Sí. Está hecho picadillo...

La ambulancia cruzó la entrada y avanzó por el pasillo de azulejos blancos. La bolsa debía de ser defectuosa o estaba rasgada. La sangre goteaba desde la parte inferior de la camilla, dejando un irregular reguero de color rojo.

El depósito de cadáveres tenía un olor característico, el rancio hedor de la muerte que ningún desodorante podía disimular. Si me hubieran llevado hasta allí con los ojos tapados, habría adivinado exactamente dónde estaba. A aquella hora de la mañana el olor se notaba más y resultaba más desagradable que de costumbre. La camilla emitió un fuerte ruido en medio del hueco silencio mientras los camilleros introducían la camilla del suicida en el frigorífico de acero inoxidable.

Me encaminé directamente al despacho del depósito donde Fred, el guarda de seguridad, se estaba tomando un café en un vaso de plástico a la espera de que los camilleros de la ambulancia firmaran el documento de entrega del cadáver y se marcharan. Estaba sentado en el borde del escritorio como si quisiera esconderse, tal como siempre hacía cuando llegaba algún cadáver. El cañón de un arma apuntando contra su cabeza no hubiera sido un incentivo suficiente para que escoltara a alguien al interior del frigorífico. Las etiquetas colgando de los fríos pies que asomaban por debajo de las sábanas ejercían en él un efecto muy raro.

Fred miró de reojo el reloj de la pared. Su turno de diez horas estaba a punto de terminar.

—Viene otra estrangulada —le dije bruscamente.

—¡Señor, Señor! De veras que lo siento —exclamó Fred, sacudiendo la cabeza—. La verdad es que cuesta mucho imaginar que alguien pueda hacer eso. Todas estas pobres chicas... —añadió sin dejar de sacudir la cabeza.

—Llegará de un momento a otro y quiero que se asegure usted de que se cierre la entrada y permanezca cerrada una vez hayan traído el cuerpo, Fred. Los reporteros acudirán en masa. No quiero que nadie se acerque a menos de veinte metros de este edificio, ¿está claro?

Hablaba con dureza y lo sabía. Tenía los nervios tan tensos como un cable de tendido eléctrico.

—Sí, señora. —Un enérgico movimiento de cabeza—. Vigilaré con mucho cuidado, vaya si vigilaré.

Encendí un cigarrillo, tomé el teléfono y marqué el número de mi casa.

Bertha se puso al aparato al segundo timbrazo y me pareció medio dormida cuando contestó con voz ronca:

—¿Diga?

—Quería simplemente saber qué tal va todo.

—Estoy aquí. Lucy no se ha movido para nada, doctora Kay. Duerme como un tronco, ni siquiera me ha oído entrar.

—Gracias, Bertha. No sabe cómo se lo agradezco. No tengo ni idea de cuándo volveré a casa.

—Yo estaré aquí hasta que usted vuelva, doctora Kay.

Bertha se encontraba en estado de alerta aquellos días. Si

me llamaban en mitad de la noche, yo la llamaba a ella. Le había dado la llave y le había enseñado el funcionamiento de la alarma antirrobo. Debió de llegar a mi casa pocos minutos después de que yo saliera hacia el lugar del delito. Se me ocurrió pensar que cuando Lucy se levantara de la cama, varias horas más tarde, encontraría a Bertha en la cocina en lugar de a su tía Kay. Le había prometido que hoy la llevaría a Monticello.

En un carrito quirúrgico se encontraba el aparato de color azul, más pequeño que un horno microondas y con una hilera de brillantes lucecitas verdes en la parte anterior. Estaba suspendido en la oscuridad de la sala de rayos X como un satélite en el espacio vacío; un cordón espiral lo unía a una varilla del tamaño de un lápiz, llena de agua marina.

El láser que habíamos adquirido el invierno anterior era un aparato de manejo relativamente sencillo.

En las fuentes normales de calor, los átomos y las moléculas emiten luz independientemente y en muchas longitudes de onda distintas. Pero si un átomo es estimulado por el calor y si se concentra en él la luz de una determinada longitud de onda, puede llegar a emitir luz en fase.

—Deme un minuto más. —Neils Vander estaba accionando distintos botones e interruptores, de espaldas a mí—. Tarda mucho en calentarse esta mañana... lo mismo que yo —añadió en un malhumorado susurro.

Yo me encontraba de pie junto al otro extremo de la mesa de rayos X, observando su nombre a través de unas gafas de protección de color ámbar. Directamente debajo de mí estaba la oscura forma de Lori Petersen con las sábanas de su cama abiertas, pero todavía debajo de su cuerpo. Permanecí en la oscuridad durante un tiempo que se me antojó interminablemente largo, con los pensamientos concentrados, las manos absolutamente inmóviles y los sentidos inalterados. Su cuerpo aún estaba caliente y su vida había terminado hacía tan poco que aún parecía perdurar a su alrededor como un aroma.

—Listo —anunció Vander, encendiendo un interruptor.

La varilla empezó a emitir inmediatamente una luz sincronizada e intermitente tan brillante como el crisoberilo líquido. La luz no disipaba la oscuridad, sino que parecía absorberla. No despedía resplandor, sino que más bien se deslizaba sobre una pequeña superficie. Vander no era más que una bata de laboratorio cuando empezó a dirigir la luz hacia la cabeza de la víctima.

Explorábamos varios centímetros de piel a la vez. Las minúsculas fibras se iluminaban como hilos candentes y yo las recogía con unas pinzas, moviéndome sincopadamente bajo la luz del estroboscopio y creando un efecto de cámara lenta, mientras pasaba de su cuerpo tendido sobre la mesa de rayos X a los estuches metálicos y los sobres de pruebas que había en un carrito auxiliar. Arriba y abajo. Todo estaba fragmentado. El bombardeo del láser iluminaba una comisura de la boca, un salpullido de hemorragia en el pómulo o una aleta de la nariz, aislando cada uno de los rasgos. Mis dedos enguantados trabajando con las pinzas parecían pertenecer a otra persona.

La rápida alternancia de oscuridad y luz me estaba aturdiendo, por cuyo motivo sólo podía conservar el equilibrio canalizando mi concentración en un único pensamiento como si yo, como el rayo láser, también estuviera en fase... y todo mi ser estuviera en sincronía con lo que estaba haciendo, y la suma de mi energía mental se hubiera aglutinado en una sola longitud de onda.

—Uno de los tipos que la ha traído —comentó Vander— me dijo que era residente en el VMC.

Apenas contesté.

—¿La conocía usted?

La pregunta me pilló por sorpresa. Algo en mi interior se contrajo como un puño. Yo pertenecía al claustro de profesores del VMC, donde los estudiantes de medicina y los residentes se contaban por centenares. No había ninguna razón para que la conociera.

No contesté y me limité a dar indicaciones tales como «Un poco más hacia la derecha» o «Manténgalo aquí un minuto». Vander trabajaba con deliberada lentitud y estaba tan nervioso como yo. La sensación de impotencia y frustración nos estaba afectando a todos. Hasta entonces, el láser había sido tan poco eficaz como una aspiradora que recoge toda clase de desperdicios.

Ya lo habíamos utilizado en unos veinte casos, y sólo en unos pocos su uso había merecido la pena. Aparte de su utilidad para el hallazgo de fibras y otros restos de pruebas, el láser revela la presencia de distintos componentes del sudor que se iluminan como el neón cuando son estimulados por él. Teóricamente, una huella dactilar dejada sobre la piel humana puede emitir luz y se puede identificar en ciertos casos en los que fallan los tradicionales métodos de los polvos y las sustancias químicas. Yo sólo conocía un caso en el que se habían encontrado huellas sobre la piel, en el sur de Florida, donde una mujer había sido asesinada en un gimnasio y el atacante tenía restos de aceite bronceador en las manos. Ni Vander ni yo esperábamos tener más suerte que en otras ocasiones anteriores.

Al principio, no nos dimos cuenta de lo que vimos.

La varilla estaba recorriendo varios centímetros del hombro derecho de Lori Petersen cuando, directamente por encima de la clavícula derecha, tres manchas irregulares aparecieron súbitamente como si hubieran sido pintadas con fósforo. Ambos permanecimos inmóviles, contemplándolas. Después, Vander emitió un silbido a través de los dientes, mientras un leve estremecimiento me recorría la columna vertebral.

Con un recipiente de polvos y un cepillo especial, Vander espolvoreó muy despacio lo que parecían ser tres claras huellas digitales en la piel de Lori Petersen.

Me atreví a esperar.

—¿Sirven de algo?

—Son parciales —contestó Vander absorto mientras empezaba a tomar fotografías con una cámara Polaroid MP-4—. El detalle de la cresta es estupendo. Lo bastante bueno como para clasificarlo, creo. Voy a pasarlas inmediatamente por el ordenador.

—Parece el mismo residuo —dije yo, pensando en voz alta—. La misma sustancia en las manos.

El monstruo había vuelto a firmar su trabajo. Todo era demasiado bueno para ser verdad. No era posible que hubiera dejado unas huellas dactilares tan claras.

—Parece la misma, desde luego. Pero esta vez se debió de embadurnar más las manos.

El asesino jamás había dejado sus huellas en las víctimas, pero ya estábamos acostumbrados a ver aquel reluciente residuo que, al parecer, provocaba el brillo fluorescente. Aún había más. Mientras Vander empezaba a recorrer el cuello, una constelación de diminutas estrellas blancas surgió de repente cual si fueran fragmentos de vidrio iluminados por los faros delanteros de un automóvil en una calle oscura. Vander mantuvo inmóvil la varilla mientras yo tomaba un trozo de gasa esterilizada.

Habíamos descubierto el mismo brillo diseminado por los cuerpos de las tres primeras víctimas de estrangulación; más cantidad en la tercera que en la segunda, y, en la primera, me nos que en las otras dos. Se habían enviado muestras a los laboratorios. De momento, el extraño residuo no se había identificado y sólo se había podido establecer que era inorgánico.

Aún no sabíamos lo que era, aunque ya teníamos una larga lista de las sustancias que no podían ser. Durante las semanas anteriores, Vander y yo habíamos llevado a cabo toda una serie de pruebas, untándonos los antebrazos con toda suerte de cosas, desde margarina a lociones corporales, para ver cuáles de ellas reaccionaban al láser y cuáles no. Había menos muestras que se iluminaban de lo que nosotros suponíamos, y ninguna resplandecía con tanta claridad como aquel brillante y desconocido residuo.

Introduje delicadamente un dedo bajo el cordón eléctrico que rodeaba el cuello de Lori Petersen y dejé al descubierto el rojo e inflamado surco que aquél había dejado en la carne. El borde no estaba claramente definido... lo cual significaba que la estrangulación había sido más lenta de lo que yo había pensado al principio. Vi las leves abrasiones provocadas por el repetido movimiento del cordón. Éste se había aflojado justo lo suficiente para que la víctima se mantuviera con vida un ratito, y después se había tensado bruscamente. Había dos o tres centelleos adheridos al cordón, y eso era todo.

—Pruebe en la atadura alrededor de los tobillos —dije en un susurro.

Nos desplazamos hacia abajo. Allí se observaban los mismos centelleos, aunque muy escasos. Ni en la cara, ni en el cabello ni en las piernas había el menor rastro de aquel residuo o lo que fuera. Descubrimos varios centelleos en los antebrazos y bastantes más en la parte superior de los brazos y en el pecho. Una constelación de minúsculas estrellas blancas estaba adherida a los hilos con que le habían atado las muñecas a la espalda, y se veía también un poco de brillo en el camisón rasgado.

Me aparté de la mesa, encendí un cigarrillo y empecé a pensar.

El atacante tenía en sus manos una sustancia que quedaba depositada dondequiera que tocara a la víctima. Tras haberle quitado el camisón a Lori Petersen, quizá la había agarrado por el hombro derecho hundiéndole las yemas de los dedos por encima de la clavícula. De una cosa estaba segura: el hecho de que la concentración de la sustancia fuera tan densa por encima de la clavícula significaba que aquél era el primer lugar donde la había tocado.

Era un poco desconcertante, una pieza que parecía encajar, pero que, en realidad, no encajaba.

Desde un principio, yo había supuesto que el asesino intimidaba inmediatamente a sus víctimas, inmovilizándolas tal vez a punta de cuchillo, y que después las ataba antes de rasgarles la ropa o de hacer cualquier otra cosa. Cuanto más las tocaba, menos residuo quedaba en sus manos. ¿Por qué aquella concentración tan elevada en la clavícula? ¿Acaso aquella zona de la piel estaba al descubierto cuando él inició el ataque? Jamás lo hubiera imaginado. El camisón era de suave tejido de punto de algodón y tenía prácticamente la misma forma que una camiseta de manga larga. No había ni botones ni cremalleras y sólo se podía poner pasándolo por la cabeza. La víctima habría tenido que estar tapada hasta el cuello. ¿Cómo hubiera podido el asesino tocarle la piel desnuda por encima de la clavícula si ella hubiera llevado todavía puesto el camisón?

Salí al pasillo, donde varios hombres uniformados estaban charlando, apoyados contra la pared. Le pedí a uno de ellos que localizara a Marino a través de la radio y le dijera que me llamara en seguida. Oí el crujido de la voz de Marino.

—De acuerdo.

Empecé a pasear por el duro pavimento de mosaico de la sala de autopsias con sus relucientes mesas, pilas y carritos de acero inoxidable en los que se alineaban los distintos instrumentos quirúrgicos. Un grifo goteaba en alguna parte. El olor del desinfectante era dulcemente nauseabundo y sólo resultaba agradable cuando asomaban otros olores más repugnantes por debajo de él. El negro teléfono del escritorio se burlaba de mí con su silencio. Marino sabía que estaba esperando junto al teléfono. Y se lo estaba pasando en grande.

Era inútil regresar al principio y tratar de descubrir qué era lo que había fallado. Aun así, yo lo hacía de vez en cuando. En qué me había equivocado. Estuve muy amable con Marino la primera vez que nos presentaron, le ofrecí un firme y respetuoso apretón de manos mientras sus ojos me miraban como dos monedas empañadas.

Transcurrieron veinte minutos antes de que sonara el teléfono.

Marino se encontraba todavía en la casa de los Petersen, me dijo, interrogando al marido, que, según él, estaba «tan atontado como una rata en un retrete».

Le comenté lo de los centelleos. Le repetí lo que ya le había explicado otras veces. A lo mejor procedía de una sustancia doméstica presente en todos los lugares de los delitos, alguna estupidez que el asesino buscaba e incorporaba a su ritual. Polvos infantiles, lociones, cosméticos, algún producto de limpieza.

Hasta entonces habíamos excluido muchas cosas, tal como efectivamente nos habíamos propuesto hacer. Si la sustancia no estaba presente en los lugares de los hechos, como yo suponía en mi fuero interno, el asesino la debía de llevar consigo, quizá sin saberlo, lo cual podía ser importante, y conducirnos finalmente al lugar donde trabajaba o vivía.

—Sí —dijo la voz de Marino a través de la línea—, bueno, echaré un vistazo en los armarios y cosas así. Pero yo tengo mi propia teoría.

—¿Y cuál es?

—El marido actúa en una obra de teatro, ¿no? Trabaja todos los viernes por la noche y por eso regresa tan tarde, ¿no? Corríjame si me equivoco, pero los actores se ponen base de maquillaje.

—Sólo durante los ensayos generales o las funciones.

—Sí —masculló Marino—. Bueno, según lo que ha dicho él mismo, intervino en un ensayo general antes de regresar a casa y encontrar a su esposa muerta. Mi campanita está sonando, mi vocecita me está hablando...

Le interrumpí.

—¿Le han tomado las huellas dactilares?

—Sí.

—Coloque la tarjeta en una bolsa de plástico y, cuando venga, entréguemela directamente a mí.

No lo captó.

Y yo no insistí. No estaba de humor para explicaciones.

Lo último que me dijo Marino antes de colgar fue:

—No sé cuándo va a ser eso, doctora. Tengo la sensación de que voy a estar atado aquí todo el día. Y no quiero dármelas de gracioso.

No era probable que le viera a él o que viera la tarjeta de las huellas dactilares hasta el lunes. Marino tenía un sospechoso. Y estaba bajando al galope por la misma senda por la que bajaban al galope todos los policías. Aunque un marido estuviera en Inglaterra en el momento del asesinato de su esposa en Seattle, los policías seguían considerándole el primer sospechoso, como si tuviera el mismo don de la ubicuidad que tenía san Antonio.

Una cosa eran los tiroteos domésticos, los envenenamientos, las agresiones y las cuchilladas, y otra muy distinta los asesinatos de carácter sexual. No muchos maridos hubieran tenido el valor de atar, violar y estrangular a sus mujeres.

Atribuí mi desconcierto al cansancio.

Llevaba levantada desde las 2.33 de la madrugada y ahora ya eran casi las seis de la tarde. Vander se había ido a casa a la hora de almorzar. Wingo, uno de mis técnicos de autopsias, se había marchado poco después, y dentro del edificio sólo quedaba yo.

El silencio que tanto ansiaba normalmente ahora me atacaba los nervios y, por si fuera poco, no conseguía entrar en calor. Tenía las manos entumecidas y las uñas casi azuladas. Cada vez que sonaba el teléfono en el despacho de la entrada, experimentaba un sobresalto.

La mínima seguridad de mi despacho jamás había sido motivo de preocupación para nadie más que para mí. Las peticiones de presupuesto para un adecuado sistema de seguridad habían sido reiteradamente desestimadas. El administrador pensaba más bien en términos de pérdida de propiedades y estaba seguro de que ningún ladrón entraría en el depósito de cadáveres, aunque extendiéramos alfombras de bienvenida y dejáramos las puertas abiertas de par en par a todas horas. Los cuerpos muertos constituían un factor de disuasión mucho más poderoso que los perros de guarda.

Los muertos jamás me han preocupado. Son los vivos los que me dan miedo.

Cuando varios meses atrás un pistolero enloquecido había irrumpido en el consultorio de un médico, disparando contra los pacientes que abarrotaban la sala de espera, me fui a una ferretería y compré una cadena y un candado que mandé colocar para reforzar la puerta de cristal de doble hoja de la entrada al término de la jornada laboral y durante los fines de semana.

De repente, mientras estaba trabajando en mi escritorio, alguien sacudió la puerta de la entrada con tal violencia que la cadena aún estaba oscilando cuando me levanté y bajé por el pasillo para mirar. A veces, la gente de la calle intentaba entrar para utilizar el retrete, pero cuando miré no vi a nadie.

Regresé a mi despacho, pero estaba tan nerviosa que, cuando oí que se abrían las puertas del ascensor al otro lado del pasillo, tomé unas tijeras de gran tamaño, dispuesta a utilizarlas. Era el guarda de seguridad del turno de día.

—¿Ha intentado usted entrar por la puerta de cristal hace un ratito? —le pregunté.

El hombre contempló con curiosidad las tijeras que sostenía en la mano y contestó que no. Estoy segura de que le debió de parecer una pregunta tonta. Él sabía que la puerta estaba protegida por una cadena y tenía un juego de llaves de todas las restantes puertas del edificio. No tenía ningún motivo para querer entrar por aquella puerta.

Un inquietante silencio volvió a rodearme cuando me senté junto a mi escritorio, tratando de dictar el informe de la autopsia de Lori Petersen. Por alguna razón, no podía decir nada, no soportaba el sonido de las palabras pronunciadas en voz alta. No quería que nadie supiera lo del residuo brillante, el líquido seminal, las huellas dactilares, las profundas heridas del cuello... y, lo peor de todo, la evidencia de la tortura. El asesino se estaba volviendo cada vez más degenerado y más horriblemente cruel.

La violación y el asesinato ya no eran suficientes para él. Hasta que retiré las ataduras del cuerpo de Lori Petersen y empecé a practicar unas leves incisiones en algunas zonas sospechosamente enrojecidas de la piel y a palpar en busca de posibles huesos fracturados, no me di cuenta de lo que había ocurrido antes de que ella muriera.

Las contusiones eran tan recientes que apenas se veían en la superficie, pero las incisiones revelaron la rotura de los vasos sanguíneos bajo la piel, y los contornos indicaban que la víctima había sido golpeada con un objeto contundente, tal vez con una rodilla o un pie. Tres costillas seguidas del lado izquierdo estaban rotas, lo mismo que cuatro dedos de la mano. Había fibras en el interior de su boca, sobre todo en la lengua, lo cual indicaba que, en determinado momento, había sido amordazada para evitar que gritara.

Vi mentalmente el violín del salón y los libros y las publicaciones de cirugía sobre el escritorio de la habitación. Sus manos. Sus más preciados instrumentos, algo con lo cual sanaba a la gente e interpretaba música. El asesino debió de romperle deliberadamente los dedos uno a uno tras haberla atado.

El magnetófono de microcasete daba vueltas, grabando el silencio. Lo apagué y me volví con mi sillón giratorio hacia la terminal de ordenadores. El monitor parpadeó, pasando del negro al azul cielo del programa de tratamiento de textos. Las negras letras avanzaron por la pantalla mientras yo misma empezaba a escribir el informe de la autopsia.

No tuve necesidad de consultar los pesos y las notas que había garabateado sobre una caja de guantes vacía mientras realizaba la autopsia. Lo sabía todo de ella. Recordaba todos los detalles. La frase «Dentro de los límites normales» giraba sin cesar en el interior de mi cabeza. No presentaba ninguna anomalía. Su corazón, sus pulmones, su hígado. «Dentro de los límites normales.» Había muerto en perfecto estado de salud. Seguí escribiendo página tras página hasta que, de pronto, levanté la mirada. Fred, el guarda de seguridad, se encontraba de pie en la puerta de mi despacho.

No tenía ni idea del rato que llevaba trabajando. Él iniciaba nuevamente su turno a las ocho de la tarde. Todo lo que había ocurrido desde la última vez que le había visto parecía un sueño, una horrible pesadilla.

—¿Todavía está aquí? —preguntó Fred—. Es que hay un entierro... —añadió en tono vacilante—, han venido a recoger el cuerpo, pero no lo encuentran. Han venido desde Mecklenburg... No sé dónde está Wingo...

—Wingo se ha ido a casa hace horas —dije—. ¿Qué cuerpo?

—Alguien apellidado Roberts, lo arrolló un tren.

Reflexioné un instante. Contando a Lori Petersen, aquel día habíamos tenido seis casos. Recordé vagamente el accidente de tren.

—Está en el frigorífico.

—Dicen que no lo encuentran allí dentro.

Me quité las gafas y me froté los ojos.

—¿Ha mirado usted?

Fred esbozó una tímida sonrisa y retrocedió, sacudiendo la cabeza.

—¡Usted ya sabe, doctora Scarpetta, que yo nunca entro en aquella caja!

3

Enfilé la calzada particular de mi casa y lancé un suspiro de alivio al ver el viejo Pontiac de Bertha todavía allí. La puerta se abrió antes de que yo tuviera ocasión de seleccionar la correspondiente llave.

—¿Cómo está el tiempo? —pregunté inmediatamente.

Bertha y yo nos miramos mutuamente en el interior del espacioso recibidor. Ella sabía exactamente a qué me refería. Manteníamos la misma conversación al término de cada jornada siempre que Lucy estaba en la ciudad.

—Bastante malo, doctora Kay. Esta niña se ha pasado todo el día en su despacho aporreando el ordenador. ¡Ya le digo yo! En cuanto yo entraba para ofrecerle un bocadillo y preguntarle cómo estaba, se ponía a berrear. Pero yo ya sé lo que pasa. —Los oscuros ojos de Bertha parecieron conmoverse—. Está enfadada porque usted ha tenido que trabajar.

El remordimiento se abrió paso a través de mi cansancio.

—He visto el periódico de la tarde, doctora Kay. Que el Señor se apiade de nosotros —dijo Bertha, poniéndose primero una manga de la trinchera y después la otra—. Ya sé por qué ha tenido usted que hacer eso que ha estado haciendo todo el día. Señor, Señor. Estoy deseando que la policía atrape a este hombre. Maldad. Pura maldad.

Bertha sabía cómo me ganaba la vida y jamás me había hecho ninguna pregunta. Aunque uno de mis casos fuera alguien de su barrio, jamás me preguntaba nada.

—Allí está el periódico de la tarde. —Señaló con un gesto

hacia el salón, y tomó el libro de bolsillo que había dejado sobre la mesa que había junto a la puerta—. Lo he escondido debajo del cojín del sofá para que ella no lo encuentre. No sabía si usted quería que la niña lo leyera o no, doctora Kay.

Me dio una palmada en el hombro al salir. La vi dirigirse a su automóvil y dar lentamente marcha atrás en la calzada. Menos mal que la tenía a ella. Ya no le pedía disculpas por mi familia. Bertha había sido insultada y avasallada cara a cara o por teléfono por mi sobrina, mi hermana y mi madre. Bertha lo sabía todo. Nunca aprobaba nada ni criticaba nada y a veces yo sospechaba que me tenía lástima, lo cual contribuía a agravar la situación. Cerré la puerta y me dirigí hacia la cocina.

Era mi estancia preferida, con su alto techo y sus modernos, pero escasos, aparatos, porque yo prefiero hacerlo casi todo a mano, desde la pasta a la masa de harina. En el centro de la zona de cocina había un tajo de carnicero de madera de arce, justo de una altura adecuada para alguien que no superaba el metro sesenta y tres de estatura. La zona del desayuno daba a un gran ventanal que se abría a los frondosos árboles del jardín de la parte de atrás y al comedero de los pájaros. Salpicando los monocromos tonos dorados de los armarios y las superficies de madera, había varios arreglos florales de rosas amarillas y rojas procedentes de mi jardín, apasionadamente bien cuidado.

Lucy no estaba allí. Vi los platos de su cena secándose en el escurreplatos y supuse que estaría nuevamente en mi despacho. Me acerqué a la nevera y me llené un vaso de vino Chablis. Me apoyé contra un mostrador y tomé un sorbo con los ojos cerrados. No sabía qué iba a hacer con Lucy. El verano anterior me había visitado por primera vez en Richmond después de que yo dejara el departamento forense del condado de Dade y la ciudad en la que había nacido y a la que había regresado tras mi divorcio. Lucy es mi única sobrina. A los diez años, ya estaba haciendo ciencias y matemáticas de nivel superior. Era un auténtico genio, un pequeño terror de enigmático origen latino cuyo padre había muerto cuando ella era muy pequeña. No tenía a nadie más que a mi única hermana Doro-thy, la cual estaba demasiado ocupada escribiendo libros infantiles como para poder preocuparse por su verdadera hija de carne y hueso. Lucy me adoraba más allá de cualquier posible explicación racional, y el cariño que me profesaba me exigía una energía que en aquellos momentos me faltaba. Mientras regresaba a casa en mi automóvil, pensé en la conveniencia de cambiar las fechas de la reserva de su vuelo y enviarla de nuevo a Miami antes de lo previsto. Pero no podía hacerlo.

La destrozaría. No lo comprendería. Sería el repudio definitivo tras toda una vida de repudios, un nuevo recordatorio de que era una molestia y nadie la quería. Se había pasado todo un año esperando con ansia aquella visita. Y yo también la esperaba.

Tomé otro sorbo de vino y aguardé a que el absoluto silencio que reinaba en la casa me desenredara los retorcidos nervios y disipara mis inquietudes.

Mi casa se levanta en una nueva zona del West End de la ciudad, donde las grandes residencias están rodeadas por vastos jardines de media hectárea de extensión y donde los vehículos que circulan por las calles son en su mayor parte «rubias» y automóviles familiares. Los vecinos son tan tranquilos y los robos y actos de gamberrismo tan escasos que ni siquiera podía recordar la última vez que había visto un vehículo de la policía patrullando por allí. El silencio y la seguridad valían cualquier precio y constituían una absoluta necesidad para mí. Era un bálsamo para mi alma desayunar sola a primera hora de la mañana y saber que la única violencia al otro lado de la ventana sería la protagonizada por una ardilla y un arrendajo azul, compitiendo por la comida del comedero.

Respiré hondo y tomé otro sorbo de vino. Me daba miedo irme a la cama y me angustiaba esperar en la oscuridad la llegada del sueño, temiendo lo que pudiera ocurrir cuando dejara reposar mi mente y me quedara sin defensa. No podía quitarme de la cabeza la imagen de Lori Petersen. Se había roto un dique, y las imágenes se habían desbordado, cada vez más terribles e impetuosas.

Lo veía con ella en aquel dormitorio, veía casi su rostro, pero era un rostro sin rasgos, simplemente una fugaz visión de algo que estaba a su lado. Ella debió de tratar de convencerle al principio, tras el inicial sobresalto del frío acero contra su garganta y del estremecedor sonido de su voz. Le habría dicho cosas, habría intentado disuadirle durante Dios sabía cuánto rato mientras él cortaba los hilos de las lámparas y empezaba a atarla. Era una licenciada por Harvard, una cirujana. Habría intentado utilizar la sensatez de su mente contra una fuerza insensata.

Después, las imágenes se superponían como en una película a cámara rápida mientras los intentos de la víctima se desintegraban y transformaban en un absoluto terror. Lo indescriptible. No quería mirar. No podía soportar ver nada más. Tenía que controlar mis pensamientos.

El despacho de mi casa daba al jardín de la parte de atrás, y las persianas estaban habitualmente cerradas, porque siempre me cuesta concentrarme cuando tengo una vista delante. Me detuve en la puerta y dejé que mi mente se distrajera mientras Lucy golpeaba con fuerza el teclado colocado sobre mi escritorio de roble macizo, de espaldas a mí. Llevaba varias semanas sin ordenar mi despacho y el espectáculo resultaba vergonzoso. Los libros estaban inclinados de cualquier manera en los estantes, había varios ejemplares de *Law Reporters* amontonados en el suelo y varios otros desperdigados. Apoyados contra la pared estaban mis diplomas y certificados de Cornell, John Hopkins, Georgetown, etc. Tenía intención de colgarlos en mi despacho de la ciudad, pero aún no me había decidido a hacerlo. Apilados en una esquina de una alfombra T'ai-Ming de color azul oscuro había varios artículos de publicaciones que todavía tenía que leer y archivar. El éxito profesional significaba que ya no tenía tiempo de ser una persona impecablemente pulcra y ordenada, a pesar de lo cual el desorden me seguía molestando tanto como siempre.

—¿Por qué me estás espiando? —preguntó Lucy sin volverse.

—No te estoy espiando.

Esbocé una leve sonrisa y besé su sedoso cabello pelirrojo.

—Sí, lo haces —añadió la niña sin dejar de aporrear las teclas—. Te he visto. He visto tu reflejo en el monitor. Estabas observándome desde la puerta.

La rodeé con mis brazos, apoyé la barbilla sobre su cabeza y contemplé la negra pantalla llena de caracteres de color verde pálido. Jamás se me había ocurrido hasta aquel momento que la pantalla pudiera ser un espejo y ahora comprendía por qué Margaret, mi analista de programas, podía saludar por su nombre a la gente que pasaba por delante de su despacho aunque ella se encontrara de espaldas a la puerta. El rostro de Lucy aparecía borroso en el monitor. Lo que con más claridad se distinguía eran sus gafas de montura de concha propias de persona mayor. Normalmente me recibía con un abrazo de rana arborícola, pero en aquellos momentos no estaba de humor.

—Siento que hoy no hayamos podido ir a Monticello, Lucy —dije tímidamente.

Un encogimiento de hombros.

—Estoy tan decepcionada como tú —añadí.

Otro encogimiento de hombros.

—De todos modos, me divierto más utilizando el ordenador.

No había pretendido herirme, pero su comentario me hizo daño.

—Tenía un montón de cosas que hacer —continuó diciendo, golpeando con fuerza la tecla de su retorno—. Tu base de datos se tenía que limpiar un poco. Apuesto a que hace un año que no lo inicializas. —Giró en mi sillón de cuero, y yo me desplacé a un lado, cruzando los brazos sobre la cintura—. Ya lo he arreglado todo.

—¿Cómo dices?

No, no era posible que Lucy hubiera hecho semejante cosa. Inicializar era lo mismo que formatear, que eliminar o borrar todos los datos del disco duro. El disco duro contenía media docena de tablas estadísticas que yo utilizaba para los artículos que tenía que publicar dentro de un determinado plazo. Los trabajos grabados eran de varios meses atrás.

Los verdes ojos de Lucy me miraron con expresión de lechuza por detrás de los gruesos cristales de sus gafas.

—Consulté los manuales para saber cómo se hacía —dijo mientras su redondo rostro de diablillo adquiría una dureza impropia de sus años—. Lo único que hay que hacer es teclear IOR I cuando sale la C y, una vez inicializado, se pone el Addall y el Catálogo. Ora. Es fácil. Cualquier tonto lo puede comprender.

Experimenté una sensación de debilidad en las rodillas.

Recordé que Dorothy me había llamado varios años atrás, absolutamente histérica. Aprovechando que ella había salido a comprar, Lucy entró en su despacho y formateó todos sus disquetes, borrando toda la información que contenían. En uno de ellos había un libro que Dorothy estaba escribiendo, con capítulos que aún no había grabado ni impreso. Un auténtico asesinato.

—Lucy, no habrás hecho eso que dices, ¿verdad? —inquirí con verdadero pánico.

—Pues sí, pero no te preocupes —contestó la niña en tono malhumorado—. Primero he grabado en disquetes todos los datos. Es lo que dice el manual. Y después los he vuelto a grabar en el disco duro. O sea que todo esta ahí. Pero lo he limpiado y ordenado todo de una manera más racional.

Acerqué una otomana y me senté a su lado. Fue entonces cuando vi lo que había debajo de un montón de disquetes: el periódico de la tarde doblado tal como se doblan los periódicos una vez se han leído. Lo saqué y lo abrí por la primera plana. El titular más destacado era lo último que yo habría querido ver:

JOVEN CIRUJANA ASESINADA: PODRÍA SER
LA CUARTA VÍCTIMA DEL ESTRANGULADOR

Una residente de cirugía de 30 años de edad ha sido encontrada brutalmente asesinada en su casa de Berkley Downs poco después de la medianoche. Según la policía, todo parece indicar que su muerte está relacionada con los asesinatos de otras tres mujeres de Richmond estranguladas en sus casas en los dos últimos meses.

La víctima más reciente ha sido identificada como Lori Anne Petersen, una licenciada en Medicina por la Universidad de Harvard. Fue vista con vida por última vez poco después de la medianoche cuando abandonó la sala de urgencias del hospital del VMC, donde actualmente estaba completando un turno rotatorio en cirugía traumática. Se cree que regresó directamente a su casa desde el hospital y que fue asesinada entre las doce y media y las dos de esta madrugada. Al parecer, el asesino entró en la casa cortando la persiana de la ventana de un cuarto de baño que no estaba cerrada...

La noticia incluía otros datos, aparte de una borrosa fotografía en blanco y negro en la que se veía a unos camilleros sacando el cuerpo de la casa y bajando por los peldaños de la entrada y otra más pequeña de una figura con un impermeable caqui en la que me reconocí a mí misma. El pie de la fotografía decía: «La doctora Kay Scarpetta, jefa del Departamento de Medicina Legal, llegando al escenario del crimen.»

Lucy me estaba mirando con los ojos muy abiertos. Bertha había tenido la prudencia de esconder el periódico, pero Lucy era muy lista. ¿Qué piensa una niña de diez años cuando lee algo así, sobre todo si va acompañado de una siniestra fotografía de su «tía Kay»?

Nunca le había explicado plenamente a Lucy los detalles de mi profesión. Había evitado hablarle del salvaje mundo en el que vivimos. No quería que fuera como yo y se viera privada de la inocencia y el idealismo, y fuera bautizada en las ensangrentadas aguas del azar y la crueldad, perdida ya para siempre la confianza.

—Es como el *Herald* —dijo, dejándome de una pieza con su comentario—. En el *Herald* siempre salen cosas de gente que ha sido asesinada. La semana pasada encontraron a un hombre decapitado en el canal. Debía de ser malo para que alguien le cortara la cabeza.

—Es posible que lo fuera, Lucy. Pero eso no justifica que alguien le haga eso. Y, además, no todas las víctimas de daños y asesinatos son malas.

—Mami dice que sí. Dice que a las personas buenas no las matan. Sólo matan a las prostitutas, los traficantes de drogas y los ladrones. —Una pensativa pausa—. A veces también matan a los oficiales de policía porque intentan atrapar a las personas malas.

Dorothy era capaz de decir aquellas cosas y, peor todavía, de creerlas. Sentí una oleada de cólera.

—Pero esa señora estrangulada —Lucy pareció dudar mientras sus ojos enormemente abiertos parecían devorarme— era una médica, tía Kay. ¿Cómo podía ser mala? Tú también eres médica. Eso quiere decir que era como tú.

De repente, me di cuenta de la hora que era. Se estaba haciendo tarde. Apagué el ordenador, tomé a Lucy de la mano y ambas salimos de la estancia y nos dirigimos a la cocina. Cuando me volví hacia ella para proponerle que nos tomáramos algo antes de irnos a la cama, me quedé consternada al ver que se estaba mordiendo el labio inferior y tenía los ojos anegados por las lágrimas.

—¡Lucy! ¿Por qué lloras?

Se abrazó a mí sollozando y gritó con desesperada fuerza:

—¡No quiero que mueras! ¡No quiero que mueras!

—Lucy... —dije, sorprendida y desconcertada. Bien estaban sus berrinches y sus arrogantes estallidos de cólera, pero ¡eso ya era demasiado! Sentí que sus lágrimas me estaban empapando la blusa. Percibí la cálida intensidad de su afligido cuerpecito pegado al mío—. Tranquilízate, Lucy —fue lo único que pude decirle mientras la abrazaba.

—¡No quiero que mueras, tía Kay!

—No voy a morir, Lucy.

—Papá murió.

—A mí no me va a pasar nada, Lucy.

No podía consolarla. El relato del periódico la había afectado profundamente. Lo había leído con la inteligencia de una persona adulta que todavía no se había librado de los temores y fantasías de la infancia. A lo cual había que añadir todas sus inseguridades y pérdidas.

Ay, Señor. Estaba buscando una respuesta adecuada, pero no se me ocurría ninguna. Las acusaciones de mi madre empezaron a pulsar en algún recóndito escondrijo de mi mente. Mis carencias. Yo no tenía hijos. Habría sido una madre pésima.

—Tendrías que haber sido un hombre —me había dicho mi madre en el transcurso de uno de nuestros menos fructíferos encuentros de la historia reciente—. No piensas más que en el trabajo y la ambición. Eso no es natural en una mujer. Te vas a secar como un gorgojo, Kay.

En mis momentos más bajos, me molestaba ver aquellos caparazones de gorgojos que solía haber entre el césped del jardín de mi infancia. Translúcidos, quebradizos, secos. Muertos.

Por regla general, no le hubiera ofrecido un vaso de vino a una niña de diez años.

La acompañé a su habitación y bebimos en la cama. Me hizo preguntas de imposible respuesta.

—¿Por qué las personas hacen daño a otras personas? ¿Eso es como un juego para ellas? Quiero decir si lo hacen para divertirse como en la televisión. En la televisión hacen cosas así, pero todo es de mentirijilla. No le hacen daño a nadie. A lo mejor, no quieren hacerles daño, tía Kay.

—Hay ciertas personas que son malas —contesté serenamente—. Igual que los perros, Lucy. Algunos perros muerden a la gente sin motivo. Les ocurre algo raro. Son malos y siempre lo serán.

—Porque antes la gente se ha portado mal con ellos. Por eso se vuelven malos.

—Así es muchas veces —dije—. Pero no siempre. A veces, no hay ningún motivo. En cierto modo, no importa. Las personas eligen una cosa u otra. Algunas personas prefieren ser malas y crueles. Es una parte muy triste y desagradable de la vida.

—Como lo de Hitler —musitó Lucy, tomando un sorbo de vino.

Le acaricié el cabello mientras ella añadía con voz adormilada:

—Como Jimmy Groome también. Vive en nuestra calle y dispara contra los pájaros con su escopeta BB y le gusta robar huevos de los nidos de los pájaros y estrellarlos contra el suelo y ver cómo los pajaritos pequeños intentan salir. Le odio. Odio a Jimmy Groome. Una vez le tiré una piedra y le alcancé mientras pasaba por delante de casa en su bici. Pero no sabe que fui yo porque estaba escondida detrás de los arbustos.

Tomé un sorbo de vino sin dejar de acariciarle el cabello.

—Dios no permitirá que te pase nada, ¿verdad? —me preguntó.

—No me pasará nada, Lucy. Te lo prometo.

—Si le rezas a Dios, pidiéndole que te cuide, Él lo hará, ¿verdad?

—Él nos cuida a todos.

Lo dije sin estar muy segura de creerlo.

Lucy frunció el ceño y tampoco estuve muy segura de que lo creyera.

—¿Tú nunca tienes miedo?

—Todo el mundo tiene miedo de vez en cuando —contesté con una sonrisa—. Pero estoy perfectamente a salvo. No me pasará nada.

Lo último que dijo antes de quedarse dormida fue:

—Me gustaría quedarme para siempre aquí, tía Kay. Quiero ser como tú.

Dos horas más tarde me encontraba en el piso de arriba todavía completamente despierta, leyendo una página de un libro sin fijarme realmente en las palabras, cuando sonó el teléfono.

Mi respuesta fue un sobresaltado reflejo pavloviano. Tomé el teléfono mientras el corazón me latía furiosamente en el pecho. Esperaba la voz de Marino y temía que estuviera a punto de repetirse lo de la víspera.

—¿Diga?

Silencio.

—¿Diga?

Pude oír en segundo plano los leves y espectrales acordes de la música que acompaña a las películas de horror o las chirriantes notas de un fonógrafo antes de que se cortara la comunicación.

—¿Café?

—Sí, por favor —contesté.

Era lo equivalente a un «Buenos días».

Siempre que pasaba por el laboratorio de Neils Vander, su primera palabra de saludo era «¿Café?». Y yo siempre aceptaba. La cafeína y la nicotina son dos vicios que he adquirido de muy buen grado.

No se me ocurriría comprar un coche que no fuera tan sólido como un tanque y no pongo en marcha el motor sin abrocharme el cinturón de seguridad. Hay alarmas contra incendios por toda mi casa y he mandado instalar un costoso sistema de alarma antirrobo. Yo no disfruto viajando en avión y opto por la carretera siempre que puedo.

Pero la cafeína, la nicotina y el colesterol, los grandes enemigos del hombre corriente... Dios me libre de prescindir de ellos. Participo en una reunión nacional y asisto a un banquete con otros trescientos médicos forenses, los más destacados expertos mundiales en la enfermedad y la muerte. El setenta y cinco por ciento de nosotros no practica el *jogging* ni la gimnasia aeróbica, no camina cuando puede ir en coche, no permanece de pie cuando puede sentarse y evita habitualmente las escaleras o las pendientes a no ser que sean cuesta abajo. Un tercio de nosotros fuma, casi todos bebemos y todos comemos como si no existiera el mañana.

La tensión, la depresión, tal vez una mayor necesidad de

reírnos y divertirnos a causa de las desgracias que tenemos que ver... ¿quién sabe con certeza la razón? Uno de mis amigos más cínicos, jefe adjunto de Chicago, suele decir:

—Qué demonios. Tú te mueres. Todo el mundo se muere. ¿Y qué si te mueres sano?

Vander se acercó a la cafetera automática que había en un mostrador situado detrás de su escritorio y llenó dos tazas. Me había preparado el café incontables veces y nunca recordaba que lo bebo solo.

Mi ex marido tampoco lo recordaba. Seis años viví con Tony y él nunca recordaba que bebo el café solo ni que me gustan los bistecs un poco crudos, no chorreando sangre, sino simplemente un poco rosados. En cuanto a mi talla de vestir, mejor olvidarlo. Yo tengo la talla cuarenta y seis y mi figura se adapta a casi todo, pero no puedo soportar los volantes, los encajes y las cosas vaporosas. Él siempre me compraba prendas de ropa interior de la talla cuarenta y cuatro, normalmente vaporosas y con encajes. El color preferido de su madre era el verde primavera. Su madre tenía la talla cincuenta y dos. Le encantaban los volantes, odiaba los jerseys, prefería las cremalleras, era alérgica a la lana, no quería nada que tuviera que lavarse en seco o plancharse, tenía un odio visceral a todo lo que fuera de color púrpura, consideraba que el blanco y el beige no eran prácticos, no le gustaban las rayas horizontales ni los colores vistosos, aborrecía el ante, creía que su cuerpo era incompatible con las faldas plisadas y era enormemente aficionada a los bolsillos... cuantos más, mejor. Cuando se trataba de su madre, Tony lo recordaba todo.

Vander echaba en mi taza las mismas cucharaditas colmadas de azúcar que echaba en la suya.

Llevaba siempre el cabello gris desgreñado y la voluminosa bata de laboratorio manchada de polvos negros de huellas dactilares mientras que, del tiznado bolsillo superior de la bata, le asomaba toda una serie de bolígrafos y rotuladores. Era un hombre alto de huesudas extremidades y vientre desproporcionadamente prominente. Tenía una cabeza en forma de bombilla y unos ojos de un azul perpetuamente desteñido, empañados por las meditaciones.

Durante mi primer invierno en el departamento, pasó a última hora de una tarde por mi despacho para anunciarme que estaba nevando. Llevaba una larga bufanda roja alrededor del cuello y se había encasquetado hasta las orejas una especie de casco de vuelo de cuero, probablemente comprado a través del catálogo de una república bananera, el más ridículo sombrero de invierno que yo jamás hubiera visto en mi vida. Creo que se habría encontrado perfectamente a sus anchas en el interior de un avión de combate Fokker. «El holandés errante», solíamos llamarle en el departamento. Iba constantemente de un lado para otro, subiendo y bajando por los pasillos con la bata de laboratorio volando alrededor de sus piernas.

—¿Has visto los periódicos? —me preguntó, soplando su café para enfriarlo un poco.

—Todo el maldito mundo ha visto los periódicos —contesté en tono sombrío.

La primera página del domingo era peor que la del sábado por la tarde. El titular principal cubría toda la anchura de la página y las letras tenían aproximadamente dos centímetros y medio de altura. El reportaje incluía una columna lateral sobre Lori Petersen y una fotografía que parecía sacada de un anuario. Abby Turnbull había sido lo bastante agresiva, por no decir descarada, como para haber intentado entrevistar a la familia de Lori Petersen que vivía en Filadelfia y que «estaba demasiado trastornada y no podía hacer comentarios».

—Eso no nos va a ayudar mucho —dijo innecesariamente Vander—. Me gustaría saber de dónde procede la información para poder echarle un rapapolvo a alguien.

—Los policías no han aprendido a mantener la boca cerrada —dije—. Cuando aprendan a callar, no habrá filtraciones y ya no tendrán motivo para quejarse.

—Bueno, puede que sean ellos, pero con todo lo que está pasando, mi mujer se vuelve loca. Creo que, si viviéramos en la ciudad, querría que nos mudáramos a otro sitio hoy mismo.

Se acercó a su escritorio, sobre el que se amontonaban varias páginas impresas de ordenador mezcladas con fotografías y mensajes telefónicos. También se podía ver una botella de cerveza y una baldosa de mosaico con una huella de pie ensangrentada, ambas cosas colocadas en el interior de sendas bolsas de plástico y con sus etiquetas correspondientes. Diseminados aquí y allá había diez frasquitos de formol, cada uno de los cuales contenía una carbonizada punta de dedo anatómicamente amputada a la altura de la segunda articulación. En los casos de cuerpos no identificados gravemente quemados o descompuestos, no siempre es posible obtener las huellas dactilares utilizando el método habitual. Incongruentemente, colocado en medio de todo aquel macabro batiburrillo había un frasco de Loción de Vaselina Cuidado Intensivo. Vander se echó unas gotas de loción en las manos y se puso unos guantes blancos de algodón. La acetona, el xileno y los incesantes lavados de manos a que lo obligaba su profesión causaban estragos en su piel hasta el punto de que yo siempre adivinaba cuándo había olvidado ponerse los guantes antes de utilizar la ninhidrina, una sustancia química extremadamente útil para visualizar las huellas dactilares latentes, pues se pasaba toda una semana con los dedos violáceos. Tras completar su ritual matutino, me indicó por señas que saliera con él al pasillo de la cuarta planta.

Varias puertas más abajo se encontraba la sala de ordenadores, pulcra, casi esterilizada, con toda una serie de ordenadores modulares plateados de distintas formas y tamaños que hacían evocar la imagen de una lavandería de la era espacial. La lustrosa unidad vertical parecida a un equipo de lavadoras y secadoras era el procesador de huellas digitales, cuya función consistía en comparar unas huellas digitales desconocidas con una base de datos de miles de millones de huellas digitales almacenadas en discos magnéticos. El PHD, tal como se le llamaba, con sus avanzadas conexiones y sus procesos paralelos, podía llevar a cabo ochocientos cotejos por segundo. A Vander no le gustaba sentarse a esperar los resultados. Tenía por costumbre interrumpir su tarea por la tarde y reanudarla a la mañana siguiente, al regresar al trabajo.

La parte más laboriosa del proceso era lo que Vander solía hacer el sábado y que consistía en introducir las huellas en el ordenador, lo cual le exigía fotografiar las huellas latentes en cuestión, ampliarlas a cinco veces su tamaño, colocar una hoja de papel de calco sobre cada fotografía y calcar con un rotulador las características más significativas. A continuación, Vander reducía el dibujo a una fotografía de tamaño dos por dos para que coincidiera exactamente con el tamaño de la huella. Pegaba la fotografía a una hoja con la huella latente y lo introducía todo en el ordenador. Y después imprimía el resultado de la investigación.

Vander se sentó con la deliberada lentitud de un pianista a punto de iniciar un concierto. Yo casi esperaba que se levantara la bata por detrás, cual si de una cola de frac se tratara, y que extendiera los dedos para darles flexibilidad. Su piano Steinway era la estación de alimentación remota, consistente en un teclado, un monitor, un escáner de imagen y un procesador de imagen de huellas dactilares, entre otras cosas. El escáner de imagen era capaz de leer tanto tarjetas de diez huellas como huellas latentes. El procesador de imagen de huellas dactilares (o PIH, tal como lo llamaba Vander) detectaba inmediatamente las características de las huellas.

Le vi pulsar varios mandos. Después, Vander pulsó la tecla de imprimir y las listas de los posibles sospechosos empezaron a aparecer rápidamente en el papel a rayas verdes.

Acerqué una silla mientras Vander arrancaba la hoja y dividía el papel en diez secciones, separando los casos.

Nos interesaba el 88-01651, número de identificación de las huellas latentes descubiertas en el cuerpo de Lori Petersen. Los cotejos entre los resultados de un ordenador se parecen a unas elecciones políticas. Los posibles aciertos se llaman candidatos y se clasifican según la puntuación. Cuanto más alta es la puntuación, tantos más son los puntos de coincidencia con las huellas latentes que se introducen en el ordenador. En el caso 88-01651 había un principal candidato con un amplio margen de más de mil puntos. Lo cual sólo podía significar una cosa.

Habíamos dado en el blanco.

O «caliente, caliente», tal como decía Vander.

El candidato ganador figuraba impersonalmente indicado como NIC112.

La verdad era que no lo esperaba.

—¿O sea que el que dejó las huellas en la piel de la chica las tiene en la base de datos? —pregunté.

—Exactamente.

—Lo cual significa que podría tener antecedentes penales.

—Tal vez, pero no necesariamente.

Vander se levantó y se acercó a la terminal de verificación. Apoyó levemente los dedos sobre el teclado y estudió la pantalla.

—Puede que lo incluyeran por alguna otra razón —añadió—. Podría pertenecer a las fuerzas del orden o haber solicitado alguna vez una licencia de taxi.

Empezó a marcar las tarjetas de huellas digitales para recuperar su imagen. Inmediatamente, la imagen de búsqueda de huellas, un conglomerado ampliado de vueltas y espirales de color azul turquesa, se yuxtapuso a la imagen de la huella del candidato. A la derecha apareció una columna en la que se indicaban el sexo, la raza, la fecha de nacimiento y otras informaciones relacionadas con la identidad del candidato. Vander sacó una copia impresa de la huella y me la entregó.

La estudié y leí y volví a leer la identidad de NIC112.

Marino estaría encantado.

Según el ordenador (y en eso no podía haber ninguna equivocación) las huellas latentes que el láser había descubierto en el hombro de Lori Petersen correspondían a Matt Petersen, su marido.

4

No me sorprendió demasiado que Matt Petersen hubiera tocado el cuerpo. A menudo constituye una acción refleja tocar a alguien que está aparentemente muerto para tomarle el pulso o bien agarrarlo por el hombro tal como se hace cuando se quiere despertar a una persona. Pero dos cosas me preocupaban. Primero, el láser captó las huellas latentes porque la persona que las dejó tenía en sus dedos residuo de aquellos desconcertantes centelleos... prueba que también se había descubierto en los casos anteriores. Segundo, la tarjeta de las diez huellas de Matt Petersen aún no había sido entregada al laboratorio. El ordenador había dado en el blanco porque las huellas de Matt ya figuraban en la base de datos.

Le estaba diciendo a Vander que tendríamos que averiguar por qué y cuándo le habían tomado las huellas a Petersen y si éste tenía antecedentes penales, cuando entró Marino.

—Su secretaria me ha dicho que estaba aquí —dijo a modo de saludo.

Se estaba comiendo un donut cuyas características me hicieron comprender que procedía de la máquina situada al lado de la cafetera automática de la planta baja. Rose siempre ponía donuts los lunes por la mañana. Contemplando con indiferencia los ordenadores, me entregó un sobre de cartulina.

—Perdone, Neils —dijo en voz baja—, pero aquí la doctora dice que tiene preferencia.

Vander me miró con curiosidad mientras yo abría el sobre. Dentro había una bolsa de plástico de pruebas con la tarjeta de las diez huellas de Petersen. Marino me había puesto en evidencia, y a mí no me gustaba que lo hiciera. En circunstancias normales, la tarjeta habría sido enviada directamente al laboratorio de huellas dactilares... no a mí. Son precisamente estas maniobras las que provocan la animadversión de los compañeros. Piensan que estás invadiendo su terreno y que los estás suplantando cuando, en realidad, es posible que no estés haciendo tal cosa en absoluto.

—No quería que lo dejaran encima de su escritorio y que cualquiera pudiera tocarlo —le expliqué a Vander—. Parece ser que Matt Petersen utilizó base de maquillaje teatral antes de regresar a casa. Si le quedaba algún residuo en las manos, puede que también lo encontremos en la tarjeta.

Vander abrió enormemente los ojos. La idea le interesaba.

—Claro. La pasaremos por el láser.

Marino me miró con expresión malhumorada.

—¿Y qué hay del cuchillo de supervivencia? —le pregunté.

Sacó otro sobre del montón que sujetaba entre el brazo y la cintura.

—Se lo iba a llevar a Frank.

—Primero lo examinaremos con el láser —sugirió Vander.

Sacó otra copia de NIC112, las huellas latentes que Matt Petersen había dejado en el cuerpo de su mujer, y se la entregó a Marino.

Marino la estudió brevemente y después me miró directamente a los ojos, diciendo por lo bajo:

—La madre que lo parió.

Yo estaba familiarizada con aquella triunfal expresión de sus ojos y ya la esperaba. Su significado era: «Ahí tiene usted, señora jefa. Usted habrá aprendido mucho en los libros, pero yo me conozco la calle.»

Comprendí que las tuercas de la investigación se estaban apretando alrededor del marido de una mujer que, a mi juicio, había sido asesinada por un hombre al que ninguno de nosotros conocía.

Quince minutos más tarde, Vander, Marino y yo nos encontrábamos en el interior de una sala equivalente a una cámara oscura, contigua al laboratorio de huellas dactilares. Encima del mostrador, cerca de una pila de gran tamaño, estaban la tarjeta de las diez huellas y el cuchillo de supervivencia. La estancia se hallaba completamente a oscuras. El voluminoso vientre de Marino me estaba rozando desagradablemente el codo izquierdo mientras las brillantes pulsaciones arrancaban toda una serie de centelleos de las tiznaduras de tinta de la tarjeta. También había centelleos en el mango del cuchillo, que era de goma dura y demasiado áspero como para conservar las huellas.

En la ancha y reluciente hoja del cuchillo había toda una serie de restos prácticamente microscópicos y varias huellas parciales muy claras que Vander cubrió con polvos para visualizarlas. Después, Vander se inclinó para estudiar con más detenimiento la tarjeta de las diez huellas. Una rápida comparación visual con sus expertos ojos de águila fue suficiente para que pudiera decir con cierta seguridad:

—Basándonos en una comparación inicial de las líneas, son suyas; las huellas de la hoja del cuchillo pertenecen a Petersen.

El láser se apagó dejándonos sumidos en una negrura absoluta y, poco después, nos vimos inundados por el repentino resplandor de las bombillas del techo, que nos acababan de devolver bruscamente al mundo del suelo de hormigón y de los revestimientos de formica blanca.

Echándome hacia arriba las gafas de protección, empecé a recitar la letanía de observaciones objetivas mientras Vander jugueteaba con el láser y Marino encendía un cigarrillo.

—Las huellas del cuchillo podrían carecer de significado. Si el cuchillo pertenecía a Petersen, es lógico que tenga sus huellas. En cuanto al residuo brillante... sí, está claro que tenía algo en las manos cuando tocó el cuerpo de su mujer y cuando le sacaron las huellas dactilares. Pero no podemos estar seguros de que la sustancia sea la misma que el brillo que hemos encontrado en otras partes, particularmente en los tres primeros casos de estrangulación. Lo examinaremos bajo el microscopio electrónico por si las composiciones elementales de espectros infrarrojos fueran las mismas que las de los residuos encontrados en otras zonas del cuerpo de la víctima y en los casos anteriores.

—¿Cómo? —preguntó Marino con incredulidad—. ¿Quiere usted decir que Matt tenía una sustancia en sus manos y el asesino tenía otra y que éstas no son lo mismo pero parecen iguales bajo el láser?

—Casi todo lo que reacciona fuertemente al láser tiene el mismo aspecto —le expliqué con lentas y mesuradas palabras—. Todo brilla como la blanca luz de neón.

—Sí, pero la mayoría de la gente no tiene en las manos estas mierdas que brillan como el neón, que yo sepa.

Tuve que darle la razón.

—La mayoría de la gente, no.

—Qué curiosa coincidencia que Matt tenga casualmente esta extraña sustancia en las manos.

—Dijo usted que acababa de regresar de un ensayo general —le recordé.

—Eso es lo que él ha dicho.

—No sería mala idea recoger una muestra del maquillaje que usó el viernes por la noche y traerla aquí para analizarla.

Marino me miró despectivamente.

En mi despacho había uno de los pocos ordenadores personales de la segunda planta. Estaba conectado con el ordenador principal, instalado en una sala de unas puertas más abajo, pero no era una terminal muda. Aunque el ordenador principal estuviera apagado, yo podía utilizar mi PC, por lo menos para tratar textos.

Marino me entregó los dos disquetes encontrados en el escritorio del dormitorio de los Petersen. Los introduje en las ranuras y pulsé una tecla de directorio para cada uno de ellos.

En la pantalla apareció un índice de archivos o capítulos de lo que evidentemente era la tesis de Petersen. El tema era Tennessee Williams, «en cuyas obras más celebradas se pone de manifiesto un mundo exasperante que oculta bajo su romántica y noble superficie todo un universo de sexo y violencia», según el párrafo inicial de la Introducción.

Marino miró por encima de mi hombro y sacudió la cabeza.

—Qué barbaridad —musitó—, la cosa cada vez va mejor. No me extraña que la ardilla se pegara un susto cuando le dije que me llevaría los disquetes. Fíjese en eso.

Pasé las páginas por la pantalla.

Había comentarios sobre la polémica forma que tenía Williams de tratar los temas de la homosexualidad y el canibalismo. Se hablaba del brutal Stanley Kowalski y del castrado gigoló de *Dulce pájaro de juventud*. No necesité poderes de vidente para leer los pensamientos de Marino, tan triviales como la primera plana de un periódico sensacionalista. Para él, todo aquello era un material propio de pornografía barata, el combustible de las mentes enfermas que se nutren con las fantasías de las aberraciones sexuales y la violencia. Marino no hubiera sabido distinguir entre la calle y un escenario teatral, aunque le hubieran obligado a punta de pistola a seguir un curso de arte dramático.

Las personas como Williams, e incluso como Matt Petersen, que crean aquellos argumentos raras veces son individuos que los viven en la vida real.

Miré a Marino directamente a los ojos.

—¿Qué pensaría usted si Petersen fuera un estudioso del Antiguo Testamento?

Marino se encogió de hombros, apartó la mirada y la clavó de nuevo en la pantalla.

—Pues mire, eso no es precisamente un material propio de una clase de catecismo.

—Tampoco lo son las violaciones, las lapidaciones, las decapitaciones y las prostitutas. Y, en la vida real, Truman Capote no era un asesino en serie, sargento.

Marino se apartó del ordenador y se sentó en una silla. Yo

giré en mi asiento y le miré desde el otro lado de mi ancho escritorio. Por regla general, cuando entraba en mi despacho prefería permanecer de pie para avasallarme con su estatura. Pero ahora se había sentado y ambos nos encontrábamos al mismo nivel. Llegué a la conclusión de que tenía el propósito de quedarse un ratito.

—¿Qué tal si me lo imprime? ¿Le importaría? A lo mejor resulta muy ameno para leerlo en la cama antes de dormir. ¿Quién sabe? A lo mejor, este bicho raro americano cita también aquí dentro al marqués de Sade o como se llame.

—El marqués de Sade era francés.

—Da igual.

Reprimí mi irritación. Me pregunté qué ocurriría si fuera asesinada la esposa de alguno de mis médicos forenses. ¿Examinaría Marino su biblioteca y pensaría que había dado en el blanco cuando encontrara todos aquellos volúmenes de medicina legal y todos aquellos textos sobre los crímenes más perversos de la historia?

Marino entornó los ojos, encendió otro cigarrillo y le dio una profunda calada. Esperó hasta que hubo exhalado una fina columna de humo antes de decir:

—Parece que tiene usted una elevada opinión de Petersen. ¿En qué se basa? ¿En el hecho de que sea un artista o simplemente en el de que sea un brillante universitario?

—No me he formado ninguna opinión sobre él —contesté—. No sé nada de él, pero tengo la sensación de que no acaba de encajar con las características de la persona que estranguló a esas mujeres.

Marino adoptó una expresión pensativa.

—Mire, doctora, yo sí sé algo de él. Porque resulta que nos pasamos varias horas conversando.

Buscó en el bolsillo de su chaqueta deportiva a cuadros y arrojó dos cintas de microcasete sobre el papel secante de mi escritorio, al alcance de mis manos. Saqué mi cajetilla y encendí a mi vez un cigarrillo.

—Déjeme que le cuente cómo fue. Becker y yo estamos en

la cocina con él, ¿de acuerdo? Se acababan de llevar el cuerpo cuando, de pronto, Petersen cambia por completo. Se incorpora en la silla, se le despeja la cabeza y empieza a gesticular como si estuviera en un escenario o algo por el estilo. Parecía increíble. Se le llenan los ojos de lágrimas, se le quiebra la voz, se ruboriza y después se pone intensamente pálido. Yo pienso para mis adentros, eso no es un interrogatorio. Es una maldita representación teatral. Y me pregunto dónde he visto yo eso antes, ¿comprende? —Reclinándose en su asiento, Marino se aflojó el nudo de la corbata—. Y me acuerdo de Nueva York con gente como Johnny Andretti siempre vestido con trajes de seda, fumando cigarrillos de importación y rezumando encanto por todos sus poros. Es tan simpático que te empiezas a derretir y casi pasas por alto el detalle de que ha despachado a más de veinte personas a lo largo de su carrera delictiva. O Phil, el rufián, que golpeaba a sus chicas con perchas de colgar la ropa y a dos de ellas las mató, pero rompe a llorar en el interior de su restaurante que no es más que una tapadera para su servicio de guardaespaldas. Phil está destrozado por la muerte de sus putas y me dice, inclinándose sobre la mesa:

»—Por favor, busca al que lo haya hecho, Pete. Tiene que ser un animal. Mira, prueba un poco de este vino de Chianti, Pete. Es muy agradable.

»El caso es, doctora, que yo conozco por experiencia la situación. Y Petersen me provoca los mismos recelos que Andretti y Phil. Está representando un papel y yo me pregunto: "Pero, ¿qué se habrá creído este intelectual de Harvard? ¿Que me chupo el dedo o qué?".

Introduje la cinta en mi reproductor de microcasetes sin decir nada.

Marino asintió con la cabeza para indicarme que pulsara el botón de puesta en marcha.

—Acto primero —anunció arrastrando las palabras—. El escenario es la cocina de los Petersen. El personaje principal es Matt. Interpreta un papel trágico. Está pálido y ojeroso, ¿de acuerdo? ¿Y yo qué hago? Pues yo estoy viendo mentalmente una película. En mi vida he estado en Boston y no sabría distinguir entre Harvard y un boquete en el suelo, pero me imagino unos muros de ladrillo cubiertos de hiedra.

Se calló cuando la cinta empezó bruscamente en mitad de una frase de Petersen. Estaba hablando de Harvard y contestando a unas preguntas sobre la manera en que conoció a Lori. Yo había oído bastantes interrogatorios policiales a lo largo de los años, pero aquél me desconcertaba. ¿Qué importancia tenía aquello? ¿Qué relación podía haber entre la forma en que Petersen cortejó a Lori durante sus años de estudiante y el asesinato? Sin embargo, creo que en cierto modo ya lo sabía.

Marino estaba indagando y sonsacando a Petersen. Marino buscaba algo, «cualquier cosa» que pudiera demostrar la personalidad obsesiva y retorcida de Petersen y su probable condición de psicópata.

Me levanté y cerré la puerta para que no nos interrumpieran mientras la voz grabada añadía:

«... la había visto otras veces. En el campus, aquella rubia cargada de libros, siempre con prisas, como si tuviera muchas cosas en la cabeza».

Marino: «¿Qué detalle le llamó la atención, Matt?»

«Es difícil decirlo. Me intrigaba desde lejos. No sé por qué. Pero en parte debió de ser porque iba siempre sola y tenía prisa, como si se dirigiera a algún lugar determinado. Se la veía muy segura de sí misma y parecía tener una meta. Despertaba mi curiosidad.»

Marino: «¿Le ocurre a menudo? Quiero decir, eso de ver a una mujer atractiva que despierta su curiosidad desde lejos.»

«Pues no creo. O sea, veo a la gente tal como la ve todo el mundo. Pero con ella, con Lori, fue distinto.»

Marino: «Siga. Al final, dice que la conoció. ¿Dónde?»

«Fue en una fiesta. En primavera, a principios de mayo. En un apartamento fuera del campus que pertenecía a un amigo de mi compañero de habitación, un tipo que casualmente era un compañero de laboratorio de Lori. Por eso estaba ella allí.

Llegó sobre las nueve, justo en el momento en que yo estaba a punto de irme. Su compañero de laboratorio, Tim creo que se llamaba, le abrió una cerveza y ambos empezaron a conversar. Jamás había oído su voz. Como de contralto, muy suave y agradable. Una de esas voces que te inducen a volver la cabeza para averiguar de dónde proceden. Estaba contando anécdotas sobre un profesor y la gente se reía a su alrededor. Lori llamaba la atención de la gente sin proponérselo.»

Marino: «En otras palabras, al final usted se quedó en la fiesta. La vio y decidió quedarse.»

«Sí.»

«¿Qué aspecto tenía ella entonces?»

«Tenía el cabello más largo y lo llevaba recogido hacia arriba como las bailarinas de ballet. Estaba más delgada y era muy atractiva...»

«Entonces le gustan las mujeres rubias y delgadas. Estas cualidades le parecen atractivas en una mujer.»

«Simplemente pensé que ella era atractiva, eso es todo. Y había más. Su inteligencia. Eso la hacía destacar por encima de otras personas.»

Marino: «¿Y qué más?»

«No lo comprendo. ¿Qué quiere decir?»

Marino: «Me pregunto por qué razón se sintió atraído por ella. —Una pausa—. Me parece interesante.»

«No puedo contestar realmente a su pregunta. Es un elemento misterioso. Cómo conoces a una persona y te das cuenta de que algo se despierta en tu interior. No sé por qué... Dios mío... no lo sé.»

Otra pausa, esta vez más prolongada.

Marino: «Era una de esas mujeres que llaman la atención.»

«Desde luego. Constantemente. Siempre que íbamos juntos a algún sitio o cuando estábamos con mis amigos. La verdad es que siempre me quitaba protagonismo, pero a mí no me importaba. Es más, me gustaba. Me gustaba observar lo que ocurría, lo analizaba, trataba de descubrir por qué razón la gente se sentía atraída por ella. El carisma se tiene o no se tiene. No se puede fabricar. Imposible. Ella ni siquiera se lo proponía. Ocurría sin más.»

Marino: «Dice usted que, cuando la veía en el campus, ella solía ir sola. ¿Y en otros lugares? Me pregunto si tenía por costumbre trabar conversación con los desconocidos. Me refiero a si hablaba con los extraños en las tiendas o las gasolineras. Si, por ejemplo, cuando venía a la casa un repartidor, era una de esas mujeres que los invitan amablemente a pasar.»

«No. Raras veces hablaba con los desconocidos y sé que no invitaba a entrar a ningún desconocido. Jamás. Y tanto menos cuando yo no estaba. Había vivido en Boston y estaba acostumbrada a los peligros de la ciudad. Trabajaba en una sala de urgencias y estaba familiarizada con la violencia y con las cosas malas que le ocurren a la gente. Jamás habría invitado a pasar a un desconocido ni era lo que yo considero particularmente vulnerable a estas cosas. De hecho, cuando empezaron a producirse esos asesinatos por ahí, se asustó. Lamentaba que yo tuviera que irme al término del fin de semana... lo lamentaba más que nunca. Porque no le gustaba quedarse sola por las noches. Era algo que la preocupaba mucho últimamente.»

Marino: «Si tan nerviosa estaba a causa de los asesinatos, habría tenido que cerciorarse de que todas las ventanas estuvieran cerradas.»

«Ya se lo he dicho. Probablemente pensó que estaba cerrada.»

«Pero usted había dejado accidentalmente abierta la ventana del cuarto de baño el pasado fin de semana cuando cambió la persiana.»

«No estoy seguro. Pero es la única explicación que se me ocurre...»

La voz de Becker: «¿Le comentó ella que alguien había estado en la casa o que había tenido algún encuentro en algún lugar con alguien que la había puesto nerviosa? ¿Algo de este tipo? ¿Vio tal vez algún automóvil desconocido en el barrio o tuvo quizás en algún momento la sospecha de que alguien la seguía o la observaba? A lo mejor, conoció a algún tipo y éste empezó a acosarla.»

«Nada de eso.»

Becker: «Si hubiera ocurrido algo así, ¿cree que ella se lo hubiera contado?»

«Por supuesto. Me lo contaba todo. Hace una semana, puede que dos, le pareció oír un ruido en el patio de atrás. Llamó a la policía. Vino un coche patrulla. Era simplemente un gato que andaba rebuscando en los cubos de basura. Con eso quiero decir que me lo contaba todo.»

Marino: «¿Qué otras actividades desarrollaba aparte del trabajo?»

«Tenía algunas amigas, dos médicas del hospital. A veces, salía a cenar con ellas o iban juntas de compras o al cine. Nada más. Estaba muy ocupada. Por regla general, hacía su turno y regresaba a casa. Estudiaba y a veces practicaba con el violín. Durante la semana, solía trabajar y después regresaba a casa y se iba a dormir. Los fines de semana me los dedicaba a mí. Era nuestro momento. Los fines de semana los pasábamos juntos.»

Marino: «Este fin de semana pasado, ¿fue la última vez que usted la vio?»

El sábado por la tarde, sobre las tres. Poco antes de que yo regresara a Charlottesville. Ese día no salimos. Llovía a cántaros. Nos quedamos en casa, bebimos café, charlamos...»

Marino: «¿Con cuánta frecuencia hablaba usted con ella durante la semana?»

«Varias veces. Siempre que podíamos.»

Marino: «¿La última vez fue anoche, el jueves por la noche?»

«La llamé para decirle que regresaría después del ensayo y que, a lo mejor, sería un poco más tarde que de costumbre, pues se trataba de un ensayo general. Este fin de semana habríamos salido. Si hubiera hecho buen tiempo, teníamos pensado ir a la playa.»

Silencio.

Petersen estaba haciendo un esfuerzo. Le oí respirar hondo, como si tratara de serenarse.

Marino: «Cuando habló usted con su esposa anoche, ¿le comentó ella algún problema en particular, le dijo quizá que alguien había venido a la casa? ¿Alguien la molestó en el trabajo, recibió alguna llamada telefónica extraña, algo por el estilo?»

Silencio.

«Nada. Nada de todo eso. Estaba de buen humor, se reía... estaba deseando... mmm... deseando que llegara el fin de semana.»

Marino: «Háblenos un poco más de ella, Matt. Cualquier cosa, por mínima que sea, nos podría ayudar. Sus antecedentes, su personalidad, las cosas que eran importantes para ella.»

Mecánicamente: «Es de Filadelfia, su padre trabaja en el sector de seguros y tiene dos hermanos, ambos menores que ella. La medicina era lo más importante para ella. Era su vocación.»

Marino: «¿Qué especialidad estaba estudiando?»

«Cirugía plástica.»

Becker: «Interesante. ¿Qué la hizo decidirse por eso?»

«Cuando tenía diez años, tal vez once, su madre enfermó de cáncer de mama y tuvieron que practicarle dos mastectomías radicales. Sobrevivió, pero su autoestima quedó destruida. Creo que se sentía desfigurada, inútil, intocable. Lori lo comentaba a veces. Creo que quería ayudar a la gente. A la gente que ha pasado por estas cosas.»

Marino: «Y tocaba el violín.»

«Sí.»

Marino: «¿Dio alguna vez algún concierto, tocó en alguna orquesta sinfónica, algo de cara al público?»

«Lo hubiera podido hacer, creo. Pero no tenía tiempo.»

Marino: «¿Qué más? Por ejemplo, a usted le gusta mucho el teatro y en este momento actúa en una obra. ¿Le interesaban a ella estas cosas?»

«Muchísimo. Es una de las cosas que me fascinaron de ella cuando nos conocimos. Dejamos la fiesta, la fiesta en la que nos habíamos conocido, y nos pasamos horas paseando por el campus. Cuando le comenté los cursos que estaba siguiendo, me di cuenta de que sabía mucho de teatro y empezamos a hablar de obras y cosas así. Yo entonces estaba estudiando la obra de Ibsen y comentamos la cuestión de la realidad y la ilusión, lo que es auténtico y lo que es desagradable en los individuos y en la sociedad. Uno de los temas más habituales de Ibsen es la sensación de alienación del hogar. O sea, la separación. Hablamos de eso.

»Y me dejó sorprendido. Jamás lo olvidaré. Se rio y me dijo: "Vosotros los actores creéis que sois los únicos capaces de entender estas cosas. Muchos de nosotros experimentamos los mismos sentimientos, el mismo vacío, la misma soledad. Pero nos faltan los instrumentos para expresarlo con palabras. Y seguimos adelante y luchamos. Los sentimientos son los sentimientos. Creo que los sentimientos de la gente son bastante parecidos en todo el mundo."

»Entonces nos enzarzamos en una discusión e iniciamos un debate amistoso. Yo no estaba de acuerdo. Algunas personas sienten las cosas con más intensidad que otras y algunas sienten cosas que los demás no sentimos. Ésa es la causa del aislamiento, la sensación de estar al margen, de ser distinto...»

Marino: «¿Eso es algo que le atrae?»

«Es algo que comprendo. Puede que no sienta todo lo que sienten los demás, pero comprendo los sentimientos. Nada me sorprende. Si usted estudia literatura, arte dramático, entra en contacto con un amplio espectro de emociones humanas, de necesidades e impulsos, buenos y malos. Yo me identifico por naturaleza con los personajes, siento lo que ellos sienten y actúo tal como ellos lo hacen, pero eso no significa que tales manifestaciones sean un reflejo de lo que yo siento. Creo que si algo me hace sentir distinto de los demás es mi necesidad de experimentar estas cosas, mi necesidad de analizar y comprender el amplio espectro de las emociones humanas que acabo de mencionar.»

Marino: «¿Puede usted comprender las emociones de la persona que le ha hecho eso a su esposa?»

Silencio.

Casi inaudiblemente: «Dios bendito, no.»

Marino: «¿Está usted seguro?»

«No. Quiero decir, sí, ¡estoy seguro! ¡No quiero comprenderlo!»

Marino: «Sé que es muy duro para usted pensar en eso, Matt. Pero nos podría ayudar mucho si nos diera alguna idea. Por ejemplo, si usted estuviera preparando el papel de un asesino de este tipo, ¿cómo sería este hombre...?»

«¡No lo sé! ¡El muy asqueroso hijo de puta! —La voz de Petersen se quebró de rabia—. ¡No sé por qué me hace esta pregunta! ¡Los policías son ustedes! ¡Son ustedes los que tienen que saberlo!»

Petersen enmudeció bruscamente como si se hubiera levantado la aguja de un disco.

La cinta se pasó un buen rato girando sin que se oyera otra cosa que no fueran los carraspeos de Marino o el rumor de una silla empujada hacia atrás.

Después, Marino le preguntó a Becker: «¿No tendrías por casualidad otra cinta en el coche?»

Entonces Petersen musitó algo; me pareció que estaba llorando: «Tengo un par de cintas en el dormitorio.»

«Vaya —dijo la fría voz de Marino, arrastrando las palabras—, es muy amable de su parte, Matt.»

Veinte minutos más tarde, Matt Petersen entró de lleno en el tema del hallazgo del cuerpo de su mujer.

Fue horrible oír y no ver. No podía haber ninguna distracción. Me dejé llevar por la corriente de sus imágenes y recuerdos. Sus palabras me conducían a zonas oscuras en las que no deseaba entrar.

La cinta seguía girando.

«... Pues estoy seguro, no llamé primero. Nunca lo hacía, simplemente me marchaba. No me entretenía ni nada de eso. Tal como digo, salí de Charlottesville en cuanto terminó el ensayo y se guardaron los decorados y los trajes. Debían de ser casi las doce y media. Tenía prisa por regresar a casa. No había visto a Lori en toda la semana.

»Eran cerca de las dos cuando aparqué delante de la casa, y al ver las luces apagadas me di cuenta de que ella se había ido a dormir. Tenía un horario de trabajo muy duro. Un turno de doce horas y veinticuatro horas libres, un turno que no coincidía con el horario biológico de los seres humanos y que nunca era el mismo. Trabajó el viernes hasta el mediodía, hubiera tenido libre el sábado, es decir, hoy. Y mañana hubiera trabajado desde la medianoche hasta el mediodía del lunes. El martes lo hubiera tenido libre y el miércoles hubiera vuelto a trabajar desde el mediodía hasta la medianoche. Ése era el esquema.

»Abrí la puerta principal y encendí la luz del salón. Todo parecía normal. Retrospectivamente, puedo decir que no tenía ninguna razón para buscar nada fuera de lo corriente. Recuerdo que la luz del pasillo estaba apagada. Me fijé porque ella solía dejarla encendida para mí. Tenía la costumbre de entrar directamente en el dormitorio. Si ella no estaba muy cansada, aunque casi siempre lo estaba, nos sentábamos en la cama a tomar una copa de vino y charlar. Permanecíamos despiertos hasta altas horas de la madrugada y después nos levantábamos tarde.

»Me extrañó. Sí. Algo me extrañó. El dormitorio. Al principio casi no vi nada porque la luz... la luz estaba apagada, claro. Pero me di cuenta inmediatamente de que pasaba algo. Fue como si lo intuyera antes de verlo. Tal como intuyen las cosas los animales. Creí percibir un olor, pero no estuve seguro y todavía me pareció más extraño.»

Marino: «¿Qué clase de olor?»

Silencio.

«Estoy tratando de recordar. Lo noté vagamente. Pero fue suficiente para desconcertarme. Un olor desagradable. Dulzón, pero como a podrido. Raro.»

Marino: «¿Quiere decir un olor de tipo corporal?»

«Similar, pero no exactamente. Dulzón. Desagradable. Acre y como de sudor.»

Becker: «¿Un olor que ya había percibido otra vez?»

Una pausa.

«No, no es que lo hubiera percibido otra vez, no creo. Era débil, pero creo que lo noté más porque no podía ver ni oír nada cuando entré en el dormitorio. Todo estaba en silencio. Lo primero que me llamó la atención fue ese olor tan raro. Se me ocurrió pensar, curiosamente se me ocurrió pensar que... a lo mejor, Lori había comido algo en la cama. No sé. Era como de barquillo, como de jarabe. Pensé que, a lo mejor, estaba indispuesta, que había comido algo y le había sentado mal. Porque a veces se daba atracones de comida. Cuando estaba nerviosa, le daba por comer cosas que engordan. Aumentó varios kilos cuando yo empecé a ir y venir de Charlottesville...»

Ahora la voz le temblaba muchísimo.

«Era un olor repugnante, malsano, como si ella estuviera indispuesta y se hubiera pasado todo el día en la cama. Eso habría explicado que las luces estuvieran apagadas y ella no me hubiera esperado despierta.»

Silencio.

Marino: «Y entonces, ¿qué ocurrió, Matt?»

«Entonces mis ojos empezaron a acostumbrarse a la oscuridad y no comprendí lo que estaba viendo. La cama surgió en la oscuridad y no comprendí por qué la colcha estaba colgando de aquella manera tan rara. Y ella. Tendida en aquella posición tan rara y sin nada encima. Dios mío. Pareció como si el corazón quisiera escaparse de mi pecho antes de darme cuenta. Y cuando encendí la luz y la vi... me puse a gritar, pero no pude oírme la voz. Como si gritara dentro de la cabeza. Como si el cerebro hubiera salido del cráneo y flotara por el aire. Vi la mancha en la sábana, el color rojo, la sangre que le salía de la nariz y la boca. La cara. No pensé que fuera ella. No era ella. Ni siquiera se parecía a ella. Era otra persona. Una broma, una jugada de mal gusto. No era ella.»

Marino: «¿Qué hizo usted a continuación, Matt? ¿La tocó o cambió de sitio alguna cosa del dormitorio?»

Una prolongada pausa y después el rumor de la rápida y afanosa respiración superficial de Petersen:

«No, quiero decir, sí. La toqué. No pensé. Le toqué el hombro, el brazo. No recuerdo. Estaba caliente. Pero, cuando quise tomarle el pulso, no le encontré las muñecas. Porque estaba tendida encima de ellas, las tenía atadas a la espalda. Le toqué el cuello y vi el cordón hundido en su piel. Creo que intenté comprobar si le latía el corazón u oír algo, pero no recuerdo. Lo comprendí. Comprendí que estaba muerta. Por su aspecto, tenía que estar muerta. Corrí a la cocina. No recuerdo lo que dije y ni siquiera recuerdo si marqué un número de teléfono. Pero sé que llamé a la policía y empecé a pasear arriba y abajo. Entraba y salía del dormitorio. Me apoyé contra la pared y lloré y hablé con ella. Hablé con ella hasta que llegó la policía. Le dije que no permitiera que eso fuera verdad. Me acercaba a ella, me apartaba y le suplicaba que no fuera verdad. Esperaba que llegara alguien. Me pareció que transcurría una eternidad...»

Marino: «Los cordones eléctricos, la manera en que ella estaba atada. ¿Cambió algo, tocó los cordones o hizo algo? ¿Lo recuerda?»

«No, quiero decir, no recuerdo si hice algo. Pero no creo. Algo me lo impidió. Algo me dijo que no tocara nada.»

Marino: «¿Tiene usted un cuchillo?»

Silencio.

Marino: «Un cuchillo, Matt. Encontramos un cuchillo, un cuchillo de supervivencia con una piedra de afilar en la funda y una brújula en el mango.»

Confuso: «Ah, sí. Lo compré hace años. Uno de esos cuchillos que se compran por correo y que valen quinientos noventa y cinco dólares o algo así. Lo solía llevar cuando iba de excursión. Tiene una caña de pescar y cerillas dentro del mango.»

Marino: «¿Dónde lo vio por última vez?»

«Encima del escritorio. Estaba en el escritorio. Creo que

Lori lo usaba como abrecartas. A lo mejor, se sentía más segura teniéndolo a mano. Por eso de que se quedaba sola por las noches. Le dije que podríamos tener un perro. Pero ella es alérgica.»

Marino: «Si entiendo bien lo que me dice, Matt, el cuchillo estaba encima del escritorio la última vez que usted lo vio. ¿Cuándo fue eso? ¿El sábado pasado, el domingo en que usted estuvo en casa y cambió la persiana de la ventana del cuarto de baño?»

Ninguna respuesta.

Marino: «¿Se le ocurre a usted algún motivo por el cual su esposa hubiera podido cambiar de sitio el cuchillo, guardándolo, por ejemplo, en un cajón o algo por el estilo? ¿Lo había hecho alguna vez?»

«No creo. Llevaba meses encima del escritorio, junto a la lámpara.»

Marino: «¿Puede usted explicarme por qué encontramos este cuchillo en el último cajón de la cómoda, debajo de unos jerseys y al lado de una caja de condones? Supongo que es su cajón, ¿verdad?»

Silencio.

«No. No puedo explicarlo. ¿Allí lo encontró usted?»

Marino: «Sí.»

«Los condones. Llevan un montón de tiempo allí. —Una risa hueca, casi un jadeo—. Desde antes de que Lori empezara a tomar la píldora.»

Marino: «¿Está usted seguro de eso? ¿De lo de los condones?»

«Pues claro que estoy seguro. Empezó a tomar la píldora a los tres meses de casarnos. Nos casamos poco antes de mudarnos aquí. Hace menos de dos años.»

Marino: «Mire, Matt, tengo que hacerle unas cuantas preguntas de tipo personal y quiero que comprenda que no pretendo acosarle ni ponerle en una situación embarazosa. Pero tengo mis motivos. Hay cosas que tenemos que averiguar por su propio bien. ¿De acuerdo?»

Silencio.

Oí que Marino encendía un cigarrillo. «Muy bien, pues. Los condones. ¿Mantenía usted relaciones fuera del matrimonio? Con alguna otra persona quiero decir.»

«Rotundamente, no.»

Marino: «Usted vivía fuera de la ciudad durante la semana. Yo en su lugar hubiera sentido la tentación de...»

«Bueno, yo no soy usted. Lori lo era todo para mí. No tenía ningún lío con nadie.»

Marino: «¿Alguien que actuaba en la obra con usted tal vez?»

«No.»

Marino: «Verá, es que estas cositas se suelen hacer. Quiero decir, forman parte de la naturaleza humana, ¿de acuerdo? Un hombre tan bien parecido como usted... seguramente las mujeres se lo rifaban. ¿Quién se lo podría reprochar? Pero si usted se veía con alguien, tenemos que saberlo. Podría haber alguna conexión.»

Casi inaudiblemente: «No, ya se lo he dicho, no. No podría haber ninguna conexión a no ser que me acusen de algo.»

Becker: «Nadie le está acusando de nada, Matt.»

El rumor de algo deslizándose sobre la superficie de la mesa. El cenicero tal vez.

Y Marino preguntando: «¿Cuándo fue la última vez que mantuvo relaciones sexuales con su esposa?»

Silencio.

La voz de Petersen, temblando: «Dios mío.»

Marino: «Ya sé que es asunto suyo, y muy personal. Pero tiene que decírnoslo. Tenemos nuestros motivos.»

«El domingo por la mañana. El domingo pasado.»

Marino: «Usted sabe que se efectuarán pruebas, Matt. Los científicos lo examinarán todo para poder averiguar los grupos sanguíneos y hacer comparaciones. Tendremos que hacerle pruebas de la misma manera que hemos tenido que tomarle las huellas dactilares. Para poder clasificar las cosas y saber lo que es suyo, lo que es de su esposa y lo que quizás es de...»

La cinta terminaba bruscamente. Parpadeé y pareció que mis ojos se concentraban en algo por primera vez en muchas horas.

Marino extendió la mano hacia la grabadora, la apagó y sacó las cintas.

—Después —terminó diciendo— lo llevamos al Hospital General de Richmond para hacerle las pruebas de sospechoso. En estos momentos, Betty le está analizando la sangre a ver qué encontramos.

Asentí con la cabeza, mirando hacia el reloj de pared. Eran las doce del mediodía. Me sentía asqueada.

—No está mal, ¿eh? —Marino reprimió un bostezo—. Se da cuenta, ¿verdad? Le digo que este tipo no es trigo limpio. Algo tiene que haber en un tipo que es capaz de permanecer sentado así después de haber descubierto a su mujer de esta manera y es capaz de hablar tal como él lo hace. La mayoría de la gente apenas habla. En cambio, él se habría pasado hablando hasta Navidad si yo le hubiera dejado. Muchas palabras bonitas y mucha poesía, si quiere que le diga la verdad. Es listo. Si quiere usted mi opinión, aquí la tiene. Es tan listo que me causa repeluzno.

Me quité las gafas y me masajeé las sienes. Tenía el cerebro recalentado y me ardían los músculos del cuello. La blusa de seda bajo la bata de laboratorio estaba empapada de sudor. Mis circuitos estaban tan sobrecargados que lo único que deseaba era apoyar la cabeza sobre los brazos y dormir.

—Su mundo son las palabras, Marino —me oí decir a mí misma—. Un pintor le hubiera pintado un cuadro. Matt lo ha descrito con palabras. Así es como él existe y se expresa, por medio de las palabras. Las personas como él manifiestan los pensamientos verbalmente.

Volví a ponerme las gafas y miré a Marino. Estaba perplejo y tenía el carnoso rostro arrebolado.

—Bueno, piense por ejemplo en lo del cuchillo, doctora. Tiene sus huellas, a pesar de que él dice que era su mujer quien lo utilizaba desde hace meses. Tiene en el mango el mismo centelleo que había en sus manos. Y el cuchillo estaba en un cajón de la cómoda, como si alguien lo hubiera querido esconder. Eso da que pensar, ¿no cree?

—Considero posible que el cuchillo estuviera encima del escritorio de Lori y que ésta raras veces lo usara, y creo que no tenía ningún motivo para tocar la hoja cuando lo utilizaba ocasionalmente como abrecartas. —Lo estaba viendo mentalmente con tanta claridad que casi podía creer que las imágenes eran recuerdos de acontecimientos realmente ocurridos—. Considero posible que el asesino también viera el cuchillo y que tal vez lo tomara y lo sacara de la funda para examinarlo. Quizá lo utilizó...

—¿Por qué?

—¿Y por qué no?

Un encogimiento de hombros.

—Quizá para confundir a la gente —añadí—. Quizá por pura maldad. No tenemos ni idea de lo que ocurrió. Posiblemente, le hizo preguntas a propósito del cuchillo y la atormentó con su propia arma... o, mejor dicho, con la de su marido. Y si ella habló con él tal como yo sospecho, es posible que el asesino averiguara que el cuchillo pertenecía al marido. Y entonces quizá pensó: «Lo voy a usar. Y lo guardaré en un cajón para que la policía lo encuentre.» O, quizá, su motivo fue puramente utilitario. En otras palabras, el cuchillo era más grande que el que él llevaba, le llamó la atención, lo usó y no quiso llevárselo y lo guardó en un cajón, confiando en que no descubriéramos que lo había usado... así de sencillo.

—O, a lo mejor, lo hizo todo Matt —dijo categóricamente Marino.

—¿Matt? Piénselo bien. ¿Podría un marido violar y maniatar a su esposa? ¿Podría fracturarle las costillas y romperle los dedos? ¿Podría estrangularla lentamente hasta provocarle la muerte? Se trata de alguien a quien ama o había amado. Alguien con quien se acuesta, come, habla y convive. Una persona, sargento. No un ser desconocido o un objeto despersonalizado de lujuria y violencia. ¿Cómo va usted a relacionar a un marido que asesina a su esposa con las tres estrangulaciones anteriores?

Estaba claro que Marino ya lo había pensado.

—Ocurrieron pasada la medianoche, en la madrugada del sábado. Justo a la hora en que Matt regresaba a casa desde Charlottesville. A lo mejor, su mujer sospechó de él por alguna razón y él decidió darle una zurra. Quizá le hizo lo que a las otras para que pensáramos que había sido el asesino en serie. O puede ser que pretendiera liquidar a su mujer ya desde un principio y cometió los tres asesinatos anteriores para que pareciera que su mujer había sido atacada por el mismo asesino anónimo.

—Un argumento estupendo para Agatha Christie —dije, empujando la silla hacia atrás y levantándome—. Pero, como usted sabe, en la vida real el asesinato suele ser deprimentemente sencillo. Creo que estos asesinatos son sencillos. Son exactamente lo que parecen, impersonales asesinatos al azar cometidos por alguien que acecha a las víctimas el tiempo suficiente como para saber cuál es el mejor momento para atacarlas.

Marino también se levantó.

—Sí, lo que ocurre es que en la vida real, doctora Scarpetta, los cuerpos no tienen estos centelleos tan raros, los mismos que se han encontrado en las manos del marido que descubre el cuerpo y deja sus huellas por todas partes. Y las víctimas no tienen por marido a unos actores de cara bonita que escriben preciosas tesis sobre el sexo y la violencia, los caníbales y los maricones.

—El olor que ha mencionado Petersen —dije en tono pausado—. ¿Notó usted algo cuando llegó al lugar de los hechos?

—No, no noté nada. A lo mejor percibió el olor del líquido seminal, si es que dice la verdad.

—Cabe suponer que conoce ese olor.

—Pero es posible que no lo esperara. No hay ningún motivo para que le viniera a la mente. Yo, cuando entré en el dormitorio, no percibí ningún olor como el que él describió.

—¿Recuerda haber notado algún olor raro en los otros escenarios de los crímenes?

—No, señora. Lo cual confirma ulteriormente mi sospecha de que o son figuraciones de Matt o éste se lo inventa para despistarnos.

Entonces se me ocurrió.

—En los tres casos anteriores las mujeres no fueron encontradas hasta el día siguiente, cuando ya llevaban muertas por lo menos doce horas.

Marino se detuvo en la puerta y me miró con incredulidad.

—¿Está usted insinuando que Matt regresó a casa poco después de que el asesino se fuera y que el asesino despedía un extraño olor corporal?

—Estoy insinuando que es posible.

Marino contrajo el rostro en una mueca de cólera y, mientras se alejaba a grandes zancadas por el pasillo, le oí murmurar:

—Malditas mujeres...

5

El Marketplace de la calle Seis es como un centro comercial de la costa, pero sin agua, una de esas soleadas galerías
construidas en acero y cristal en el extremo norte del distrito
bancario, en el mismo núcleo de la ciudad. No tenía por costumbre almorzar fuera y por supuesto que aquel mediodía no
tenía tiempo para tales lujos. Tenía una cita antes de una hora
y estaba trabajando en dos muertes repentinas y un suicidio,
pero necesitaba relajarme.

Marino me preocupaba. Su actitud hacía mí me hacía recordar la Facultad de Medicina.

Yo era una de las cuatro chicas de mi clase en la Universidad Hopkins. Al principio, mi ingenuidad me impidió darme
cuenta de lo que ocurría. El súbito ruido de sillas y los crujidos de papeles cuando el profesor me llamaba no eran una
coincidencia. Tampoco era una casualidad que los antiguos
exámenes circularan entre los alumnos, pero a mí nunca me
llegaban. Las excusas («No entenderías mi caligrafía» o «Se los
he prestado a otro») eran demasiado habituales cuando yo iba
de un compañero a otro en las pocas ocasiones en que faltaba
a clase y necesitaba copiar los apuntes de alguien. Yo era un
minúsculo insecto que se enfrentaba con una impresionante
red masculina en la cual podría verme atrapada, pero de la cual
nunca podría formar parte.

El aislamiento es el más cruel de los castigos y jamás se me
había ocurrido pensar que yo fuera un ser infrahumano por el
hecho de no ser un hombre. Una de mis compañeras de la cla-

se acabó marchándose, y otra fue víctima de un agotamiento nervioso total. La supervivencia era mi única esperanza, el éxito mi única venganza.

Pensaba que aquellos días ya habían quedado atrás, pero Marino me los había devuelto. Ahora me sentía más vulnerable, porque aquellos asesinatos me estaban afectando de un modo distinto de como afectaban a los demás. No quería estar sola en aquel asunto, pero, al parecer, Marino ya había tomado una decisión, no sólo con respecto a Matt Petersen sino también con respecto a mí.

El paseo al mediodía me tranquilizó. El sol brillaba y parpadeaba en los parabrisas de los automóviles que pasaban. La puerta de cristal de doble hoja del Marketplace estaba abierta para permitir la entrada de la brisa primaveral, y el autoservicio estaba tan abarrotado de gente como ya suponía. Esperando mi turno en la cola del mostrador de ensaladas, contemplé a la gente que me rodeaba; jóvenes parejas que se reían y hablaban mientras comían sentadas junto a las mesitas y también mujeres solas, profesionales vestidas con costosas prendas, sorbiendo colas de régimen o mordisqueando bocadillos de pan griego *pitta*.

El asesino pudo ver por primera vez a sus víctimas en un lugar como aquél, un espacioso lugar público en el que lo único que las cuatro mujeres tuvieran en común fuera el hecho de que él las atendiera en uno de los mostradores.

Sin embargo, el problema más abrumador y aparentemente enigmático era que las mujeres asesinadas no trabajaban ni vivían en las mismas zonas de la ciudad. No era probable que compraran o almorzaran o hicieran sus operaciones bancarias o cualquier otra cosa en los mismos lugares. Richmond tiene una superficie muy extensa, con prósperas zonas comerciales y áreas de negocios en los cuatro puntos cardinales. La gente que vive en el norte es abastecida por los comerciantes del norte de la ciudad, y la que vive al sur del río es atendida por los comerciantes del sur, y lo mismo ocurre en la zona oriental de la ciudad. Yo, por ejemplo, me limitaba a visitar las galerías comerciales y los restaurantes del West End, menos cuando trabajaba.

La mujer que atendió en el mostrador mi petición de una ensalada griega se detuvo un instante y clavó los ojos en mi rostro como si le recordara a alguien. Me pregunté con inquietud si habría visto mi imagen en el periódico de la tarde del sábado. O si me habría visto en algunas de las filmaciones de procesos judiciales que las emisoras locales de televisión sacaban de sus archivos cada vez que algún asesinato provocaba una conmoción en la zona central de Virginia.

Siempre había tenido especial empeño en pasar inadvertida y en no llamar la atención, pero lo tenía difícil por distintas razones. En el país había muy pocas mujeres al frente de un departamento de medicina legal, lo cual inducía a los reporteros a mostrarse especialmente interesados en apuntarme con sus cámaras o arrancarme comentarios. Se me podía reconocer fácilmente porque mi aspecto era «distinguido», era «rubia», «agraciada» y yo qué sé cuántas cosas más. Mis antepasados proceden del norte de Italia, donde existe un segmento de población con el cabello rubio y los ojos azules, emparentada con las gentes de Saboya, Suiza y Austria.

Los Scarpetta son tradicionalmente un grupo etnocéntrico de italianos que se han casado con otros italianos de este país para mantener la pureza del linaje. El mayor fracaso de mi madre, según me ha dicho ella muchas veces, es no haber tenido ningún hijo varón y tener dos hijas que han resultado ser unos callejones sin salida genéticamente hablando. Dorothy profanó la estirpe con Lucy, que es medio latina, y yo, a estas alturas y dada mi situación matrimonial, no es probable que profane nada.

Mi madre es muy propensa a llorar y a deplorar el hecho de que su familia directa se encuentre al borde de la extinción. «Toda esta sangre tan buena —solloza, especialmente durante las vacaciones en que debería estar rodeada de todo un enjambre de adorables y adorados nietos—. Qué lástima. ¡Toda esta sangre tan buena! ¡Nuestros antepasados! ¡Arquitectos, pintores! Kay, Kay, mira que desperdiciar todo esto, los mejores racimos de la vid.»

Nuestro origen se sitúa en Verona, la ciudad de Romeo Montesco y de Julieta Capuleto, de Dante, Pisano, Ticiano, Bellini y Paolo Cagliari, según mi madre. Insiste en creer que estamos en cierto modo emparentados con estas lumbreras, a pesar de que yo le he recordado que Bellini, Pisano y Ticiano, aunque influyeron en la Escuela de Verona, nacieron realmente en Venecia, y el gran poeta Dante era florentino y tuvo que tomar la vía del destierro tras el triunfo de los güelfos negros, viéndose obligado a vagar de ciudad en ciudad. O sea que su estancia en Verona no fue más que un alto en su camino hacia Rávena. Nuestros antepasados más directos han sido más bien ferroviarios o agricultores, gentes humildes que emigraron a Estados Unidos hace dos generaciones.

Con mi blanca bolsa en la mano me sumergí de nuevo en la agradable tibieza de la tarde. Las aceras estaban abarrotadas de gente que iba y venía de almorzar. Mientras esperaba en una esquina a que cambiara el semáforo, me volví instintivamente hacia dos figuras que salían del restaurante chino de la acera de enfrente. El cabello rubio había atraído mi atención. Bill Boltz, el fiscal de la mancomunidad para la ciudad de Richmond, se estaba poniendo unas gafas de sol y parecía enzarzado en una intensa discusión con Norman Tanner, el director de Seguridad Ciudadana. Por un instante, Boltz miró directamente hacia el lugar donde yo me encontraba, pero no correspondió a mi saludo con la mano. O puede que no me viera. No volví a saludarle. Después, ambos se alejaron y se perdieron entre la corriente de rostros anónimos y de pies que se arrastraban por el suelo.

Cuando el semáforo se puso verde tras una interminable espera, crucé la calle y me acordé de Lucy al acercarme a un establecimiento de informática. Entré y encontré algo que sin duda le iba a gustar, no un videojuego sino un curso de historia, arte y música con un apartado de preguntas culturales. La víspera habíamos alquilado una embarcación de remo y habíamos paseado por las aguas del pequeño lago. Después corrimos a la fuente, donde Lucy me echó agua encima y yo le devolví el trato, mojándola a mi vez y jugando infantilmente con ella. Les echamos migas de pan a los patos y chupamos cucuruchos de helado de uva hasta que se nos puso la lengua de color morado. El jueves por la mañana la niña regresaría a Miami y yo no volvería a verla hasta la Navidad, eso si volvía a verla este año.

Era la una menos cuarto cuando entré en el vestíbulo de la oficina del jefe del Departamento de Medicina Legal, u OJDML, tal como se la llama. Benton Wesley había llegado con quince minutos de antelación y se encontraba sentado en el sofá, leyendo el *Wall Street Journal*.

—Espero que lleve algo para comer en esa bolsa —dijo en tono burlón, doblando el periódico y tomando su cartera de documentos.

—Vinagre de vino, le encantará.

—Lo que sea, qué demonios... me da igual. Algunos días estoy tan desesperado que hasta me imagino que el acondicionador de aire que hay al otro lado de mi puerta está lleno de ginebra.

—Desperdicia la imaginación con eso.

—No. Es la única fantasía de que puedo hablar delante de una señora.

Wesley era un experto en diseño de perfiles de sospechosos que trabajaba en la delegación del FBI en Richmond aunque, en realidad, pasaba muy poco tiempo allí. Cuando no estaba en la carretera, solía estar en la Academia Nacional de Quantico, dando clases sobre investigación de muertes y haciendo todo lo que podía para que el duro PDDV superara su difícil adolescencia. PDDV es la sigla del Programa de Detención de Delincuentes Violentos. Uno de los conceptos más innovadores del PDDV era el de los equipos regionales, en los que un experto del FBI colaboraba con un investigador de homicidios de la policía. El departamento de Policía de Richmond había recurrido al PDDV inmediatamente después de producirse la segunda estrangulación. Marino, aparte de su condición de sargento investigador de la ciudad, era el compañero de equipo regional de Wesley.

—He llegado temprano —se disculpó Wesley, siguiéndome por el pasillo—. Vengo directamente del dentista. No me molestará que coma mientras hablamos.

—Pero a mí sí —dije.

Su mirada de perplejidad fue inmediatamente sustituida por una tímida sonrisa.

—Lo había olvidado. Usted no es el doctor Cagney. En su escritorio del depósito de cadáveres solía tener una caja de galletitas de queso. En plena tarea, hacía una pausa para tomarse un piscolabis. Era increíble.

Entramos en una estancia tan pequeña como un gabinete donde había un frigorífico, una máquina automática de Coca-Cola y una cafetera.

—Tuvo suerte de no enfermar de hepatitis o de sida —dije.

—De sida. —Wesley se rio—. Le habría estado bien empleado.

Como muchos médicos que conozco, el doctor Cagney era famoso por su profunda aversión hacia los homosexuales. «Otro marica de mierda», solía decir cuando le enviaban a personas de ciertas características para que las examinara.

—El sida... —Wesley aún se estaba regodeando con la idea cuando yo introduje mi ensalada en el frigorífico—. Lo bien que me lo habría pasado oyéndole explicar el origen de su apurada situación.

Poco a poco, Wesley se me había hecho simpático. La primera vez que le vi, tuve mis reservas. A primera vista, parecía confirmar la existencia de los estereotipos. Era FBI de la cabeza a los pies típicamente calzados con zapatos Florsheim, un hombre de rudas facciones y cabello prematuramente plateado cuyo aspecto aparentemente apacible no coincidía con la realidad de su temperamento. Era fuerte y delgado y, con su traje a medida de color caqui y su corbata de seda azul estampada con vistosos colores, parecía un abogado criminalista.

No recordaba haberle visto jamás sin una camisa blanca ligeramente almidonada.

Era licenciado en Psicología y había sido director de escuela en Dallas antes de incorporarse al fin, donde primero trabajó como agente de calle y posteriormente como infiltrado en sectores de la mafia, antes de acabar en cierto modo por donde había empezado. Los expertos en diseños de perfiles son auténticos profesores, pensadores y analistas. A veces hasta llego a pensar que son magos.

Tomando nuestros cafés, giramos a la izquierda para dirigirnos a la sala de reuniones. Marino estaba sentado junto a la alargada mesa, repasando una abultada carpeta. Me sorprendí levemente. Por no sé qué motivo, había pensado que llegaría con retraso.

Antes de que yo tuviera ocasión de acercar una silla, anunció lacónicamente:

—He pasado por Serología hace un minuto. Pensé que le interesaría saber que Matt Petersen pertenece al grupo A positivo y es un no secretor.

Wesley le miró con interés.

—¿El marido de quien me hablaste?

—Sí. Un no secretor. Como el tipo que ha liquidado a esas mujeres.

—Un veinte por ciento de la población es no secretora —dije en tono pausado.

—Sí —añadió Marino—. Dos de cada diez personas.

—O aproximadamente cuarenta y cuatro mil personas en una ciudad del tamaño de Richmond. Y veintidós mil si la mitad de este número pertenece al sexo masculino —puntualicé.

Encendiendo un cigarrillo, Marino me miró por encima de la llama del Bic.

—¿Sabe una cosa, doctora? —El cigarrillo se movió siguiendo el ritmo de cada sílaba—. Me está usted empezando a parecer un maldito abogado de la defensa.

Media hora más tarde, me encontraba sentada a la cabecera

de la mesa con un hombre a cada lado. Teníamos ante nuestros ojos las fotografías de las cuatro mujeres asesinadas.

Era la parte más difícil y laboriosa de la investigación... el diseño del perfil del asesino, el diseño del perfil de las víctimas y después el segundo diseño del perfil del asesino.

Wesley nos lo estaba describiendo. Era lo que mejor se le daba y a menudo se mostraba estremecedoramente preciso en la descripción de las emociones que rodeaban un delito y que, en los casos que nos ocupaban, eran de fría y calculadora furia.

—Apuesto a que es blanco —estaba diciendo—. Pero no me jugaría mi reputación. Cecile Tyler era negra, y una mezcla interracial en la selección de las víctimas es poco frecuente, a menos que el asesino esté perdiendo rápidamente el equilibrio.

Tomó una fotografía de Cecile Tyler, una recepcionista negra de una empresa de inversiones de la zona norte, muy bonita en vida. Como Lori Petersen, había sido atada y estrangulada y su cuerpo desnudo había sido encontrado en la cama.

—Pero últimamente hay bastantes. Es la tendencia, un aumento de los ataques sexuales en los que el atacante es negro y la mujer es blanca, pero raras veces lo contrario... blancos que violen y asesinen a las negras, en otras palabras. Las prostitutas constituyen una excepción. —Wesley contempló las fotografías—. Estas mujeres no eran ciertamente prostitutas. De haberlo sido —añadió en voz baja—, supongo que nuestra tarea habría resultado un poco más fácil.

—Sí, pero la de ellas no —terció Marino.

Wesley no sonrió.

—Por lo menos habría habido una relación lógica, Pete. La selección de las víctimas es muy rara —dijo, sacudiendo la cabeza.

—Bueno, ¿y qué dice Fortosis a todo esto? —preguntó Marino, refiriéndose al psiquiatra forense que había examinado los casos.

—Pues no demasiado —contestó Wesley—. He hablado un momento con él esta mañana. Se muestra evasivo. Creo que el asesinato de esta médica le está induciendo a replantearse algunas cosas. Pero sigue estando seguro de que el asesino es un blanco.

El rostro de mi sueño me violaba la mente, un blanco rostro sin rasgos.

—Probablemente tiene de veinticinco a treinta y cinco años —prosiguió diciendo Wesley como si leyera una bola de cristal—. Puesto que los asesinatos no están localizados en una zona determinada, eso significa que tiene algún medio de transporte, que puede ser un automóvil, una motocicleta, un camión o una furgoneta. El vehículo lo debe de tener guardado en algún lugar discreto y el resto del día debe de ir a pie. Su automóvil es un modelo antiguo, probablemente americano, oscuro o bien de un color que no destaca demasiado, como beige o gris. No sería nada extraño que tuviera un automóvil como el que suelen conducir los policías de paisano.

No quería dárselas de gracioso. Esta clase de asesino suele admirar la labor policial y a veces trata incluso de emular a los agentes. El clásico comportamiento de un psicópata tras la comisión de un delito consiste en participar en la investigación. Quiere ayudar a la policía, ofrece indicaciones y sugerencias, ayuda a los equipos de socorro que buscan el cuerpo que él mismo dejó tirado en el bosque. Es la clase de individuo a quien le encantaría visitar el local de la Fraternal Orden de la Policía y tomarse una caña de cerveza con los oficiales fuera de servicio.

Se ha dicho algunas veces que por lo menos un uno por ciento de la población es psicópata. Genéticamente, estas personas no conocen el miedo, utilizan a la gente y saben manipularla a su antojo. En su lado bueno, son espías extraordinarios, héroes de guerra, generales de cinco estrellas, empresarios multimillonarios y tipos a lo James Bond. En su lado malo son sorprendentemente perversos: malvados como Nerón, Hitler, Richard Speck o Ted Bundy, personas antisociales, pero clínicamente sanas que cometen unas atrocidades por las que no sienten el menor remordimiento y de las que no se consideran culpables.

—Es un solitario —añadió Wesley— y tiene dificultades para relacionarse con la gente, si bien es posible que sus amistades lo encuentren agradable e incluso encantador. No mantiene relaciones estrechas con nadie. Es el clásico individuo que elige a una mujer en un bar, se acuesta con ella y descubre que no se lo ha pasado nada bien.

—Conozco muy bien esta sensación —dijo Marino, reprimiendo un bostezo.

—Se lo pasa mejor con la pornografía violenta —explicó Wesley—, las revistas de detectives, *S & M* y demás, y probablemente ya tenía fantasías sexuales violentas mucho antes de convertir sus fantasías en realidad. Es posible que la realidad empezara atisbando por las ventanas de las casas o apartamentos donde viven mujeres solas. La cosa cada vez le resulta más real. El siguiente paso es la violación. La violación se hace cada vez más violenta y culmina en asesinato. La escalada seguirá y él será cada vez más violento con sus víctimas. La violación ya ha dejado de ser el objetivo. El objetivo es ahora el asesinato. Pero el asesinato tampoco le basta. Tiene que ser más sádico.

Extendiendo el brazo y dejando al descubierto un impecable puño perfectamente almidonado, Wesley tomó las fotografías de Lori Petersen y las examinó una a una con rostro impasible. Apartándolas a un lado, se volvió hacia mí.

—Parece claro que, en este caso, en el caso de la doctora Petersen, el asesino introdujo elementos de tortura. ¿Es exacta mi valoración?

—Muy exacta —contesté.

—¿Qué? ¿Lo de romperle los dedos? —Marino planteó la pregunta como si buscara una discusión—. En el ambiente del hampa se hacen estas mierdas. Los asesinos de carácter sexual no suelen hacerlas. Ella tocaba el violín, ¿verdad? Lo de romperle los dedos parece de tipo personal. Como si el individuo la conociera.

Con toda la calma que pude, respondí de inmediato:

—Los textos de medicina que había en el escritorio, el violín... no hacía falta que el asesino fuera un genio para averiguar unas cuantas cosas sobre ella.

—Otra posibilidad es que los dedos rotos y las costillas fracturadas sean unas lesiones de defensa —apuntó Wesley.

—No lo son —estaba completamente segura—. No encontré ningún indicio de que hubiera forcejeado con él.

Marino me dirigió una fría mirada de hostilidad.

—¿De veras? Siento mucha curiosidad. ¿Qué se entiende por lesiones de defensa? Según el informe, estaba llena de magulladuras.

—Unos buenos ejemplos de lesiones de defensa... —le miré directamente a los ojos— son las uñas rotas de los dedos, los arañazos o lesiones en zonas de las manos y los brazos, que habrían quedado al descubierto si la víctima hubiera tratado de protegerse de los golpes. Las lesiones que sufrió la víctima no son de este tipo.

Wesley lo resumió todo diciendo:

—Entonces estamos de acuerdo. Esta vez actuó con más violencia que de costumbre.

—Con más brutalidad sería la expresión adecuada —dijo rápidamente Marino como si tuviera especial empeño en puntualizarlo—. Eso es precisamente lo que estoy diciendo. Lori Petersen es distinta de las otras tres.

Reprimí mi enojo. Las tres primeras víctimas habían sido atadas, violadas y estranguladas. ¿Acaso no era eso una brutalidad suficiente? ¿Era necesario que también les quebraran los huesos?

—En caso de que haya otra —vaticinó sombríamente Wesley—, las señales de violencia y tortura serán más visibles. Mata porque siente este impulso e intenta satisfacer una necesidad. Cuanto más lo hace, más se intensifica la necesidad y mayor es la frustración y, por consiguiente, más fuerte es el impulso. Se está volviendo cada vez más insensible y cada vez le cuesta más saciar su necesidad. La sensación de saciedad es transitoria. A medida que transcurren los días o las semanas, la tensión va en aumento hasta que encuentra a su siguiente víctima, la acecha y, al final, vuelve a las andadas. Los intervalos entre los asesinatos se podrían acortar y, al final, se podría entregar a una orgía de asesinatos tal como hizo Bundy.

Pensé en los intervalos de tiempo. La primera mujer había sido asesinada el 19 de abril, la segunda el 10 de mayo y la tercera el 31 de mayo. Lori Petersen había sido asesinada una semana más tarde, el 7 de junio.

El resto de lo que dijo Wesley era bastante previsible. El asesino procedía de un «hogar desquiciado» y quizás hubiera sufrido malos tratos de carácter físico o emocional por parte de su madre. Cuando se encontraba con una víctima daba rienda suelta a su furia, la cual estaba inextricablemente mezclada con sus impulsos sexuales.

Tenía una inteligencia superior a la media, era una personalidad obsesiva-compulsiva y era muy organizado y meticuloso. Puede que tuviera una conducta un poco maniática, con fobias y rituales como el orden, la limpieza o el régimen alimenticio... cualquier cosa que le ayudara a conservar la sensación de que controlaba el ambiente que lo rodeaba.

Tenía un oficio probablemente humilde... mecánico, fontanero, obrero de la construcción o cualquier otra actividad relacionada con el mundo del trabajo manual...

Observé que el rostro de Marino se estaba congestionando por momentos y que éste miraba con impaciencia a su alrededor.

—Para él —estaba diciendo Wesley—, lo mejor es la fase preliminar, la fantasía y la clave ambiental que activa dicha fantasía. ¿Dónde estaba la víctima cuando se fijó en ella?

No lo sabíamos. Puede que ni ella misma lo supiera si hubiera estado viva para contarlo. Pudo ser algo tan tenue y oscuro como una sombra que se cruzara por su camino. Él la vio fugazmente en algún lugar. Quizás en una galería comercial o tal vez sentada al volante de su automóvil detenido ante un semáforo.

—¿Qué le indujo a actuar? —añadió Wesley—. ¿Por qué precisamente esta mujer?

Tampoco lo sabíamos. Cada una de ellas era vulnerable porque vivía sola. O él creía que vivía sola, como en el caso de Lori Petersen.

—Parece un norteamericano de lo más normal.

El ácido comentario de Marino nos dejó helados.

Sacudiendo la ceniza de su cigarrillo, Marino se inclinó agresivamente hacia delante.

—Todo eso es muy bonito. Pero yo no voy a ser una Dorothy que baja por el Camino de Ladrillo Amarillo. No todos conducen a la Ciudad de Esmeralda, ¿vale? Decimos que es un fontanero o algo por el estilo, ¿no? Bueno, pues Ted Bundy era un estudiante de Derecho; hace un par de años tuvimos un violador en serie en el distrito de Columbia y resultó que era un dentista. Y el estrangulador de Green Valley que anda suelto por la tierra de la fruta y las nueces podría ser un *boy scout* a juzgar por lo que se sabe de él.

Marino daba rodeos para llegar a lo que tenía pensado decir. Yo estaba esperando que empezara de una vez.

—¿Quién podría decir que no es un estudiante? Puede que incluso sea un actor, un tipo creativo cuya imaginación se ha torcido. Los autores de asesinatos sexuales no son muy distintos entre sí, a menos que se trate de alguien aficionado a beber sangre o a comerse a sus víctimas asadas a la parrilla... y ese que tenemos entre manos no es nada de todo eso. La razón por la cual este tipo de asesinos sexuales corresponde más o menos a un mismo perfil se debe a mi juicio a que, con muy pocas excepciones, las personas son personas. Tanto si son médicos como si son abogados o jefes indios. La gente piensa y hace más o menos las mismas cosas desde los tiempos en que los cavernícolas arrastraban a las mujeres por los pelos.

Wesley mantenía la mirada perdida en el espacio. Poco a poco la desplazó hacia Marino y le preguntó en un susurro:

—¿Adónde quieres ir a parar, Pete?

—¡Yo te diré adónde quiero ir a parar! —Marino proyectó la barbilla hacia fuera, y las venas de su cuello se tensaron como cuerdas—. Toda esta mierda de las personas que encajan con el perfil y de las que no encajan me trae sin cuidado. Yo lo que tengo aquí es a un tipo que está escribiendo una tesis sobre el sexo y la violencia, los caníbales y los maricas. Tiene en las manos la misma sustancia brillante que se ha detectado en todos los cuerpos. Ha dejado las huellas dactilares en la piel de su mujer y también en el cuchillo que había guardado en un cajón... un cuchillo en cuyo mango también se ha encontrado ese brillo. Vuelve a casa todos los fines de semana justo a la misma hora en que asesinan a las mujeres. Pero no. No puede ser él. ¿Y por qué? Pues porque no es un obrero. Porque no es una basura como tendría que ser.

La mirada de Wesley volvió a perderse en el espacio. Mis ojos se posaron en las fotografías que teníamos delante, unas fotografías ampliadas a todo color de unas mujeres que ni en sus peores pesadillas hubieran creído que pudiera ocurrirles algo semejante.

—Bueno, pues voy a decir una cosa. —La perorata aún no había terminado—. Este Matt cara bonita... resulta que no es tan puro como la nieve recién caída. Cuando antes he subido a Serología, he aprovechado para pasar por el despacho de Vander para ver si había descubierto alguna otra cosa. Porque las huellas de Petersen figuran en los archivos, ¿verdad? ¿Y por qué? —Marino me miró con dureza—. Yo les diré por qué. Vander echó mano de todos sus aparatos. Matt cara bonita fue detenido hace seis años en Nueva Orleans. Fue el verano anterior al comienzo de sus estudios universitarios, mucho antes de conocer a la señora cirujana. Es probable que ella no lo supiera.

—¿Que no supiera qué? —preguntó Wesley.

—Pues que su novio-actor había sido acusado de violación, ni más ni menos.

Nadie dijo nada durante un buen rato.

Wesley hizo rodar lentamente su pluma Mont Blanc sobre la mesa y apretó las mandíbulas. Marino no se atenía a las normas. No compartía la información con nosotros. Nos estaba tendiendo una emboscada como si aquello fuera un tribunal y Wesley y yo fuéramos los abogados de la parte contraria.

Al final, dije:

—Si Petersen fue efectivamente acusado de violación, lo debieron de absolver. O se debió de retirar la denuncia.

Los ojos de Marino se clavaron en mí como dos cañones de pistolas.

—¿Acaso lo sabe usted? Aún no he llevado a cabo las correspondientes investigaciones.

—Una universidad como la de Harvard, sargento Marino, no tiene por costumbre aceptar a delincuentes.

—Siempre y cuando sepa que lo son.

—Muy cierto —convine—. Siempre y cuando lo sepa. Me cuesta un poco creer que no lo supiera, si la denuncia no se retiró.

—Será mejor que lo comprobemos —fue lo único que pudo decir Wesley al respecto.

Tras lo cual, Marino se disculpó bruscamente y se retiró. Pensé que había ido al lavabo.

Wesley actuó como si la reacción de Marino no tuviera nada de particular.

—¿Se ha recibido alguna noticia de Nueva York, Kay? ¿Se conocen los resultados de las pruebas de laboratorio?

—Los análisis del ADN son un poco laboriosos —contesté con aire ausente—. No les habíamos enviado nada hasta que se produjo el segundo caso. Creo que no tardaré en recibir los resultados. Los de los otros dos, Cecile Tyler y Lori Petersen, no vamos a recibirlos hasta el mes que viene.

Wesley siguió comportándose como si nada hubiera ocurrido.

—En los cuatro casos el tipo es un no secretor. Eso por lo menos lo sabemos.

—Sí, eso lo sabemos.

—No me cabe la menor duda de que se trata del mismo asesino.

—A mí tampoco —dije yo.

Nos pasamos un buen rato sin decir nada, meditando. Estábamos esperando el regreso de Marino, y sus enfurecidas palabras resonaban todavía en nuestros oídos. Yo sudaba y percibía los fuertes latidos de mi corazón.

Creo que Wesley debió de comprender por la expresión de mi rostro que no deseaba tener más tratos con Marino y que le había relegado al olvido que tengo reservado para las personas imposibles, desagradables y profesionalmente peligrosas.

—Tiene que comprenderle, Kay —dijo.

—Pues no le comprendo.

—Es un buen investigador, uno de los mejores.

No hice ningún comentario.

Ambos permanecimos sentados en silencio.

Mi cólera estaba aumentando. Sabía que no hubiera tenido que hacerlo, pero no pude evitar que las palabras se me escaparan.

—¡Maldita sea, Benton! Estas mujeres se merecen todo nuestro esfuerzo. Si fallamos, otra podría morir. ¡No quiero que él nos lo estropee por el hecho de que tenga algún problema!

—No lo estropeará.

—Ya lo ha hecho —dije, bajando la voz—. Ha puesto un dogal alrededor del cuello de Matt Petersen. Eso significa que no está buscando a nadie más.

Por suerte, Marino tardó un buen rato en regresar.

Wesley contrajo los músculos de la barbilla y no se atrevió a mirarme.

—Es que yo tampoco he descartado a Petersen de momento. No puedo hacerlo. Sé que el hecho de que hubiera matado a su mujer no encajaría con los tres asesinatos anteriores. Pero se trata de un caso insólito. Piense en Gacy. No tenemos ni idea del número de personas a las que asesinó. Treinta y tres niños. Puede que fueran centenares. Todos ellos desconocidos para él. Después va y mata a su madre, la descuartiza y la tira a la basura...

No podía creerlo. Me estaba echando uno de los habituales sermones que les endilgaba a los «jóvenes agentes», hablaba como un sudoroso adolescente de dieciséis años en su primera cita.

—Chapman llevaba un ejemplar de *The Catcher in the Rye* cuando se cargó a John Lennon. Reagan y Brady fueron tiroteados por un chiflado que estaba obsesionado por una actriz. Son pautas. Nosotros tratamos de predecir los comportamientos. Pero no siempre podemos hacerlo. No todo es previsible.

A continuación, empezó a recitarme unas estadísticas. Doce años atrás el índice de homicidios aclarados era de un noventa y cinco a un noventa y seis por ciento. Ahora estaba en torno al setenta y cuatro por ciento y seguía bajando. Los asesinatos de personas desconocidas eran más numerosos que los crímenes pasionales, etc. Apenas le escuchaba.

—... Matt Petersen me preocupa, si quiere que le diga la verdad, Kay.

Hizo una pausa y consiguió atraer mi atención.

—Es un artista. Los psicópatas son los Rembrandts de los asesinos. Es un actor. No sabemos qué papeles ha interpretado en sus fantasías. No sabemos si los convierte en realidad. No sabemos si es diabólicamente inteligente. Puede que el asesinato de su mujer haya sido utilitario.

—¿Utilitario?

Le miré sin poderlo creer y después contemplé las fotografías que le habían tomado a Lori Petersen en el lugar de los hechos. Su rostro era una congestionada masa de agonía, sus piernas estaban dobladas, el cordón eléctrico estaba tirante como una cuerda de arco a su espalda, le levantaba los brazos hacia arriba y se le clavaba en la garganta. Estaba viendo todo lo que aquel monstruo le había hecho. ¿Utilitario? No era posible.

Wesley me lo explicó.

—Utilitario en el sentido de que, a lo mejor, necesitaba librarse de ella, Kay. Si, por ejemplo, ocurrió algo que indujo a su mujer a sospechar que él había matado a las tres primeras mujeres, puede que se asustara y decidiera matarla. ¿Cómo hacerlo con garantías de éxito? Procurando que su muerte se pareciera a las otras.

—Ya he oído algo de eso —dije sin perder los estribos—. Se lo he oído decir a su compañero.

Todas sus palabras eran tan lentas y firmes como las pulsaciones de un metrónomo.

—Todos los posibles guiones, Kay. Es necesario que los tengamos en cuenta.

—Por supuesto que sí. Y me parece muy bien siempre y cuando Marino analice todos los posibles guiones y no se ponga anteojeras por el hecho de que él esté obsesionado con algo o tenga un problema.

Wesley miró hacia la puerta abierta. Con voz casi inaudible, me dijo:

—Pete tiene sus prejuicios. No lo niego.

—Creo que convendría que me dijera cuáles son.

—Baste decir que, cuando el FBI pensó que sería un buen candidato para el programa PDDV, investigamos un poco sus antecedentes. Sé dónde creció y cómo. Cosas que nunca se superan. Que le marcan a uno. Cosas que ocurren.

No me estaba diciendo nada que yo no imaginara. Marino había crecido en la miseria de un barrio pobre próximo a una zona residencial. Se sentía incómodo en presencia de las personas ante las cuales siempre se había sentido incómodo. Las animadoras de los equipos y las reinas de los festejos populares jamás le habían prestado la menor atención porque era un inadaptado social, porque su padre tenía una orla de suciedad bajo las uñas y porque era un «plebeyo».

Había oído miles de veces aquellas lacrimógenas historias de policías. La única ventaja que tiene el tipo en la vida es la de ser alto y blanco; entonces él se hace más alto y más blanco, llevando un arma de fuego y una placa.

—No tenemos que justificarnos, Benton —dije en tono cortante—. No podemos justificar a los delincuentes por el hecho de que hayan tenido unas infancias desgraciadas. No podemos utilizar los poderes que nos han sido confiados para castigar a las personas que nos recuerdan nuestras propias infancias desgraciadas.

Y no es que no tuviera compasión. Comprendía muy bien de dónde procedía Marino. Su cólera no me era desconocida. La había sentido muchas veces cuando me enfrentaba con algún acusado en un juicio. Por muy convincentes que sean las pruebas, si un tipo tiene buena pinta, ofrece un aspecto pulcro y cuidado y viste un traje de doscientos dólares, doce hombres y mujeres trabajadores no creen en lo más hondo de su ser que pueda ser culpable.

Últimamente habría podido creer cualquier cosa de cualquier persona. Pero sólo en caso de que existieran pruebas. ¿Había examinado Marino las pruebas? ¿Había examinado algo?

Wesley empujó su silla hacia atrás y se levantó para estirar las piernas.

—Pete tiene sus arranques. Hay que acostumbrarse a él. Yo le conozco desde hace años. —Se acercó a la puerta abierta y asomó la cabeza para mirar arriba y abajo del pasillo—. Por cierto, ¿dónde demonios está? ¿Se habrá caído en el lavabo?

Wesley concluyó el deprimente asunto que lo había llevado a mi despacho y se perdió en la soleada tarde de los vivos, donde otras actividades delictivas exigían su atención y su tiempo.

Nos habíamos cansado de esperar a Marino. Yo no tenía ni idea de adónde había ido, pero, al parecer, su visita al lavabo de caballeros le había conducido fuera del edificio. No tuve ocasión de preocuparme demasiado por lo que hubiera podido ocurrir, pues Rose cruzó la puerta que conectaba mi despacho con el suyo mientras yo estaba guardando las carpetas en un cajón de mi escritorio.

Por la significativa pausa que hizo y por la mueca de su boca comprendí inmediatamente que estaba a punto de comunicarme algo que no me iba a gustar.

—Doctora Scarpetta, Margaret la ha estado buscando y me ha pedido que la avisara en cuanto terminara usted la reunión.

Mi impaciencia se puso de manifiesto antes de que yo tuviera tiempo de reprimirla. Me estaban esperando unas autopsias abajo y tenía innumerables llamadas telefónicas que devolver. Mis asuntos pendientes habrían podido ocupar a media docena de personas y no quería añadir nada más a la lista.

Entregándome un montón de cartas para que las firmara, Rose me miró por encima de sus gafas de lectura cual una severa directora de escuela y añadió:

—Está en su despacho y no creo que el asunto pueda esperar.

Rose no me lo iba a decir y, aunque en realidad no se lo pudiera reprochar, su actitud me molestó. Creo que sabía lo que ocurría en todo el ámbito del sistema local, pero tenía por costumbre encauzarme hacia la fuente de información en lugar de decirme directamente las cosas. En una palabra, evitaba asiduamente ser portadora de malas noticias. Supongo que había aprendido por la vía dura tras haberse pasado casi toda la vida trabajando para mi antecesor en el cargo, el doctor Cagney.

El despacho de Margaret se encontraba hacia la mitad del pasillo y era una pequeña estancia de espartana severidad con las paredes de bloques de hormigón pintadas del mismo insípido color *crème-de-menthe* que el resto del edificio. El suelo de mosaico verde oscuro siempre parecía polvoriento por mucho que lo barrieran, y tanto encima de su escritorio como de todas las demás superficies del despacho se amontonaban las hojas impresas de ordenador. La librería estaba llena de manuales de instrucción y cables de impresora, cintas de repuesto y cajas de disquetes. No había ningún detalle personal, ninguna fotografía, póster o cachivache. No sé cómo podía vivir Margaret en medio de todo aquel estéril desorden, pero jamás había visto un despacho de analista de informática en el que no reinara aquel mismo desorden.

Margaret se encontraba de espaldas a la puerta contemplando un monitor, con un manual de programa abierto sobre su regazo. En el momento en que yo entré, se volvió hacia un lado en su silla giratoria. Su rostro mostraba una expresión de preocupación, sus ojos negros parecían absortos y su corto cabello estaba alborotado, como si se lo hubiera despeinado repetidamente con los dedos.

—Me he pasado casi toda la mañana en una reunión —dijo de entrada—. Cuando he regresado aquí después del almuerzo, me he encontrado esto en la pantalla.

Me entregó unas hojas de impresora. En ellas figuraban reproducidos varios mandos que permitían dirigir preguntas a la base de datos. Al principio, se me quedó la mente en blanco mientras contemplaba la hoja. El «A Describe» se había ejecutado en la tabla del caso, y la mitad superior de la página estaba llena de columnas de nombres. Debajo había varias posibilidades de «Selección». La primera preguntaba el número del caso cuyo apellido era «Petersen» y cuyo nombre era «Lori». Debajo estaba la respuesta: «Ficha no encontrada.» Un segundo mando preguntaba los números de los casos y los nombres de pila de todos los fallecidos cuyo archivo figurara en nuestra base de datos y cuyo apellido fuera «Petersen».

El nombre de Lori Petersen no figuraba en la lista porque su ficha estaba en un cajón de mi escritorio. Aún no la había entregado a los administrativos para que la introdujeran en la base de datos.

—¿Qué está diciendo, Margaret? ¿No pulsó usted estos mandos?

—Por supuesto que no —contestó Margaret, ofendida—. Tampoco lo hizo nadie de aquí fuera. Hubiera sido imposible.

Concentré en ella toda mi atención.

—Cuando me fui el viernes por la tarde —me explicó—, hice lo que siempre hago al término de la jornada. Dejé el ordenador en respuesta módem para que usted pudiera marcar desde su casa si quisiera. No hay forma de que nadie pueda usar mi ordenador porque no se puede utilizar cuando está en respuesta módem a no ser que usted marque módem desde otro ordenador personal.

Todo eso lo comprendía muy bien. Las terminales de los

despachos estaban conectadas con la de Margaret, que nosotros denominábamos «servidor». No estábamos conectados con el Departamento de Sanidad y Servicios Humanos de la acera de enfrente, a pesar de la insistencia de su director en que lo hiciéramos. Yo me había negado y seguiría haciéndolo porque nuestros datos eran muy delicados y muchos casos se encontraban todavía bajo investigación policial. Enviarlo todo a un ordenador central compartido por un sinfín de organismos del DSSH hubiera sido exponerse a crear un colosal problema de seguridad.

—Yo no marqué desde casa —le dije.

—En ningún momento he pensado que lo hubiera hecho —dijo Margaret—. No acierto a imaginar por qué motivo hubiera podido usted pulsar estos mandos. Usted mejor que nadie sabe que el caso de Lori Petersen todavía no se ha introducido en la base de datos. El responsable es otra persona. Y no es ninguno de los administrativos de aquí fuera ni ninguno de los médicos. Exceptuando su ordenador personal y el del depósito de cadáveres, todos los demás son terminales mudas.

Una terminal muda, me recordó, es exactamente lo que parece... una unidad sin cerebro, integrada por un monitor y un teclado. Las terminales mudas de nuestro despacho estaban conectadas con el servidor del despacho de Margaret. Cuando el servidor estaba apagado o bloqueado, tal como ocurría cuando se encontraba en respuesta módem, las terminales mudas también quedaban bloqueadas. En otras palabras, no habían funcionado desde última hora del viernes... antes de que se produjera el asesinato de Lori Petersen.

La utilización de la base de datos tenía que haberse producido durante el fin de semana o en determinado momento de aquel mismo día.

Alguien de fuera había entrado. Era evidente.

Y aquel alguien tenía que estar familiarizado con la base de datos que utilizábamos. Era de las más conocidas y se podía aprender con cierta facilidad. El número que había que marcar era el de la extensión de Margaret, el cual figuraba en el directorio interno del DSSH. Con un ordenador cargado con un paquete de *software* de comunicaciones y con un módem compatible, si uno sabía que Margaret era la analista de informática y marcaba su número, se podía establecer la conexión. Pero eso era todo. No se podía acceder ni a las aplicaciones ni a los datos. Ni siquiera se podía tener acceso a los buzones electrónicos sin conocer los nombres y las contraseñas de los usuarios.

Margaret estaba contemplando la pantalla a través de unas gafas ahumadas. Tenía el ceño levemente fruncido y se mordisqueaba el pulgar.

Acerqué una silla y me senté.

—¿Cómo? El nombre y la contraseña del usuario. ¿Cómo pudo alguien acceder a esta información?

—Eso es lo que me desconcierta. Sólo unos cuantos la conocemos, doctora Scarpetta. Usted, los otros médicos, las personas que introducen los datos y yo. Además, los nombres y las contraseñas de los usuarios son distintos de los que asigné a los distritos.

Aunque cada uno de mis distritos disponía de una red informática exactamente igual que la nuestra, cada una de dichas redes tenía sus propios datos y no disponía de acceso *online* a los datos de la oficina central. No era probable, mejor dicho, lo consideraba imposible, que el responsable fuera un director de alguna de las delegaciones de distrito.

Apunté una remota posibilidad.

—A lo mejor, alguien probó al azar y tuvo suerte.

Margaret sacudió la cabeza.

—Casi imposible. Lo sé. Lo he probado algunas veces tras haber cambiado la contraseña de correo electrónico de alguien y no he podido recordarlo. Después de unos tres intentos, el ordenador no tiene compasión y desconecta la línea telefónica. Además, a esta versión de la base de datos no le gustan los intentos ilegales. Si se pulsan repetidamente los mandos cuando uno quiere introducir alguna pregunta o sacar una tabla, se produce un error de contexto, se alteran las alineaciones de los indicadores y se estropea toda la base de datos.

—¿Y no hay ningún otro sitio donde pudieran estar las contraseñas? —pregunté—. ¿Algún otro lugar del ordenador, por ejemplo, en el que alguien pudiera encontrarlas? ¿Y si la persona fuera un analista de informática...?

—Sería imposible. —Margaret estaba absolutamente segura—. He tenido mucho cuidado. Existe una tabla en la que figuran los nombres y las contraseñas de los usuarios, pero sólo se puede acceder a ella si uno sabe lo que está haciendo. Pero es que, además, no puede ser porque yo eliminé esta tabla hace tiempo para evitar precisamente este problema.

No dije nada.

Margaret me estudió el rostro, buscando alguna señal de desagrado, algún destello de mis ojos que le dijera que yo estaba enfadada y le echaba la culpa de lo ocurrido.

—Es horrible —exclamó de repente—. De veras. No tengo ni idea, no se me ocurre quién pueda ser esta persona. Además, el ABD no funciona.

—¿Que no funciona? —El ABD, o Administrador de Base de Datos, era una clave que permitía a ciertas personas, como Margaret o yo, por ejemplo, acceder a todas las tablas y hacer con ellas lo que quisiéramos. El hecho de que el ABD no funcionara era como decir que la llave de la puerta de mi casa ya no encajaba en la cerradura—. ¿Qué quiere decir con eso de que no funciona?

Me estaba resultando cada vez más difícil conservar la calma.

—Pues exactamente lo que digo. No me ha permitido entrar en ninguna tabla. La contraseña ha quedado invalidada no sé por qué razón. He tenido que volver a conectar la clave.

—¿Y eso cómo ha podido ocurrir?

—No lo sé. —Margaret parecía muy alterada—. ¿Quizá convendría que cambiara todas las claves por motivos de seguridad y que asignara nuevas contraseñas?

—Ahora no —repliqué automáticamente—. Nos limitaremos a no introducir el caso de Lori Petersen en el ordenador. Quienquiera que sea, no podrá encontrar lo que anda buscando —añadí, levantándome.

—Esta vez no lo ha encontrado.

Me quedé inmóvil, mirándola fijamente.

Dos manchas de color le estaban tiñendo las mejillas.

—No sé. Si ha ocurrido otras veces, no puedo saberlo porque el eco siempre estaba desconectado. Estos mandos de aquí... —señaló la hoja impresa— son el eco de los mandos pulsados en el ordenador que estableció contacto con éste. Siempre dejo el eco desconectado para que, si usted marca desde casa, en la pantalla no quede constancia de lo que está haciendo. El viernes tenía prisa. Puede que dejara el eco conectado sin darme cuenta. No lo recuerdo, pero el caso es que estaba conectado. Supongo que podemos considerarlo una suerte... —añadió con tristeza.

Ambas nos volvimos al mismo tiempo.

Rose se encontraba en la puerta.

Otra vez la misma expresión... Oh, no, otra vez, no.

Esperó a que yo saliera al pasillo y entonces me dijo:

—El forense de Colonial Heights está en la línea uno. Un investigador de Ashland está en la dos. Y la secretaria del comisionado acaba de llamar...

—¿Cómo? —la interrumpí. La última frase era la única que realmente había escuchado—. ¿La secretaria de Amburgey?

Rose me entregó varios papelitos rosa de mensajes telefónicos mientras contestaba:

—El comisionado quiere verla.

—¿A propósito de qué, santo cielo?

Como me dijera una vez más que tendría que averiguarlo por mí misma, perdería los estribos.

—No lo sé —contestó Rose—. La secretaria no me lo ha dicho.

6

No podía permanecer sentada junto a mi escritorio. Tenía que moverme y distraerme para no perder la calma.

Alguien había penetrado en mi ordenador y Amburgey quería verme en cuestión de una hora y cuarenta y cinco minutos. No era probable que quisiera invitarme simplemente a tomar el té.

Para serenarme, estaba efectuando rondas de comprobación. Por regla general, tenía que dejar constancia escrita de mi visita a los distintos laboratorios de arriba. Otras veces me limitaba a preguntar qué tal iban mis casos... el buen médico que comprueba la evolución de sus pacientes. En aquellos momentos, mi ronda de inspección no era más que una peregrinación apenas disimulada.

La Oficina de Ciencias Forenses era una colmena de gabinetes llenos de equipos de laboratorio y de gente vestida con blancas batas de laboratorio cuyas manos estaban protegidas por guantes de seguridad de plástico.

Algunos de los científicos me saludaron con la cabeza y me sonrieron cuando pasé por delante de sus puertas abiertas. Pero la mayoría de ellos ni siquiera levantó la vista de lo que estaba haciendo. Todos estaban demasiado ocupados como para prestar atención a la gente que pasaba. Pensé en Abby Turnbull y en otros reporteros que no me gustaban.

¿Y si algún ambicioso periodista le hubiera hecho una visita a nuestro ordenador para penetrar en nuestra base de datos?

¿Cuánto tiempo llevaban ocurriendo aquellas cosas?

Ni siquiera me di cuenta de que había entrado en el laboratorio de Serología hasta que mis ojos se posaron en las negras superficies de las mesas llenas de tubos de ensayo, cubetas y mecheros de Bunsen. En los estantes se apretujaban las bolsas de pruebas y los tarros de sustancias químicas, y en el centro de la sala había una alargada mesa cubierta con la colcha y las sábanas de la cama de Lori Petersen.

—Llega justo a tiempo —me dijo Betty a modo de saludo—. Si quiere que se le indigeste la comida, claro.

—No, gracias.

—Bueno, pues a mí ya se me está empezando a indigestar —añadió Betty—. ¿Por qué va a ser usted inmune a estas cosas?

Betty estaba a punto de jubilarse y tenía el cabello gris acero, unas recias facciones y unos ojos castaños que podían ser impenetrables o tímidamente sensibles siempre y cuando uno se tomara la molestia de intentar conocerla. Me gustó la primera vez que la vi. La jefa de Serología era una persona muy meticulosa y poseía una inteligencia tan afilada como un bisturí. En su vida privada era una entusiasta observadora de pájaros y una notable pianista, que no se había casado y jamás lo había lamentado. Creo que me recordaba a sor Martha, mi monja preferida de la escuela parroquial de Santa Gertrudis.

Tenía las mangas de su larga bata de laboratorio remangadas hasta los codos y llevaba guantes. Sobre su zona de trabajo había varios tubos de ensayo en cuyo interior se veían unas varillas rematadas por torundas de algodón y un equipo de recogida de pruebas, o ERP, que contenía la carpeta de diapositivas y los sobres con muestras de cabello de Lori Petersen. La carpeta de las diapositivas, los sobres y los tubos de ensayo estaban identificados por medio de unas etiquetas informatizadas que yo misma había iniciado gracias a uno de los muchos programas creados por Margaret.

Recordé vagamente un chisme que había circulado en una reciente reunión. Durante las semanas que siguieron a la repentina muerte del alcalde de Chicago, hubo algo así como noventa intentos de penetrar en los datos de los ordenadores de la Oficina del Forense. Se creía que los culpables eran periodistas que andaban en busca de los resultados de la autopsia y de los análisis de toxicología.

¿Quién? ¿Quién había penetrado en mi ordenador? ¿Y por qué?

—Ha adelantado mucho —me estaba diciendo Betty.

—¿Perdón...? —pregunté, esbozando una sonrisa de disculpa.

—Digo que he hablado con el doctor Glassman esta mañana —repitió Betty—. Ha adelantado mucho con las muestras de los dos primeros casos, y dentro de un par de días nos entregará los resultados.

—¿Ya ha enviado las muestras de los dos últimos?

—Acaban de salir —contestó Betty desenroscando el tapón de un frasquito marrón—. Bo Friend las entregará en mano...

—¿Bo Friend? —la interrumpí.

—O el Oficial Amable, tal como lo conoce la tropa. Así se llama. Bo Friend. Boy Scout de Honor. Vamos a ver, Nueva York está a unas seis horas por carretera. Las entregará en el laboratorio esta misma tarde. Creo que se lo juegan a pajas.

La miré sin comprender.

—¿A pajas?

¿Qué querría Amburgey? A lo mejor, quería saber qué tal iban los análisis del ADN. Todo el mundo pensaba en lo mismo últimamente.

—Los de la policía —dijo Betty—. Eso de ir a Nueva York. Algunos de ellos nunca han estado allí.

—Una vez será suficiente para la mayoría de ellos —comenté con aire ausente—. Ya verá cuando empiecen a intentar cambiar de carril o cuando no encuentren sitio donde aparcar.

Hubiera podido enviarme una nota por correo electrónico si hubiera querido averiguar algo sobre los análisis de ADN o cualquier otra cosa. Era lo que solía hacer Amburgey. Es más, era lo que siempre había hecho.

—Sí. Y eso es lo de menos. Este Bo nació y se crió en Tennessee y nunca va a ningún sitio sin su pistola.

—Espero que haya ido a Nueva York sin ella.

Mi boca hablaba, pero el resto de mi persona estaba en otro lugar.

—Sí —dijo Betty—. Su capitán se lo dijo, le habló de las leyes que hay por allí sobre las armas de fuego. Bo sonreía cuando vino por las muestras, sonreía y creo que se daba palmadas sobre lo que supongo que debía de ser una funda de pistola oculta bajo su chaqueta. Tiene uno de esos revólveres a lo John Wayne con un cañón de quince centímetros. Estos chicos con sus armas de fuego. Es tan freudiano que hasta resulta aburrido...

En lo más recóndito de mi cerebro estaba recordando noticias sobre personas que prácticamente eran unos niños y habían conseguido penetrar en los ordenadores de importantes empresas y bancos.

En el escritorio de mi casa al lado del teléfono tenía un módem que me permitía conectar con el ordenador de mi oficina. Estaba absolutamente prohibido tocarlo. Lucy había comprendido la seriedad de aquella prohibición y sabía que no debía intentar tan siquiera acceder a los datos de mi oficina. Todo lo demás le estaba permitido, a pesar de mi resistencia interior nacida del fuerte sentido territorial propio de las personas que viven solas.

Recordé el periódico de la tarde que Lucy había encontrado bajo un almohadón del sofá. Recordé la expresión de su rostro cuando me hizo preguntas sobre el asesinato de Lori Petersen, y me vino a la mente la lista clavada con chinchetas en el tablero de corcho que había encima del escritorio de mi casa y en la cual figuraban todos los teléfonos de mis colaboradores, tanto de la oficina como particulares, incluida la extensión de Margaret.

Me percaté de que Betty llevaba un buen rato sin decir nada y de que me estaba mirando con una cara muy rara.

—¿Se encuentra bien, Kay?

—Perdón —repetí, esta vez lanzando un profundo suspiro.

Tras una breve pausa, Betty añadió comprensivamente:

—No hay ningún sospechoso todavía. Yo también estoy preocupada.

—Es difícil pensar en otra cosa.

Me reproché en silencio haberme pasado más de una hora sin pensar en aquel tema al que hubiera tenido que dedicar toda mi atención.

—Bueno, siento tener que decirlo, pero el ADN no servirá de nada a no ser que atrapen a alguien.

—No servirá de nada hasta que lleguemos a la era en que las huellas genéticas se puedan almacenar en una base central de datos tal como se hace con las huellas dactilares —dije en voz baja.

—No creo que ocurra tal cosa mientras las autoridades no lo permitan.

Pero ¿es que nadie tenía algo positivo que decirme aquel día? Un dolor de cabeza me estaba empezando a subir desde la base del cráneo.

—Es muy extraño —añadió Betty, echando unas gotitas de ácido naftilfosfático en unos blancos círculos de papel de filtro—. Alguien tiene que haber visto en algún lugar a este hombre. No es invisible. No aparece sin más en las casas de las mujeres, y tiene que haberlas visto primero en algún sitio y haberlas seguido hasta sus casas. Si merodeara por los parques o las galerías comerciales o sitios así, me parece que alguien habría observado su presencia.

—Si alguien ha visto algo, no lo sabemos. Y no será porque la gente no llame —añadí—. Parece que las líneas especiales de la Vigilancia del Crimen están saturadas día y noche. Pero hasta ahora, no se ha descubierto nada, según me han dicho.

—Muchas pistas falsas.

—Pues sí. Muchísimas.

Betty seguía con su trabajo. Aquella fase de los análisis era relativamente sencilla. Sacó de los tubos de ensayo las torundas que yo le había enviado, las humedeció con agua y las pasó por el papel de filtro. Primero echó ácido naftilfosfático y después añadió unas gotas de sal B azul-indeleble, la cual daba lugar a que la mancha se tiñera de púrpura en cuestión de segundos en caso de que hubiera restos de líquido seminal.

Contemplé los círculos de papel. Casi todos ellos eran de color púrpura.

—El muy hijo de puta —dije.

—Y que lo diga —Betty empezó a describirme lo que yo estaba viendo—. Éstas son las torundas correspondientes a la parte posterior de los muslos —dijo, señalándolas—. Nos las subieron inmediatamente. La reacción no fue tan rápida como la de las torundas anales y vaginales. Pero no me extraña. Los propios líquidos corporales de la víctima lo impedían. Además, las torundas bucales dieron positivo.

—El muy hijo de puta —repetí en un susurro.

—En cambio, las que usted sacó del esófago son negativas. Está claro que casi todos los residuos de líquido seminal los dejó fuera del cuerpo. Hemos vuelto a fracasar. El esquema coincide prácticamente con lo que encontré en los casos de Brenda, Patty y Cecile.

Brenda era la primera estrangulada, Patty la segunda y Cecile la tercera. Me sorprendió la naturalidad con la cual Betty se refería a las mujeres asesinadas. En cierto modo, se habían convertido en parte de nuestra familia. Jamás las habíamos conocido en vida y, sin embargo, ahora las conocíamos muy bien.

Mientras Betty tapaba el frasco con su tapón cuentagotas, me acerqué al microscopio que había encima de un cercano mostrador, miré a través del ocular y empecé a desplazar el portaobjetos. En el campo de luz polarizada había varias fibras multicolores planas o bien en forma de cinta con vueltas a intervalos irregulares. Las fibras no correspondían a pelo animal ni humano.

—¿Son las que yo recogí en el cuchillo? —pregunté casi sin desearlo.

—Sí. Son de algodón. No haga caso de los tonos rosas, verdes y blancos que está viendo. Los tejidos teñidos están integrados a menudo por una combinación de colores que no se pueden detectar a simple vista.

—El camisón de Lori Petersen era de algodón, de algodón amarillo pálido.

Ajusté el foco.

—Supongo que no hay ninguna posibilidad de que procedan de un papel de hilo de algodón o algo así. Al parecer, Lori usaba el cuchillo como abrecartas.

—Ninguna posibilidad, Kay. Ya he examinado una muestra de las fibras del camisón. Coinciden con las que recogió usted en la hoja del cuchillo.

Así hablaban los expertos. Coinciden con esto y es razonable lo otro. A Lori le habían rasgado el camisón con el cuchillo de su marido. «Ya verás cuando Marino reciba este informe de laboratorio —pensé—. Maldita sea.»

—Puedo adelantarle también —añadió Betty— que las fibras que está usted viendo no son las mismas que algunas que se encontraron en el cuerpo de la víctima y en el marco de la ventana por la que la policía cree que entró el asesino. Aquéllas son oscuras... negras y azul marino con algo de rojo, una mezcla de poliéster y algodón.

La noche que vi a Matt Pettersen, éste llevaba una camisa blanca de la marca Izod que debía de ser de algodón y que, por supuesto, no contenía fibras negras, rojas o azul marino. Llevaba también unos pantalones vaqueros, y casi todos los pantalones vaqueros son de algodón.

Era altamente improbable que hubiera dejado las fibras de las que hablaba Betty a no ser que se hubiera cambiado de ropa antes de la llegada de la policía.

«Ya, Petersen no tiene un pelo de tonto —diría Marino—. Desde lo que ocurrió con Wayne Williams, medio mundo sabe que las fibras se pueden utilizar para condenar a una persona.»

Salí y me dirigí al fondo del pasillo, donde giré a la izquierda para entrar en el laboratorio de marcas de herramientas y armas de fuego con sus mostradores llenos de pistolas, rifles, machetes, escopetas de caza y Uzis, todos ellos con sus correspondientes etiquetas de prueba, esperando el día en que deberían comparecer en un juicio. Había cartuchos diseminados por todas partes. En un rincón del fondo se podía ver un depósito de acero galvanizado lleno de agua, que se utilizaba para efectuar disparos de prueba. Un pato de goma flotaba plácidamente sobre la superficie del agua.

Frank, un hombre nervudo y de cabello blanco que se había retirado del DIC, el Departamento de Investigación Criminal del Ejército, estaba inclinado sobre un microscopio de comparación. Volvió a encender su pipa al verme entrar y no me dijo nada de lo que yo deseaba escuchar.

La persiana cortada de la ventana de Lori Petersen no había permitido averiguar nada. El material era sintético y, por consiguiente, no conservaba huellas de herramientas ni revelaba la dirección del corte. No podíamos saber si había sido cortada desde fuera o desde dentro de la casa porque el plástico, a diferencia del metal, no se dobla.

La distinción habría sido importante y a mí me hubiera interesado mucho conocerla. Si la persiana hubiera sido cortada desde dentro de la casa, significaría que todas las conjeturas eran falsas. Y que el asesino no había entrado en la casa de los Petersen, sino salido de ella. Significaría muy probablemente que las sospechas de Marino sobre el marido eran acertadas.

—Lo único que puedo decirle —dijo Frank, exhalando espirales de aromático humo— es que se trata de un corte limpio, hecho con algo afilado que podría ser una navaja o un cuchillo.

—¿Tal vez el mismo instrumento con que le desgarraron el camisón?

Frank se quitó con aire ausente las gafas y empezó a limpiarlas con un pañuelo.

—Para cortar el camisón se utilizó un objeto afilado, pero no puedo decirle si fue el mismo que se usó para cortar la persiana. Ni siquiera puedo facilitarle una clasificación, Kay. Podría ser un estilete. Podría ser un sable o unas tijeras.

Los hilos eléctricos cortados y el cuchillo de supervivencia parecían indicar otra cosa.

Basándose en la comparación microscópica, Frank tenía buenas razones para creer que los cordones habían sido cortados con el cuchillo de Matt Petersen. Las marcas de la hoja coincidían con las de los extremos cortados de los cordones. «Marino», volví a pensar con angustia. Aquella prueba circunstancial no habría significado gran cosa si el cuchillo de supervivencia se hubiera encontrado a la vista y cerca de la cama, en lugar de haber sido hallado escondido en el cajón de la cómoda de Matt Petersen.

Yo seguía imaginando mi propio guión. El asesino vio el cuchillo en el escritorio de Lori y decidió utilizarlo. Pero ¿por qué lo escondió después? Además, si el cuchillo se había usado para cortar el camisón de Lori y para cortar los cordones eléctricos, la secuencia de los acontecimientos no habría sido la que yo imaginaba.

Yo pensaba que, al entrar en el dormitorio de Lori, el asesino llevaba en la mano un objeto cortante, el cuchillo o el objeto afilado que había utilizado para cortar la persiana de la ventana.

En tal caso, ¿por qué no cortó con él el camisón de la víctima y los cordones eléctricos? ¿Cómo acabó con el cuchillo de supervivencia en la mano? ¿Lo vio inmediatamente encima del escritorio al entrar en la estancia?

No era posible. El escritorio no estaba cerca de la cama y, cuando él entró, las luces del dormitorio estaban apagadas. No pudo ver el cuchillo.

No pudo verlo hasta que encendió la luz, pero entonces Lori ya estaba paralizada por el miedo, pues él amenazaba con cortarle la garganta con su propio cuchillo. ¿Qué interés hubiera tenido para él en aquel momento el cuchillo de supervivencia que había encima del escritorio? No tenía sentido.

A no ser que algo hubiera interrumpido su tarea.

A no ser que algo hubiera alterado su ritual o que algún acontecimiento inesperado lo hubiera inducido a cambiar el rumbo.

Frank y yo analizamos la cuestión.

—Eso equivale a suponer que el asesino no es su marido —dijo Frank.

—Sí. Eso equivale a suponer que el asesino era un desconocido para Lori. Tiene su esquema y su modus operandi, pero, mientras está con ella, ocurre algo que lo pilla por sorpresa.

—Algo que ella hace...

—O dice —propuse yo—. Tal vez le dijo algo que lo distrajo momentáneamente.

—Puede ser. —Frank no parecía muy convencido—. A lo mejor, en su afán por ganar tiempo, ella lo entretuvo tanto que él vio el cuchillo encima del escritorio y se le ocurrió una idea. Pero, a mi juicio, es más probable que él ya hubiera encontrado el cuchillo sobre el escritorio mucho antes, porque ya estaba en el interior de la casa cuando ella regresó.

—No. Eso no lo creo.

—¿Por qué no?

—Porque ella ya llevaba un buen rato en casa cuando fue atacada.

Lo había repasado muchas veces.

Lori regresó a casa del hospital en su automóvil, abrió la puerta principal y la cerró por dentro. Se fue a la cocina y dejó su bolsa sobre la mesa. Después se tomó un tentempié. El contenido gástrico revelaba que se había comido varias galletitas de queso poco antes de ser atacada. La digestión de la comida se acababa de iniciar. El terror que experimentó al ser atacada debió de provocarle un corte de digestión. Es uno de los mecanismos corporales de defensa. La digestión se corta para que la sangre afluya a las extremidades y no al estómago, preparando de este modo al animal para la lucha o la huida.

Sólo que ella no pudo luchar. Y tampoco pudo huir a ninguna parte.

Después de tomarse el tentempié se dirigió desde la cocina al dormitorio. La policía había descubierto que tenía por costumbre tomarse el anticonceptivo oral por la noche antes de acostarse. Faltaba el comprimido del viernes en el envase de papel de aluminio que había en el dormitorio principal de la casa. Tomó el comprimido, tal vez se lavó los dientes y la cara y después se puso el camisón y dejó cuidadosamente la ropa en una silla. En mi opinión, debía de estar en la cama cuando fue atacada poco después. Puede que él hubiera estado acechando en la oscuridad, oculto entre los árboles o los arbustos. Esperó a que se apagaran las luces y a que ella se durmiera. O, a lo mejor, ya la había observado otras veces y sabía exactamente a qué hora regresaba a casa del trabajo y se iba a la cama.

Recordé la ropa de la cama. Estaba doblada hacia atrás como si ella hubiera permanecido tendida debajo. Y no había señales de lucha en ningún otro lugar de la casa.

Acababa de recordar otra cosa.

El olor que Matt Petersen había mencionado, el dulzón olor a sudor.

Si el asesino despedía un fuerte olor corporal, el olor se debía de notar adondequiera que fuera. Se habría notado en el dormitorio si él hubiera permanecido oculto en la estancia cuando Lori regresó a casa.

Ella era médica.

Los olores son a menudo una indicación de enfermedades y venenos. Los médicos aprenden a ser muy sensibles a los olores, tan sensibles que yo puedo decir a menudo, a través del olor de la sangre en el lugar de algún delito, si la víctima había bebido poco antes de ser tiroteada o acuchillada. La sangre o los jugos gástricos cuyo contenido huele a mostachones almizcleños o a almendras pueden indicar la presencia de cianuro. El aliento de un enfermo que huele a hojas mojadas puede indicar tuberculosis.

Lori Petersen era una médica como yo.

Si hubiera notado algún olor extraño en el momento de

entrar en su dormitorio, no se habría desnudado ni hecho nada hasta haber averiguado el origen de aquel olor.

Cagney no tenía mis preocupaciones y algunas veces yo me sentía perseguida por el espíritu de mi antecesor, a quien no había conocido y cuyo poder e invulnerabilidad envidiaba. En un mundo tan poco caballeresco, él era un caballero muy poco caballeroso, que lucía su cargo cual si fuera el penacho de un casco, y me provocaba una cierta envidia.

Su muerte había sido repentina. Cayó literalmente muerto mientras cruzaba la alfombra del salón para cambiar de canal y ver en la televisión la Superbowl.

En el silencio que precedió al amanecer de un lunes encapotado, él se convirtió en el tema de su propio estudio, con una toalla sobre la cara en la sala de autopsias donde sólo podía entrar el patólogo a quien le había correspondido en suerte examinarle. Durante tres meses, nadie tocó su despacho, el cual estaba exactamente tal y como él lo había dejado, exceptuando, supongo, las colillas de puros, que Rose sacó de los ceniceros.

Lo primero que hice al llegar a Richmond fue vaciar por completo su refugio y desterrar hasta el último recordatorio de su anterior ocupante... incluyendo la fotografía en que se le veía solemnemente vestido con su toga académica, colgada bajo una lámpara tipo museo detrás de su impresionante escritorio. Todo ello fue enviado al Departamento de Patología del Colegio Médico de Virginia, al igual que toda una estantería llena de los macabros objetos que se supone coleccionan los patólogos, aunque la mayoría de nosotros no suela hacer tal cosa.

Su despacho, que ahora era el mío, era una bien iluminada estancia con una alfombra de color azul cobalto en cuyas paredes colgaban unos grabados de paisajes ingleses y otras civilizadas escenas. Tenía algunos objetos de adorno, pero el único de ellos que habría podido considerarse un tanto morboso era una reconstrucción facial en arcilla de un muchacho asesinado cuya identidad seguía siendo un misterio. Yo le había puesto una bufanda alrededor del cuello y lo había colocado encima de un archivador desde donde miraba hacia la puerta con sus ojos de plástico, esperando en triste silencio a que lo llamaran por su nombre.

Mi lugar de trabajo era discreto y cómodo, pero eminentemente profesional, pues yo procuraba que mis objetos personales fueran deliberadamente fríos y anónimos. Aunque me decía a mí misma que prefería ser considerada una profesional y no una leyenda, en mi fuero interno tenía mis dudas.

Aún sentía la presencia de Cagney en aquel lugar.

La gente me lo recordaba constantemente a través de anécdotas cada vez más apócrifas conforme pasaba el tiempo. Raras veces usaba guantes cuando hacía un trabajo. Llegaba a los lugares de los hechos comiéndose un bocadillo. Salía de caza con los policías, organizaba barbacoas con los jueces, y el anterior comisionado se mostraba servilmente complaciente con él porque Cagney lo intimidaba.

Yo llevaba las de perder cuando me comparaban con él, y sabía que me comparaban constantemente. Las únicas excursiones de caza y las barbacoas a las que me invitaban eran los juzgados y las ruedas de prensa donde yo era el blanco y las hogueras se encendían bajo mis pies. Si el primer año del doctor Alvin Amburgey en el cargo de comisionado de Sanidad y Servicios Humanos podía servir de indicación, los tres años siguientes prometían ser un infierno. Él podía invadir mi territorio y controlaba todo lo que yo hacía. No pasaba una semana sin que me enviara una arrogante nota electrónica, solicitándome información estadística o exigiéndome que le explicara por qué razón el índice de homicidios seguía aumentando mientras que el de otros delitos había bajado ligeramente... como si yo tuviera en cierto modo la culpa de que la gente se matara entre sí en Virginia.

Lo que jamás había hecho era convocarme a una reunión improvisada.

En ocasiones anteriores, siempre que tenía algo que comentar, o me enviaba una nota o me enviaba a uno de sus ayudantes. Tenía la absoluta seguridad de que no se proponía darme una palmada en la espalda y comentarme lo bien que lo estaba haciendo.

Busqué distraídamente entre los montones de papeles de mi escritorio algo que me pudiera servir de ayuda... fichas, un cuaderno de notas, una tablilla con sujetapapeles. Por alguna razón, la idea de presentarme allí con las manos vacías me hacía sentir desnuda. Vaciando los bolsillos de mi bata de laboratorio de todos los desperdicios que solía coleccionar a lo largo del día, decidí tomar una cajetilla de cigarrillos, o de «palillos cancerosos», tal como solía llamarlos Amburgey, y salí a la calle a última hora de la tarde.

Amburgey reinaba al otro lado de la calle en el piso veinticuatro del edificio Monroe. No había nadie por encima de él como no fuera alguna que otra paloma posada en el tejado. Casi todos sus esbirros estaban más abajo en las distintas plantas de las delegaciones del Departamento de Sanidad y Servicios Humanos. Yo nunca había visto su despacho. Jamás había sido invitada.

El ascensor se abrió a un espacioso vestíbulo en el que la recepcionista estaba instalada al otro lado de un mostrador en forma de U que se elevaba a un extremo de un vasto campo de alfombra color trigo. Era una exuberante pelirroja que, cuando levantó la vista de su ordenador y me saludó con una afectada sonrisa falsamente cordial, casi me dio la impresión de que me iba a preguntar si tenía habitación reservada y si necesitaba a un botones para que se hiciera cargo de mi equipaje.

Le dije quién era, pero no pareció que me hubiera identificado.

—Estoy citada a las cuatro con el comisionado —añadí.

Consultó su calendario electrónico y me dijo jovialmente:

—Siéntese, por favor, señora Scarpetta. El doctor Amburgey la atenderá en seguida.

Mientras me acomodaba en un gran sofá de cuero beige, busqué en la mesita de reluciente cristal y otras mesitas donde había revistas y preciosos arreglos de flores de seda. No sólo no había ningún cenicero, sino que, en dos lugares distintos, figuraban unas placas que decían «Gracias por no fumar».

Los minutos pasaban muy despacio.

La recepcionista pelirroja estaba ocupada tecleando y, de vez en cuando, sorbía agua Perrier a través de una pajita. En determinado momento, se le ocurrió la idea de ofrecerme algo para beber. Le contesté con una sonrisa y un «No, gracias», y entonces sus dedos volvieron a volar sobre las teclas y el ordenador se quejó, emitiendo un sonoro pitido. Ella lanzó un suspiro como si su contable acabara de comunicarle una grave noticia.

Mis cigarrillos me estaban pesando en el bolsillo y yo sentía la tentación de ir al lavabo de señoras y encender uno.

A las cuatro y media sonó el teléfono de la recepcionista. Ésta lo volvió a colgar y, esbozando su estereotipada sonrisa, me anunció:

—Puede usted pasar, señora Scarpetta.

Degradada y malhumorada, la «señora» Scarpetta le tomó la palabra.

La puerta del comisionado se abrió con un suave clic del tirador giratorio de latón e inmediatamente se levantaron tres hombres... mientras que yo sólo esperaba ver a uno. Amburgey estaba acompañado de Norman Tanner y Bill Boltz. Cuando a Boltz le tocó el turno de estrecharme la mano, le miré directamente a los ojos hasta obligarle a apartar la mirada.

Estaba dolida y un poco enfadada. ¿Por qué no me había dicho que iba a estar presente en aquella reunión? ¿Por qué no había vuelto a tener noticias suyas desde que nuestros caminos se cruzaran brevemente en la casa de Lori Petersen?

Amburgey me saludó con una inclinación de cabeza que más bien me pareció una despedida y dijo con el entusiasmo de un aburrido juez de delitos de tráfico:

—Le agradezco que haya venido.

Era un hombrecillo de ojos inquietos que había desempeñado su anterior cargo en Sacramento, donde se le habían pegado tantas costumbres de la costa Oeste que ya casi no se le notaban sus orígenes de Carolina del Norte; era hijo de un agricultor y no se enorgullecía de ello. Le encantaban los corbatines, que lucía casi religiosamente con trajes a rayas, y llevaba en el anular derecho un cacho de plata con una turquesa incrustada. Sus ojos eran tan brumosos y grises como el hielo, y los huesos de su cráneo se marcaban visiblemente bajo su fina piel. Estaba casi calvo.

Un sillón orejero de color marfil había sido apartado de la pared y parecía estar esperándome. El cuero crujió y Amburgey se situó detrás de un escritorio que yo jamás había visto, aunque había oído hablar de él. Era una enorme obra maestra de palisandro, muy antigua y muy china.

A su espalda, un ventanal ofrecía un espectacular panorama de la ciudad en el que el río James semejaba una reluciente cinta en la distancia y la zona sur era una mancha multicolor. Con un sonoro chasquido, abrió una cartera de documentos de piel de avestruz y sacó un cuaderno de hojas amarillas llenas de apretados garabateos. Había hecho un esquema de lo que pensaba decir. Jamás hacía nada sin consultar con sus apuntes.

—Estoy seguro de que es usted consciente del malestar ciudadano que han producido estas estrangulaciones —me dijo.

—Soy muy consciente, en efecto.

—Bill, Norm y yo celebramos ayer por la tarde una reunión de emergencia, por así decirlo. A propósito de varias cosas, entre ellas lo que publicaron los periódicos del sábado por la noche y el domingo por la mañana, doctora Scarpetta. Como tal vez sepa, por culpa de esta cuarta y trágica muerte, el asesinato de la joven cirujana, la noticia se ha transmitido a otros lugares.

No lo sabía. Pero no me extrañaba.

—Sin duda le habrán estado haciendo preguntas —añadió Amburgey en tono pausado—. Tenemos que cortarlo de raíz, de lo contrario nos estallará entre las manos. Ésa es una de las cosas que los tres hemos estado discutiendo.

—Si usted pudiera cortar de raíz los asesinatos —dije a mi vez con la mayor calma posible—, se merecería el premio Nobel.

—Como es natural, ésta es nuestra máxima prioridad —dijo Boltz, que se había desabrochado la chaqueta de su traje oscuro y estaba reclinado contra el respaldo de su sillón—. Los agentes están trabajando horas extraordinarias, Kay, pero todos estamos de acuerdo en que hay que controlar una cosa de momento... y esta cosa son las filtraciones a la prensa. Los reportajes están asustando a la gente y permiten que el asesino se entere de todo lo que estamos haciendo.

—Estoy totalmente de acuerdo. —Mis defensas se estaban levantando como un puente levadizo e inmediatamente me arrepentí de lo que dije a continuación—: Pueden estar seguros de que no he emitido ningún comunicado desde mi despacho aparte de la obligatoria información sobre el caso y sus circunstancias.

Había contestado a una acusación que todavía no me habían formulado y mi instinto jurídico se erizó ante aquella metedura de pata. Si ellos querían acusarme de indiscreción, yo habría tenido que obligarles, o, por lo menos, obligar a Amburgey a plantear aquel tema tan desagradable. En su lugar, yo misma había encendido la hoguera y les había dado ocasión para que me atacaran.

—Bueno, pues —dijo Amburgey mientras sus pálidos y hostiles ojos se posaban brevemente en mí— acaba usted de poner sobre el tapete una cuestión que, a mi juicio, tenemos que examinar muy detenidamente.

—Yo no he puesto nada sobre el tapete —repliqué enérgicamente—. Estaba simplemente puntualizando una cosa para que conste en acta.

Llamando ligeramente a la puerta con los nudillos, la recepcionista pelirroja entró con el café, y toda la estancia se convirtió de pronto en un cuadro mudo. El pesado silencio pareció envolverla por todos lados mientras ella comprobaba con toda calma que no nos faltara nada y su atención se concentraba descaradamente en Boltz. Puede que no fuera el mejor fiscal de la mancomunidad que hubiera habido en la ciudad, pero era sin duda el más guapo... uno de los pocos hombres rubios con quienes el paso del tiempo se mostraba generoso. No se le estaba cayendo el pelo ni había perdido la figura, y unas levísimas arrugas en los ángulos de los ojos eran la única indicación de que se estaba acercando a los cuarenta.

Cuando la recepcionista se retiró, Boltz dijo sin dirigirse a nadie en particular:

—Todos sabemos que los policías tienen a veces algún problema de «Te daré un beso a cambio de información». Norm y yo hemos hablado con los altos mandos. Parece que nadie sabe exactamente de dónde proceden las filtraciones.

Me abstuve de decir nada. ¿Qué esperaban? ¿Que uno de los comandantes estuviera liado con Abby Turnbull o cualquier otra y confesara: «Sí, perdonen ustedes, pero me he ido de la lengua»?

Amburgey pasó una página de su cuaderno de apuntes.

—Hasta ahora, una filtración calificada de «una fuente médica» ha sido citada diecisiete veces por la prensa desde que se produjo el primer asesinato, doctora Scarpetta. Eso me preocupa bastante. Todos los detalles más sensacionales, como las ataduras, la evidencia de ataque sexual, la forma en que entró el asesino y en que fueron encontrados los cuerpos, así como el hecho de que se estén efectuando pruebas de ADN han sido atribuidos a esta fuente médica. ¿Tengo que creer que los detalles son exactos? —preguntó Amburgey, mirándome.

—No del todo. Hay algunas pequeñas discrepancias.

—¿Como cuáles?

No quería decírselo. No quería comentarle aquellos casos. Sin embargo, él tenía el derecho de disponer del mobiliario de mi despacho si hubiera querido. Yo era responsable ante él. Y él sólo era responsable ante el gobernador.

—Por ejemplo —contesté—, en el primer caso los periódicos dijeron que Brenda Steppe tenía un cinturón de tela de color beige atado alrededor del cuello. En realidad, le habían atado el cuello con unos pantys.

—¿Y qué más? —apuntó Amburgey tomando debida nota en su bloc de apuntes.

—En el caso de Cecile Tyler, dijeron que tenía la cara ensangrentada y que la colcha estaba empapada de sangre. Era una exageración. No había sufrido lesiones ni desgarros de ese tipo. Le había salido un poco de líquido sanguinolento de la boca y la nariz. Un hecho que puede producirse inmediatamente después de morir la persona.

—Esos detalles —preguntó Amburgey sin dejar de escribir—, ¿se mencionaban en los informes DML-1?

Tardé un momento en serenarme un poco. Comprendí lo que Amburgey estaba pensando. Los DML-1, o Departamento de Medicina Legal-1, eran el informe inicial de investigación del forense. El forense de guardia se limitaba a anotar lo que había visto en el lugar de los hechos y lo que le había dicho la policía. Los detalles no siempre eran completos y exactos porque el forense de guardia estaba rodeado por circunstancias confusas y todavía no se había practicado la autopsia.

Además, los forenses de guardia no eran especialistas en patología. Eran médicos que ejercían su profesión, prácticamente unos voluntarios que cobraban cincuenta dólares por cada caso y tenían que levantarse de sus camas en mitad de la noche o bien tenían que perderse el fin de semana por culpa de los accidentes de tráfico, los suicidios y los homicidios. Aquellos hombres y mujeres prestaban un servicio a la comunidad y eran simplemente unos soldados rasos. Su principal misión consistía en determinar si un caso era merecedor de una autopsia, anotarlo todo y tomar un montón de fotografías. No tenía demasiada importancia que uno de mis forenses hubiera confundido unos pantys con un cinturón de color beige. Mis forenses no hablaban con la prensa.

Amburgey insistió:

—Lo del cinturón de tela de color beige y lo de la colcha

ensangrentada. Me pregunto si estos detalles se mencionaban en el primer informe.

—En la forma en que la prensa se refería a ellos —contesté con firmeza—, rotundamente no.

Tanner comentó en tono burlón:

—Todos sabemos lo que hace la prensa. Son capaces de convertir una semilla de mostaza en una montaña.

—Miren —dije, mirándoles a los tres—, si están insinuando que uno de mis forenses se dedica a filtrar detalles sobre los casos, les puedo asegurar que están absolutamente equivocados. No se trata de eso. Conozco a los dos forenses que atendieron los dos primeros casos. Llevan años conmigo en Richmond, y su comportamiento ha sido siempre irreprochable. El tercero y el cuarto caso los atendí yo personalmente. La información no procede de mi oficina. Los detalles pudo divulgarlos cualquiera de las personas que estaban presentes. Los miembros de los equipos de rescate que participaron en las tareas, por ejemplo.

El cuero volvió a crujir mientras Amburgey se removía en su asiento.

—Ya lo he verificado. Los equipos fueron tres. En ninguno de los cuatro escenarios de los delitos estuvo presente ningún auxiliar sanitario.

—Las fuentes anónimas son a menudo una mezcla de numerosas fuentes. Una fuente médica podría ser una combinación de lo que dijo un miembro de un equipo de rescate, lo que dijo un oficial de la policía y lo que oyó y vio un reportero mientras esperaba alrededor de la casa donde se encontró el cuerpo.

—Cierto. —Amburgey asintió con la cabeza—. No creo que ninguno de nosotros piense realmente que las filtraciones proceden de la oficina del jefe de Medicina Legal... por lo menos, no intencionadamente...

—¿Intencionadamente? —pregunté, interrumpiéndole—. ¿Está usted insinuando que las filtraciones podrían proceder inadvertidamente de mi oficina?

Cuando estaba a punto de decir que todo aquello era un disparate, me quedé repentinamente muda.

Un rubor empezó a subirme por el cuello cuando de pronto lo recordé. La base de datos de mi oficina. Alguien de fuera había penetrado en ella.

¿A eso se refería tal vez Amburgey? ¿Cómo podía haberse enterado?

Amburgey añadió como si no me hubiera oído:

—La gente habla, los empleados hablan. Todo el mundo habla con la familia y los amigos sin pretender causar daño en la mayoría de los casos. Pero nunca se sabe adónde va a parar la noticia... puede ir a parar al escritorio de un reportero. Son cosas que ocurren. Estamos examinando objetivamente este asunto y removiendo todas las piedras. Tenemos que hacerlo. Como usted comprenderá, parte de lo que se ha filtrado podría entorpecer gravemente las tareas de investigación.

Tanner añadió lacónicamente:

—El alcalde y las autoridades municipales no aprecian demasiado este tipo de revelaciones. El índice de homicidios ya le ha dado mala fama a Richmond. Unas noticias sensacionalistas a nivel nacional sobre un asesino en serie son lo que menos puede beneficiar a la ciudad. Todos estos grandes hoteles que se están construyendo dependen de las convenciones que se organicen y de los visitantes que vengan. La gente no quiere visitar una ciudad en la que pueda temer por su vida.

—No, desde luego —convine fríamente—. Pero a la gente tampoco le gustaría pensar que la principal preocupación del alcalde por estos asesinatos se debe a que son un obstáculo y una molestia capaz de dañar el negocio turístico.

—Kay —terció Boltz serenamente—, nadie quiere dar a entender nada de todo eso.

—Por supuesto que no —se apresuró a añadir Amburgey—. Pero tenemos que enfrentarnos a ciertas realidades que no están a la vista. Si no manejamos este asunto con extremo cuidado, temo que se produzca una tremenda erupción.

—¿Una erupción? ¿Por qué? —pregunté cautelosamente, mirando automáticamente a Boltz.

El rostro de Boltz estaba muy tenso, y sus ojos a duras penas podían disimular sus sentimientos.

—Este último asesinato es un barril de pólvora —me explicó a regañadientes—. Hay en el caso de Lori Petersen ciertas cosas de las que nadie habla. Cosas que, gracias a Dios, los reporteros todavía ignoran. Pero es sólo cuestión de tiempo. Alguien lo averiguará y, si antes no hemos resuelto el problema de una manera discreta y entre bastidores, podría producirse una tremenda explosión.

Tanner decidió intervenir a su vez. Su alargado rostro en forma de linterna estaba muy serio.

—Las autoridades locales podrían correr el riesgo de ser objeto de una denuncia. —Miró a Amburgey, el cual inclinó la cabeza indicándole que podía seguir—. Ocurrió algo muy lamentable, ¿comprende? Al parecer, Lori Petersen llamó a la policía poco después de regresar a casa del hospital en las primeras horas de la madrugada del sábado. Lo hemos sabido a través de uno de los oficiales de comunicaciones que se encontraba de guardia a aquella hora. A la una menos once minutos, un operador del 911 recibió una llamada. La residencia de los Petersen apareció en la pantalla del ordenador, pero la línea quedó inmediatamente desconectada.

—Tal como quizás usted recuerde —me dijo Boltz—, había un teléfono al lado de la cama, pero el hilo había sido arrancado de la pared. Suponemos que la doctora Petersen se despertó cuando el asesino entró en la casa; entonces tomó el teléfono y tuvo tiempo de marcar el 911 antes de que él le impidiera seguir. La dirección apareció en la pantalla del ordenador. Eso fue lo que pasó. Pero nadie dijo nada. Las llamadas de este tipo al 911 suelen ser transferidas a los coches patrulla. Nueve de cada diez corresponden a chiflados o a niños que están jugando con el teléfono. Pero no podemos estar seguros. Nunca podemos estar seguros de que una persona no ha sufrido un ataque al corazón y corre un peligro mortal. Por eso el operador tiene que dar máxima prioridad a la llamada. Envía de inmediato el aviso a los coches patrulla y solicita que un oficial pase al menos por delante de la casa en su automóvil y compruebe que no ocurre nada. Pero eso no se hizo. Cierto operador del 911, que, en estos momentos, está suspendido de empleo y sueldo, dio a la llamada una prioridad de cuarto nivel.

—Aquella noche había mucho jaleo en la calle —terció Tanner—. Mucho tráfico radiofónico. Cuando hay muchas llamadas, es más probable que se atribuya menos importancia a algo que, en otro momento, despertaría más interés. Y lo malo es que, una vez se ha asignado un número a algo, ya no se puede volver atrás. El hombre ve todos aquellos números en la pantalla. No conoce la naturaleza de las llamadas hasta que las atiende. No va a atender primero un cuatro que todos los unos, doses y treses que tiene acumulados y que están esperando ser transmitidos a los agentes de la calle.

—No cabe duda de que el operador cometió un error —dijo Amburgey en tono pausado—. Pero creo que hay que comprenderlo.

Yo estaba sentada tan rígida que apenas respiraba.

Boltz añadió en voz baja:

—Transcurrieron cuarenta y cinco minutos antes de que un coche patrulla pasara finalmente por delante de la casa de los Petersen. El oficial dice que iluminó con la linterna la fachada de la casa. Las luces estaban apagadas y todo parecía «seguro», según sus propias palabras. Recibe una llamada sobre una pelea doméstica y se aleja a toda prisa. Poco después, el señor Petersen regresa a casa y encuentra el cuerpo de su esposa.

Los hombres seguían hablando y dando explicaciones. Se refirieron a Howard Beach, a una pelea en Brooklyn en la cual, por culpa de la negligencia de la policía, habían muerto unas personas.

—Los tribunales del distrito de Columbia y de Nueva York han dictado sentencias según las cuales la Administración no puede ser considerada responsable por el hecho de no proteger debidamente a los ciudadanos contra los delitos.

—No importa lo que haga o deje de hacer la policía.

—Da igual. Nosotros siempre ganamos los pleitos, cuando hay alguno, pero salimos perdiendo por la mala imagen que eso nos crea.

Yo apenas les escuchaba. Unas horribles escenas pasaban vertiginosamente por mi cabeza. La llamada al 911, el hecho de que no hubiera sido atendida, me lo hacía comprender mejor. Sabía lo que había ocurrido.

Lori Petersen estaba agotada tras su turno en la sala de urgencias, y su marido le había dicho que aquella noche regresaría un poco más tarde que de costumbre. Se fue a la cama, con la intención tal vez de dormir un poco hasta que él regresara a casa... tal como solía hacer cuando trabajaba como residente y esperaba que Tony regresara a casa desde la biblioteca jurídica de Georgetown. Se despertó al oír que había alguien en la casa, tal vez oyó las pisadas de aquella persona avanzando por el pasillo para dirigirse al dormitorio. Confusa, llamó a su marido.

Nadie le contestó.

En aquel instante de oscuro silencio que a ella se le debió de antojar una eternidad, comprendió que había alguien en el interior de la casa y que ese alguien no era Matt.

Aterrorizada, encendió la lámpara de la mesita de noche para poder ver el disco del teléfono.

Cuando ya había marcado el 911, el asesino entró en la habitación y arrancó el hilo de la pared antes de que ella pudiera pedir socorro.

A lo mejor, le arrancó el aparato de la mano. A lo mejor, le habló a gritos o ella empezó a suplicarle y trató de convencerle. Habían interrumpido su labor y eso le había desconcertado momentáneamente.

Estaba furioso. Puede que la golpeara. Quizá le fracturó las costillas y ella se aterrorizó en medio de su dolor, y entonces él miró a su alrededor. La luz estaba encendida. Podía ver todo lo que había en la estancia. Vio el cuchillo de supervivencia encima del escritorio.

El asesinato se habría podido prevenir. ¡Se habría podido evitar!

Si la llamada hubiera recibido la prioridad uno, si hubiera sido transmitida inmediatamente, un oficial la habría atendido en cuestión de minutos. El policía habría visto que la luz del dormitorio estaba encendida... el asesino no habría podido cortar los cordones y atar a la víctima en la oscuridad. El policía habría descendido de su vehículo y habría oído algo. Si se hubiera tomado la molestia de iluminar con su linterna la parte posterior de la casa, habría visto la persiana cortada, el banco de jardín adosado a la pared y la ventana abierta. El ritual del asesino debió de ser un poco largo. ¡La policía habría podido entrar antes de que la matara!

Tenía la boca tan seca que tuve que tomar varios sorbos de café antes de poder preguntar:

—¿Cuántas personas lo saben?

—Nadie habla de ello, Kay —contestó Boltz—. No lo sabe ni siquiera el sargento Marino. O, por lo menos, cabe dudar de que lo sepa. No estaba de servicio cuando se transmitió la llamada. Le llamaron a su casa cuando un oficial uniformado ya había llegado al lugar de los hechos. Ha corrido la voz por el departamento. Los policías que lo sepan no deben comentar el asunto con nadie.

Comprendí lo que eso significaba. Como alguien se fuera de la lengua, el tipo sería devuelto a las labores de vigilancia del tráfico o sería destinado a la sala de uniformes, donde se moriría de asco sentado detrás de un escritorio.

—El único motivo de que la hayamos informado de esta desdichada situación... —Amburgey eligió las palabras con sumo cuidado— se debe a que usted necesita conocer los antecedentes para poder comprender las medidas que nos veremos obligados a tomar.

Contraje los músculos y le miré con dureza. Estaban a punto de ir al grano y de entrar en el meollo de la cuestión.

—Anoche tuve una conversación con el doctor Spiro Fortosis, el psiquiatra forense que ha tenido la amabilidad de exponernos sus puntos de vista con respecto a este asunto. He discutido los casos con el FBI. Los expertos en el diseño de perfiles de este tipo de asesinos opinan que la publicidad exacerba el problema. Este tipo de asesino se crece con ella. Se excita cuando lee noticias sobre lo que ha hecho y eso lo impulsa a seguir actuando.

—No podemos poner cortapisas a la libertad de prensa —le dije bruscamente—. No podemos controlar lo que escriben los periodistas.

—Sí podemos. —Amburgey miró hacia la ventana—. No podrán escribir gran cosa si nosotros no les decimos gran cosa. Por desgracia, les hemos dicho demasiado. —Una pausa—. O, por lo menos, alguien les ha dicho demasiado.

No estaba muy segura de adónde quería ir a parar Amburgey, pero las señales apuntaban indiscutiblemente hacia mí.

Amburgey añadió:

—Ya hemos llegado a la conclusión de que los detalles sensacionalistas han dado lugar a reportajes espeluznantes y a escalofriantes titulares. Según la autorizada opinión del doctor Fortosis, es posible que todo eso haya inducido al asesino a volver a atacar antes de lo previsto. La notoriedad lo excita y le provoca una increíble tensión. El impulso se hace irresistible y entonces tiene que buscar alivio y elegir a otra víctima en la que descargar su tensión. Tal como usted sabe, sólo transcurrió una semana entre las muertes de Cecile Tyler y la de Lori Petersen...

—¿Ha hablado usted de todo eso con Benton Wesley? —pregunté, interrumpiéndole.

—No fue necesario. Hablé con Susling, uno de sus compañeros en la Unidad de Ciencias Conductistas de Quantico. Es una autoridad en este campo, sobre el que tiene varias publicaciones.

Menos mal. No habría podido soportar saber que Wesley había estado sentado conmigo en mi sala de reuniones varias horas antes y no me hubiera comentado lo que ahora me estaban diciendo a mí. «Se habría puesto tan furioso como yo», pensé. El comisionado estaba tratando de intervenir directamente en la investigación. Estaba dando rodeos a mi alrededor y también alrededor de Wesley y de Marino en un intento de asumir el mando de la situación.

—La probabilidad de que se produzca una publicidad de tipo sensacionalista —prosiguió Amburgey— y la posibilidad de que las autoridades ciudadanas sean consideradas responsables del error del 911 significan que deberemos tomar medidas muy serias, doctora Scarpetta. De ahora en adelante, cualquier información que facilite la policía a los ciudadanos deberá canalizarse a través de Norm o Bill. Y de su oficina no saldrá nada a no ser que lo divulgue yo. ¿Está claro?

Jamás había habido ningún problema con mi oficina y él lo sabía. Jamás nos había interesado la notoriedad y yo siempre había sido muy circunspecta cuando facilitaba información a la prensa.

¿Qué pensarían los periodistas, qué pensaría todo el mundo, cuando les dijeran que tendrían que acudir al comisionado para obtener una información que tradicionalmente se había facilitado desde mi oficina? En los cuarenta y dos años de existencia del sistema forense de Virginia, jamás había ocurrido semejante cosa. Si me ponían una mordaza daría la impresión de que me habían privado de mi autoridad porque yo no era digna de confianza.

Miré a mi alrededor. Todos evitaban mirarme a los ojos. Boltz mantenía la mandíbula firmemente apretada y estaba estudiando con aire ensimismado su café. Ni siquiera quería dirigirme una tranquilizadora sonrisa.

Amburgey volvió a estudiar sus notas.

—La más peligrosa es Abby Turnbull, lo cual no constituye ninguna novedad. No gana premios por su pasividad —dijo. Dirigiéndose a mí preguntó—: ¿Se conocen ustedes?

—Raras veces supera la barrera de mi secretaria.

—Ya —dijo Amburgey, pasando distraídamente otra página.

—Es peligrosa —sentenció Tanner—. El *Times* forma parte de una de las más grandes cadenas del país. Disponen de servicio telegráfico propio.

—Bueno, no cabe la menor duda de que la señorita Turnbull es la autora de los mayores daños. Los demás periodistas se limitan a repetir sus primicias y a divulgar por todas partes los detalles —dijo lentamente Boltz—. Lo que ahora tenemos qué averiguar es de dónde demonios saca la mercancía. —Volviéndose hacia mí, añadió—: Convendría examinar todos los canales. Por ejemplo, ¿qué otras personas tienen acceso a sus archivos, Kay?

—Se envían copias a la oficina del letrado municipal y a la policía —contesté serenamente.

Él y Tanner eran el letrado municipal y la policía.

—¿Y qué me dice de las familias de las víctimas?

—Hasta ahora, no he recibido ninguna petición de los familiares de las mujeres y, en casos de este tipo, lo más probable es que enviara al familiar a usted.

—¿Y las compañías de seguros?

—Si lo piden. Pero, a raíz del segundo homicidio, di instrucciones a mis colaboradores de que se abstuvieran de enviar informes, exceptuando su despacho y la policía.

—¿Alguien más? —preguntó Tanner—. ¿Qué me dice del Departamento de Estadística Vital? ¿Acaso no utilizaban los datos de su oficina y le pedían que les enviara copias de todos los informes DML-1 y de todos los informes de autopsia?

Me pilló desprevenida y no pude contestar de inmediato. Estaba claro que Tanner se había preparado muy bien para la reunión. No había ninguna razón para que tuviera conocimiento de todos aquellos detalles domésticos.

—Dejamos de enviar informes a EV cuando nos informatizamos —contesté—. Los datos se los enviamos cuando empiezan a trabajar en su informe anual...

Tanner me interrumpió con una sugerencia cuyo impacto tuvo el mismo alcance que el del cañón de una pistola.

—Bueno, pues entonces nos queda su ordenador. —Tanner removió con aire ausente el café de su vaso de plástico—. Supongo que el acceso a su base de datos será muy restringido.

—Ésa iba a ser mi siguiente pregunta —musitó Amburgey.

Fue un momento terrible. Casi pensé que ojalá Margaret no me hubiera revelado aquella intrusión en el ordenador.

Estaba tratando desesperadamente de encontrar alguna respuesta a la pregunta cuando, de pronto, me invadió una sensación de pánico. ¿Habían podido atrapar antes al asesino y aquella joven e inteligente cirujana estaría todavía viva si no se hubieran producido aquellas filtraciones? ¿Y si la anónima «fuente médica» no fuera una persona, sino el ordenador de mi despacho?

Creo que pasé uno de los peores momentos de mi vida cuando tuve que confesar:

—A pesar de todas las precauciones, parece ser que alguien ha tenido acceso a nuestros datos. Hoy hemos descubierto pruebas de que alguien ha intentado recuperar el caso de Lori Petersen. Ha sido un intento inútil porque sus datos aún no se han introducido en el ordenador.

Nadie dijo nada.

Yo encendí un cigarrillo. Amburgey lo miró con desagrado y después dijo:

—Pero los tres primeros casos sí están ahí.

—Sí.

—¿Está segura de que no ha sido alguno de sus colaboradores o tal vez el jefe de alguno de los distritos?

—Estoy razonablemente segura.

Otra pausa de silencio. Después, Amburgey preguntó inquisitivamente:

—¿Podría esta persona, quienquiera que sea, haber accedido anteriormente a la base de datos?

—No puedo estar segura de que no haya ocurrido. Tenemos por costumbre dejar el ordenador en respuesta módem para que tanto Margaret como yo podamos marcar después del horario normal. No tenemos ni idea de cómo alguien de fuera pudo averiguar la contraseña.

—¿Cómo han descubierto ustedes lo ocurrido? —preguntó Tanner, perplejo—. Lo han descubierto hoy. Si hubiera ocurrido antes, se habrían dado cuenta.

—Mi analista de informática lo ha descubierto porque dejó conectado el eco inadvertidamente. Los mandos aparecían en la pantalla. De otro modo, no nos hubiéramos dado cuenta.

Los ojos de Amburgey parpadearon mientras la furia le congestionaba el rostro.

Tomando con aire distraído un abrecartas de esmalte, pasó el pulgar por su hoja durante unos momentos que se me antojaron interminables.

—Bueno —dijo al final—, supongo que será mejor que echemos un vistazo a sus pantallas. A ver qué clase de datos ha podido averiguar este individuo. Es posible que no tenga nada que ver con lo que han publicado los periódicos. Estoy seguro de que eso es lo que vamos a descubrir. También quiero revisar los cuatro casos de estrangulación, doctora Scarpetta. Me están haciendo un montón de preguntas. Necesito saber exactamente qué es lo que ocurre.

Permanecí sentada con gesto impotente. No podía hacer nada. Amburgey estaba usurpando mi puesto, estaba abriendo los delicados asuntos que se manejaban en mi oficina para someterlos a un examen burocrático. La idea de que él revisara los casos y contemplara las fotografías de aquellas mujeres brutalmente maltratadas y asesinadas me hacía temblar de cólera.

—Puede usted revisar los casos, pero no se pueden fotocopiar ni pueden ser sacados de mi oficina. Por motivos de seguridad, por supuesto —añadí fríamente.

—Les echaremos un vistazo ahora mismo —dijo Amburgey, mirando a su alrededor—. ¿Bill, Norm?

Los tres hombres se levantaron. Mientras salíamos, Amburgey le dijo a la recepcionista que ya no volvería aquel día. La mirada anhelante de la chica siguió a Boltz hasta que éste desapareció por la puerta.

7

Esperamos bajo el cálido sol a que hubiera una pausa en el tráfico de la hora punta, y cruzamos corriendo la calle. Nadie hablaba; yo caminaba varios pasos por delante de ellos, guiándoles hacia la parte posterior del edificio. La entrada principal ya estaría cerrada en aquellos momentos.

Les dejé en la sala de reuniones y fui a recoger las fichas que guardaba en un cajón cerrado de mi escritorio. Oí a Rose ordenando papeles en la estancia contigua. Habían pasado las cinco y todavía estaba allí. Me consoló un poco. Se había quedado porque quizás intuyera que algo malo habría ocurrido para que Amburgey me hubiera llamado a su despacho.

Cuando regresé a la sala de reuniones, los tres hombres habían acercado sus sillas. Me senté frente a ellos, fumando en silencio y retando a Amburgey a que me pidiera que me retirara. No lo hizo, y yo seguí sentada donde estaba.

Transcurrió otra hora.

Se oía el rumor de las páginas y los informes hojeados, de los comentarios y las observaciones hechas en voz baja. Las fotografías se distribuyeron en abanico sobre la mesa como si fueran naipes. Amburgey estaba tomando numerosas notas con su apretada caligrafía. En determinado momento, varias fichas resbalaron desde las rodillas de Boltz y cayeron sobre la alfombra.

—Yo las recogeré —dijo Tanner sin demasiado entusiasmo, desplazando su silla a un lado.

—Ya las tengo.

Boltz parecía irritado cuando empezó a recoger los papeles diseminados a su alrededor y bajo la mesa. Él y Tanner tuvieron la amabilidad de clasificarlo todo según los números correspondientes a cada caso; yo les miraba sin decir nada. Amburgey siguió escribiendo como si nada hubiera ocurrido.

Los minutos tardaban una eternidad en transcurrir mientras yo esperaba sentada.

De vez en cuando me hacían alguna pregunta. Pero, en general, los hombres se miraban y hablaban entre sí como si yo no estuviera presente. A las seis y media entramos en el despacho de Margaret. Me senté ante el ordenador, activé la respuesta módem e inmediatamente apareció la pantalla de los casos, una bonita creación anaranjada y azul diseñada por Margaret. Amburgey consultó sus notas y me leyó el número del caso de Brenda Steppe, la primera víctima.

Entré y pulsé la tecla de recuperación. El caso apareció casi instantáneamente.

En realidad, la pantalla de los casos incluía más de una docena de tablas conectadas entre sí. Los hombres empezaron a examinar los datos que llenaban la pantalla anaranjada, mirándome cada vez que deseaban que pasara la página.

Dos páginas más adelante, los cuatro lo vimos al mismo tiempo.

El apartado titulado «Prendas, efectos personales, etc.» era una descripción de lo que llevaba el cuerpo de Brenda Steppe, incluidas las ataduras.

Escritas en letras negras figuraban las palabras «cinturón de tela beige alrededor del cuello».

Amburgey se inclinó en silencio sobre mis hombros y deslizó el dedo por la pantalla.

Abrí la ficha del caso de Brenda Steppe y señalé que yo no había dictado aquellas palabras en el informe de la autopsia y que en mis archivos figuraban mecanografiadas las palabras «un par de pantys color carne alrededor del cuello».

—Sí —dijo Amburgey, refrescándome la memoria—, pero eche un vistazo al informe del equipo de rescate. Allí figura anotado un cinturón de tela beige, ¿no?

Busqué rápidamente el informe del equipo de rescate y lo examiné. Tenía razón. El auxiliar, al describir lo que había visto, mencionaba que la víctima estaba atada con cordones eléctricos alrededor de las muñecas y los tobillos y llevaba «una prenda parecida a un cinturón tirando a color canela» alrededor del cuello.

En un intento de ayudar, Boltz sugirió:

—Tal vez alguna de las mecanógrafas repasó los datos mientras los mecanografiaba, vio el informe del equipo de socorro y anotó equivocadamente lo del cinturón... en otras palabras, no se dio cuenta de que había una discrepancia con lo que usted había dictado en el informe de la autopsia.

—No es probable —objeté—. Mis mecanógrafas saben que los datos sólo tienen que proceder de los informes de laboratorio y de autopsia y del certificado de defunción.

—Pero es posible, porque el cinturón se menciona —dijo Amburgey—. Consta en la ficha.

—Por supuesto que es posible.

—En tal caso —terció Tanner—, la fuente de este cinturón beige, que se citaba en el periódico, sería su ordenador. Puede que un periodista haya estado consultando su base de datos o haya tenido a alguien que lo hacía por él. La información era inexacta porque había una imprecisión en los datos que usted tenía en su oficina.

—O puede que la información se la diera el miembro del equipo de socorro que anotó la presencia del cinturón en su informe —dije yo.

Amburgey se apartó del ordenador y dijo fríamente:

—Confío en que tome usted medidas para garantizar el carácter confidencial de los archivos de su oficina. Dígale a la chica que se encarga de su ordenador que cambie la contraseña. Haga todo lo que sea necesario, doctora Scarpetta. Y espero su informe escrito sobre todo este asunto.

Se encaminó hacia la puerta y se detuvo el tiempo suficiente como para decirme:

—Se entregarán copias a quienes corresponda y después ya veremos si tomamos medidas adicionales.

Tras lo cual, se retiró seguido de Tanner.

Cuando todo lo demás me falla, me dedico a cocinar. Algunas personas salen después de una jornada espantosa y se relajan dándole a una pelota de tenis en una pista o se descoyuntan los huesos siguiendo un cursillo de preparación física. Yo tenía una amiga en Coral Gables que se escapaba a la playa con su silla plegable y se libraba de la tensión tomando el sol y leyendo una novelucha ligeramente pornográfica que en su ambiente profesional no habría leído ni loca, pues era juez de un tribunal de distrito. Muchos policías que conozco ahogan sus penas bebiendo cerveza en el local de la Hermandad Policial.

Yo nunca he sido especialmente aficionada al deporte y no había ninguna playa como Dios manda a una distancia razonable. Emborracharse nunca servía de nada, mientras que la cocina era un lujo que no estaba a mi alcance por falta de tiempo la mayoría de los días y, aunque la cocina italiana no es mi único amor, sí es la que mejor se me da.

—Utiliza la parte más fina del rallador —le estaba diciendo a Lucy sobre el trasfondo del ruido del agua del grifo en el fregadero.

—Es que me cuesta mucho —se quejó la niña, resoplando.

—El queso curado parmesano-reggiano es muy duro. Ten cuidado con los nudillos, ¿de acuerdo?

Terminé de lavar los pimientos verdes, las setas y las cebollas, los sequé y los coloqué sobre la tabla de picar. Sobre uno de los quemaderos de la cocina se estaba calentando a fuego lento una salsa que había elaborado el verano anterior a base de tomates frescos, albahaca, orégano y varios dientes de ajo majados. Siempre guardaba una buena provisión en el congelador para momentos como aquél. Una salchicha de Lugano se estaba secando sobre una servilleta de papel al lado de otras servilletas de papel en las que descansaban unos dorados bistecs. La masa de alto contenido en gluten se estaba hinchando bajo una servilleta húmeda, y en un cuenco se veía una mozzarella de leche entera importada de Nueva York y todavía envuelta en su salmuera cuando yo la compré en mi charcutería preferida de la avenida West. A temperatura ambiente este queso es suave como la mantequilla y, cuando se derrite, forma unos hilos deliciosos.

—Mamá siempre las compra envasadas y les añade un montón de porquerías —dijo Lucy casi sin resuello a causa del esfuerzo—. O las compra ya hechas en la tienda.

—Es una pena —repliqué, hablando completamente en serio—. ¿Cómo puede comerse esas porquerías? —dije mientras empezaba a picar—. Tu abuela antes hubiera preferido que nos muriéramos de hambre.

A mi hermana nunca le ha gustado cocinar. Jamás he comprendido por qué. Algunos de los momentos más felices de nuestra infancia transcurrían alrededor de la mesa. Cuando nuestro padre estaba bien, se sentaba en la cabecera de la mesa y nos llenaba ceremoniosamente los platos con grandes montículos de humeantes espaguetis o *fettuccine* o, los viernes, de *frittata*. Aunque fuéramos pobres, en casa siempre había pasta y vino en abundancia, y a mí me encantaba regresar de la escuela y ser recibida por los deliciosos aromas y los prometedores rumores que se escapaban de la cocina.

El hecho de que Lucy no supiera nada de todas aquellas cosas era una triste transgresión de la tradición. Seguramente, cuando regresaba de la escuela, entraba en una silenciosa e indiferente casa donde la cena era un engorro que se aplazaba hasta el último momento. Mi hermana jamás habría tenido que ser madre. Mi hermana jamás habría tenido que ser italiana.

Untándome las manos con aceite de oliva empecé a trabajar la masa hasta que me comenzaron a doler los músculos de los brazos.

—¿Sabes enroscarla como hacen en la televisión? —preguntó Lucy, interrumpiendo su tarea y mirándome con los ojos muy abiertos.

Le hice una demostración.

—¡Toma ya!

—No es difícil —dije mientras la masa se extendía lentamente sobre mis puños—. El truco consiste en mantener los dedos bien doblados para no hacer agujeros.

—Déjame probar.

—No has terminado de rallar el queso —dije con fingida severidad.

—Por favor...

Lucy bajó de su taburete y se acercó a mí. Tomando sus manos en las mías se las unté con aceite de oliva y se las cerré en puño. Me sorprendió que sus manos tuvieran casi el mismo tamaño que las mías. Cuando era pequeña, sus puños no eran más grandes que unas nueces.

Recordé cómo extendía las manos hacia mí cuando la visitaba, cómo me agarraba el dedo índice y sonreía mientras una extraña y maravillosa sensación de calor me llenaba por dentro. Envolviendo la masa alrededor de los puños de Lucy, la ayudé a darle torpemente la vuelta.

—Cada vez es más grande —exclamó la niña—. ¡Qué bonito!

—La masa se extiende a causa de la fuerza centrífuga... tal como antes ocurría con el cristal. ¿Has visto aquellos antiguos cristales de ventana ondulados?

Lucy asintió con la cabeza.

—El cristal giraba en un disco plano...

Ambas levantamos la vista al oír el crujido de la gravilla bajo unos neumáticos en la calzada. Un Audi de color blanco se estaba acercando, y la alegría de Lucy empezó a empañarse de inmediato.

—Oh —dijo en tono abatido—. Es él.

Bill Boltz estaba descendiendo del vehículo y sacando dos botellas de vino que había en el asiento del pasajero.

—Te gustará mucho —dije, depositando hábilmente la masa en el recipiente—. Tiene muchas ganas de conocerte, Lucy.

—Es tu novio.

Me lavé las manos.

—Simplemente hacemos cosas juntos y colaboramos...

—¿No está casado? —preguntó Lucy, observándole mientras se acercaba a la puerta.

—Su mujer murió el año pasado.

—Ah. —Una pausa—. ¿Cómo?

Le besé el cabello y salí de la cocina para abrir la puerta. No era el momento de responder a semejante pregunta. No estaba muy segura de cómo se lo iba a tomar Lucy.

—¿Ya te estás recuperando?

Bill sonrió y me besó levemente en la mejilla.

—Apenas —contesté, cerrando la puerta.

—Ya verás cuando te tomes unos cuantos vasos de esta mágica sustancia —dijo, sosteniendo en alto las botellas como si fueran trofeos de caza—. De mi bodega privada... te encantará.

Le rocé el brazo con la mano mientras él me acompañaba a la cocina.

De espaldas a nosotros, Lucy estaba rallando queso subida a su taburete. Ni siquiera levantó los ojos cuando entramos.

—¿Lucy?

Rallando queso.

—¿Lucy? —Me acerqué a ella con Bill—. Te presento al señor Boltz; Bill, ésta es mi sobrina.

Lucy interrumpió a regañadientes lo que estaba haciendo y me miró directamente a los ojos.

—Me he rascado el nudillo, tía Kay. ¿Lo ves? —dijo, mostrándome la mano izquierda.

Le sangraba un poco un nudillo.

—Vaya por Dios. Ven, iré por una tirita...

—Un poco se ha caído en el queso —añadió casi al borde de las lágrimas.

—Me parece que vamos a necesitar una ambulancia —anunció Bill, levantando súbitamente a Lucy de su taburete y entrelazando los brazos bajo sus muslos. La niña quedó sentada en una posición extremadamente ridícula—. Rerrrrrr... RERRRRRRR... —chirrió como una sirena mientras se acercaba con ella al fregadero—. Tres-uno-seis con una urgencia... una niña preciosa con un nudillo ensangrentado. —Ahora estaba hablando con un operador de comunicaciones—. Por favor, que la doctora Scarpetta esté preparada con una tirita...

Lucy empezó a mondarse de risa, se olvidó momentáneamente de su nudillo y miró con adoración a Bill mientras éste descorchaba una botella de vino.

—Hay que dejarlo respirar —le explicó a Lucy—. Mira, ahora está más áspero de lo que estará dentro de una hora. Como todo en la vida, el tiempo lo hace madurar.

—¿Puedo tomar un poco?

—Bueno —contestó Bill con fingida seriedad—, a mí me parece bien si tu tía Kay no dice lo contrario. Pero no queremos que empieces a hacer tonterías.

Yo estaba recubriendo la pizza con salsa y colocando encima de ésta las carnes, las hortalizas y el queso parmesano. Como broche final, le puse unos trocitos de mozzarella y la introduje en el horno. Muy pronto el fuerte aroma del ajo llenó la cocina mientras yo preparaba la ensalada y ponía la mesa y Bill y Lucy conversaban y se reían.

Cenamos tarde y el vaso de vino que se tomó Lucy resultó ser una bendición. Cuando empecé a quitar la mesa, vi que tenía los ojos medio cerrados y se estaba cayendo de sueño, a pesar de que por nada del mundo hubiera querido separarse de Bill, el cual se había ganado por entero su corazón.

—Es muy curioso —le dije a Bill cuando ya la había acostado en su cama y ambos nos encontrábamos sentados junto a la mesa de la cocina—. No sé cómo lo has conseguido. Estaba preocupada por su reacción...

—Creías que me consideraría un rival —dijo Bill, esbozando una leve sonrisa.

—Vamos a decirlo así. Su madre entra y sale constantemente de relaciones con prácticamente cualquier cosa que lleve pantalones.

—Lo cual significa que no le queda demasiado tiempo para su hija.

Bill volvió a llenar los vasos.

—Es una apreciación más bien moderada.

—Lástima. Esta niña tiene algo especial y es más lista que el hambre. Habrá heredado tu inteligencia. ¿Qué hace todo el día mientras tú trabajas? —preguntó Bill, tomando lentamente un sorbo de vino.

—Bertha está aquí. Lucy se pasa horas y horas en mi escritorio, aporreando las teclas de mi ordenador.

—¿Se divierte con juegos?

—Más bien no. Creo que sabe más de eso que yo. La última vez que la sorprendí, estaba programando con Basic y reorganizando mi base de datos.

Bill estudió su vaso de vino y después preguntó:

—¿Puedes utilizar tu ordenador para marcar el de tu oficina?

—¡Ni se te ocurra pensarlo!

—Bueno —dijo Bill, mirándome fijamente—. Sería mejor. Pero puede que sea una vana esperanza.

—Lucy no sería capaz de hacer semejante cosa —dije en tono ofendido—. Y no estoy muy segura de que fuera mejor, en caso de ser cierto.

—Mejor tu sobrina de diez años que un periodista. Te podrías quitar de encima a Amburgey.

—A ése nunca me lo podré quitar de encima —repliqué.

—Es verdad —dijo Bill—. Su único objetivo cuando se levanta por la mañana es fastidiarte.

—Estoy empezando a pensar que sí.

Amburgey había sido nombrado para aquel cargo en plena campaña de protesta de la comunidad negra, la cual se quejaba de que la policía se tomaba con indiferencia los homicidios a no ser que las víctimas fueran blancas. Después, un concejal negro del ayuntamiento fue tiroteado en su automóvil, y tanto Amburgey como el alcalde debieron de suponer que el hecho de presentarse a la mañana siguiente sin previo aviso en el depósito de cadáveres les ganaría las simpatías de los negros.

Quizá las cosas no habrían salido tan mal si Amburgey hubiera hecho alguna pregunta mientras me observaba efectuar la autopsia al cadáver y después hubiera mantenido la boca cerrada. Sin embargo, combinando la medicina con la política, se sintió obligado a revelarles a los periodistas que esperaban en el exterior del edificio que «la profusión de heridas de perdigones» en la parte superior del pecho del concejal «revelan que se efectuaron disparos a quemarropa con una escopeta de caza». Cuando los reporteros me entrevistaron más tarde, expliqué con la mayor diplomacia posible que la «profusión» de orificios en el pecho era, en realidad, la huella del tratamiento que la víctima había recibido en la sala de urgencias del hospital, donde le habían insertado agujas de ancho calibre en las arterias subclavias para transfundirle sangre. La herida mortal del concejal era un pequeño orificio de disparo de escopeta en la nuca.

Los reporteros se lo pasaron en grande con el gazapo de Amburgey.

—Lo malo es que él es médico —le dije a Bill— y sabe lo bastante como para pensar que es experto en medicina legal y puede dirigir mi departamento mejor que yo, cuando lo cierto es que la mayoría de sus opiniones son una pura mierda.

—Y tú cometes la equivocación de hacérselo ver.

—¿Y qué quieres que haga? ¿Que le dé la razón para que los demás piensen que soy tan incompetente como él?

—No es más que un simple caso de envidia profesional —dijo Bill, encogiéndose de hombros—. Suele ocurrir.

—Yo no sé qué es. ¿Cómo demonios te explicas tú estas cosas? La mitad de las cosas que hacen o sienten las personas no tiene sentido. Que yo sepa, igual podría recordarle a su madre.

Mi cólera se estaba intensificando por momentos. Por la expresión del rostro de Bill me di cuenta de que le estaba mirando con rabia.

—Oye —protestó Bill, levantando la mano—, no te enfades conmigo, que yo no tengo la culpa.

—Has estado allí esta tarde, ¿no?

—¿Y qué esperabas? ¿Tengo que decirles a Amburgey y a Tanner que no puedo asistir a la reunión porque tú y yo salimos juntos?

—Por supuesto que no podías decirles eso —dije en tono dolido—. Pero tal vez yo quería que lo hicieras. Tal vez yo quería que le propinaras un puñetazo a Amburgey o algo por el estilo.

—No hubiera sido mala idea. Pero no creo que me fuera muy beneficioso en el momento de la reelección. Además, tú dejarías probablemente que me pudriera en la cárcel. Y ni siquiera me pagarías la fianza.

—Depende de la cuantía.

—Mierda.

—¿Por qué no me lo dijiste?

—Decirte, ¿qué?

—Que se iba a convocar la reunión. Tú debías de saberlo desde ayer.

«Quizá lo sabías desde hacía varios días —estuve a punto de decirle—, ¡y por eso ni siquiera me llamaste este fin de semana!» Me abstuve de decírselo, pero le miré con dureza.

Bill estaba estudiando de nuevo su vaso de vino. Tras una pausa, contestó:

—No vi ninguna razón para decírtelo. Sólo hubiera conseguido preocuparte y, además, tuve la impresión de que la reunión sería una pura formalidad...

—¿Una formalidad? —Le miré sin poderlo creer—. Amburgey me ha amordazado y se ha pasado la mitad de la tarde destripando mi despacho, ¿y a eso lo llamas tú una formalidad?

—Estoy seguro de que lo ha hecho impulsado por lo que

tú le has dicho sobre la profanación de tu ordenador, Kay. Y eso yo no lo sabía ayer. Y ayer tú tampoco lo sabías, qué demonios.

—Comprendo —dije fríamente—. Nadie lo sabía hasta que yo lo he dicho.

Silencio.

—¿Qué estás insinuando?

—Me ha parecido una coincidencia increíble que lo descubriéramos pocas horas antes de que él me convocara a su despacho. Se me ha ocurrido la curiosa idea de que a lo mejor él sabía...

—Puede que lo supiera.

—No cabe duda de que eso me tranquiliza.

—De todos modos, da igual —añadió Bill—. ¿Qué importa que Amburgey supiera lo de tu ordenador cuando has entrado esta tarde en su despacho? A lo mejor, alguien ha dicho algo... tu analista de informática, por ejemplo. Y el rumor ha subido hasta el piso veinticuatro y se ha convertido en una nueva preocupación para él. En ese caso, tú no has metido la pata porque has tenido la astucia de decirle la verdad.

—Yo siempre digo la verdad.

—No siempre —dijo Bill—. Mientes habitualmente sobre nosotros... por omisión...

—Puede que él lo supiera —añadí, cortándole bruscamente—. Quiero oírte decir que tú no lo sabías.

—No lo sabía —dijo Bill, mirándome fijamente—. Lo juro. Si hubiera sabido algo, te habría avisado de antemano, Kay. Habría corrido a la primera cabina telefónica...

—Y habrías atacado como Superman.

—Vaya —dijo Bill en voz baja—. Y ahora encima te burlas de mí.

Estaba interpretando el papel de muchacho herido. Bill tenía muchos papeles y los sabía interpretar de maravilla. A veces, me resultaba muy difícil creer que estuviera tan profundamente enamorado de mí. ¿Y si fuera otro de sus papeles?

Creo que interpretaba un papel de principal protagonista

en las fantasías de la mitad de las mujeres de la ciudad, y el director de su campaña lo había aprovechado muy bien. Las fotografías de Bill se distribuyeron por todos los restaurantes y los escaparates de las tiendas y se clavaron en todos los postes telefónicos de las manzanas de casas de la ciudad. ¿Quién podía resistirse a aquel rostro? Era asombrosamente guapo, tenía un cabello rubio como la paja y el rostro perennemente bronceado gracias a las muchas horas que se pasaba cada semana en su club de tenis. Hubiera sido muy difícil no mirarle sin disimulo.

—No me estoy burlando de ti —dije en tono cansado—. Lo digo en serio, Bill. No empecemos a discutir.

—Me parece muy bien.

—Estoy harta. No tengo ni idea de lo que puedo hacer.

Al parecer, él ya lo había pensado porque me dijo:

—Sería conveniente que intentaras descubrir quién ha estado manipulando tus datos. —Una pausa—. Y mejor todavía si pudieras demostrarlo.

—¿Demostrarlo? —Le miré con recelo—. ¿Me estás insinuando que tienes un sospechoso?

—No me baso en ningún hecho.

—¿Quién? —pregunté, encendiendo un cigarrillo.

Bill miró a su alrededor.

—Abby Turnbull ocupa el primer lugar de mi lista.

—Pensaba que me ibas a revelar alguna novedad.

—Lo digo completamente en serio, Kay.

—Ya sabemos que es una reportera muy ambiciosa —dije en tono irritado—. La verdad es que ya estoy empezando a cansarme de oír hablar tanto de ella. No es tan poderosa como todo el mundo cree.

Bill posó con fuerza su vaso de vino sobre la mesa.

—Vaya si lo es —replicó, mirándome fijamente—. Esa mujer es una maldita víbora. Sé que es una reportera muy ambiciosa, pero lo grave es que es mucho peor de lo que la gente imagina. Es malvada, tergiversa las cosas sin piedad y es extremadamente peligrosa. La muy bruja no se detiene ante nada.

La vehemencia de sus palabras me dejó de una pieza. No era propio de él describir a las personas en términos tan vitriólicos. Sobre todo, tratándose de alguien a quien yo suponía que apenas conocía.

—¿Recuerdas el reportaje que publicó sobre mí hace cosa de un mes?

El *Times* había decidido cumplir finalmente con su deber de trazar un perfil sobre el nuevo fiscal de la mancomunidad. El reportaje, bastante extenso, por cierto, se publicó en domingo y yo no recordaba con detalle lo que Abby Turnbull había escrito, aunque sí recordaba que el trabajo me había parecido insólitamente soso dada la personalidad de su autora.

Así se lo dije a Bill.

—Que yo recuerde, el reportaje carecía de mordiente. No te perjudicaba, pero tampoco te beneficiaba.

—Tenía su explicación —dijo Bill—. Sospecho que no le apetecía demasiado escribirlo.

Bill no quería insinuar que hubiera sido un encargo aburrido para la periodista, sino otra cosa muy distinta. Me estaba volviendo a poner nerviosa por momentos.

—Mi sesión con ella fue tremenda. Se pasó un día entero conmigo, desplazándose en mi automóvil, asistiendo a todas mis reuniones e incluso acompañándome a la lavandería. Ya sabes cómo son esos reporteros. Como no les pares los pies, te acompañan hasta al retrete. Bueno, digamos que, a medida que pasaban las horas, las cosas empezaron a adquirir un lamentable sesgo a todas luces inesperado.

Bill hizo una pausa para ver si yo comprendía adónde quería ir a parar.

Demasiado bien lo comprendía.

Mirándome directamente a la cara, Bill añadió:

—Todo se estropeó sin remedio. Salimos de la última reunión sobre las ocho. Ella insistió en que fuéramos a cenar. Pagaba el periódico, ¿comprendes?, y aún tenía que hacerme unas cuantas preguntas. Tan pronto como abandonamos el parking del restaurante, dijo que no se encontraba bien. Demasiado vino tal vez. Quiso que la llevara a su casa en lugar de acompañarla a la sede del periódico, donde había dejado su automóvil. La acompañé y, cuando me detuve delante de su casa, se me echó encima. Fue de lo más embarazoso.

—¿Y qué más? —pregunté como si me diera igual.

—Pues que no supe manejar bien la situación. Creo que la humillé sin querer. Y, desde entonces, está empeñada en fastidiarme.

—¿De qué manera? ¿Te llama, te envía cartas de amenaza? —pregunté sin tomármelo demasiado en serio.

No estaba preparada para lo que Bill me dijo a continuación.

—Y un cuerno me escribe cartas. Más bien creo que utiliza tu ordenador. Aunque parezca una locura, creo que sus motivos son sobre todo de carácter personal...

—¿Las filtraciones? ¿Estás insinuando que ha penetrado en mi ordenador y está escribiendo detalles espeluznantes sobre estos casos para fastidiarte?

—Si se llega a una componenda sobre estos casos en los tribunales, ¿quién demonios saldrá perjudicado?

No contesté. No podía creerlo.

—Yo. Yo seré el fiscal en los juicios. Los casos tan sensacionalistas y horripilantes como éstos se pueden perder por culpa de toda la mierda que publican los periódicos, y a mí nadie me va a enviar flores ni notas de agradecimiento. Y ella lo sabe muy bien, Kay. Me quiere hacer daño, eso es lo que quiere.

—Bill —dije, bajando la voz—, ella está obligada a ser una reportera agresiva y a publicar todo lo que pueda. Y, sobre todo, sólo podrías perder los casos en un juicio si la única prueba fuera una confesión. Entonces, la defensa le haría cambiar de idea. Y el acusado retiraría lo dicho. El argumento utilizado sería que el tipo es un psicópata que conoce todos los detalles de los asesinatos porque lee lo que publican los periódicos. Y está convencido de que él es el autor de los asesinatos. Tonterías de ésas. El monstruo que está matando a estas mujeres no se entregaría sin más ni confesaría nada espontáneamente.

Bill apuró su vaso y lo volvió a llenar.

—A lo mejor, la policía lo presentará como sospechoso y lo obligará a hablar. A lo mejor, eso es lo que ocurrirá. Y puede que eso sea lo único que lo vincule con los crímenes. No hay la menor prueba física que demuestre nada...

—¿Que no hay la menor prueba física? —pregunté, interrumpiéndole. No habría oído bien. ¿Acaso el vino le había embotado los sentidos?—. Ha dejado un reguero de líquido seminal. Lo atrapan y el ADN demostrará que...

—Sí, claro. La prueba del ADN sólo se ha presentado un par de veces ante los tribunales de Virginia. Son muy pocos los veredictos de culpabilidad que se han conseguido por este medio a nivel nacional... casi siempre se recurre la sentencia. Intenta explicarle a un jurado de Richmond que el tipo es culpable porque lo demuestra el ADN. Tendré suerte si puedo encontrar a algún miembro del jurado que sepa deletrear el ADN. Cualquiera que tenga un índice intelectual superior a cuarenta será rechazado por la defensa bajo cualquier pretexto. Con eso tengo que bregar yo semana tras semana...

—Bill...

—Qué asco. —Bill empezó a pasear arriba y abajo por la cocina—. No sabes tú lo que cuesta conseguir un veredicto de culpabilidad contra un tipo, aunque cincuenta personas juren haberle visto apretar el gatillo. La defensa se saca de la manga un montón de hábiles testigos que lo enredan todo sin remedio. Tú mejor que nadie sabes lo complicadas que son las pruebas del ADN.

—Bill, más de una vez les he explicado a los jurados lo difícil que es eso.

Bill fue a decir algo, pero cambió de idea. Con la mirada perdida en el espacio, tomó otro sorbo de vino.

El silencio se estaba prolongando embarazosamente. Si el veredicto de los juicios dependiera exclusivamente de los resultados de las pruebas del ADN, yo me convertiría en un testigo clave de la acusación. Muchas veces había tenido que pasar por aquella situación y no recordaba que Bill se hubiera preocupado demasiado por ello.

Esta vez había algo más.

—¿Qué ocurre? —pregunté muy a pesar mío—. ¿Estás preocupado por nuestra relación? ¿Crees que alguien se va a enterar y nos acusará de acostarnos profesionalmente juntos... que me acusará de alterar los resultados para que se acomoden a los intereses del fiscal?

Me miró con el rostro arrebolado.

—No estaba pensando en eso. Es verdad que hemos salido juntos, pero ¿y qué? Hemos ido a cenar, al teatro algunas veces...

No tuvo que completar la frase. Nadie sabía lo nuestro. Por regla general, él solía acudir a mi casa o nos íbamos a algún lugar apartado como Williamsburg o el distrito de Columbia, donde no era probable que nos tropezáramos con ningún conocido. Yo siempre me había preocupado mucho más que él por la posibilidad de que nos vieran juntos en público.

¿O acaso se refería a algo mucho más trascendente?

No éramos amantes en el sentido estricto y ello creaba entre nosotros una sutil, pero incómoda tensión.

Ambos éramos conscientes de la fuerte atracción que sentíamos el uno por el otro, pero hasta hacía unas semanas no habíamos dado el paso. Al término de un juicio que se prolongó hasta el anochecer, Bill me invitó como si tal cosa a tomar un trago. Nos dirigimos a un restaurante situado a un tiro de piedra de los juzgados y, tras tomarnos un par de whiskys, nos fuimos a mi casa. Todo fue tan repentino y apasionado como un enamoramiento entre adolescentes. El carácter prohibido de aquella relación hacía que todo fuera mucho más intenso. De pronto, sentada con él en el sofá de mi salón a oscuras, me entró miedo.

Su deseo era excesivo. Mientras estallaba y me avasallaba en lugar de acariciarme, empujándome casi a la fuerza hacia abajo en el mullido sofá, me vino a la imaginación con toda claridad el recuerdo de su mujer recostada contra los almohadones de raso azul celeste de su cama cual si fuera una encantadora muñeca de tamaño natural, con su salto de cama blanco teñido de rojo oscuro y con una pistola automática de nueve milímetros a pocos centímetros de su inerte mano derecha.

Acudí al lugar de los hechos, sabiendo tan sólo que, al parecer, la esposa del candidato al cargo de fiscal de la mancomunidad se había suicidado. Entonces no conocía a Bill. Examiné a su mujer. Tuve literalmente su corazón en mis manos. Todas aquellas imágenes estaban cruzando gráficamente ante mis ojos en el salón de mi casa a oscuras varios meses después.

Me aparté físicamente de él. No le expliqué la verdadera razón pese a que, en los días sucesivos, él me siguió acosando con más denuedo que nunca. Nuestra atracción mutua era la misma, pero se había levantado una muralla entre nosotros. Y yo no podía derribarla ni trepar por ella por mucho que lo intentara.

Apenas le escuchaba.

—... No sé cómo podrías alterar los resultados de las pruebas del ADN a menos que organizaras una conspiración en la que estuvieran implicados, no sólo los laboratorios privados que llevan a cabo las pruebas, sino también medio Departamento de Medicina Legal...

—¿Cómo? —pregunté, sobresaltada—. ¿Alterar los resultados del ADN?

—Ni siquiera me escuchas —dijo Bill, a punto de perder la paciencia.

—Se me ha escapado algo.

—Estoy diciendo que nadie te podría acusar de amañar nada... eso es lo que quiero decir. Por consiguiente, nuestra relación no tiene nada que ver con lo que estoy pensando.

—De acuerdo.

—Lo que pasa es que...

Bill se detuvo sin concluir la frase.

—¿Qué es lo que pasa? —pregunté. Al ver que volvía a

apurar el vaso añadí—: Bill, recuerda que tienes que conducir...

Rechazó mi comentario con un gesto de la mano.

—Entonces, ¿qué es? —volví a preguntar—. ¿Qué?

Bill frunció los labios sin querer mirarme. Poco a poco, consiguió sacarlo.

—Es que no estoy seguro de lo que van a pensar de ti los miembros del jurado.

—Dios mío... Entonces es que sabes algo. ¿Qué es? ¿Qué? ¿Qué está tramando ese hijo de puta? ¿Me va a despedir por culpa de esta maldita cuestión del ordenador, es eso lo que te ha dicho?

—¿Amburgey? No está tramando nada. No tiene por qué. Si tu departamento es acusado de las filtraciones y si los ciudadanos se convencen de que los sensacionalistas reportajes de la prensa son el motivo de que el asesino ataque cada vez con más frecuencia, tu cabeza tendrá que rodar. La gente necesita echarle la culpa a alguien. Yo no puedo permitirme el lujo de que mi testigo estelar tenga un problema de credibilidad o popularidad.

—¿Es eso lo que tú y Tanner estabais discutiendo tan acaloradamente después del almuerzo? —pregunté casi al borde de las lágrimas—. Os vi en la acera, saliendo del Pekín...

Un prolongado silencio. Eso significaba que él también me había visto a mí, pero había fingido no verme. ¿Por qué? ¡Probablemente porque él y Tanner estaban hablando de mí!

—Estábamos discutiendo unos casos —contestó evasivamente—. Discutiendo un montón de cosas.

Me puse tan furiosa que preferí callarme y no decir nada que después pudiera lamentar.

—Mira —añadió Bill, aflojándose el nudo de la corbata y desabrochándose el primer botón de la camisa—. Ya veo que no me ha salido bien. No quería decírtelo de esta manera. Te lo juro por Dios. Ahora estás disgustada y yo también lo estoy. Lo siento.

Mi silencio era sepulcral.

Bill respiró hondo.

—Tenemos graves problemas y convendría que los resolviéramos juntos. Hay que estar preparados para lo peor, ¿de acuerdo?

—¿Qué pretendes que haga exactamente? —pregunté, midiendo cada palabra para evitar que se me quebrara la voz.

—Piénsalo todo cinco veces. Como se hace en el tenis. Cuando uno está deprimido o preocupado, tiene que jugar con mucho cuidado. Tiene que concentrarse en cada jugada y no apartar la vista de la pelota ni un solo segundo.

A veces, sus símiles tenísticos me atacaban los nervios. En aquel momento, por ejemplo.

—Siempre pienso lo que hago —dije en tono irritado—. No hace falta que me digas cómo tengo que hacer mi trabajo. No suelo cometer fallos.

—Pero ahora es especialmente importante. Abby Turnbull es veneno puro. Creo que quiere comprometernos a los dos. Entre bastidores. Utilizándote a ti o utilizando el ordenador de tu despacho para perjudicarme a mí. Sin importarle el daño que con ello pueda causar a la justicia. Si los casos se nos escapan de las manos, a ti y a mí nos echarán de nuestros puestos. Así de sencillo.

Puede que tuviera razón, pero me costaba aceptar que Abby Turnbull pudiera ser tan perversa. A poca sangre que tuviera en las venas, desearía que el asesino recibiera su justo castigo. No sería capaz de utilizar a cuatro mujeres brutalmente asesinadas como piezas de sus intrigas y venganzas, eso siempre y cuando estuviera intrigando, cosa que yo dudaba bastante.

Estaba a punto de decirle a Bill que exageraba y que el mal encuentro que había tenido con ella le había alterado momentáneamente la razón. Pero algo me impidió hacerlo.

No quería seguir hablando de aquel asunto.

Tenía miedo.

Me inquietaba. Bill había esperado hasta aquel momento para decírmelo. ¿Por qué? Su encuentro con la periodista se había producido varias semanas atrás. Si ella nos estaba preparando una trampa y si efectivamente era tan peligrosa para los dos, ¿por qué no me lo había dicho antes?

—Creo que los dos necesitamos una buena noche de sueño —dije serenamente—. Y creo que nos convendría olvidar esta conversación o, por lo menos, algunas partes de ella, y seguir adelante como si nada hubiera ocurrido.

Bill se apartó de la mesa.

—Tienes razón. Estoy cansado. Y tú también. Dios mío, no quería que la cosa terminara así. He venido aquí para darte ánimos. Estoy avergonzado...

Siguió disculpándose mientras recorríamos el pasillo. Antes de que yo tuviera ocasión de abrir la puerta, me dio inesperadamente un beso y noté el sabor del vino en su aliento y el calor de su cuerpo contra el mío. Mi respuesta física era siempre inmediata, un estremecimiento de deseo que me recorría la columna vertebral y un temor que me traspasaba el cuerpo como una corriente eléctrica. Me aparté involuntariamente de él y le dije en un susurro:

—Buenas noches.

Su sombra se dirigió en la oscuridad hacia su automóvil y su perfil quedó brevemente iluminado por la luz interior cuando abrió la portezuela para sentarse al volante. Cuando los rojos faros traseros se perdieron calle abajo y desaparecieron detrás de los árboles, yo todavía me quedé un buen rato de pie en el porche.

8

El interior del Plymouth Reliant plateado de Marino estaba tan desordenado y lleno de trastos como yo habría imaginado... de haberme tomado la molestia de pensar en ello un instante.

En el suelo de la parte de atrás había una caja de pollo frito para llevar, unas servilletas arrugadas y unas bolsas de Burger King, y varios vasos de plástico con manchas de café. El cenicero rebosaba de colillas, y del espejo retrovisor colgaba un ambientador de aire con aroma de bosque y en forma de pino cuya eficacia era tan dudosa como la de un frasco de perfume en un vertedero de basuras. Había polvo, hilachas y migas por todas partes y el parabrisas tenía tanto hollín de humo de cigarrillos que casi no se veía nada.

—¿Le da usted algún baño alguna vez? —pregunté mientras me abrochaba el cinturón de seguridad.

—Ya no. Me lo han asignado a mí, por supuesto, pero no es mío. No dejan que me lo lleve a casa por la noche ni los fines de semana ni nada. Si lo froto hasta dejarlo resplandeciente y me gasto media botella de líquido limpiador para la tapicería, ¿qué es lo que pasa? Pues que algún zángano lo utiliza cuando yo no estoy de servicio. Y me lo devuelve tal como está ahora. No falla. Al cabo de algún tiempo, decidí ahorrarles la molestia. Y empecé a ensuciarlo yo.

Las comunicaciones policiales chirriaban muy quedo y la lucecita parpadeaba al pasar de uno a otro canal. Marino abandonó el parking de la parte de atrás del edificio. Llevaba sin saber nada de él desde que el lunes abandonara bruscamente la sala de reuniones. Ahora estábamos a última hora de la tarde del miércoles y pocos momentos antes me había sorprendido apareciendo de repente en la puerta de mi despacho y anunciándome su intención de llevarme a dar «un pequeño paseo».

El «paseo» incluía entre otras cosas una visita retrospectiva a los lugares de los hechos, y su propósito, según pude deducir, era el de que yo me grabara su mapa en la mente. No podía negarme. La idea era buena. Pero era lo que menos me habría esperado de él. ¿Desde cuándo me implicaba en lo que él hacía a no ser que no pudiera evitarlo?

—Hay unas cuantas cosas que necesita saber —me dijo, ajustando el espejo lateral.

—Comprendo. ¿Debo entender que, si me hubiera negado a dar este «pequeño paseo», usted jamás me habría revelado estas cosas que necesito saber?

—Entiéndalo como usted quiera.

Esperé pacientemente a que volviera a colocar el encendedor en su soporte. Tardó un buen rato en sentarse más cómodamente detrás del volante.

—Podría interesarle saber —dijo para empezar— que ayer sometimos a Petersen a una prueba poligráfica y que el tío la superó. Es bastante reveladora, pero yo sigo sin descartarle del todo. La puedes superar si eres uno de esos psicópatas capaces de mentir con la misma facilidad con que respiran. Es un actor. Probablemente sería capaz de decir que es Jesucristo crucificado y no le sudarían las manos y su pulso sería tan firme como el de usted y el mío cuando estamos en la iglesia.

—Lo dudo bastante —dije—. Es muy difícil, por no decir imposible, engañar a un detector de mentiras. Por mucho que usted diga lo contrario.

—Ha ocurrido alguna vez. Ésa es una de las razones por las cuales la prueba no resulta admisible en los tribunales.

—No. No llegaré al extremo de decir que es infalible.

—Lo malo es que no tenemos ninguna causa probable para detenerle y ni siquiera podemos prohibirle que abandone la ciudad —añadió Marino—. Por eso lo tengo sometido a vigilancia. Estamos tratando de controlar sus actividades fuera de los horarios de trabajo. Como, por ejemplo, qué hace por las noches. A lo mejor, se mete en su automóvil y recorre los distintos barrios de la ciudad para estudiar el terreno.

—¿No ha vuelto a Charlottesville?

Marino sacudió la ceniza de su cigarrillo fuera de la ventanilla.

—Quiere esperar un poco, dice que está demasiado trastornado como para volver. Se ha mudado a un apartamento de la avenida Freemont, dice que no puede poner los pies en la casa después de lo que pasó. Creo que la va a vender. Y no porque necesite el dinero. —Marino se volvió a mirarme y yo me enfrenté brevemente con una imagen deformada de mí misma en su rostro en sombras—. Resulta que la mujer tenía un seguro de vida bastante considerable. Petersen va a cobrar unos doscientos de los grandes. Supongo que podrá dedicarse a escribir sus obras de teatro sin necesidad de ganarse la vida.

No dije nada.

—Y creo que hemos pasado por alto la denuncia por violación el verano en que terminó sus estudios de bachillerato.

—¿Ha examinado usted ese asunto?

Estaba segura de que lo había hecho, de lo contrario no lo hubiera mencionado.

—Resulta que aquel verano estaba trabajando como actor en Nueva Orleans y cometió el error de tomarse demasiado en serio a una admiradora. He hablado con el policía que investigó el caso. Según él, Petersen era el principal protagonista de no sé qué obra; aquella niña se encaprichó de él, acudía noche tras noche a verle y le enviaba notas y yo qué sé. Al final, le fue a ver al camerino y ambos acabaron haciendo una ronda por los bares del Barrio Francés. A las cuatro de la madrugada, la chica llama medio histérica a la policía y dice que la han violado. Petersen se encuentra en una situación comprometida porque todas las pruebas dan positivo y resulta que los líquidos corporales corresponden a un no secretor, precisamente lo que es él.

—¿El caso llegó a los tribunales?

—El maldito gran jurado lo desestimó. Petersen reconoció haber mantenido relaciones sexuales con la chica en su apartamento. Dijo que había habido consentimiento por parte de la chica y que era ella quien lo había provocado. La chica presentaba muchas magulladuras e incluso unas señales en el cuello. Pero nadie pudo establecer en qué momento se habían producido las magulladuras ni si Petersen se las había causado al forcejear con ella. Verá, el gran jurado echa un vistazo a un tipo como él. Tiene en cuenta que actúa en una obra de teatro y que la relación la ha iniciado la chica. Él conservaba todavía en su camerino las notas que ella le había enviado y en las cuales se demostraba claramente que estaba loca por él. Y el tipo estuvo muy convincente al explicar que la chica ya tenía unas magulladuras cuando se acostó con él y que incluso le dijo que se las había provocado un individuo con quien ella había roto varios días antes. Nadie podía reprocharle nada a Petersen. La chica era muy ligera de cascos y o bien era tonta de capirote o bien cometió un estúpido error, ganándose por así decirlo a pulso todo el numerito que le hicieron.

—Esas cosas son casi imposibles de demostrar —comenté yo.

—Bueno, nunca se sabe. Pero también es curioso —añadió Marino como el que no quiere la cosa— que Benton me llamara la otra noche para decirme que el potente ordenador de Quantico se apuntó un tanto a propósito del modus operandi del tipo que está asesinando a estas mujeres en Richmond.

—¿Dónde?

—Pues en Waltham, Massachusetts —contestó Marino, volviendo la cabeza para mirarme—. Hace dos años, precisamente cuando Petersen estudiaba último curso en Harvard, justo a unos treinta kilómetros al este de Waltham. Durante los meses de abril y mayo, dos mujeres fueron violadas y estranguladas en sus apartamentos. Ambas vivían solas en apartamentos de la planta baja y fueron encontradas atadas con cinturones y cordones eléctricos. Ambos asesinatos se produjeron durante el fin de semana. Los delitos son como una copia en papel carbón de lo que ahora está ocurriendo aquí.

—¿Cesaron los asesinatos cuando Petersen finalizó sus estudios y vino a vivir aquí?

—No exactamente —contestó Marino—. Hubo otro aquel verano, pero no pudo haberlo cometido Petersen porque ya vivía aquí y su mujer había empezado a trabajar en el hospital de la Facultad de Medicina. Sin embargo, hubo algunas diferencias en el tercer caso. La víctima era una adolescente y vivía a unos veinte kilómetros del lugar donde se cometieron los otros dos homicidios. No vivía sola sino con un tipo que estaba momentáneamente ausente de la ciudad. La policía llegó a la conclusión de que había sido una imitación de los otros dos... alguien leyó los detalles de los otros dos en los periódicos y se le ocurrió la idea de hacer lo mismo. Tardaron una semana en descubrirla y estaba tan descompuesta que no hubo posibilidad de encontrar trazas de líquido seminal ni de establecer ningún otro dato sobre el asesino.

—¿Cuál fue el resultado de las pruebas de los dos primeros casos?

—Individuo no secretor —contestó lentamente Marino sin mirarme.

Silencio. Recordé que en el país había millones de hombres con aquella característica y que los asesinatos de tipo sexual ocurren en casi todas las grandes ciudades. Sin embargo, el paralelismo era inquietante.

Acabábamos de enfilar una estrecha calle arbolada de una zona recientemente urbanizada en la que todas las casas estilo rancho eran iguales y sugerían espacios reducidos y materiales de construcción de baja calidad. Había algunos letreros de la inmobiliaria y algunos de los edificios se encontraban todavía en fase de construcción. Casi todas las parcelas estaban recién ajardinadas con pequeños cornejos y árboles frutales.

Dos manzanas más abajo a la izquierda estaba la casita gris

donde Brenda Steppe había sido asesinada hacía apenas dos meses. La casa no se había alquilado ni vendido. La mayoría de la gente que busca un nuevo hogar no es partidaria de mudarse a vivir a un sitio donde alguien ha sido brutalmente asesinado. En los patios de varias casas de ambos lados había letreros de «En venta».

Aparcamos delante y permanecimos sentados en silencio con los cristales de las ventanillas del automóvil bajados. Observé que había muy pocas farolas. De noche aquello debía de estar muy oscuro, por cuyo motivo, si el asesino hubiera tenido la precaución de ponerse prendas oscuras, no era probable que le hubiera visto nadie.

—Entró por la ventana de la cocina, en la parte de atrás —dijo Marino—. Parece ser que ella regresó a casa aquella noche entre las nueve y las nueve y media. Encontramos una bolsa de compra en el salón. La etiqueta de lo último que compró llevaba impresa la hora de las ocho cincuenta. Vuelve a casa y se prepara la cena. Es un fin de semana un poco caluroso y supongo que dejó la ventana abierta para que la cocina se ventilara. Sobre todo porque, según parece, previamente había estado friendo carne picada y cebollas.

Asentí, recordando el contenido gástrico de Brenda Steppe.

—Las hamburguesas y las cebollas fritas suelen llenar la casa de humo y olores de cocina. Por lo menos, es lo que ocurre en mi maldita casa. En el cubo de la basura debajo del fregadero encontramos el papel en el que había estado envuelta la carne picada, un tarrito vacío de salsa para espaguetis y pieles de cebolla, más una grasienta sartén en remojo en el fregadero. —Marino hizo una pausa y añadió con aire pensativo—: Es curioso pensar que la cena que eligió fue tal vez la causa de que terminara asesinada. Mire, si se hubiera tomado un plato preparado de atún, un bocadillo o algo por el estilo, no habría dejado la ventana abierta.

Eran las reflexiones que solían hacerse los investigadores de la muerte: ¿y si? ¿Y si la persona no hubiera decidido comprarse una cajetilla de cigarrillos en aquel establecimiento donde casualmente dos atracadores armados mantenían como rehén al dependiente en la trastienda? ¿Y si alguien no hubiera decidido salir a vaciar la caja donde duerme el gato justo en el momento en que un recluso evadido de la cárcel estaba cerca de su casa? ¿Y si alguien no se hubiera peleado con su amante y se hubiera alejado hecho una furia en su automóvil justo en el momento en que un conductor borracho doblaba una esquina circulando en contra dirección?

—¿Ve usted la autopista a algo más de un kilómetro de aquí? —preguntó Marino.

—Sí. Hay una vía de seguridad poco antes de la salida que da acceso a este barrio —recordé—. Puede que dejara su automóvil allí, suponiendo que hiciera el resto del camino a pie.

—Sí, la vía de seguridad —dijo enigmáticamente Marino—. Se cierra a medianoche.

Encendí otro cigarrillo y tuve en cuenta el dicho según el cual un buen investigador tiene que pensar como las personas a las que pretende atrapar.

—¿Qué hubiera hecho usted en su lugar? —pregunté.

—¿En su lugar?

—Si usted hubiera sido el asesino.

—¿Si fuera un artista como Matt Petersen o si fuera un vulgar maníaco que acecha a las mujeres y las estrangula por las buenas?

—Lo segundo —contesté—. Vamos a suponer lo segundo.

—Mire, doctora, usted no lo entiende —dijo Marino riéndose tras haberme puesto un cebo—. Hubiera tenido que preguntarme cuál habría sido la diferencia. Porque no habría ninguna. Lo que yo le digo es que, si yo hubiera sido un asesino del tipo que fuera, habría hecho prácticamente lo mismo... no importa lo que yo sea en mi vida cotidiana, donde trabajo y actúo como todo el mundo. Cuando cambio de papel, me comporto exactamente igual que todos los tíos que hacen estas cosas. Tanto si soy un médico como si soy un abogado o un jefe indio.

—Siga.

Y lo hizo.

—Todo empieza cuando la veo y mantengo con ella algún tipo de contacto. A lo mejor, he ido a su casa a venderle algo o a entregarle unas flores y, cuando me abre la puerta, una vocecita dentro de mi cabeza me dice: «Ésa es.» A lo mejor, soy un obrero de la construcción que trabaja cerca de allí y la veo ir y venir sola. Me fijo en ella. A lo mejor, la sigo durante una semana y averiguo todo lo que puedo sobre ella y sus costumbres. Averiguo, por ejemplo, qué luces encendidas significan que está despierta y qué luces apagadas significan que se ha ido a dormir, cómo es su coche y cosas así.

—¿Y por qué precisamente ella? —pregunté—. De entre todas las mujeres del mundo, ¿por qué ella?

Marino reflexionó brevemente.

—Despierta algo en mí.

—¿Por su aspecto?

—Tal vez —contestó Marino—. Pero tal vez es su actitud. Es una mujer que trabaja. Tiene una bonita casa, lo cual significa que es lo bastante lista como para saber ganarse bien la vida. A veces, las profesionales son un poco presumidas. A lo mejor, no me gustó su manera de tratarme. A lo mejor, ofendió mi virilidad, dándome a entender que era poco para ella.

—Casi todas las víctimas son profesionales —dije—. Pero también es verdad que casi todas las mujeres que viven solas desarrollan una actividad laboral —añadí.

—Así es. Y yo averiguo que vive sola y lo compruebo o eso creo yo, por lo menos. Quiero darle una lección y enseñarle quién es el que manda. Llega el fin de semana y me apetece hacerlo. Subo a mi automóvil a última hora, pasada la medianoche. Ya tengo estudiado el lugar, lo tengo todo previsto. Sí. Podría dejar el automóvil en el parking de la vía de seguridad, pero lo malo es que ya es muy tarde y el parking estará vacío, lo cual significa que mi presencia allí se notará mucho. Pero ocurre que hay una estación de servicio de la Exxon justo en la misma esquina en la que hay una tienda de comestibles. Yo de él dejaría el coche allí. ¿Por qué? Pues porque la gasolinera cierra a las diez y siempre hay automóviles en los parkings de las estaciones de servicio, esperando a que los reparen. A nadie le llamará la atención, ni siquiera a la policía, y eso es lo que más me preocupa. Que algún agente de un coche patrulla vea mi automóvil en un parking vacío y, a lo mejor, lo examine y llame al servicio de información para averiguar a quién pertenece.

Marino pasó a continuación a describir con estremecedores detalles todos los movimientos. Vestido con prendas oscuras, el hombre avanzó en medio de las sombras de la noche. Al llegar a la casa, vio que la mujer, cuyo nombre probablemente ignoraba, estaba en casa. Vio su automóvil en la calzada privada y observó que todas las luces estaban apagadas menos la del porche. La mujer se había ido a dormir.

Actuando con calma, permaneció escondido, estudiando la situación. Miró a su alrededor para cerciorarse de que nadie le viera y después se dirigió a la parte posterior de la casa, donde ya empezó a sentirse más seguro. No le veían desde la calle, y las casas de la segunda hilera se encuentran a veinticinco metros de distancia. Las luces estaban apagadas y no se observaba el menor movimiento. La parte de atrás se hallaba sumida en una oscuridad absoluta.

Se acercó muy despacio a las ventanas y vio inmediatamente que una de ellas estaba abierta. Era simplemente cuestión de cortar la persiana con una navaja y de descorrer los pestillos del interior. En cuestión de segundos, cortó la persiana y la dejó sobre la hierba. Corrió los pestillos, se encaramó y vio que aquello era la cocina.

—Una vez dentro —dijo Marino—, me detengo un momento y presto atención. Tras comprobar que no se oye nada, encuentro el pasillo y empiezo a buscar la habitación donde está la mujer. En una vivienda tan pequeña como ésta —añadió, encogiéndose de hombros—, no hay muchas posibilidades. Encuentro inmediatamente el dormitorio y oigo que está durmiendo dentro. Ahora ya me he puesto algo en la cabeza, un pasamontañas, por ejemplo...

—¿Y por qué tomarse esta molestia? —le pregunté—. Ella no vivirá para identificarle.

—Para no dejar ningún cabello por ahí. No soy tonto y probablemente soy aficionado a la lectura de textos de medicina legal y me sé de memoria los diez códigos de la policía. De esta manera, no habrá ninguna posibilidad de que encuentren algún cabello mío en ella o en algún lugar de la casa.

—Si es usted tan listo... —dije yo, poniéndole un cebo a mi vez—, ¿por qué no se preocupa por el ADN? ¿Es que no lee los periódicos?

—Bueno, no me da la gana ponerme ningún maldito preservativo. Y nadie me considerará sospechoso porque soy muy hábil. Si no soy sospechoso, no se harán comparaciones y, además, esa memez del ADN es una chorrada. En cambio, el cabello es un detalle más personal. A lo mejor, no quiero que se sepa si soy blanco o negro, rubio o pelirrojo.

—¿Y las huellas dactilares?

Marino esbozó una sonrisa.

—Me pongo guantes, nena. Lo mismo que hace usted cuando examina a mis víctimas.

—Matt Petersen no llevaba guantes. De haberlos llevado, no habría dejado las huellas en el cuerpo de su mujer.

—Si Matt es el asesino, no tiene que preocuparse por la posibilidad de dejar huellas en su propia casa. De todos modos, habrá huellas suyas por todas partes. —Una pausa—. Eso si él es el asesino. Porque estamos buscando a un tipo muy listo. Y Matt es listo, pero no es el único listo que hay en el mundo. Hay uno en cada esquina. Y la verdad es que yo no sé quién demonios asesinó a su mujer.

Vi el rostro de mis sueños, el blanco rostro sin rasgos. El sol calentaba a través del parabrisas, pero yo no lograba entrar en calor.

—El resto es más o menos lo que usted ya puede imaginarse —añadió Marino—. No quiero sobresaltarla. Me acerco sigilosamente a la cama y la despierto justo en el momento en que le cubro la boca con una mano y le acerco una navaja a la garganta. Seguramente no llevo un arma de fuego porque, si ella forcejea, se podría disparar y yo podría resultar herido o podría herirla a ella antes de poder hacerle mi numerito. Y eso es lo más importante para mí. Todo tiene que desarrollarse según lo previsto, de lo contrario me pongo furioso. Además, no puedo correr el riesgo de que alguien oiga el rumor del disparo y llame a la policía.

—¿Le dice algo? —pregunté, carraspeando.

—Hablo en voz baja y le digo que, si grita, la mato. Se lo repito una y otra vez.

—¿Y qué más? ¿Qué otra cosa le dice?

—Probablemente nada.

Marino puso el vehículo en marcha y dio la vuelta. Eché por última vez un vistazo a la casa donde había ocurrido lo que él acababa de describirme, o por lo menos lo que yo creía que había ocurrido tal y como él lo había contado. Estaba viendo lo que él me había dicho. No parecían conjeturas, sino la descripción de un testigo ocular. Una confesión sin emoción ni remordimiento.

Me estaba empezando a formar una opinión muy distinta de Marino. No era lerdo. No era estúpido, y creo que me gustaba menos que nunca.

Nos dirigimos hacia el este. El sol había quedado prendido en las hojas de los árboles y el tráfico de la hora punta estaba en su máximo apogeo. Durante un buen rato, nos vimos atrapados en las lentas retenciones y rodeados de automóviles en los que hombres y mujeres anónimos regresaban a casa del trabajo. Mientras contemplaba los rostros, me sentí aislada de ellos, como si no perteneciera al mismo mundo en el que vivían las demás personas. Estarían pensando en la cena, tal vez en los bistecs que asarían a la parrilla, en los hijos, en los amantes a los que pronto podrían ver, en algún acontecimiento que habría tenido lugar en el transcurso del día.

Marino estaba repasando la lista cuidadosamente.

—Dos semanas antes del asesinato, la víctima recibió un paquete. Ya he hecho indagaciones sobre el tipo que hizo la entrega. Todo bien. Poco antes, vino un fontanero. Parece que también se le puede descartar. Hasta ahora, no hemos descubierto ningún indicio que nos permita suponer que algún operario, repartidor o lo que sea es la misma persona en los cuatro casos. No hay ni un solo común denominador. En las actividades laborales de las víctimas tampoco hay ninguna superposición o similitud.

Brenda Steppe era una profesora de quinto grado que enseñaba en la Escuela Elemental de Quinton, no muy lejos de su casa. Se había trasladado a vivir a Richmond cinco años antes y acababa de romper su compromiso con un entrenador de fútbol. Era una llamativa pelirroja, inteligente y alegre. Según sus amigos y su antiguo prometido, practicaba el *jogging* y corría varios kilómetros cada día y no fumaba ni bebía.

Probablemente yo sabía más cosas sobre su vida que su familia de Georgia. Era una devota baptista que iba a la iglesia todos los domingos y asistía a las cenas de los miércoles por la noche. Tocaba la guitarra y dirigía los cantos durante los retiros de los grupos juveniles. Era licenciada en Literatura y enseñaba esta misma asignatura en la escuela. Su medio preferido de relajación, aparte el *jogging*, era la lectura y, al parecer, estaba leyendo a Doris Betts antes de apagar la lámpara de la mesilla aquel viernes por la noche.

—Lo que me desconcertó un poco —me dijo Marino— fue algo que descubrí recientemente, una posible conexión entre ella y Lori Petersen. Brenda Steppe fue atendida en la sala de urgencias del Centro Médico de Virginia hace unas seis semanas.

—¿Por qué razón? —pregunté, asombrada.

—Un pequeño accidente de tráfico. Chocó con otro vehículo cuando una noche estaba dando archa atrás para salir de su calzada particular. No fue nada. Ella misma llamó a la policía, dijo que se había golpeado la cabeza y estaba un poco aturdida. Enviaron una ambulancia. Estuvo varias horas en observación en la sala de urgencias y le hicieron unas radiografías, pero no fue nada.

—¿La atendieron mientras Lori Petersen se encontraba de guardia?

—Ahí está lo mejor, el único detalle significativo que hemos descubierto hasta ahora. He hablado con el supervisor. Lori Petersen se encontraba de guardia aquella noche. Estoy investigando a todos los que estaban por allí, ordenanzas, médicos, lo que sea. Hasta ahora, nada excepto la posibilidad de que ambas mujeres mantuvieran contacto sin tener ni idea de que en este preciso instante sus muertes serían objeto de discusión por parte de usted y de otros expertos.

El comentario me sacudió como una descarga eléctrica.

—¿Y qué me dice de Matt Petersen? ¿Alguna posibilidad de que estuviera en el hospital aquella noche, tal vez para ver a su mujer?

—Dice que estuvo en Charlottesville. Eso fue un miércoles, sobre las nueve y media o las diez de la noche.

El hospital podía ser una relación, pensé. Cualquiera que trabajara allí y tuviera acceso a los archivos podía conocer a Lori Petersen y haber visto a Brenda Steppe, cuyo domicilio debía de constar sin duda en su ficha de asistencia.

Le sugerí a Marino que investigara a fondo a cualquier persona que hubiera estado en el hospital la noche en que Brenda Steppe había sido atendida.

—Eso significa cinco mil personas —contestó—. Y el tipo que la liquidó también pudo haber sido atendido en la sala de urgencias aquella noche. Por consiguiente, también hay que tener en cuenta esta posibilidad aunque, de momento, no parezca muy prometedora. La mitad de las personas tratadas durante aquel turno fueron mujeres. La otra mitad fueron vejestorios con ataques cardíacos y algunos ladronzuelos de vehículos que fueron detenidos en el momento en que estaban a punto de escapar. No lo consiguieron y ahora unos cuantos están en coma. Entró y salió mucha gente, pero allí llevan un control pésimo, dicho sea entre nosotros. Puede que nunca averigüe quién estuvo allí. Puede que nunca sepa quién salió a la calle. A lo mejor, el tipo es uno de esos bui-

tres que entran y salen de los hospitales en busca de víctimas...
enfermeras, médicos, chicas jóvenes con pequeños problemas.
—Marino se encogió de hombros—. A lo mejor, es uno que
entrega ramos de flores y entra y sale todo el día de los hospitales.

—Lo ha dicho usted un par de veces —comenté—. Eso de
las flores.

Otro encogimiento de hombros.

—Verá, es que antes de ingresar en el cuerpo yo estuve trabajando algún tiempo como repartidor de flores, ¿sabe? Casi
todas las flores se envían a mujeres. Yo, si quisiera cargarme a
unas cuantas mujeres, me haría pasar por repartidor de flores.

Lamenté haberle hecho el comentario.

—En realidad, así fue como conocí a mi mujer. Le fui a entregar un ramillete especial para novios, un precioso arreglo
floral con claveles rojos y blancos y un par de rosas blancas. Se
lo enviaba un tipo que salía con ella. Al final, resultó que yo le
hice más gracia que las flores y el gesto de su novio sirvió para
dejarlo fuera de combate. Esto fue en Jersey, un par de años
antes de mi traslado a Nueva York y mi ingreso en el Departamento de Policía.

Estaba empezando a considerar en serio la posibilidad de
no aceptar jamás los ramos de flores que me enviaran.

—Es algo que me ha venido espontáneamente a la mente.
Quienquiera que sea debe dedicarse a algún oficio que le obliga a mantener contacto con las mujeres. Así de sencillo.

Pasamos por delante de la galería comercial de Eastland
Mall y giramos a la derecha.

Pronto dejamos atrás el tráfico y cruzamos Brookfield
Heights o simplemente Heights, tal como habitualmente lo
llaman. El barrio está situado en una elevación de terreno que
casi podría pasar por colina. Es una de las zonas más antiguas
de la ciudad en la que, de unos diez años a esta parte, se han
venido instalando jóvenes profesionales. Muchas de las casas
están abandonadas o en ruinas, pero un considerable número
de ellas han sido primorosamente restauradas y lucen en todo

su esplendor sus bonitos balcones de hierro forjado y sus vidrieras de colores. Unas cuantas manzanas más al norte, los Heights empiezan a deteriorarse y se convierten en un barrio de mala muerte y, algunas manzanas más allá, se están construyendo unas viviendas de protección oficial.

—Algunas de estas viviendas costarán cien de los grandes e incluso más —dijo Marino, aminorando la marcha del vehículo—. Pero yo no viviría aquí ni regalado. He visto algunas por dentro. Es algo increíble. A mí no me van a pillar viviendo en este barrio. Por aquí viven muchas mujeres solas también. Una locura. Una auténtica locura.

Yo había echado un vistazo al cuentakilómetros. La casa de Patty Lewis se encontraba exactamente a diez kilómetros y medio de la de Brenda Steppe. Los barrios eran tan distintos y estaban tan lejos el uno del otro que no se me ocurría qué factor podían tener en común. Allí también se estaban construyendo casas, pero no era probable que las empresas constructoras fueran las mismas.

La casa de Patty Lewis estaba apretujada entre otras dos. Era un encantador edificio de piedra arenisca con una vidriera de colores por encima de la puerta principal pintada de rojo. El tejado era de pizarra, y el porche de la entrada tenía una cancela de hierro forjado recién pintada. En el jardín de la parte de atrás crecían unos gigantescos magnolios.

Había visto las fotografías de la policía. Costaba trabajo contemplar la elegancia de aquella casa de finales de siglo y creer que algo tan horrible hubiera podido ocurrir en su interior. Patty pertenecía a una acaudalada familia del valle de Shenandoah y por esta razón, suponía yo, podía permitirse el lujo de vivir allí. Era una escritora independiente que se había pasado muchos años bregando con la máquina de escribir y ahora había llegado a la fase en que las cartas de rechazo ya habían pasado a la historia. En primavera había publicado un relato en la revista *Harper's* y en otoño se publicaría una novela suya. Sería una obra póstuma.

Marino me recordó una vez más que el asesino había entrado por una ventana, esta vez la del dormitorio que daba al jardín de la parte de atrás.

—Es la del fondo, en el primer piso —me estaba diciendo.

—¿Su teoría es la de que se encaramó al magnolio más cercano a la casa, subió al tejado del porche y, desde allí, alcanzó la ventana?

—Es más que una teoría —replicó Marino—. Estoy totalmente seguro. No pudo haberlo hecho de ninguna otra manera a no ser que llevara una escalera de mano. Es muy fácil encaramarse al árbol, subir al tejadillo del porche y alcanzar desde allí la ventana. Lo sé porque yo mismo lo he probado. Lo hice sin ninguna dificultad. Lo único que hace falta es que el tipo tenga la suficiente fuerza como para agarrarse al borde del tejadillo desde esa gruesa rama —me la señaló— e izarse hacia arriba.

La casa disponía de ventiladores en el techo, pero no tenía aire acondicionado. Según una amiga de fuera de la ciudad que solía visitarla varias veces al año, Patty dormía a menudo con la ventana de la habitación abierta. Se trataba de elegir entre la comodidad y la seguridad. Y ella había optado por lo primero.

Marino dio lentamente la vuelta en la calle y nos dirigimos al noreste.

Cecile Tyler vivía en Ginter Park, el barrio residencial más antiguo de Richmond, donde hay unas monstruosas casas victorianas de planta y dos pisos rodeadas de porches lo bastante anchos como para patinar en ellos, con torretas y dentículos en los aleros. En los patios abundan los magnolios, los robles y los rododendros. Las enredaderas trepan por los porches y las glorietas de la parte de atrás. Me estaba imaginando salones oscuros al otro lado de las ventanas, descoloridas alfombras orientales, muebles y sobrepuertas con enrevesados adornos y toda suerte de cachivaches en los rincones y las esquinas. Por nada del mundo hubiera querido vivir allí. Habría experimentado la misma sensación de claustrofobia que me provocaban la planta del caucho y el musgo negro de Florida.

Era una casa de ladrillo de planta y primer piso, más bien

sencilla en comparación con las de sus vecinos. Se encontraba exactamente a nueve kilómetros y medio de la casa de Patty Lewis. Bajo el sol poniente, la pizarra relucía como el plomo. Las persianas y las puertas habían sido rascadas con papel de lija a la espera de la nueva pintura que Cecile les hubiera aplicado de haber vivido lo bastante.

El asesino entró a través de una ventana del sótano situada detrás de un seto de boj en el ala norte de la casa. La cerradura estaba rota y, como todo lo demás, se hallaba a la espera de que la arreglaran.

Era una encantadora negra recién divorciada de un dentista residente en Tidewater. Trabajaba como recepcionista en una agencia de colocaciones y estudiaba de noche para completar sus estudios de Ciencias Empresariales. La habían visto con vida por última vez sobre las diez de la noche de un viernes de hacía una semana, unas tres horas antes de su muerte según mis cálculos. Aquella noche había cenado con una amiga en un restaurante mexicano del barrio y después había regresado directamente a casa.

Su cuerpo fue encontrado el sábado por la tarde. Tenía que haber salido de compras con su amiga. Su automóvil estaba en la calzada particular de la casa y, al ver que no se ponía al teléfono ni abría la puerta, su amiga se preocupó y miró a través de las cortinas ligeramente descorridas de la ventana del dormitorio. No era probable que la amiga olvidara fácilmente el espectáculo del cuerpo desnudo y atado de Cecile sobre la cama revuelta.

—Bobbi —dijo Marino—. Es blanca, ¿sabe?

—¿La amiga de Cecile?

Había olvidado su nombre.

—Sí. Bobbi. La amiga rica que descubrió el cuerpo de Cecile. Siempre iban juntas a todas partes. Bobbi tiene un Porsche de color rojo y es una rubia despampanante que trabaja como modelo. Acudía muy a menudo a la casa de Cecile y a veces se iba a primera hora de la mañana. Me parece que las dos estaban muy encariñadas la una con la otra, si quiere que le diga mi opinión. Me extraña un poco, no sé cómo decirlo. Las dos eran guapísimas y tendrían que haber atraído a los hombres por docenas...

—A lo mejor, ésa es la respuesta —dije en tono de hastío—, si sus sospechas sobre las mujeres son fundadas.

Marino esbozó una leve sonrisa. Me estaba volviendo a poner un cebo.

—Mire, yo creo —añadió— que, a lo mejor, el asesino, mientras merodeaba por el barrio en su automóvil, vio a Bobbi subiendo a su Porsche rojo una noche a última hora. A lo mejor, pensó que vivía aquí. O, a lo mejor, una noche la siguió cuando se dirigía a casa de Cecile.

—¿Y asesinó a Cecile por equivocación? ¿Porque pensó que Bobbi vivía aquí?

—Simplemente estoy haciendo conjeturas. Tal como ya he dicho, Bobbi es blanca. Todas las demás víctimas son blancas.

Permanecimos un instante en silencio, contemplando la casa.

Aquella mezcla racial también me desconcertaba un poco. Tres blancas y una negra. ¿Por qué?

—Y otra cosa —añadió Marino—. Me he estado preguntando si el asesino no tendría varias candidatas para cada asesinato cual si fueran los platos de un menú, y elegía la que le resultaba más asequible. Es curioso que, cada vez que mataba a una, ella tenía la ventana abierta o rota o con el pestillo descorrido. Se trata, en mi opinión, de una circunstancia fortuita, como si él hubiera pasado por allí buscando a alguien que estuviera sola y cuya casa no estuviera debidamente protegida. O, a lo mejor, tenía una lista de varias mujeres y direcciones, y echó un vistazo a varias casas en una misma noche hasta que encontró la que más le convenía.

No me gustaba.

—Yo creo que atacó a cada una de estas mujeres porque eran objetivos concretos que él se había fijado de antemano —dije—. Creo que primero debió de vigilar las casas y, a lo mejor, ellas no estaban o tenían las ventanas cerradas. A lo mejor, el asesino visitaba habitualmente la zona donde vivía su siguiente víctima y la atacaba cuando se le presentaba la oportunidad.

Marino se encogió de hombros mientras analizaba la idea.

—Patty Lewis fue asesinada varias semanas después que Brenda Steppe. Y Patty también se ausentó de la ciudad una semana antes de su muerte para ir a visitar a una amiga. Por consiguiente, es posible que lo intentara aquella semana y no la encontrara en casa. Claro. Puede que fuera eso. ¿Quién sabe? Tres semanas después atacó a Cecile Tyler. Pero a Lori Petersen la mató exactamente una semana después... ¿Quién sabe? A lo mejor, se le presentó la ocasión enseguida. La ventana estaba abierta porque el marido había olvidado cerrarla. Quizás el asesino había establecido contacto con Lori Petersen pocos días antes de matarla y, al no haber encontrado la ventana abierta el fin de semana anterior, había decidido probar de nuevo al siguiente.

—El fin de semana —dije—. Eso parece muy importante para él. Atacar el viernes a última hora de la noche o el sábado a primera hora de la mañana.

Marino asintió con la cabeza.

—Sí. Todo está calculado. Yo creo que es porque trabaja de lunes a viernes y tiene el fin de semana libre para hacerlo y poder serenarse después de haberlo hecho. Creo que también le gusta por alguna otra razón. Es una manera de desconcertarnos. Al llegar el viernes, sabe que los habitantes de la ciudad, las personas como usted y como yo, están tan nerviosos como un gato en mitad de una carretera.

Vacilé un poco, pero, al final, decidí plantear el tema.

—¿Cree usted que se está produciendo una escalada en su esquema de actuación? ¿Que los asesinatos son cada vez más frecuentes porque está nervioso, tal vez a causa de la publicidad que los rodea?

Marino tardó un poco en contestar. Después dijo en tono muy serio:

—Es un maldito adicto, doctora. En cuanto empieza, ya no puede detenerse.

—¿Quiere decir que la publicidad no influye para nada en su actuación?

—No —contestó Marino—, yo no he dicho eso. Lo suyo es actuar con sigilo y mantener la boca cerrada, y puede que no se mostrara tan seguro si los reporteros no le facilitaran las cosas. Los reportajes sensacionalistas son un regalo para él. No tiene que esforzarse en hacer nada. Los reporteros lo recompensan y se lo dan todo hecho. Si nadie escribiera nada, se irritaría y, a lo mejor, actuaría con más temeridad. Al cabo de algún tiempo puede que empezara a enviar notas, a hacer llamadas telefónicas o cualquier otra cosa con tal de despertar la atención de los reporteros. Y entonces puede que cometiera algún fallo.

Permanecimos en silencio unos instantes.

De pronto, Marino me pilló desprevenida.

—Me parece que ha estado usted hablando con Fortosis.

—¿Por qué?

—Eso de la escalada y de que los reportajes le ponen nervioso y le impulsan a actuar con más frecuencia.

—¿Se lo ha dicho él?

Marino se quitó las gafas ahumadas y las dejó sobre el salpicadero. Cuando me miró, observé que en sus ojos se había encendido un leve destello de cólera.

—No. Pero se lo ha dicho a un par de personas con las cuales estoy estrechamente relacionado. Por una parte Boltz y, por otra, Tanner.

—¿Y usted cómo lo sabe?

—Porque tengo mis confidentes en el departamento, de la misma manera que los tengo en la calle. Sé exactamente lo que está pasando y cómo acabará... quizás.

Ambos permanecimos sentados en silencio. El sol se había ocultado por detrás de los tejados de las casas y unas alargadas sombras se estaban extendiendo por los jardines y la calle. En cierto modo, Marino acababa de abrir un resquicio en la puerta de la mutua confianza. Lo sabía. Me estaba diciendo que lo sabía. Me pregunté si me atrevería a empujar la puerta para abrirla de par en par.

—Boltz, Tanner y las autoridades correspondientes están furiosos por las filtraciones a la prensa —dije cautelosamente.

—Pues ya pueden prepararse para sufrir un ataque de nervios. Son cosas que ocurren. Sobre todo, cuando se vive en la misma ciudad que la «querida Abby».

Esbocé una triste sonrisa. Qué comentario tan acertado. Si le revelas tus secretos a la «querida Abby» Turnbull, ella los publica todos en el periódico.

—Es un problema muy gordo —añadió Marino—. Tiene una línea directa que la conecta con el mismo corazón del departamento. No creo que el jefe dé un solo paso sin que ella se entere.

—¿Y quién se lo dice?

—Digamos que tengo mis sospechas, pero aún no dispongo del material suficiente como para poder hacer algo al respecto, ¿está claro?

—Usted sabe que alguien ha estado manipulando el ordenador de mi oficina —dije como si fuera algo del dominio común.

—¿Desde cuándo? —me preguntó, arqueando bruscamente una ceja.

—No lo sé. Hace unos días alguien intentó recuperar la ficha del caso de Lori Petersen. Fue una suerte que lo descubriéramos... un fallo de mi analista de informática nos permitió ver reflejados en la pantalla los mandos que había pulsado el intruso.

—¿Está diciendo que alguien puede haberlo estado haciendo desde hace varios meses sin que usted lo supiera?

—Eso es lo que estoy diciendo.

Marino permaneció en silencio, pero sus facciones se endurecieron.

—¿Eso modifica sus sospechas? —le pregunté.

—Pues sí —contestó lacónicamente.

—¿Eso es todo? —pregunté, exasperada—. ¿No tiene nada más que decirme?

—No. Excepto que debe de estar usted a punto de quemarse. ¿Lo sabe Amburgey?

—Lo sabe.

—Y Tanner también, supongo.

—Sí.

—Vaya —dijo Marino—. Creo que eso explica un par de cosas.

—¿Como qué? —Mis temores paranoicos aumentaban por momentos y Marino se había percatado de mi inquietud—. ¿Qué cosas?

Marino no contestó.

—¿Qué cosas? —volví a preguntar.

—¿De veras quiere saberlo?

Marino volvió lentamente la cabeza para mirarme.

—Creo que será mejor.

La firmeza de mi voz disimulaba un temor que se estaba transformando rápidamente en pánico.

—Bueno, pues se lo diré de la siguiente manera. Si Tanner supiera que usted y yo hemos salido a dar un paseo juntos esta tarde, probablemente me arrancaría la placa.

Le miré con sincera perplejidad.

—¿Qué está usted diciendo?

—Verá, esta mañana me he tropezado con él en jefatura. Me llamó para mantener una breve conversación conmigo, me dijo que él y algunos mandos están tratando de eliminar las filtraciones y me aconsejó mucha discreción a propósito de las investigaciones. Como si hiciera falta decírmelo. Pero es que me dijo otra cosa que, en aquel momento, me pareció un poco incomprensible. El caso es que no debo decirle a nadie de su departamento, es decir, a usted, nada de lo que está ocurriendo.

—Pero ¿qué...?

—Nada relacionado con la investigación —añadió Marino— ni con lo que nosotros pensamos. A usted no se le tiene que decir ni una sola palabra. La orden de Tanner es que recibamos los informes médicos que usted nos facilite, pero no le demos a usted ni los buenos días como quien dice. Asegura que se han divulgado demasiados datos por ahí y que la única manera de acabar con todo eso es no decirle nada a nadie, excepto a aquellos de nosotros que tengamos que saberlo para poder seguir trabajando en los casos...

—Exactamente —dije yo, enfurecida—. Y eso me incluye a mí. Estos casos entran dentro de mis competencias... ¿O acaso alguien lo ha olvidado?

—Tranquila —dijo Marino, mirándome fijamente—. Estamos sentados aquí, ¿no?

—Sí —contesté más calmada—. Estamos sentados.

—A mí me importa una mierda lo que diga Tanner. A lo mejor, está un poco preocupado por lo de su ordenador. No quiere que culpen a la policía de haber facilitado información confidencial al Departamento de Medicina Legal y de las fugas que se hayan podido producir desde allí.

—Por favor...

—Puede que haya otra razón —musitó Marino como hablando para sus adentros.

Pero, cualquier cosa que fuera, estaba claro que no tenía intención de decirme nada.

Puso bruscamente el automóvil en marcha y nos dirigimos al río hacia Berkley Downs, en la zona sur de la ciudad. Durante unos diez, quince, veinte minutos (no me fijé demasiado en el tiempo) no nos dijimos ni una sola palabra. No tuve más remedio que permanecer sentada, contemplando el raudo paso de las calles a través de la ventanilla. Me sentía el blanco de una cruel broma de mal gusto o de una conspiración de la cual todo el mundo estaba al corriente menos yo. Mi sensación de aislamiento me estaba resultando insoportable y mis temores eran tan hondos que ya no me fiaba de mi criterio, ni de mi agudeza intelectual ni de mi razón. Creo que ya no estaba segura de nada.

Lo único que podía hacer era imaginarme la ruina de lo que pocos días atrás era un prometedor futuro profesional. Mi departamento estaba siendo acusado de ser el culpable de las filtraciones. Mis intentos de modernizar el departamento habían socavado mis severas exigencias de discreción.

Ni siquiera Bill estaba seguro de mi credibilidad. Ahora ya

ni siquiera la policía tenía que hablar conmigo. Todo aquello no acabaría hasta que me convirtieran en el chivo expiatorio de todas las atrocidades causadas por aquellos asesinatos. Amburgey no tendría más remedio que echarme de mi puesto, eso si no me obligaba a dimitir de inmediato.

Marino me estaba mirando de soslayo.

Apenas me había dado cuenta de que se había acercado al bordillo y estaba aparcando.

—¿Qué distancia hay? —pregunté.

—¿De dónde?

—Del lugar de donde venimos, de la casa de Cecile.

—Exactamente doce kilómetros —contestó lacónicamente Marino sin mirar el cuentakilómetros.

A la luz del día casi no reconocí la casa de Lori Petersen. Parecía vacía y abandonada y mostraba señales de deterioro. Las blancas tablas de madera estaban un poco sucias y las persianas eran de un deslustrado color azul. Las azucenas que crecían bajo las ventanas de la fachada habían sido pisoteadas, probablemente por los investigadores de la policía que habían peinado toda la propiedad en busca de alguna prueba. Un resto de cinta amarilla colgaba del marco de la puerta, y en medio de la crecida hierba se veía una lata de cerveza que algún automovilista había arrojado a través de la ventanilla.

Era una modesta casa de clase media norteamericana, el tipo de casa que se encuentra en todas las pequeñas ciudades y en todos los pequeños barrios. Era una de aquellas típicas casas en las que la gente echa a andar en la vida: jóvenes profesionales, jóvenes matrimonios y, finalmente, ancianos retirados cuyos hijos ya han crecido y no viven en casa.

Era exactamente como la casa de madera de los Johnson donde yo tenía alquilada una habitación cuando estudiaba Medicina en Baltimore. Como Lori Petersen, yo trabajaba también como una loca, salía a primera hora de la mañana y a menudo no regresaba hasta la noche. Mi vida se limitaba a los libros, los laboratorios, los exámenes, los turnos de guardia en el hospital y la necesidad de conservar mi energía física y emocional para poder superar el esfuerzo. Jamás se me hubiera ocurrido, como tampoco se le había ocurrido a Lori, que un desconocido decidiera quitarme la vida.

—Oiga...

De pronto me di cuenta de que Marino me estaba hablando.

—¿Se encuentra usted bien, doctora? —me preguntó, mirándome con curiosidad.

—Perdone. Se me ha escapado lo que ha dicho.

—Le he preguntado que qué le parece. Ahora que ya tiene un mapa en la cabeza. ¿Qué le parece?

—Creo que las muertes de estas mujeres no tienen nada que ver con el lugar en el que vivían —contesté con aire ausente.

Marino no estaba ni a favor ni en contra de mi opinión. Tomó bruscamente el micrófono y le dijo al oficial de comunicaciones que terminaba el servicio por aquel día. El paseo había finalizado.

—Diez-cuatro, siete-diez —contestó la chirriante voz—. Dieciocho horas cuarenta y cinco minutos. Cuidado no le dé el sol en los ojos, mañana a la misma hora tocarán nuestra canción...

Deduje que serían sirenas, disparos y colisiones entre vehículos.

Marino soltó un bufido.

—Cuando yo empecé, si me hubiera limitado a decir las cosas de palabra en lugar de facilitar un informe, el inspector me habría metido un expediente por el trasero.

Cerré brevemente los ojos y me apliqué un masaje en las sienes.

—Desde luego, eso ya no es lo que era —añadió Marino—. Qué demonios, nada es lo que era.

9

La luna parecía un lechoso globo de cristal a través de las copas de los árboles, mientras yo circulaba por las calles de mi tranquilo barrio.

Las lujuriantes ramas de la vegetación semejaban negras sombras que bordearan las calles, y la calzada manchada de mica brillaba bajo el haz luminoso de mis faros delanteros. La atmósfera era clara y templada, ideal para los descapotables y las ventanillas abiertas. Pero yo conducía con las portezuelas y las ventanillas cerradas y el ventilador al mínimo.

La misma noche que antaño me hubiera parecido deliciosa ahora se me antojaba inquietante.

Veía las imágenes de la víspera con la misma claridad con que estaba viendo la luna. Me perseguían y no me soltaban. Veía aquellas casas de aspecto normal en zonas de la ciudad sin ninguna relación entre sí. ¿Cómo las había elegido? ¿Y por qué? No era una casualidad. Estaba firmemente convencida. Tenía que haber algún elemento común. Recordaba constantemente el brillante residuo que habíamos encontrado en los cuerpos. Sin tener ninguna prueba en la que apoyarme, estaba completamente segura de que aquel brillo era el eslabón perdido que relacionaba a las víctimas entre sí.

Mi intuición me llevaba hasta allí. Cuando trataba de seguir adelante, se me quedaba la mente en blanco. ¿Sería aquel brillo la clave que nos conduciría al lugar donde él vivía? ¿Tendría relación con alguna profesión o con alguna actividad recreativa que le permitía establecer el contacto inicial con las mujeres a las que posteriormente asesinaba? O, cosa todavía más extraña, ¿acaso el residuo era algo propio de las mujeres?

A lo mejor, era algo que las víctimas tenían en su casa... o llevaban en su propia persona o su lugar de trabajo. A lo mejor, era algo que le compraban a él. Sólo Dios lo sabía. No podíamos someter a prueba cualquier cosa que hubiera en el domicilio de una persona o en su lugar de trabajo o cualquier otro sitio que visitara a menudo, sobre todo sin tener ni idea de lo que andábamos buscando.

Me adentré en la calzada particular de mi casa.

Antes de que aparcara el vehículo, Bertha abrió la puerta. La vi bajo la luz del porche con los brazos en jarras y la correa del bolso enrollada alrededor de una muñeca. Sabía lo que eso significaba... tenía prisa por marcharse. No quería ni pensar en lo que Lucy habría estado haciendo aquel día.

—¿Y bien? —pregunté al llegar a la puerta.

Bertha empezó a sacudir la cabeza.

—Terrible, doctora Kay. Esta niña. ¡Ay, ay, ay! No sé qué demonios le ha pasado. Se ha portado mal, pero que muy mal.

Me sentía tremendamente cansada. Lucy me estaba agotando la paciencia. Pero la culpa era en buena parte mía. No la había tratado bien. O tal vez no la había tratado y punto. Era la mejor manera de describir el problema.

Como no estaba acostumbrada a enfrentarme a los niños con la misma franqueza y brusquedad con que solía enfrentarme impunemente a los mayores, no le había preguntado nada sobre la posible profanación del ordenador y ni siquiera se lo había comentado. En su lugar, cuando Bill abandonó mi casa el lunes por la noche, desconecté el módem telefónico de mi despacho y me lo llevé a mi armario del piso de arriba.

Mi razonamiento fue que Lucy supondría que me lo había llevado para que lo arreglaran o algo por el estilo, eso siempre y cuando se diera cuenta de su ausencia. La víspera la niña no me había hecho el menor comentario al respecto, aunque me pareció que estaba un tanto apagada y dolida en determinado momento en que la sorprendí mirándome fijamente en lugar de mirar la película que yo había puesto en el vídeo.

Lo que yo había hecho era de pura lógica. En caso de que Lucy hubiera manipulado los datos del ordenador de mi despacho, la eliminación del módem evitaría que volviera a hacerlo sin necesidad de que yo la acusara de nada ni de que organizara una escena capaz de empañar los agradables recuerdos de su visita. Y, en caso de que los hechos se repitieran, quedaría demostrado que Lucy no era culpable, cosa por otra parte que yo no creía.

Pero lo había hecho a sabiendas de que las relaciones humanas no se basan en la razón, de la misma manera que las rosas de mi jardín no se abonan con las discusiones, sino con un buen fertilizante. Sé que el hecho de buscar refugio tras el muro de la inteligencia y la razón es una egoísta retirada hacia la autoprotección, a expensas del bienestar de los demás.

Mi comportamiento era tan inteligente que resultaba tremendamente estúpido.

Recordé mi propia infancia y lo mucho que aborrecía los juegos a los que solía entregarse mi madre cuando se sentaba en el borde de mi cama y respondía a las preguntas que yo le hacía sobre mi padre. Al principio, mi padre tenía un «bicho», una cosa que «se le metía en la sangre» y le provocaba recaídas de vez en cuando. O bien luchaba contra «una cosa que un negro» o un «cubano» le había contagiado en su tienda de comestibles. O «trabaja demasiado y se cansa mucho, Kay». Mentiras.

Mi padre padecía leucemia linfática crónica. Se la diagnosticaron antes de que yo empezara mis estudios de primaria. Pero sólo me dijeron que se estaba muriendo cuando yo tenía doce años y su estado se agravó, pasando de la linfocitosis de fase cero a la anemia de tercera fase.

Les mentimos a los niños a pesar de que nosotros no nos creíamos las mentiras que nos contaban cuando teníamos su edad. No sé por qué lo hacemos. No sé por qué lo hacía con Lucy, cuya inteligencia era tan aguda como la de una persona adulta.

A las ocho y media ella y yo nos sentamos alrededor de la

mesa de la cocina. Ella con un batido de leche y yo con un whisky que necesitaba más que el aire. Su cambio de actitud me preocupaba y me estaba atacando los nervios.

Toda su combatividad había desaparecido; lo mismo que el resentimiento y el malhumor provocados por mis ausencias. No logré alegrarla ni animarla, ni siquiera cuando le dije que Bill acudiría a la casa justo a tiempo para darle las buenas noches. Apenas vi el menor destello de interés. No contestó ni se movió y no quiso mirarme a los ojos.

—Parece que no te encuentras bien —musitó finalmente.

—¿Y tú cómo lo sabes? No me has mirado ni una sola vez desde que he vuelto a casa.

—Bueno. Pero parece que no te encuentras bien.

—Pues mira, me encuentro perfectamente. Lo que ocurre es que estoy muy cansada.

—Cuando mamá está cansada no pone cara de no encontrarse bien —dijo casi en tono de reproche—. Sólo se le pone cara de enferma cuando se pelea con Ralph. Odio a Ralph. Es un pelmazo. Cuando viene a casa, le pido que me dibuje cosas porque sé que no sabe. Es un imbécil y un cretino.

No le regañé por el lenguaje que empleaba. No dije ni una palabra.

—O sea que te has peleado con un Ralph, ¿verdad?

—No conozco a ningún Ralph.

—Ah. —Ceño fruncido—. Entonces apuesto a que el señor Boltz está enfadado contigo.

—No creo.

—Pues yo estoy segura de que sí. Está enfadado porque yo estoy aquí...

—¡Lucy! Eso es ridículo. Bill te tiene mucha simpatía.

—¡Ya! ¡Está enfadado porque no puede hacerlo estando yo aquí!

—Lucy... —dije en tono de advertencia.

—Eso es. Está enfadado porque no puede quitarse los pantalones.

—Lucy —dije severamente—. ¡Ya basta!

Al final, me miró, y yo experimenté un sobresalto al ver la cólera que reflejaban sus ojos.

—¿Lo ves? ¡Ya lo sabía! —exclamó Lucy, riéndose con intención—. Y tú preferirías que yo no estuviera aquí. Entonces él no tendría que irse a su casa por la noche. Bueno, pues a mí no me importa, ya ves. ¡Mamá duerme siempre con su novio y a mí me da igual!

—¡Pero yo no soy como tu madre!

El labio inferior le tembló cuando le propiné un bofetón.

—¡Yo no he dicho que lo fueras! ¡Y no lo quisiera! ¡Te odio!

Ambas permanecimos sentadas sin movernos.

Me quedé momentáneamente desconcertada. No recordaba que nadie me hubiera dicho jamás que me odiaba, aunque fuera cierto.

—Lucy —dije con la voz entrecortada. Me notaba el estómago encogido como un puño. Me sentía mareada—. No quería decir eso. Lo que quería decir es que yo no soy como tu madre, ¿de acuerdo? Las dos somos muy distintas. Siempre lo hemos sido. Pero eso no significa que yo no te quiera muchísimo.

Lucy no contestó.

—Sé que no me odias como dices.

Lucy me miró en silencio.

Me levanté para volver a llenarme el vaso. Por supuesto que no me odiaba como decía. Los niños lo dicen constantemente, pero no hablan en serio. Traté de hacer memoria. Jamás le había dicho a mi madre que la odiaba. Creo que en mi fuero interno la odiaba, por lo menos en mi infancia, por las mentiras que me contaba y porque, al perder a mi padre, la perdí también a ella. La lenta muerte de mi padre la consumió tanto como a él lo consumió la enfermedad. No quedó ni una pizca de afecto para Dorothy y para mí.

Le había mentido a Lucy y estaba consumida, no por los moribundos, sino por los muertos. Cada día tenía que batallar por la justicia. Pero ¿qué justicia podía haber para una niñita

viva que no se sentía amada? Dios bendito. Lucy no me odiaba, pero tal vez si me hubiera odiado no se lo habría podido
reprochar. Regresé a la mesa y decidí plantear el tema prohibido con la mayor delicadeza posible.

—Creo que parezco preocupada porque lo estoy, Lucy.
Mira, es que alguien ha estado tocando el ordenador de mi
despacho.

Lucy permaneció en silencio, esperando.

Tomé un sorbo de mi vaso.

—No sé muy bien si esa persona vio algo importante, pero
si pudiera saber cómo ocurrió o quién lo hizo me quitaría un
buen peso de encima.

Lucy seguía sin decir nada.

Insistí.

—Si no llego al fondo de este asunto, Lucy, podría verme
en dificultades.

Eso pareció alarmarla.

—¿Por qué podrías verte en dificultades?

—Pues porque los datos de mi departamento son muy delicados —le expliqué serenamente—, y algunas personas importantes del ayuntamiento y la administración del Estado
están preocupadas porque la información se está filtrando a los
periódicos. Algunos creen que la información procede del ordenador de mi despacho.

—Ah.

—Si, por ejemplo, un reportero hubiera...

—¿Información sobre qué? —preguntó Lucy.

—Sobre estos últimos casos.

—La doctora asesinada.

Asentí con la cabeza.

Silencio.

—Por eso ha desaparecido el módem, ¿verdad, tía Kay?
—preguntó Lucy de pronto en tono malhumorado—. Te lo
has llevado porque crees que he hecho algo malo.

—Yo no creo que hayas hecho nada malo, Lucy. Si marcas-
te y estableciste conexión con el ordenador de mi departamen-

to, sé que no lo hiciste con mala intención. No te echaría en cara que fueras curiosa.

Lucy me miró con los ojos llenos de lágrimas.

—Te has llevado el módem porque ya no te fías de mí.

No supe cómo responder. No podía engañarla, y decirle la verdad hubiera significado reconocer que no me fiaba de ella.

Lucy había perdido totalmente el interés por el batido de leche y se estaba mordiendo el labio inferior con los ojos clavados en la superficie de la mesa.

—Me llevé el módem porque no sabía si eras tú —confesé—. No hice bien. Habría tenido que preguntártelo. Pero es que estaba dolida. Me dolía pensar que tú hubieras podido quebrantar nuestra mutua confianza.

Me miró largo rato. Parecía complacida y casi contenta.

—¿Quieres decir que te dolió que yo hiciera una cosa mala? —preguntó, como si eso le otorgara el poder o la confirmación que tan desesperadamente necesitaba.

—Sí. Porque yo te quiero mucho, Lucy —contesté; era la primera vez que se lo decía con claridad—. No quería herir tus sentimientos, de la misma manera que tú no querías herir los míos. Perdóname.

—No te preocupes. —La cuchara tintineó contra el cristal del vaso mientras ella removía el batido de leche y exclamaba alegremente—: Además, ya sabía que lo habías escondido. A mí no me puedes ocultar nada, tía Kay. Lo he visto en tu armario. He mirado mientras Bertha estaba preparando el desayuno. Lo he encontrado en un estante al lado de tu revólver del 38.

—¿Y tú cómo sabías que era un revólver del 38? —pregunté sin pensar.

—Porque Andy tenía un revólver del 38. Era el que había antes que Ralph. Y lleva un revólver del 38 aquí, en el cinturón —dijo Lucy, señalándose la región lumbar—. Es propietario de una casa de empeños y por eso lleva un revólver del 38. Me enseñó cómo funcionaba. Sacaba todas las balas y me dejaba disparar contra el televisor. ¡Bang! ¡Bang! ¡Es estupendo! ¡Bang! ¡Bang! —añadió, apuntando con el dedo contra el frigorífico—. Me gustaba más que Ralph, pero creo que mamá se cansó de él.

¿Y así la iba a mandar yo a su casa al día siguiente? Mientras le echaba un sermón sobre las armas de fuego y le explicaba que no eran juguetes y que con ellas se podía hacer daño a la gente, sonó el teléfono.

—Ah, sí —Lucy lo recordó mientras me levantaba de la silla—, ha llamado la abuela antes de que regresaras a casa. Dos veces.

Era la última persona con quien habría querido hablar en aquellos momentos. Por mucho que tratara de disimular mis estados de ánimo, ella siempre los adivinaba y no me dejaba en paz.

—Te noto deprimida —dijo mi madre cuando apenas habíamos intercambiado un par de frases.

—Estoy cansada.

Otra vez me empezaría a dar la lata con lo de mi trabajo.

La estaba viendo como si la tuviera delante. Estaría sin duda recostada en su cama contra varios almohadones, mirando la televisión. Yo tengo la tez de mi padre. Mi madre, en cambio, es morena y ahora tiene el cabello negro entrecano, enmarcándole un mofletudo rostro redondo en el que destacan unos grandes ojos castaños detrás de unas gafas de gruesos cristales.

—Pues claro que estás cansada —dijo—. Lo único que haces es trabajar. Y esos casos tan horribles de Richmond. Ayer el *Herald* publicó un reportaje sobre ellos, Kay. Me he llevado la mayor sorpresa de mi vida. No lo he visto hasta esta tarde, cuando la señora Martínez ha pasado por aquí y me lo ha enseñado. Ya no recibo el periódico del domingo con todos esos anuncios, ofertas y yo qué sé. Abulta tanto que no lo puedo ni manejar. La señora Martínez ha venido a enseñármelo porque publica tu fotografía.

Solté un bufido.

—La verdad es que yo no te habría reconocido. Es una fotografía muy mala, la tomaron de noche, pero debajo figura tu nombre, desde luego. Y no llevas sombrero, Kay. Parecía que llovía o hacía mal tiempo, y tú allí sin sombrero. Tantos gorros de ganchillo que yo te he hecho y tú ni siquiera te tomas la molestia de ponerte uno de los gorros que te hace tu madre para que no pilles una pulmonía...

—Mamá...

Mi madre siguió hablando como si tal cosa.

—¡Mamá!

Aquella noche no estaba de humor para aguantarlo. Aunque un día llegara a ser una Maggie Thatcher, mi madre se empeñaría en seguir tratándome como a una niña de cinco años que no tiene el suficiente sentido común como para protegerse contra la lluvia.

Después vino la tanda de preguntas como lo que comía y sobre el número de horas que dormía.

Cambié bruscamente de tema.

—¿Cómo está Dorothy?

—Bueno, por eso precisamente te llamaba —contestó mi madre tras una leve vacilación.

Tomé una silla y me senté mientras la voz de mi madre se elevaba una octava y me anunciaba que Dorothy se había ido a Nevada... para casarse.

—¿Y por qué a Nevada? —pregunté estúpidamente.

—¡Vete tú a saber! Vete tú a saber por qué tu única hermana se reúne con un tipo al que sólo conoce a través del teléfono y de pronto llama a su madre desde el aeropuerto y le dice que se va a Nevada para casarse con él. Ya me dirás tú cómo puede tu hermana haber hecho una cosa así. Cualquiera diría que tiene en la cabeza un revoltijo de macarrones en lugar de cerebro...

—¿Qué clase de tipo? —pregunté, mirando a Lucy, la cual me estaba observando a su vez con expresión consternada.

—Pues no sé. Un ilustrador creo que dijo, debe de ser el que hace los dibujos de sus libros. Estuvo en Miami hace unos días para asistir a una convención y se reunió con Dorothy para hablar del proyecto que ahora tienen entre manos o algo por el estilo. Ni me preguntes. Se llama Jacob Blank. Un judío, lo sé, aunque Dorothy no me lo podía decir, claro. ¿Por qué iba a decirme que se va a casar con un judío a quien yo no conozco, que le dobla en edad y se dedica a hacer dibujitos para niños, por el amor de Dios?

No dije nada.

Enviar a Lucy a casa en medio de otra crisis familiar era impensable. Sus ausencias de casa se habían prolongado otras veces, siempre que Dorothy tenía que abandonar precipitadamente la ciudad para asistir a alguna reunión de tipo editorial o tenía que emprender un viaje de investigación o participar en alguna «charla» sobre sus libros, que siempre se prolongaba más de la cuenta. Lucy se quedaba con su abuela hasta que la escritora errante regresaba finalmente a casa. Puede que hubiéramos aprendido a aceptar aquellas descaradas faltas de responsabilidad. Puede que incluso Lucy las aceptara. Pero ¿una fuga? Aquello ya pasaba de la raya.

—¿No dijo cuándo regresaría? —pregunté, apartando el rostro de Lucy y bajando la voz.

—¿Cómo? —exclamó mi madre—. ¿Decirme a mí una cosa así? ¿Por qué iba a decirle a su madre semejante cosa? ¡Oh!, ¿cómo ha podido hacerlo, Kay? Ya es la segunda vez. ¡Le dobla en edad! ¡Armando le doblaba en edad y mira lo que le pasó! Cayó muerto al borde de la piscina antes de que Lucy tuviera edad de montar en bicicleta...

Me costó bastante calmarla. Tras colgar el aparato, me quedé con las consecuencias.

No sabía cómo darle la noticia a Lucy.

—Tu madre estará ausente algún tiempo de la ciudad, Lucy. Se ha casado con el señor Blank, el que ilustra sus libros para el...

Estaba inmóvil como una estatua. Extendí los brazos para atraerla hacia mí...

—En estos momentos se encuentran en Nevada...

La silla experimentó una brusca sacudida hacia atrás y golpeó la pared mientras Lucy se apartaba de mí y huía corriendo a su habitación.

¿Cómo podía mi hermana hacerle a Lucy una cosa semejante? Estaba segura de que jamás se lo podría perdonar, esta vez había ido demasiado lejos. Bastante mal lo pasamos cuando se casó con Armando cuando apenas tenía dieciocho años. Se lo advertimos. Hicimos todo lo posible por disuadirla. Él casi no hablaba inglés y tenía edad suficiente para ser su padre. Nos olían a chamusquina su riqueza, su Mercedes, su Rolex de oro y su lujoso apartamento en primera línea de playa y, como muchas de las personas que aparecen misteriosamente en Miami, llevaba un tren de vida que no tenía ninguna explicación lógica.

Maldita fuera Dorothy. Ella sabía muy bien el tipo de trabajo que yo desarrollaba y cuánto esfuerzo me exigía. ¡Sabía que en aquellos momentos no consideraba conveniente tener a Lucy conmigo dada la tensión que me estaban provocando aquellos casos! Pero ya estaba todo previsto, y Lucy me engatusó y consiguió convencerme.

—Si te resultara una molestia, Kay, la envías para acá y arreglaremos las cosas de otra manera —me había dicho dulcemente—. De veras. Está deseando ir. No habla de otra cosa últimamente. Es que te adora. El ejemplo más genuino de adoración a un héroe que he visto en mi vida.

Lucy estaba rígidamente sentada en el borde de su cama, mirando al suelo.

—Espero que se estrelle el avión y se maten —fue lo único que me dijo mientras la ayudaba a ponerse el pijama.

—No puedes hablar en serio, Lucy. —Alisé bajo su barbilla la colcha con estampado de margaritas—. Puedes quedarte aquí conmigo algún tiempo. Será bonito, ¿no crees?

Lucy cerró fuertemente los ojos y se volvió de cara a la pared.

Me notaba la lengua seca. No había palabras capaces de aliviar su dolor; por consiguiente, me pasé un rato mirándola en silencio sin decir nada. Poco a poco, me acerqué a ella y le acaricié la espalda. Su aflicción pareció desvanecerse gradualmente hasta que, al final, empezó a respirar profundamente como cuando uno duerme. Le besé la cabeza y cerré suavemente la puerta de su habitación.

Mientras bajaba por el pasillo en dirección a la cocina, oí el rumor del automóvil de Bill.

Alcancé la puerta antes de que él tuviera tiempo de llamar al timbre.

—Lucy está durmiendo —le dije en un susurro.

—Ah —replicó remedando mi susurro en tono burlón—. Lástima... habrá pensado que no merecía la pena esperarme levantada...

De repente, Bill se volvió, siguiendo la dirección de mi sorprendida mirada. En la calle, los faros delanteros de un automóvil doblaron la curva y se apagaron de inmediato mientras un vehículo que no pude distinguir se detenía bruscamente y daba marcha atrás. El motor rugió, acusando el esfuerzo.

Los guijarros y la gravilla saltaron a su alrededor mientras daba media vuelta más allá de los árboles y se perdía en la noche.

—¿Esperas a alguien? —preguntó Bill en voz baja, escudriñando la oscuridad.

Sacudí lentamente la cabeza.

Bill consultó su reloj y me empujó suavemente al interior del recibidor.

Siempre que acudía al Departamento de Medicina Legal, Marino aprovechaba para aguijonear a Wingo, probablemente el mejor técnico de autopsias con quien yo hubiera trabajado jamás y sin duda el más sensible de todos ellos.

—... Sí. Es lo que se llama un encuentro en la fase Ford... —estaba diciendo Marino en voz alta.

Un agente de prominente barriga que había llegado al mismo tiempo que él volvió a soltar una risotada.

Wingo enrojeció de rabia mientras enchufaba la sierra eléctrica al cordón amarillo que colgaba por encima de la mesa de acero.

Ensangrentada hasta las muñecas, musité:

—No haga caso, Wingo.

Marino miró al agente, y yo me preparé para el numerito de burla mordaz.

Wingo era más sensible de lo que hubiera sido conveniente, y yo a veces sufría por él. Se identificaba tanto con las víctimas que más de una vez lloraba cuando los casos eran especialmente dramáticos.

Aquella mañana se había producido una cruel ironía de la vida. La víspera, una joven había acudido a un bar de una zona rural y, cuando regresaba a pie a su casa hacia las dos de la madrugada, un vehículo la había atropellado, arrastrándola varios metros. El agente de vigilancia de tráfico que examinó sus efectos personales encontró en su billetero el papelito de una galletita china de la fortuna que decía: «Pronto tendrá un encuentro que cambiará el curso de su vida.»

—A lo mejor, estaba buscando al señor Palanca de Automóvil...

Estaba a punto de llamarle la atención a Marino cuando su voz quedó ahogada por el rumor de la sierra, semejante al del taladro de un dentista, mientras Wingo empezaba a serrar el cráneo de la muerta. El polvo de hueso se esparció por el aire mientras Marino y el agente se dirigían al otro extremo de la sala, donde en la última mesa se estaba llevando a cabo la autopsia del último homicidio por arma de fuego cometido en Richmond.

Cuando cesó el rumor de la sierra y se retiraron los huesos del cráneo, yo interrumpí mi tarea para examinar rápidamente el cerebro. No se registraban hemorragias subdurales ni subaracnoides...

—No tiene gracia —dijo Wingo, iniciando su habitual letanía—, no tiene ninguna gracia. ¿Cómo puede alguien burlarse de una cosa así...?

El cuero cabelludo de la mujer estaba desgarrado, pero eso era todo. La causa de la muerte habían sido las múltiples fracturas de la pelvis y un golpe en las nalgas tan violento que la huella de la rejilla del vehículo había quedado grabada en su piel. No la había atropellado algo cercano al suelo como, por ejemplo, un automóvil deportivo. Pudo haber sido un camión.

—Lo guardó porque debía de significar mucho para ella. Como si necesitara creerlo. A lo mejor, por eso fue al bar anoche. Buscaba al que había esperado durante toda su vida. El encuentro. Y resultó que un conductor borracho se la llevó por delante y la ha enviado al patio de las malvas.

—Wingo —dije en tono cansado mientras empezaba a tomar fotografías—, sería mejor que no se imaginara ciertas cosas.

—No puedo evitarlo...

—Tiene que aprender a evitarlo.

Wingo miró con expresión dolida hacia el lugar donde se encontraba Marino, el cual sólo se daba por satisfecho cuando conseguía herirle. Pobre Wingo. Casi todos los representantes del rudo mundo de las fuerzas del orden estaban desconcertados por su actitud. No se reía de sus chistes, no le hacían demasiada gracia los relatos de sus batallitas y, sobre todo, era diferente.

Alto y espigado, llevaba el cabello negro muy planchado a los lados, con una especie de moño de cacatúa por arriba y un ricito en la nuca. Poseía una delicada apostura acentuada por las prendas de diseño que lucía y los suaves zapatos europeos de cuero que calzaba. Hasta las batas de trabajo azul añil que él mismo se compraba y lavaba tenían estilo. No tonteaba. No le molestaba que una mujer le dijera lo que tenía que hacer. Nunca parecía mostrar el menor interés por averiguar qué aspecto tenía yo bajo mi bata de laboratorio o mis austeros trajes sastre. Me encontraba tan cómoda a su lado que, en las pocas ocasiones en que había entrado accidentalmente en el vestuario mientras yo me ponía la bata de trabajo, apenas me había fijado en él.

Supongo que, de haberme preocupado por sus tendencias cuando lo entrevisté para el puesto unos meses atrás, no habría tenido demasiado interés en contratarle. Aunque no quisiera reconocerlo.

Sin embargo, mi actitud era en cierto modo comprensible,

pues en aquel lugar se veían los peores estereotipos imaginables. Travestidos con bustos y caderas postizos, homosexuales que asesinaban a sus amantes en un arrebato de celos, «chaperos» que recorrían los parques y las callejuelas y eran destripados por los acérrimos perseguidores de la homosexualidad. Había reclusos con obscenos tatuajes capaces de sodomizar cualquier cosa que caminara sobre dos piernas en los bloques de las cárceles, y disolutos clientes de bares y casas de baños que no se preocupaban lo más mínimo por la posibilidad de que otros contrajeran el sida.

Wingo no tenía nada que ver con todo aquello. Wingo era simplemente Wingo.

—¿Ahora ya se las puede arreglar sola? —preguntó, enjuagándose las ensangrentadas manos enguantadas.

—Ya termino —contesté en tono distraído mientras medía un gran desgarrón del mesenterio.

Acercándose a un armario, Wingo empezó a sacar aerosoles y desinfectantes, trapos, estropajos y todo lo necesario para la limpieza. Se colocó unos auriculares, puso en marcha la pequeña grabadora que llevaba sujeta en el cinturón de la bata de trabajo y se aisló momentáneamente del mundo.

Quince minutos más tarde, empezó a limpiar el pequeño frigorífico de la sala de autopsias en el que se almacenaban las pruebas durante los fines de semana. Observé vagamente que sacaba algo y lo examinaba con detenimiento.

Cuando se acercó a mi mesa, llevaba los auriculares alrededor del cuello cual si fueran un collar; parecía ligeramente preocupado y perplejo. En su mano sostenía una pequeña carpeta de cartón procedente de un equipo de recogida de pruebas.

—Por cierto, doctora Scarpetta —dijo, carraspeando—, he encontrado esto dentro del frigorífico.

No me explicó nada. Ni falta que hacía.

Dejé el bisturí y me noté un nudo en el estómago. En la etiqueta figuraba el número del caso, el nombre y la fecha de la autopsia de Lori Petersen, cuyas pruebas habían sido entregadas cuatro días atrás.

—¿Ha encontrado esto en el frigorífico?

Tenía que haber un error.

—En el estante del fondo. Y no hay firma —añadió Wingo con cierta extrañeza—. Quiero decir que usted no le puso la firma.

Tenía que haber una explicación.

—Por supuesto que no le puse la firma —repliqué bruscamente—. Yo sólo utilicé un ERP en este caso, Wingo.

Mientras lo decía, la duda empezó a asaltarme y se avivó en mi interior como una llama agitada por el viento. Traté de hacer memoria.

Al llegar el fin de semana, había guardado las muestras de Lori Petersen en el frigorífico junto con las muestras de todos los casos del sábado. Recordaba claramente haber entregado personalmente las muestras en los laboratorios el lunes por la mañana, incluyendo una carpeta con portaobjetos de muestras anales, orales y vaginales. Estaba segura de que sólo había utilizado una carpeta de portaobjetos. Yo nunca enviaba una carpeta vacía... siempre había en su interior una bolsa de plástico con torundas impregnadas, sobres con cabellos, tubos de ensayo y todo lo demás.

—No sé de dónde ha podido salir eso —dije con excesiva dureza.

Wingo desplazó el peso del cuerpo al otro pie y apartó la mirada. Comprendí lo que estaba pensando. Yo había cometido un fallo, y a él le molestaba tener que señalármelo.

La amenaza estaba allí. Wingo y yo lo repasábamos varias veces, desde que Margaret había instalado programas de etiquetas en el ordenador de la sala de autopsias.

Antes de iniciar una autopsia, los patólogos se acercaban al ordenador e introducían la información correspondiente al caso cuya autopsia iban a realizar. Inmediatamente se generaban toda una serie de etiquetas para cada muestra que se pudiera recoger, como, por ejemplo, sangre, orina, bilis y contenido gástrico, y un ERP. De esta manera se ahorraba tiempo; era algo perfectamente aceptable siempre y cuando el patólogo no se equivocara al pegar las etiquetas en los correspondientes tubos y no se olvidara de firmarlas.

Pero había un detalle en aquel proceso automatizado que siempre me ponía un poco nerviosa. Inevitablemente sobraban etiquetas porque, por regla general, no se recogían todas las muestras posibles, sobre todo cuando en los laboratorios se acumulaba el trabajo y no había suficiente personal. Yo, por ejemplo, no enviaba muestras de las uñas cuando el difunto era un hombre de ochenta y tantos años que había muerto de un infarto de miocardio mientras recortaba la hierba de su jardín.

¿Qué hacer con las etiquetas sobrantes? No se podían dejar por allí con el riesgo de que alguien las aplicara por error a otros tubos de ensayo. Casi todos los patólogos las rompían. Yo tenía por costumbre guardarlas en la carpeta del caso correspondiente. Era una manera rápida de saber lo que se había analizado y lo que no y cuántos tubos de esto o de aquello se habían enviado efectivamente a los laboratorios.

Wingo cruzó rápidamente la sala y recorrió con el dedo las páginas del registro del depósito de cadáveres. Marino me miró desde el otro extremo de la sala mientras esperaba que se le entregaran las balas del caso de homicidio. Se acercó a mí justo en el momento en que Wingo regresaba.

—Tuvimos seis casos aquel día —me recordó Wingo, dirigiéndose a mí como si Marino no estuviera presente—. El sábado, lo recuerdo. Había muchas etiquetas en el mostrador de allí. Puede que una de ellas...

—No —dije en voz alta—. No veo ninguna posibilidad. No dejé ninguna etiqueta sobrante por ahí. Las tenía con mis papeles, en la tablilla sujetapapeles...

—Mierda —dijo Marino en tono de sorpresa, mirando por encima de mi hombro—. ¿Es lo que yo me imagino?

Quitándome rápidamente los guantes, tomé la carpeta que Wingo sostenía en sus manos y rompí la cinta adhesiva con la uña del pulgar. Dentro había cuatro portaobjetos, tres de los cuales contenían una muestra, pero en ninguno de ellos figuraba la habitual indicación escrita a mano de «O» por «oral»,

«A» por «anal» o «V» por «vaginal». No había ninguna indicación, exceptuando la etiqueta informatizada en la parte exterior de la carpeta.

—¿No será que le puso la etiqueta, pensando que la iba a usar y después cambió de idea o algo así? —sugirió Wingo.

Tardé un poco en contestar. ¡No podía recordarlo!

—¿Cuándo abrió el frigorífico por última vez? —le pregunté.

Un encogimiento de hombros.

—La semana pasada, quizás el lunes de la semana pasada cuando saqué las cosas para que los doctores las subieran a los laboratorios. El lunes de esta semana no trabajé. Hoy es la primera vez que abro el frigorífico esta semana.

Poco a poco recordé que Wingo había tenido el lunes libre. Yo misma había sacado las pruebas de Lori Petersen del frigorífico antes de realizar las acostumbradas visitas de inspección. ¿Y si hubiera olvidado aquella carpeta? ¿Y si, a causa del cansancio, hubiera mezclado las pruebas de Lori Petersen con las de alguno de los cinco casos restantes que habíamos hecho aquel día? ¿Cuál de las carpetas de cartón correspondía realmente a su caso... la que yo había entregado arriba o la que ahora se había encontrado? No podía creerlo. ¡Yo que era siempre tan cuidadosa!

Raras veces llevaba puesto mi mono de trabajo fuera del depósito de cadáveres. Casi nunca. Ni siquiera cuando se hacían simulacros de incendio. Varios minutos más tarde, los auxiliares de laboratorio me miraron con curiosidad mientras bajaba rápidamente por el pasillo del tercer piso con mi mono verde manchado de sangre. Betty se encontraba en su pequeño despacho, haciendo una pausa para tomarse un café. Me echó un vistazo y se quedó helada.

—Tenemos un problema —le dije sin ningún preámbulo.

Betty contempló en silencio la etiqueta de la carpeta.

—Mientras limpiaba el frigorífico, Wingo encontró esto hace unos minutos.

—Oh, Dios mío —se limitó a decir Betty.

Mientras la acompañaba al laboratorio de Serología, le expliqué que no recordaba haber etiquetado dos carpetas en el ERP del caso de Lori. Estaba totalmente perpleja.

Betty se puso unos guantes y sacó unos frascos de un armario, tratando de tranquilizarme.

—Yo creo que lo que usted me envió tiene que ser válido. Los portaobjetos coincidían con las torundas y con todo lo que me entregó, Kay. Todo correspondía a un individuo no secretor. Eso tiene que corresponder a unas muestras adicionales que usted no recuerda haber tomado.

Otro estremecimiento de duda. ¿Había utilizado únicamente una carpeta de portaobjetos o no? ¿Podía jurarlo? Los recuerdos del sábado eran borrosos. No podía evocar cada uno de mis pasos con certeza.

—Supongo que aquí no debe de haber torundas, ¿verdad? —preguntó Betty.

—Ninguna —contesté—. Sólo la carpeta de portaobjetos. Es lo único que Wingo ha encontrado.

—Mmm —musitó Betty, reflexionando—. Vamos a ver qué es lo que hay aquí. —Colocó cada portaobjetos bajo el microscopio de fase y, tras un prolongado silencio, dijo—: Tenemos grandes células escamosas, lo cual significa que podrían ser orales o vaginales, pero no anales. Y... —añadió, levantando la vista— no veo ningún resto de esperma.

—Dios mío —murmuré.

—Probaremos otra vez —dijo Betty.

Abriendo un paquete de torundas esterilizadas, las humedeció con agua y empezó a pasarlas suavemente una por una por cada una de las manchas de cada portaobjetos... tres en total. Después frotó suavemente las torundas contra unos pequeños círculos de papel de filtro de color blanco.

Tomando unos cuentagotas, empezó a verter hábilmente gotas de ácido naftilfosfático sobre el papel de filtro. Después utilizó la sal B azul-indeleble. Ambas esperamos la aparición de los primeros indicios de coloración púrpura.

Las manchas no reaccionaron. Seguí con los ojos clavados

en ellas cuando ya había pasado el breve período que tardan las manchas en reaccionar, como si con ello pudiera obligarlas a dar positivo y confirmar la presencia de líquido seminal. Quería creer que era una serie adicional de portaobjetos. Quería creer que yo había utilizado dos ERP en el caso de Lori aunque en aquel momento no lo recordara. Quería creer cualquier cosa menos aquello que cada vez estaba más claro.

Los portaobjetos que Wingo había encontrado no correspondían al caso de Lori. No habrían tenido que existir.

El impasible rostro de Betty me dio a entender que ella también estaba preocupada por más que tratara de disimularlo. Sacudí la cabeza.

—No parece probable que correspondan al caso de Lori —dijo Betty muy a pesar suyo. Una pausa—. Haré todo lo posible por agruparlas. Comprobaré si se registra presencia de corpúsculos de Barr y cosas así.

—Sí, por favor.

Respiré hondo.

—Los fluidos que aislé del asesino coinciden con las muestras sanguíneas de Lori —añadió Betty, tratando de calmarme—. No tiene por qué preocuparse. No me cabe la menor duda de que la primera carpeta que entregó...

—Pero la duda subsiste —dije en tono abatido.

Los abogados estarían encantados. Los miembros del jurado dudarían de que las muestras correspondieran a Lori; ni siquiera las muestras de sangre merecerían su confianza. Los miembros del jurado dudarían de que las muestras enviadas a Nueva York para las pruebas del ADN fueran auténticas. ¿Quién podría asegurar que no pertenecían a otro cadáver?

Me temblaba levemente la voz cuando le dije a Betty:

—Aquel día tuvimos seis casos, Betty. Tres de ellos exigieron ERP porque eran posibles agresiones sexuales.

—¿Todas mujeres?

—Sí —contesté con un susurro—. Todas eran mujeres.

Tenía grabado en la mente lo que Bill me había dicho el miércoles cuando estaba nervioso y se encontraba bajo los efectos del alcohol. ¿Qué sucedería con aquellos casos si mi credibilidad se viera empañada? No sólo se pondrían en tela de juicio los hallazgos en el caso de Lori, sino también los de todos los demás. Estaba completamente acorralada y no tenía escapatoria. No podía negar la existencia de aquella ficha. Y su existencia me impediría jurar ante un tribunal que la cadena de pruebas estaba intacta.

No habría una segunda oportunidad. No podía volver a recoger las muestras y empezar de nuevo desde cero. Las muestras de Lori ya habían sido enviadas al laboratorio de Nueva York. Su cuerpo embalsamado había recibido sepultura el martes. Una exhumación era impensable. No serviría de nada y provocaría una enorme expectación. Todo el mundo querría saber por qué.

Betty y yo miramos simultáneamente hacia la puerta en el momento en que entraba Marino.

—Se me acaba de ocurrir una idea un poco rara, doctora.

Marino hizo una pausa y clavó los ojos en los portaobjetos y los papeles de filtro de la mesa de laboratorio.

Le miré en silencio.

—Yo que usted le enviaría este ERP a Vander. A lo mejor, se lo dejó usted en el frigorífico. Pero a lo mejor, no.

Una sensación de alarma me recorrió el cuerpo antes de experimentar la brusca sacudida de la comprensión.

—¿Cómo? —pregunté, mirándole como si estuviera loco—. ¿Alguien lo pudo haber puesto allí?

Marino se encogió de hombros.

—Yo le estoy sugiriendo simplemente que tenga en cuenta esa posibilidad.

—Pero ¿quién?

—No tengo ni idea.

—¿Cómo? ¿Cómo es posible? Alguien hubiera tenido que entrar en la sala de autopsias y abrir el frigorífico. Y la carpeta está etiquetada...

Las etiquetas; lo estaba empezando a recordar. Las etiquetas sobrantes del caso de Lori Petersen. Estaban dentro de la carpeta. Nadie había tocado la ficha excepto yo... y Amburgey, Tanner y Bill.

Cuando los tres hombres abandonaron mi despacho al anochecer del lunes, la puerta principal estaba cerrada y asegurada con una cadena. Los tres salieron cruzando el depósito de cadáveres. Amburgey y Tanner se fueron primero y Bill lo hizo un poco más tarde. Tuvimos que dejar el frigorífico abierto para que las funerarias y los equipos de socorro pudieran entregar cuerpos después del horario de oficina. El frigorífico tenía dos puertas, una de las cuales se abría al pasillo mientras que la otra daba acceso a la sala de autopsias. ¿Acaso uno de los hombres había cruzado el frigorífico y había entrado en la sala de autopsias? En un estante junto a la primera mesa había varios montones de equipos de muestras, entre ellos varias docenas de ERP. Wingo siempre procuraba que los estantes estuvieran bien provistos de todo lo necesario.

Tomé el teléfono y le dije a Rose que abriera el cajón de mi escritorio y sacara la ficha de Lori Petersen.

—Dentro tiene que haber algunas etiquetas de pruebas —añadí.

Mientras Rose lo comprobaba, traté de hacer memoria. Quedaron unas seis o tal vez siete etiquetas, no porque yo no hubiera recogido muchas muestras, sino porque había recogido demasiadas... casi el doble de lo acostumbrado, lo cual dio lugar a que sacara no una, sino dos series de etiquetas informatizadas. Las etiquetas sobrantes debían de corresponder al corazón, los pulmones, los riñones y otros órganos, aparte de una etiqueta adicional para un ERP.

—¿Doctora Scarpetta? —dijo Rose, poniéndose nuevamente al teléfono—. Las etiquetas están aquí.

—¿Cuántas hay?

—Vamos a ver. Cinco.

—¿A qué corresponden?

—Corazón, pulmones, bazo, bilis e hígado —contestó Rose.

—Y eso es todo.

—Sí.

—¿Está segura de que no hay una para un ERP?

Una pausa.

—Estoy segura. Sólo estas cinco.

—A mí me parece que, si usted pegó la etiqueta de ese ERP, sus huellas tendrían que estar ahí —dijo Marino.

—Si llevaba puestos los guantes, no —terció Betty, que había estado observando la escena consternada.

—Generalmente no llevo puestos los guantes cuando etiqueto cosas —musité—. Suelen estar manchados de sangre.

—De acuerdo pues —añadió Marino—. Usted no llevaba guantes y Dingo...

—Wingo —le corregí en tono irritado—. ¡Se llama Wingo!

—Como se llame. —Marino salió al pasillo para marcharse—. El caso es que usted tocó el ERP con las manos y eso significa que tendría que haber dejado sus huellas. Pero mejor que no hubiera las de nadie más.

10

Y no las había. Las únicas huellas identificables en la carpeta de cartón eran las mías.

Se observaban unas tiznaduras... y algo tan absolutamente te inesperado que, por un instante, olvidé por completo el propósito de mi visita a Vander.

Vander estaba bombardeando la carpeta con el láser, y el cartón parecía un cielo nocturno punteado de estrellas.

—Eso es una locura —dijo, asombrándose por tercera vez.

—Esta cosa tiene que proceder de mis manos —dije yo con incredulidad—. Wingo llevaba guantes. Betty también...

Vander encendió la lámpara del techo y sacudió la cabeza.

—Si usted fuera un hombre, aconsejaría a la policía que lo sometieran a interrogatorio.

—Y yo no se lo reprocharía.

—Intente recordar lo que ha hecho esta mañana, Kay —dijo Vander—. Tenemos que cerciorarnos de que este residuo procede de usted. En caso afirmativo, tendremos que reconsiderar todas nuestras conjeturas sobre los casos de estrangulamiento y el brillo que hemos descubierto en ellos...

—No —le interrumpí—. No es posible que yo dejara el residuo en los cuerpos, Neils. Cuando trabajé con ellos, llevaba puestos los guantes. Me los quité cuando Wingo encontró el ERP. Entonces toqué la carpeta directamente con las manos.

—¿Y qué me dice de los aerosoles o de los cosméticos? ¿Suele utilizar algo habitualmente?

—No es posible —repetí—. Este residuo no aparece cuando examinamos otros cuerpos. Sólo ha aparecido en estos casos de estrangulamiento.

—Buena observación.

Ambos reflexionamos un instante en silencio.

—¿Betty y Wingo llevaban guantes cuando manejaron esta carpeta? —preguntó Vander, tratando de asegurarse.

—Sí, los llevaban. Y por eso no dejaron huellas.

—Por consiguiente, no es probable que el residuo procediera de sus manos, ¿verdad?

—Tuvo que proceder de las mías. A no ser que alguien más hubiera tocado la carpeta.

—Sigue pensando que otra persona pudo haber colocado la carpeta en el frigorífico —dijo Vander en tono escéptico—. Las únicas huellas que se han encontrado son las suyas, Kay.

—Pero estas tiznaduras podrían ser de cualquier persona, Neils.

Por supuesto que podían serlo. Pero sabía que Vander no lo creía.

—¿Qué hizo exactamente poco antes de subir a los laboratorios?

—Terminé un caso de atropello.

—¿Y después?

—Después se acercó Wingo con la carpeta de los portaobjetos y yo se la llevé directamente a Betty.

Vander estudió mi ensangrentado mono de trabajo y dijo:

—Debía de llevar guantes.

—Pues claro, y me los quité cuando Wingo vino con la carpeta, tal como ya he explicado...

—El interior de los guantes estaba espolvoreado con talco.

—No creo que pueda ser eso.

—Probablemente no, pero podríamos empezar por ahí.

Bajé de nuevo a la sala de autopsias para recoger un par de guantes de látex idénticos. Minutos más tarde, Vander desgarró el paquete, volvió los guantes del revés y empezó a bombardearlos con el láser.

Ni el menor asomo de destello. El talco no reaccionó, tal

como ya esperábamos. Previamente habíamos sometido a prueba distintos polvos cosméticos encontrados en los lugares de los asesinatos en un intento de identificar la sustancia brillante. Ninguno de los polvos, cuya base era el talco, había reaccionado.

Las luces volvieron a encenderse. Me dediqué a pensar mientras me fumaba un cigarrillo. Estaba tratando de recordar todos mis movimientos desde el momento en que Wingo me mostró la carpeta de los portaobjetos hasta el momento en que había entrado en el despacho de Vander. Estaba examinando las arterias coronarias cuando se acercó Wingo con el ERP. Dejé el bisturí, me quité los guantes y abrí la carpeta para echar un vistazo a los portaobjetos. Me dirigí a la pila, me lavé apresuradamente las manos y me las sequé con una toalla de papel. Después subí a ver a Betty. ¿Toqué algo en su laboratorio? No recordaba haberlo hecho.

Era lo único que se me ocurría.

—El jabón que utilicé para lavarme las manos. ¿Podría ser eso?

—No es probable —contestó inmediatamente Vander—. Sobre todo, si usted se enjuagó bien. Si el jabón de uso diario reaccionara después de haberlo enjuagado, encontraríamos constantemente este brillo en todos los cuerpos y todas las prendas de vestir. Estoy casi seguro de que este residuo procede de una sustancia granulosa y pulverulenta. El jabón que utilizó abajo es un líquido desinfectante, ¿verdad?

Lo era, pero yo no lo había utilizado. Tenía demasiada prisa como para regresar al vestuario y usar el desinfectante de color de rosa que se guardaba en unos frascos junto a las pilas. En su lugar, me acerqué a la pila más cercana de la sala de autopsias, donde había un dispensador metálico del que salía el mismo jabón en polvo de color gris que se utilizaba en todo el resto del edificio. Era barato y el Estado lo compraba al por mayor. No tenía ni idea de cuál era su composición. Era casi inodoro y no se disolvía ni hacía espuma. Era como lavarse con arena húmeda.

Al fondo del pasillo había un lavabo de señoras. Salí un instante y regresé con un puñado del grisáceo polvo granuloso. Vander volvió a apagar la luz y puso el láser nuevamente en marcha.

El jabón se volvió loco y empezó a brillar con blancura de neón.

—La madre que lo parió...

Vander estaba entusiasmado. Yo no compartía enteramente sus sentimientos. Ansiaba desesperadamente conocer el origen del residuo que se había encontrado en los cuerpos. Pero ni en mis más descabelladas fantasías habría podido imaginar que fuera algo que se hallaba presente en todos los cuartos de baño de mi departamento.

Seguía sin estar enteramente convencida. ¿Eran mis manos el origen del residuo encontrado en la carpeta? ¿Y si no lo fueran?

Empezamos a hacer experimentos.

Los analistas de armas de fuego efectúan toda una serie de disparos de prueba para determinar la distancia y la trayectoria. Vander y yo llevamos a cabo toda una serie de lavados de prueba para determinar con cuánta minuciosidad se tenía uno que enjuagar las manos para que el láser no detectara ningún residuo.

Vander se frotó vigorosamente las manos con el jabón en polvo, se las enjuagó concienzudamente y se las secó con toallas de papel. El láser captó uno o dos destellos, y eso fue todo. Yo traté de repetir mi lavado de manos, haciendo exactamente lo mismo que había hecho abajo. El resultado fue una multitud de destellos que se transfirieron fácilmente a la superficie de la mesa, la manga de la bata de laboratorio de Vander y cualquier cosa que yo tocara. Cuantas más cosas tocaba, menos destellos me quedaban en las manos.

Regresé al lavabo de señoras y volví con una taza de café llena de jabón. Nos lavamos repetidamente las manos. Las luces se encendieron y se apagaron, y el láser se puso en marcha hasta que toda la zona de la pila ofreció el mismo aspecto que la ciudad de Richmond vista de noche desde el aire.

Observamos un fenómeno muy interesante. Cuanto más nos lavábamos y nos secábamos, más destellos se acumulaban. Se nos introducían bajo las uñas, se adherían a nuestras muñecas y a los puños de las mangas. Al final, se extendieron a la ropa y a nuestros cabellos, rostros y cuellos... dondequiera que tocáramos. Al cabo de unos cuarenta y cinco minutos y de varias docenas de lavados experimentales, Vander y yo teníamos un aspecto totalmente normal bajo una iluminación normal. Pero, bajo el láser, parecía que nos hubieran adornado con espumillón navideño.

—Mierda —exclamó Vander en la oscuridad. Era una palabra que jamás le había oído utilizar—. ¿Quién lo habría imaginado? Este hijo de puta debe de ser un maniático de la limpieza. Para dejar tanto brillo, se debe de lavar las manos veinte veces al día.

—Eso si la respuesta es el jabón en polvo —le recordé.

—Por supuesto, por supuesto.

Recé para que los científicos de arriba pudieran obrar un milagro. Sin embargo, lo que ni ellos ni nadie podrían establecer, pensé, era el origen del residuo de la carpeta... ni la forma en que la carpeta se había introducido en el frigorífico.

La vocecita interior me estaba aguijoneando.

«No quieres reconocer que has cometido un error —me dije—. No quieres enfrentarte a la verdad. Pegaste una etiqueta equivocada en este ERP y el residuo procede de tus manos.

»Pero ¿y si el argumento fuera mucho más perverso? —repliqué en silencio—. ¿Y si alguien hubiera colocado deliberadamente la carpeta en el frigorífico y el residuo brillante procediera de las manos de aquella persona y no de las mías?» La idea era descabellada, el fruto envenenado de una imaginación enloquecida.

Hasta entonces se había descubierto un residuo similar en los cuerpos de las cuatro mujeres asesinadas.

Sabía que Wingo, Betty, Vander y yo habíamos tocado la carpeta. Las únicas personas que también podían haberla tocado eran Tanner, Amburgey o Bill.

Vi mentalmente su rostro. Algo desagradable e inquietante se agitó dentro de mí mientras trataba de recordar poco a poco los acontecimientos de la tarde del lunes. Bill había estado muy frío durante la reunión con Amburgey y Tanner. No se atrevió a mirarme ni entonces ni más tarde, cuando los tres hombres repasaron los casos en mi sala de reuniones.

Recordé que las fichas habían resbalado al suelo desde las rodillas de Bill. Tanner se ofreció a recogerlas en un automático gesto servicial. Pero fue Bill quien recogió los papeles, unos papeles entre los cuales tenían que estar las etiquetas sobrantes. Después, él y Tanner lo ordenaron todo. Qué fácil hubiera sido arrancar una etiqueta y guardarla en un bolsillo...

Más tarde, Amburgey y Tanner se fueron juntos, pero Bill se quedó unos diez o quince minutos hablando conmigo en el despacho de Margaret. Estuvo muy cariñoso y me aseguró que un par de copas y una noche juntos me calmarían los nervios.

Se fue mucho antes que yo y salió del edificio sin que nadie le viera...

Aparté las imágenes de mi mente; ya no quería verlas. Aquello era absurdo. Estaba perdiendo el control. Bill no habría sido capaz de hacer semejante cosa. En primer lugar porque carecía de sentido. No acertaba a imaginar qué beneficio hubiera podido sacar de un acto de sabotaje como aquél. Los portaobjetos erróneamente etiquetados sólo podrían servir para obstaculizar su labor de fiscal cuando se juzgaran los casos. ¡Sería algo así como tirotearse a sí mismo, no sólo los pies sino también la cabeza!

«¡Quieres echarle la culpa a alguien porque no puedes reconocer que has fallado!»

Aquellos casos de estrangulamiento eran los más difíciles de mi carrera y temía fracasar. A lo mejor, estaba perdiendo mi metódica y racional manera de hacer las cosas. A lo mejor, estaba cometiendo errores.

—Tenemos que determinar la composición de esta sustancia —estaba diciendo Vander.

Como unos compradores concienzudos, teníamos que adquirir una caja de jabón y leer los ingredientes.

—Yo recorreré los lavabos de señoras —dije.

—Y yo recorreré los de caballeros —dijo Vander.

Fuimos como esas personas que rebuscan entre las basuras a ver lo que encuentran.

Tras entrar y salir de los lavabos de señoras de todo el edificio, se me ocurrió una idea luminosa y fui en busca de Wingo. Una de sus misiones era reponer el jabón en los dispensadores automáticos del depósito de cadáveres. Wingo me indicó el armario del portero en una estancia situada varias puertas más abajo de mi despacho. Allí, en el último estante, al lado de un montón de gamuzas para quitar el polvo, había una caja gris de tamaño industrial de jabón de manos Borawash.

El principal ingrediente era el bórax.

Una rápida consulta de mis textos químicos de referencia me hizo comprender por qué el jabón en polvo se iluminaba como un árbol de Navidad. El bórax es un compuesto que contiene boro, una sustancia cristalina que transmite la electricidad como un metal a elevada temperatura. Su uso industrial abarca desde la fabricación de cerámica y vidrio especial hasta la de los polvos de lavar y de los desinfectantes, los abrasivos y el combustible de los cohetes.

Curiosamente, un alto porcentaje del bórax que se emplea en el mundo procede del Valle de la Muerte.

Llegó la noche del viernes y Marino no llamó.

A las siete de la mañana del sábado aparqué en la parte de atrás de mi departamento y empecé a consultar el registro del depósito de cadáveres.

Sabía muy bien que no era necesario. Yo habría sido una de las primeras personas en recibir el aviso. No había ingresado ningún cuerpo inesperado. Sin embargo, el silencio me parecía siniestro.

No podía sacudirme de encima la sensación de que otra

mujer estaba esperando que la atendiera y de que aquello había vuelto a ocurrir. Seguía esperando la llamada de Marino. Vander me llamó desde su casa a las siete y media.

—¿Hay algo? —preguntó.

—Le llamaré inmediatamente si hubiera algo.

—No me alejaré del teléfono.

El láser estaba en su laboratorio de arriba, colocado en un carrito y listo para que lo bajaran a la sala de rayos X en caso necesario. Yo me había reservado la primera mesa de autopsias, que, a última hora de la víspera, Wingo había dejado limpia como un espejo, colocando a su lado dos carritos con toda suerte de instrumentos quirúrgicos imaginables más un contenedor de recogida de pruebas. La mesa y los carritos no se habían tocado.

Mis únicos casos eran una sobredosis de cocaína de Fredericksburg y un ahogamiento accidental del condado de James City.

Poco después del mediodía, Wingo y yo nos encontrábamos solos, terminando metódicamente nuestro trabajo de la mañana.

La suela de sus zapatillas chirrió sobre los azulejos mojados del suelo mientras él apoyaba el palo de la fregona contra la pared y me decía:

—Corren rumores de que anoche desplegaron a cien policías por la ciudad.

—Esperemos que sirva de algo —contesté, rellenando un certificado de defunción.

—Si yo fuera ese hombre, serviría. —Wingo empezó a regar con una manguera una mesa manchada de sangre—. Tendría que estar loco para atreverse a salir. Un policía me dijo que paran a todo el mundo por la calle. Si te ven de noche por ahí, te paran. Y, si ven un automóvil aparcado de noche en algún sitio, anotan el número de la matrícula.

—¿Qué policía? —pregunté, levantando la vista. Aquella mañana no habíamos recibido ningún caso de Richmond y tampoco nos había visitado ningún policía de Richmond—. ¿Qué policía se lo dijo?

—Uno de los que han venido con el ahogado.

—¿Del condado de James City? ¿Y cómo sabía él lo que había pasado anoche en Richmond?

Wingo me miró con extrañeza.

—Su hermano es policía en la ciudad.

Aparté el rostro para que Wingo no advirtiera mi irritación. Demasiada gente estaba hablando. ¿Un policía cuyo hermano era policía en Richmond le había revelado todo aquello a Wingo, un perfecto desconocido? ¿Qué otras cosas se decían? Se hablaba demasiado. Cualquier comentario inocente me parecía sospechoso, recelaba de todo y de todos.

—Mi opinión es que a este tipo lo hemos asustado —estaba diciendo Wingo—. Y ahora espera a que todo se calme un poco. —Hizo una pausa mientras el agua chorreaba al suelo desde la mesa—. O eso o anoche volvió a atacar y todavía no se ha descubierto el cuerpo.

No dije nada porque mi irritación estaba aumentando por momentos.

—Aunque no sé —añadió Wingo con la voz amortiguada por el rumor del agua—. Cuesta creer que haya vuelto a intentarlo. Si quiere que le diga la verdad, me parece demasiado arriesgado. Conozco algunas teorías. Dicen que algunos de esos tipos se vuelven muy atrevidos al cabo de algún tiempo y que desconciertan a todo el mundo cuando, en realidad, lo que ellos quieren es que los atrapen. A lo mejor, no puede evitar hacer lo que hace y está pidiendo a gritos que lo detengan.

—Wingo... —dije en tono de advertencia.

—Eso tiene que ser como una enfermedad —añadió como si no me hubiera oído—. Y él sabe que está enfermo, estoy seguro. A lo mejor, está pidiendo que alguien le salve de sí mismo...

—¡Wingo! —dije, levantando la voz. Había cerrado el grifo del agua, pero ya era demasiado tarde. Mis palabras retumbaron como un trueno en la silenciosa sala—. ¡Él no quiere que lo atrapen!

Wingo entreabrió los labios, sorprendido por la aspereza de mi reacción.

—Por Dios, doctora Scarpetta, no quería disgustarla, pero es que yo...

—No estoy disgustada —repliqué bruscamente—. Pero las personas como este bastardo no quieren que las atrapen, ¿de acuerdo? Es un ser antisocial, es malvado y lo hace porque quiere, ¿de acuerdo?

Mientras las suelas de sus zapatillas chirriaban contra el pavimento, Wingo tomó lentamente una esponja y empezó a secar los costados de la mesa sin mirarme.

Yo le contemplé con expresión abatida, pero él seguía sin levantar la vista.

Me sentía avergonzada.

—¿Wingo? —dije, apartándome del escritorio—. ¿Wingo? —Él se me acercó a regañadientes y yo le rocé levemente el brazo—. Le pido perdón. No tengo ningún motivo para enfadarme con usted.

—No se preocupe —dijo él, mirándome con inquietud—. Sé la angustia que está pasando. Me enfurece tener que estar aquí todo el día sin saber qué hacer. Le están cayendo encima tantas cosas últimamente y yo sin poder hacer nada. Quisiera... bueno, quisiera poder hacer algo...

¡Conque era eso! No había herido sus sentimientos, sino que más bien había aumentado sus preocupaciones. Wingo estaba preocupado por mí. Sabía que yo no era la misma de siempre y que tenía los nervios a flor de piel. A lo mejor, todo el mundo se daba cuenta. Las filtraciones, la manipulación del ordenador, los portaobjetos erróneamente etiquetados. A lo mejor, a nadie le sorprendería que me acusaran de incompetencia...

«Se veía venir —diría la gente—. Estaba desquiciada.»

No conseguía dormir bien. Incluso cuando intentaba relajarme, mi mente era una máquina que no se podía desconectar. Funcionaba sin interrupción hasta recalentarme el cerebro y dejarme los nervios destrozados.

La víspera había tratado de animar a Lucy, llevándola a cenar y a ver una película. Mientras estábamos en el restaurante y el cine, temí que, de un momento a otro, se disparara mi buscapersonas, y me pasé el rato comprobando cada dos por tres que las pilas estuvieran todavía cargadas.

No me fiaba del silencio.

A las tres de la tarde dicté dos informes de autopsia y destruí un montón de grabaciones de dictados. Mientras me dirigía al ascensor, oí que sonaba el teléfono de mi despacho y regresé a toda prisa para atenderlo.

Era Bill.

—¿Sigue en pie nuestra cita?

No pude decir que no.

—Me muero de ganas de verte —contesté con un entusiasmo que no sentía—. Pero no estoy muy segura de que merezca la pena que escribas a tu casa para hablarles de mí.

—Pues entonces no escribiré a mi casa.

Abandoné mi despacho.

Era un día soleado y caluroso. El césped que rodeaba el edificio de mi departamento estaba empezando a secarse y, mientras regresaba a casa en mi automóvil, oí por la radio que la cosecha de tomates se iba a perder en caso de que no lloviera. Había sido una primavera muy curiosa e inestable. Los días soleados y ventosos eran sustituidos por un siniestro ejército de negras nubes que cubrían inesperadamente el cielo. Los relámpagos estallaban de repente sobre la ciudad y la lluvia caía a cántaros. Era como arrojar un cubo de agua al rostro de un hombre sediento... todo ocurría con tanta rapidez que ni siquiera podía beber una gota.

A veces, me llamaban la atención ciertos paralelismos de la vida. Mis relaciones con Bill se parecían un poco al tiempo. Él irrumpía con fuerza mientras que yo aspiraba a una suave y apacible lluvia que pudiera apagar los anhelos de mi corazón. Quería ver a Bill aquella noche y no quería verle.

Fue puntual como siempre y se presentó exactamente a las cinco.

—Es bueno y es malo —comentó mientras ambos nos encontrábamos en el patio de atrás de mi casa, encendiendo el fuego de la parrilla.

—¿Malo? —pregunté—. No hablarás en serio, Bill.

El sol formaba un ángulo agudo y todavía calentaba, pero las nubes lo ocultaban de vez en cuando, haciéndonos pasar de la sombra a la luz. Se había levantado un poco el viento y parecía que iba a llover.

En mangas de camisa, Bill se enjugó el sudor de la frente y me miró con los ojos entornados. Una ráfaga de viento agitó las hojas de los árboles y se llevó una servilleta de papel al otro lado del patio.

—Malo porque el hecho de que se esté quieto puede significar que ha abandonado esta zona, Kay.

Nos apartamos de las brasas de la parrilla y bebimos cerveza directamente de la botella. No podía soportar la idea de que el asesino se hubiera ido a otro sitio. Lo quería tener allí. Por lo menos, estábamos familiarizados con su actuación. Mi mayor inquietud era que empezara a atacar en otras ciudades donde los investigadores y los forenses no supieran lo que yo sabía. Nada era más pernicioso para una investigación que una falta de coordinación entre las distintas jurisdicciones. Los policías defendían celosamente sus territorios. Cada investigador aspiraba a practicar la detención y creía que él sabría resolver el caso mejor que nadie hasta el extremo de considerar que un caso le pertenecía.

Supongo que yo tampoco me libraba de aquel defecto. Las víctimas se convertían en mis pupilas, y su única esperanza de alcanzar justicia era que el asesino fuera apresado y juzgado en mi territorio. Una persona sólo puede ser acusada de un determinado número de asesinatos, por lo que una condena en otro lugar podía impedir que fuera juzgado aquí. La idea era indignante. Sería como si los asesinatos de las mujeres de Richmond hubieran sido un mero ejercicio de precalentamiento y todos nuestros esfuerzos hubieran sido vanos. Puede que todo lo que me estaba ocurriendo también fuera vano.

Bill roció el carbón con un poco más de líquido de mechero. Se apartó de la parrilla y me miró con el rostro arrebolado por el calor.

—¿Qué tal tu ordenador? —me preguntó—. ¿Alguna novedad?

Vacilé. Era absurdo que tratara de disimular. Bill sabía que no había acatado la orden de Amburgey y que no había cambiado la contraseña ni hecho nada para «asegurar» mis datos. Bill estaba a mi lado cuando la noche del lunes había activado la respuesta módem, dejando conectado el eco como si quisiera invitar al transgresor a volver a probarlo. Tal como efectivamente quería que hiciera.

—Parece que nadie ha vuelto a tocar nada, si te refieres a eso.

—Curioso —musitó Bill, tomando otro sorbo de cerveza—. No tiene mucho sentido. Lo más lógico sería que la persona intentara recuperar el caso de Lori Petersen.

—No está introducido en el ordenador —le recordé—. No se introducirá ningún nuevo dato en el ordenador mientras los casos se hallen en fase de investigación activa.

—O sea que el caso no está en el ordenador. Pero ¿cómo podrá saberlo ella si no mira?

—¿Ella?

—Ella, él... quien sea.

—Bueno, pues ella... él... o quien sea lo intentó la primera vez y no pudo sacar el caso de Lori.

—Eso no tiene demasiado sentido, Kay —repitió Bill—. Bien mirado, tampoco tiene demasiado sentido que alguien lo intentara la primera vez. Cualquiera que tenga unos mínimos conocimientos sobre la entrada de datos en los ordenadores habría comprendido que un caso cuya autopsia se había practicado un sábado no era probable que estuviera el lunes en la base de datos de la oficina.

—Quien no se arriesga no gana —musité.

Me sentía nerviosa en compañía de Bill. No lograba relajarme ni entregarme por entero a lo que tendría que haber sido una agradable velada.

Unas gruesas chuletas escabechadas esperaban en la cocina al lado de una botella de vino tinto. Lucy estaba preparando la ensalada y se encontraba bastante animada teniendo en cuenta que no había recibido la menor noticia de su madre, la cual andaba por esos mundos de Dios con su ilustrador. En sus fantasías, la niña había empezado a creer que nunca tendría que irse e incluso había comentado lo bonito que sería cuando el «señor Boltz» y yo «nos casáramos».

Más tarde o más temprano, me vería obligada a estrellar sus sueños contra la dura roca de la realidad. Tendría que regresar a casa en cuanto su madre volviera a Miami, y Bill y yo no nos íbamos a casar.

Empecé a estudiar a Bill como si fuera la primera vez. Estaba contemplando con expresión ensimismada el carbón encendido y sostenía con ambas manos la botella de cerveza, mientras el vello de sus brazos brillaba como los dorados granos de polen iluminados por el sol. Le veía a través de un velo de humo y calor cada vez más tupido, el cual me parecía un símbolo de la creciente distancia que se interponía entre nosotros.

¿Por qué se había suicidado su mujer, utilizando su pistola? ¿Fue simplemente un gesto utilitario, porque la pistola de su marido era el medio que tenía más a mano para matarse? ¿O fue su manera de castigarle por unos pecados que yo ignoraba?

Su mujer se había disparado en el pecho estando incorporada en la cama... la cama que ambos compartían. Apretó el gatillo aquel lunes por la mañana a las pocas horas, tal vez a los pocos minutos, de haber hecho el amor con su marido. Su ERP había dado positivo en la prueba de esperma. Su cuerpo aún despedía unos leves efluvios de perfume cuando la examiné en el lugar de los hechos. ¿Qué debió de decirle Bill antes de salir hacia el trabajo?

«Que esta tierra cubra a Kay...»

Parpadeé y vi que Bill me estaba mirando fijamente.

—¿Dónde estabas? —me preguntó, rodeándome el talle con su brazo mientras yo percibía su aliento contra mi mejilla—. ¿Me dejas entrar?

—Estaba pensando.

—¿A propósito de qué? No me digas que es algo relacionado con el departamento...

Decidí soltarlo.

—Bill, faltan unos papeles en las carpetas de los casos que tú, Amburgey y Tanner estuvisteis examinando el otro día...

La mano que me acariciaba la región lumbar se quedó inmóvil. Noté su enojo en la presión de sus dedos.

—¿Qué papeles?

—Pues la verdad es que no estoy muy segura —repliqué temerosamente. No me atrevía a concretar, no me atrevía a mencionarle la etiqueta que faltaba en la ficha de Lori Petersen—. No sé si tal vez tú viste por casualidad que alguien recogía algo...

Bill apartó bruscamente el brazo y exclamó:

—Mierda. ¿Es que no puedes quitarte estos malditos casos de la cabeza aunque sólo sea por una maldita noche?

—Bill...

—Ya basta, ¿vale? —Bill se introdujo las manos en los bolsillos de sus pantalones cortos y apartó la mirada—. Por Dios bendito, Kay. Me estás volviendo loco. Ellas han muerto. Esas mujeres están totalmente muertas. Muertas. ¡Muertas! Entérate de una vez. Tú y yo estamos vivos. La vida sigue. O, por lo menos, tendría que seguir. Como no dejes de obsesionarte, estos casos acabarán contigo... acabarán con nosotros...

Aun así, mientras Bill y Lucy charlaban sobre cosas intrascendentes durante la cena, yo me pasé el resto de la velada prestando atención por si sonaba el teléfono. Esperaba que sonara. Esperaba una llamada de Marino.

Cuando sonó a primera hora de la mañana, la lluvia azotaba mi casa y yo estaba durmiendo aunque no a pierna suelta, pues mis fragmentarios e inquietantes sueños no me habían permitido descansar demasiado.

Busqué a tientas el teléfono.

No contestó nadie.

—¿Diga? —repetí, encendiendo la lámpara de la mesita.

Oí el murmullo de un televisor. Oí unas voces pronunciando unas frases que no pude entender. Colgué enfurecida mientras el corazón me latía con fuerza contra las costillas.

Nos encontrábamos a primera hora de la tarde del lunes. Estaba examinando los informes preliminares de laboratorio sobre los análisis que los científicos forenses estaban llevando a cabo arriba.

Habían otorgado a los casos de estrangulamiento la máxima prioridad. Todo lo demás (niveles de alcoholemia, muertes por consumo de drogas y barbitúricos) había quedado momentáneamente en suspenso. Cuatro científicos de primera estaban examinando las muestras de un residuo brillante que podía corresponder a un barato jabón en polvo utilizado en todos los lavabos públicos de la ciudad.

Los informes preliminares no eran demasiado alentadores. De momento, ni siquiera se podía decir gran cosa sobre la muestra conocida, es decir, el jabón Borawash que utilizábamos en el departamento. Aproximadamente un veinticinco por ciento estaba constituido por un «ingrediente inerte, un abrasivo», y el setenta y cinco por ciento restante era borato sódico. Lo sabíamos porque los químicos del fabricante nos lo habían dicho. El microscopio electrónico no era tan seguro. Bajo el microscopio electrónico, el borato sódico, el carbonato sódico y el nitrato sódico, por ejemplo, aparecían todos simplemente como sodio. Los leves vestigios del residuo brillante aparecían también como sodio. Es una afirmación tan vaga como decir que algo contiene trazas de plomo, el cual se halla presente en todas las partes, en el aire, en el terreno y en la lluvia. Jamás analizábamos la presencia de plomo en los residuos de los disparos por arma de fuego porque el resultado positivo no significaba nada.

En otras palabras, no todo lo que brillaba era bórax.

Los vestigios que habíamos descubierto en los cuerpos de las mujeres asesinadas podían corresponder a otra cosa, como, por ejemplo, nitrato sódico, el cual lo mismo puede ser un ingrediente de un fertilizante que un componente de la dinamita. También podía ser un carbonato cristalino como los que usan los fotógrafos para el revelado de fotografías. Teóricamente, el asesino habría podido pasar su jornada laboral en un cuarto oscuro, un invernadero o una granja. ¿Cuántas sustancias contienen sodio? Sólo Dios lo sabe.

Vander estaba examinando con el láser otros compuestos de sodio para ver si brillaban. Era una manera rápida de descartar elementos de nuestra lista.

Entre tanto, a mí se me habían ocurrido otras ideas. Quería averiguar qué otras personas o instituciones hacían pedidos de Borawash en el área metropolitana de Richmond, aparte el Departamento de Sanidad y Servicios Humanos. Decidí llamar al distribuidor de Nueva York. Hablé con una secretaria que me pasó al departamento de ventas, de donde me enviaron al departamento de contabilidad, el cual me envió al departamento de proceso de datos, desde donde me enviaron a la sección de relaciones públicas, la cual me pasó de nuevo con contabilidad. Allí tuve una discusión.

—Nuestra lista de clientes es confidencial. No estoy autorizado a facilitarle esta información. Usted es médico, ¿qué?

—Forense —contesté midiendo mis palabras—. Soy la doctora Scarpetta, jefa del Departamento de Medicina Legal de Virginia.

—Ah, ya. Son los que otorgan la licencia a los médicos y entonces...

—No. Investigamos defunciones.

Una pausa.

—¿Quiere decir esos que hacen pesquisas sobre las muertes?

Hubiera sido inútil explicarle que yo no era pesquisidor. Eso lo hacían unos funcionarios convenientemente elegidos que no solían ser patólogos forenses. En algunos estados el encargado de una gasolinera puede ser nombrado pesquisidor. Le dejé en su error, pero ello sólo sirvió para empeorar las cosas.

—No lo entiendo. ¿Insinúa tal vez que alguien ha dicho que el Borawash puede ser letal? Eso no es posible. Que yo sepa, no es tóxico. Nunca hemos tenido problemas de ese tipo. ¿Alguien lo ha ingerido? Tendré que ponerla con el supervisor...

Expliqué que en los escenarios de varios delitos relacionados entre sí se había descubierto una sustancia que posiblemente fuera el Borawash, pero que el jabón no tenía nada que ver con las muertes y que no me interesaba la posible toxicidad del producto. Le dije que, en caso necesario, conseguiría un mandamiento judicial que sólo serviría para hacernos perder más el tiempo a él y a mí. Oí el rumor de unas llaves mientras el hombre se dirigía a un ordenador.

—Creo que es eso lo que usted quiere que le envíe, señora. Tenemos setenta y tres nombres de clientes de Richmond.

—Sí, le agradecería mucho que me enviara la lista a la mayor brevedad posible. Pero, si es tan amable, tenga la bondad de leerme la lista por teléfono, por favor.

Sin demasiado entusiasmo, el hombre accedió a hacerlo, pero de poco sirvió. No reconocí casi ninguna de las empresas, exceptuando el Departamento de Vehículos Motorizados, el mercado de abastos de la ciudad y, naturalmente, el Departamento de Sanidad y Servicios Humanos. Colectivamente hablando, dichas empresas debían de incluir unas diez mil personas, desde jueces a abogados del estado y fiscales, todos los miembros del cuerpo de policía y todos los mecánicos de los garajes de la ciudad y el estado. Dentro de aquella multitud de gente se encontraba el señor Nadie con su manía por la higiene.

Poco después de las tres de la tarde, estaba regresando a mi escritorio con otra taza de café cuando Rose me pasó una llamada.

—Lleva bastantes horas muerta —dijo Marino.

Agarré el bolso y salí a escape.

11

❧ Según Marino, la policía aún no había encontrado a ningún vecino que hubiera visto a la víctima durante el fin de semana. Una amiga que trabajaba con ella la llamó el sábado y el domingo y no obtuvo respuesta. Al ver que no se presentaba para dar su acostumbrada clase de la una, la amiga avisó a la policía. Un oficial acudió al lugar de los hechos y, al rodear la casa, vio una ventana del segundo piso abierta de par en par.

La víctima convivía con alguien que, al parecer, estaba ausente de la ciudad.

La casa se encontraba a algo más de un kilómetro del centro, muy cerca de la universidad de la mancomunidad de Virginia, un vasto edificio en el que estudiaban más de veinte mil alumnos. Muchas de las escuelas y facultades universitarias ocupaban edificios victorianos restaurados y varios inmuebles de piedra arenisca del West Main. Las clases estivales estaban en pleno apogeo, y los estudiantes subían y bajaban por la calle en bicicleta. Se sentaban en las terrazas de los restaurantes tomando café y conversaban con sus amigos disfrutando de la tibieza de una soleada tarde de junio.

Henna Yarborough tenía treinta y un años y enseñaba periodismo en la escuela de Radiodifusión de la universidad, según me dijo Marino. En otoño se había trasladado a Richmond desde Carolina del Norte. No sabíamos nada más de ella, aparte del hecho de que había muerto y llevaba varios días muerta.

Había policías y reporteros por todas partes.

El tráfico circulaba muy despacio por delante de la casa de tres pisos de ladrillo rojo oscuro, en cuya entrada ondeaba una bandera azul y verde hecha a mano. En las ventanas había macetas con geranios blancos y rosas, y el tejado de pizarra color azul acero estaba adornado con un diseño floral amarillo pálido de estilo modernista.

La calle estaba tan abarrotada de gente que tuve que aparcar casi a media manzana de distancia. Observé que los reporteros estaban más apagados que de costumbre. Apenas se movieron cuando pasé. No me acercaron las cámaras y los micrófonos a la cara. Su comportamiento tenía un cierto aire castrense... severo, silencioso y visiblemente inquieto... como si intuyeran que aquél era el caso número cinco. Cinco mujeres como ellas mismas o como sus esposas y amantes, brutalmente maltratadas y asesinadas.

Un agente uniformado levantó la cinta amarilla que impedía franquear la puerta principal en lo alto de unos desgastados peldaños de granito. Entré a un oscuro vestíbulo y subí tres tramos de una escalera de madera. En el último rellano encontré al jefe superior de policía y a varios altos funcionarios, investigadores y agentes uniformados. Bill también estaba presente, cerca de una puerta abierta y mirando hacia el interior de una estancia. Vi que estaba muy pálido cuando sus ojos se cruzaron brevemente con los míos.

Apenas me fijé en él cuando me detuve a la entrada y miré hacia el interior del pequeño dormitorio del que se escapaba el acre hedor de la carne humana en descomposición, tan distinto de todos los demás olores de la Tierra. Marino se encontraba de espaldas a mí, abriendo los cajones de una cómoda y examinando con destreza los montones de prendas cuidadosamente dobladas.

En el primer cajón de la cómoda había unos frascos de perfume y cremas hidratantes, un cepillo para el cabello y una caja de rulos eléctricos. A la izquierda, se veía un escritorio con una máquina de escribir eléctrica, que semejaba una isla en medio de un mar de papeles y libros. Había más libros alineados en un estante alto y amontonados sobre el entarimado. La puerta de un lavabo aparecía entreabierta, y la luz estaba apagada. No había alfombras, ni cachivaches, ni fotografías ni cuadros en las paredes... como si el dormitorio no llevara mucho tiempo ocupado o como si su ocupante no tuviera intención de permanecer demasiado tiempo allí.

A mi derecha había una segunda cama. De lejos vi unas sábanas revueltas y una enmarañada mata de cabello oscuro. Mirando cuidadosamente por dónde pisaba, me acerqué a ella.

Tenía el rostro vuelto hacia mí, pero tan hinchado, congestionado y descompuesto que no pude adivinar cuál debía de ser su aspecto en vida; sólo se veía que era blanca y que tenía una mata de cabello castaño oscuro largo hasta la cintura. Estaba desnuda y descansaba sobre el lado izquierdo con las piernas dobladas y las manos fuertemente atadas a la espalda. Al parecer, el asesino había utilizado las cuerdas de una persiana. Los nudos y las ataduras resultaban estremecedoramente familiares. Una colcha azul oscuro estaba echada de cualquier manera sobre sus caderas en una muestra de frío desprecio. En el suelo, a los pies de la cama, estaba el pijama cuya chaqueta abrochada había sido cortada desde el cuello hasta el dobladillo mientras que los pantalones habían sido cortados por ambos lados.

Marino cruzó lentamente la estancia y se acercó a mí.

—Subió por la escalera —me dijo.

—¿Qué escalera? —pregunté.

Había dos ventanas. La más próxima a la cama estaba abierta.

—Pegada al muro exterior de ladrillo —me explicó Marino—, hay una vieja escalera de hierro contra incendios. Así es como entró. Los peldaños están oxidados. Parte de la herrumbre se desprendió y se puede ver en el antepecho de la ventana. Probablemente la llevaba adherida a los zapatos.

—Y debió de salir por el mismo sitio —deduje yo.

—No lo sabemos con certeza, pero parece que sí. La puerta de abajo estaba cerrada. Tuvimos que derribarla. En el jardín —añadió Marino, mirando de nuevo hacia la ventana—, la hierba está muy crecida bajo la escalera. No hay huellas. El sábado por la noche cayó un aguacero y eso no nos facilita precisamente la labor.

—¿No hay aire acondicionado? —pregunté.

Me notaba un hormigueo en la piel; la estancia resultaba húmeda y sofocante, toda ella impregnada de podredumbre.

—No. Y ni siquiera hay ventiladores. Ni uno solo.

Marino se pasó una mano por el arrebolado rostro. El cabello se le pegaba a la sudorosa frente; tenía los ojos inyectados en sangre y orlados de oscuras sombras. Cualquiera habría dicho que llevaba una semana sin dormir ni cambiarse de ropa.

—¿La ventana estaba cerrada? —pregunté.

—Las dos estaban abiertas... —Su rostro se contrajo en una expresión de asombro mientras ambos nos volvíamos simultáneamente hacia la puerta—. Pero ¿qué demonios...?

Una mujer estaba gritando a pleno pulmón en el recibidor situado dos pisos más abajo. Se oían movimientos de pies y unas voces masculinas discutiendo.

—¡Fuera de mi casa! Oh, Dios mío... ¡Fuera de mi casa, maldito hijo de puta! —gritó la mujer.

Marino pasó bruscamente por mi lado y enseguida oí resonar sus pisadas por los peldaños de madera. Me pareció que le decía algo a alguien y enseguida cesaron los gritos y las voces se convirtieron en un murmullo.

Inicié el examen externo del cuerpo.

La mujer estaba a la misma temperatura que la habitación, y la rigidez cadavérica ya había desaparecido. Se había enfriado inmediatamente después de la muerte y posteriormente, coincidiendo con la subida de la temperatura exterior, la temperatura de su cuerpo también había subido. Finalmente, la rigidez se esfumó, como si el sobresalto inicial de la muerte hubiera desaparecido a medida que pasaban las horas.

No tuve que apartar demasiado la colcha para ver lo que había debajo. Por un instante, dejé de respirar y el corazón pareció detenerse en mi pecho. Volví a colocar cuidadosamente la colcha en su sitio y empecé a quitarme los guantes. No podía hacer nada más. Absolutamente nada.

Cuando oí que Marino subía de nuevo por la escalera, me volví para recordarle que el cuerpo tendría que ser enviado al depósito de cadáveres envuelto en las sábanas. Pero las palabras se me congelaron en la garganta. El asombro me había dejado sin habla.

En la puerta, al lado de Marino, estaba Abby Turnbull. Pero ¿qué demonios se había creído Marino? ¿Acaso había perdido el juicio? Abby Turnbull, la mordaz reportera a cuyo lado los tiburones parecían pececitos de colores.

Entonces observé que calzaba sandalias y vestía unos pantalones vaqueros y un blusón blanco. Llevaba el cabello recogido hacia atrás y no iba maquillada. No sostenía en sus manos ninguna grabadora y no llevaba ningún cuaderno de notas, simplemente una bolsa de lona. Su rostro se contrajo en una mueca de terror mientras clavaba los ojos en la cama.

—¡No, Dios mío! —exclamó, cubriéndose la boca con la mano.

—Entonces es ella —dijo Marino en voz baja.

Abby se acercó un poco más sin apartar los ojos de la cama.

—Dios mío. Henna. Oh, Dios mío...

—¿Ésta era su habitación?

—Sí. Sí. Oh, Dios mío, qué horror...

Marino hizo un gesto con la cabeza, indicándole a un agente uniformado, a quien yo no podía ver desde el lugar en que me encontraba, que subiera y acompañara a Abby Turnbull fuera de la estancia. Oí las pisadas en la escalera y los gemidos de Abby.

—¿Sabe lo que está haciendo? —le pregunté a Marino en voz baja.

—Mire, yo siempre sé lo que hago.

—Era ella la que gritaba —añadí—. ¿Le gritaba a la policía?

—No. Boltz acababa de bajar. Le gritaba a él.

—¿Boltz?

No podía pensar con claridad.

—Y la verdad es que no se lo reprocho —dijo Marino con aire indiferente—. Ésta es su casa. No le reprocho que no quiera vernos revolver toda su casa y que le moleste que no la dejemos entrar...

—¿Boltz? —volví a preguntar estúpidamente—. ¿Boltz le ha dicho que no podía entrar?

—Y otros dos tíos. —Un encogimiento de hombros—. Será difícil convencerla. Está totalmente trastornada. —Marino miró de nuevo hacia el cuerpo tendido en la cama y añadió—: Esta chica es su hermana.

El salón del segundo piso estaba lleno de sol y de macetas de plantas. Había sido recientemente decorado con piezas muy caras. El suelo de parquet estaba casi enteramente cubierto por una alfombra india con un diseño geométrico en pálidos tonos azul y verde sobre fondo blanco, y los muebles eran de color blanco con pequeños almohadones de colores pastel. En las blancas paredes colgaba una envidiable colección de grabados abstractos del artista de Richmond Gregg Garbo. Era una estancia muy poco acogedora, que Abby habría proyectado sin tener en cuenta las necesidades de los demás, sino tan sólo las suyas propias. Una gélida atmósfera que denotaba éxito y carencia de sentimientos y que estaba muy en consonancia con la imagen que yo me había forjado de su dueña.

Acurrucada en un rincón del blanco sofá de cuero, Abby estaba fumando un largo y fino cigarrillo. Nunca la había visto de cerca y su aspecto era tan curioso que resultaba sorprendente. Poseía unos ojos irregulares, uno de ellos más verde que el otro, y sus carnosos labios no parecían pertenecer al mismo rostro que la larga y fina nariz. El cabello castaño le rozaba apenas los hombros, tenía unos altos y pronunciados pómulos y unas finas arrugas le rodeaban los ojos y la boca. Era alta, espigada y de piernas muy largas. Debía de tener mi edad poco más o menos.

Nos miró con unos ojos vidriosos semejantes a los de un cervatillo asustado.

Un agente uniformado se retiró, y Marino cerró suavemente la puerta.

—No sabe cuánto lo siento... Sé lo duro que es eso para usted... —dijo, recitando las frases que solía pronunciar en circunstancias similares.

Después subrayó en tono pausado la importancia de que ella contestara a todas las preguntas y recordara con el mayor detalle posible todo lo relacionado con su hermana... sus amigos, sus costumbres y demás. Abby permaneció sentada en silencio. Yo me senté frente a ella.

—Tengo entendido que no estaba usted en la ciudad —dijo Marino.

—Sí. —La voz le tembló y ella se estremeció como si tuviera frío—. Me fui el viernes por la tarde para asistir a una reunión en Nueva York.

—¿Qué clase de reunión?

—Sobre un libro. Estoy negociando las condiciones del contrato para escribir un libro. Me reuní con mi agente y me hospedé en casa de una amiga.

La grabadora de microcasetes se puso a girar en silencio encima de la mesita auxiliar de cristal. Abby la miró sin verla.

—¿Mantuvo usted algún contacto con su hermana desde Nueva York?

—Intenté llamarle anoche, para decirle a qué hora llegaría mi tren. —Abby respiró hondo—. Al no obtener respuesta, me extrañé un poco. Después pensé que habría ido a algún sitio. No volví a llamarle al llegar a la estación. Sabía que esta tarde tenía unas clases. Tomé un taxi. No tenía ni idea de lo ocurrido. Cuando llegué aquí y vi tantos coches y la policía...

—¿Cuánto tiempo hacía que su hermana vivía con usted?

—El año pasado se separó de su marido. Quería cambiar de aires y disponer de un poco de tiempo para pensar. Le dije que viniera aquí. Le dije que podría vivir conmigo hasta que se arreglara su situación o decidiera regresar junto a él. Eso fue en otoño. A finales de septiembre. Se vino a vivir conmigo y empezó a trabajar en la universidad.

—¿Cuándo la vio usted por última vez?

—El viernes por la tarde —contestó Abby, levantando la voz sin conseguir evitar que ésta se le quebrara.

De pronto, se le llenaron los ojos de lágrimas.

Marino se sacó un arrugado pañuelo de un bolsillo posterior y se lo entregó.

—¿Tiene usted alguna idea de cuáles eran sus planes para el fin de semana?

—Trabajar. Me dijo que se quedaría en casa y prepararía las clases. Que yo sepa, no tenía ningún plan. Henna no era muy sociable, tenía uno o dos amigos, también profesores. Quería preparar las clases y me dijo que haría la compra el sábado. Eso es todo.

—¿Y dónde pensaba hacer la compra? ¿En qué establecimiento?

—No tengo ni idea, pero no importa. Sé que no la hizo. El otro policía me acompañó hace un minuto a echar un vistazo a la cocina. No fue a comprar. El frigorífico está tan vacío como yo lo dejé. Debió de ocurrir el viernes por la noche. Como las otras. Yo me he pasado todo el fin de semana en Nueva York y ella estaba aquí. Estaba aquí de esta manera.

Nadie dijo nada por un instante. Marino miró a su alrededor con expresión impenetrable. Abby encendió un cigarrillo con trémulas manos y se volvió hacia mí.

Sabía lo que me iba a preguntar antes incluso de que abriera la boca.

—¿Es como las otras? Sé que la ha examinado. —Vaciló, tratando de serenarse. Parecía un violento temporal a punto de desencadenarse cuando me preguntó en voz baja—: ¿Qué le hizo?

Sin poderlo remediar, tuve que darle mi respuesta de siempre.

—No podré decirle nada hasta que la haya examinado con una buena iluminación.

—¡Por el amor de Dios, es mi hermana! —gritó Abby—. ¡Quiero saber lo que le ha hecho ese animal! ¡Oh, Dios mío! ¿Cree que sufrió? Dígame, por favor, que no sufrió...

La dejamos llorar para que se desahogara y se librara de la profunda angustia que sentía. Su dolor era tan hondo que ningún ser humano habría podido llegar hasta ella. Permanecimos sentados sin decir nada. Marino la estudió fijamente con su impenetrable mirada.

En momentos como aquél, me molestaba tener que interpretar el frío y cínico papel de la consumada profesional incapaz de conmoverse ante la aflicción de otra persona. ¿Qué habría podido decir? ¡Pues claro que había sufrido! Cuando lo vio en su habitación, cuando empezó a comprender lo que iba a ocurrir, su terror debió de ser inmenso, precisamente por lo que había leído en la prensa a propósito de las mujeres asesinadas y por los estremecedores relatos escritos por su propia hermana. Y el dolor físico debió de ser atroz.

—Muy bien. Ya veo que no me lo va a decir —dijo Abby, hablando en rápidas frases sincopadas—. Ya sé lo que ocurre. No me lo va a decir. Ella es mi hermana, pero usted no me lo va a decir. Se guarda todas las cartas en la manga. Ya sé lo que ocurre. ¿Y para qué? ¿A cuántas mujeres tendrá que asesinar ese hijo de puta? ¿Seis? ¿Diez? ¿Cincuenta? Puede que entonces la policía empiece a comprenderlo.

Marino seguía sin quitarle los ojos de encima.

—No le eche la culpa a la policía, señorita Turnbull. Nosotros estamos de su parte, tratamos de ayudar...

—¡Exactamente! —le cortó Abby—. ¡Menuda ayuda la suya! ¡Sirvió de bien poco la pasada semana! ¿Dónde mierda estaban ustedes entonces?

—¿La semana pasada? ¿A qué se refiere usted en concreto?

—Me refiero al sinvergüenza que me siguió hasta mi casa cuando salí del periódico —contestó Abby—. Lo tuve constantemente encima, me siguió a todas partes. Entré incluso en una tienda para librarme de él. Salí veinte minutos más tarde y todavía estaba allí. ¡El maldito coche de antes! ¡Siguiéndome! Llego a casa y aviso inmediatamente a la policía. ¿Y qué hace la policía? Nada. Se presenta un oficial dos horas más tarde para comprobar que no pasa nada. Le facilito una descripción e incluso le indico el número de matrícula del automóvil. ¿Se hizo alguna investigación al respecto? Qué va, no me han dicho ni una palabra. ¡Tengo la fundada sospecha de que el cerdo de aquel coche es el que le ha hecho eso a mi hermana! Ella ha muerto. La han asesinado. ¡Y todo porque un policía de mierda no quiso tomarse ninguna molestia!

Marino la estudió con interés.

—¿Cuándo fue eso exactamente?

Abby vaciló.

—El martes, creo, el martes de la semana pasada. Tarde, sobre las diez o diez y media de la noche. Trabajé hasta muy tarde en la redacción, tenía que terminar un reportaje...

—Corríjame si me equivoco —dijo Marino, desconcertado—, pero yo creía que usted trabajaba en el turno de noche, de seis de la tarde a dos de la madrugada o algo así.

—Aquel martes me sustituía otro reportero. Acudí al periódico durante el día para terminar un trabajo que tenía que publicarse en la siguiente edición.

—De acuerdo. Bueno, pues, ese automóvil, ¿cuándo empezó a seguirla?

—Es difícil saberlo. No me di cuenta hasta varios minutos después de haber salido del parking. A lo mejor, me estaba esperando. A lo mejor, me vio en determinado momento. No lo sé. Pero se pegó a mi guardabarros con los faros delanteros encendidos. Yo aminoré la marcha con la esperanza de que me adelantara. Él también la aminoró. Aceleré. Él también. No podía quitármelo de encima. Decidí ir a comprar algo a Farm Fresh. No quería que me siguiera hasta casa. Pero me siguió. A lo mejor, pasó por delante de la tienda y después regresó y me esperó en el parking o en alguna calle adyacente. Me esperó hasta que salí y me alejé de allí.

—¿Está usted segura de que era el mismo vehículo?

—Un Cougar nuevo de color negro. Estoy absolutamente segura. Tengo un contacto en el registro de vehículos y pedí que me comprobaran la matrícula puesto que la policía no había querido tomarse la molestia de hacer nada. Es un automóvil de alquiler. Tengo la dirección de la empresa y el número de la matrícula, si le interesa.

—Sí, me interesa —dijo Marino.

Abby rebuscó en su bolso y sacó una hoja de papel doblada. Le temblaba la mano cuando se la entregó a Marino.

Éste le echó un vistazo y se la guardó en el bolsillo.

—Y después, ¿qué? ¿El automóvil la siguió hasta su casa?

—No pude impedirlo. No podía pasarme la noche dando vueltas por ahí. No podía hacer absolutamente nada. Vio dónde vivo. Entré y me fui directamente al teléfono. Supongo que debió de pasar por delante de la casa y se fue. Cuando me asomé a la ventana, ya no le vi.

—¿Había visto aquel automóvil alguna otra vez?

—No lo sé. He visto Cougars negros muchas veces. Pero no puedo asegurar que haya visto precisamente ése.

—¿Pudo ver al conductor?

—Estaba demasiado oscuro y él circulaba detrás de mí. Pero sé que en el automóvil sólo viajaba una persona. Él, el conductor.

—¿Él? ¿Está segura?

—Lo único que vi fue una forma voluminosa, alguien que llevaba el cabello corto, ¿entiende? Pues claro que era él. Fue horrible. Estaba rígidamente sentado a mi espalda. Sólo aquella forma, mirándome fijamente. Pegado a mi guardabarros. Se lo dije a Henna. Se lo comenté. Le dije que tuviera cuidado, que vigilara y que, si veía un Cougar negro en las inmediaciones de la casa, llamara al 911. Ella sabía lo que estaba sucediendo en la ciudad. Los asesinatos. Habíamos hablado de todo eso. ¡Dios bendito! ¡No puedo creerlo! ¡Ella lo sabía! ¡Le dije que no dejara las ventanas abiertas! ¡Que tuviera mucho cuidado!

—O sea que tenía la costumbre de dejar una o dos ventanas abiertas.

Abby asintió con la cabeza, enjugándose las lágrimas.

—Siempre dormía con las ventanas abiertas. Aquí hace mucho calor a veces. Estaba a punto de instalar aire acondicionado, pensaba hacerlo en julio. Me mudé a esta casa poco antes de que ella viniera. En agosto. Había muchas cosas que hacer, y el otoño y el invierno no estaban tan lejos. Oh, Dios mío. Mira que se lo dije. Pero ella vivía en su propio mundo. Se olvidaba de las cosas. No lograba metérselas en la cabeza. De la misma manera que nunca conseguí que se abrochara el cinturón de seguridad. Es mi hermana pequeña. Nunca le ha gustado que le dijera lo que tenía que hacer. Las cosas le resbalaban, como si no las oyera. Se lo había dicho. Le había comentado las cosas que pasaban. No sólo los asesinatos sino también las violaciones, los atracos y todo lo demás. Pero ella se impacientaba, no quería ni escucharme.

»—Oh, Abby —me decía—, tu sólo ves el lado malo. ¿No podríamos hablar de otra cosa?

»Yo tengo una pistola. Le dije que la guardara cerca de su cama cuando yo no estuviera en casa. Pero no quiso ni tocarla. No hubo manera. Me ofrecí a enseñarle a disparar, le dije que le compraría una para ella. Pero ¡no hubo manera! ¡Y ahora esto! ¡Ha muerto! ¡Oh, Dios mío! ¡Todas estas cosas que usted quiere que le cuente sobre ella y sus costumbres y todo lo demás ya no sirven de nada!

—Todo sirve...

—¡Nada sirve porque yo sé que él no iba por ella! ¡Ni siquiera la conocía! ¡Iba por mí!

Silencio.

—¿Qué la induce a pensarlo? —preguntó sosegadamente Marino.

—Si el que viajaba en el coche negro es él, sé que iba por mí. Quienquiera que sea, yo soy la que ha estado escribiendo cosas sobre él. Ha visto mi nombre, encabezando los reportajes. Sabe quién soy.

—Tal vez.

—¡Por mí! ¡Iba por mí!

—Puede que usted fuera su objetivo —dijo Marino en tono desapasionado—. Pero no lo sabemos con certeza, señorita Turnbull. Yo tengo que considerar todas las posibilidades; quizá vio a su hermana en alguna parte, a lo mejor en el campus de la universidad, en alguna tienda o en algún restaurante. A lo mejor, no sabía que convivía con alguien, sobre todo si la siguió mientras usted estaba en su trabajo... o si la siguió de noche y la vio entrar cuando usted no estaba en casa, quiero decir. Puede que no tuviera ni la más remota idea de que usted era su hermana. Podría ser una coincidencia. ¿Frecuentaba su hermana algún lugar en concreto, un restaurante, un bar, algún sitio así?

Enjugándose nuevamente los ojos, Abby trató de recordar.

—Había una charcutería en Ferguson, a dos pasos de la escuela. La escuela de Radiodifusión. Almorzaba allí una o dos veces por semana, creo. No iba a los bares. De vez en cuando comíamos en el Angela's, del Southside, pero siempre íbamos juntas... nunca iba sola. Puede que visitara otras tiendas, no lo sé. No sé todo lo que hacía a cada minuto del día.

—Dice usted que vino aquí el pasado mes de agosto. ¿Se iba alguna vez a pasar el fin de semana fuera o cosas así?

—¿Por qué? —preguntó Abby, perpleja—. ¿Cree que la siguió alguien de fuera de la ciudad?

—Estoy tratando simplemente de establecer cuándo estaba aquí y cuándo no.

—El jueves pasado —dijo Abby con trémula voz— regresó a Chapel Hill a ver a su marido y estuvo algún tiempo con una amiga. Permaneció fuera casi toda la semana y volvió el miércoles. Hoy empezaban las clases, el primer día de clase del ciclo de verano.

—¿El marido ha venido aquí alguna vez?

—No —contestó Abby en tono abatido.

—Tiene un historial de malos tratos y de actos de violencia contra ella...

—¡No! —gritó Abby—. ¡Jeff no le ha hecho eso a mi hermana! ¡Ambos querían que se celebrara un juicio de separación! ¡No existía la menor hostilidad entre ellos! ¡El cerdo que ha hecho eso es el mismo cerdo que lo ha estado haciendo con otras!

Marino estudió la grabadora de la mesita. Una lucecita roja estaba parpadeando.

Rebuscó en los bolsillos de su chaqueta y puso cara de contrariedad.

—Tendré que regresar al coche un momento.

Nos dejó solas a Abby y a mí en el salón inmaculadamente blanco.

Se produjo un prolongado y embarazoso silencio antes de que Abby me mirara.

Tenía los ojos inyectados en sangre y el rostro congestionado.

—No sabe cuántas veces he querido hablar con usted —me dijo con amarga tristeza—. Y ahora va y me ocurre eso precisamente a mí. Seguramente se alegra en su fuero interno. Sé la opinión que le merezco. Seguramente piensa que me está bien empleado. Ahora siento en mi propia carne lo que deben de sentir las personas sobre las cuales escribo. Justicia poética.

El comentario me llegó muy adentro.

—Abby —le dije, conmovida—, esto no le está bien empleado. Jamás se lo desearía ni a usted ni a nadie.

Mirándose las manos fuertemente apretadas en puño, añadió con profundo dolor:

—Cuídela, por favor. Cuide de mi hermana, se lo ruego. Oh, Dios mío. Cuide de Henna, por favor...

—Le prometo que cuidaré de ella...

—¡No puede usted permitir que ése salga bien librado! ¡No puede permitirlo!

No supe qué decir.

Cuando me miró, me sobrecogí de espanto al ver el terror que reflejaban sus ojos.

—Ya no entiendo nada. No entiendo lo que está pasando.

Todas las cosas que se dicen. Y eso que ha ocurrido. Lo intenté. Intenté averiguarlo, intenté averiguarlo a través de usted. Y
ahora, eso. ¡Ya no sé quiénes somos nosotros y quiénes son
ellos!

—Creo que no la entiendo, Abby —dije en tono pausado—. ¿Qué intentó usted averiguar a través de mí?

—Aquella noche —contestó Abby—. A principios de semana. Intenté hablar de eso con usted. Pero él estaba allí...

Lo recordé vagamente.

—¿Qué noche? —pregunté en un susurro.

Me miró confusa, como si no pudiera recordarlo.

—El miércoles —contestó—. El miércoles por la noche.

—Usted se acercó a mi casa a última hora de aquella noche,
pero se fue enseguida, ¿verdad? ¿Por qué?

—Usted... —balbuceó Abby— tenía compañía.

Bill. Recordé que habíamos permanecido un momento
bajo la luz de la lámpara del porche. Resultábamos claramente
visibles y el automóvil de Bill estaba aparcado en mi calzada
particular. Fue ella. Fue Abby la que se acercó aquella noche y
me vio con Bill, pero eso no justificaba su reacción. ¿Por qué se
asustó? El hecho de apagar los faros delanteros y dar bruscamente marcha atrás fue algo así como un reflejo visceral.

—Esas investigaciones —dijo Abby—. He oído cosas. Rumores. La policía no puede hablar. Nadie puede hablar. Algo
habrá fallado y por eso todas las llamadas se desvían a Amburgey. ¡Tenía que hablar con usted y preguntárselo! Y ahora dicen que usted cometió un fallo con los análisis serológicos de
la cirujana... el caso de Lori Petersen. Dicen que toda la investigación se ha estropeado por culpa de su departamento y que,
de no haber sido por eso, a esta hora la policía ya habría podido atrapar al asesino... —Me miró con angustiada furia—.
Tengo que saber si es cierto. ¡Tengo que saberlo! ¡Tengo que
saber lo que va a ocurrir con mi hermana!

¿Cómo se había enterado de la existencia de aquel ERP
erróneamente etiquetado? No era posible que Betty se lo hubiera dicho. Sin embargo, Betty había terminado los análisis

serológicos de los portaobjetos, y las copias (todas las copias de todos los informes de laboratorio) se enviaban directamente a Amburgey. ¿Se lo habría dicho él a Abby? ¿Se lo habría dicho alguien de su despacho? ¿Se lo habría dicho Amburgey a Tanner? ¿Se lo habría dicho a Bill?

—¿Cómo se ha enterado?

—Yo me entero de muchas cosas —contestó Abby con trémula voz.

Contemplé su afligido rostro y su cuerpo encogido por el dolor y el sufrimiento.

—Abby —dije serenamente—, estoy segura de que usted se entera de muchas cosas, pero también estoy segura de que muchas de ellas no son ciertas. O, mejor dicho, aunque contengan una parte de verdad, la interpretación es engañosa y quizá convendría que usted se preguntara por qué razón le dice alguien esas cosas y cuáles son los verdaderos motivos de esa persona.

—Yo simplemente quiero saber si es cierto lo que me han dicho. Si su departamento ha cometido un fallo.

No sabía qué contestarle.

—Le diré de entrada que lo voy a averiguar de todos modos. No me subestime, doctora Scarpetta. La policía ha cometido fallos mayúsculos. No crea que no lo sé. Cometió un fallo cuando aquel maldito sinvergüenza me siguió hasta mi casa. Y cometió un fallo con Lori Petersen cuando ella marcó el 911 y nadie acudió hasta casi una hora más tarde. ¡Cuando ella ya estaba muerta!

No pude disimular mi asombro.

—Cuando eso se divulgue —añadió Abby con los ojos llenos de lágrimas—, ¡la ciudad lamentará el día que yo nací! ¡La gente lo pagará muy caro! ¡Me encargaré de que paguen los que tengan que pagar! ¿Y sabe usted por qué?

La miré en silencio.

—¡Pues porque a los que mandan les importa una mierda que las mujeres sean violadas y asesinadas! Los mismos hijos de puta que investigan los casos salen por ahí y van a ver películas donde se viola, estrangula y golpea a las mujeres. Eso les parece sexualmente atractivo. Les gusta verlo en las revistas. Sueñan despiertos. Probablemente se excitan contemplando las imágenes. Los policías bromean sobre estas cosas. Yo los oigo. Los oigo en los escenarios de los delitos. ¡Los oigo en las salas de urgencias!

—Pero no hablan en serio —dije, notándome la boca seca—. Es una de las maneras que ellos tienen de afrontar estas situaciones.

Alguien estaba subiendo por la escalera.

Mirando furtivamente hacia la puerta, Abby abrió su bolso, sacó una tarjeta de visita y garabateó un número en ella.

—Por favor. Si puede decirme algo cuando... cuando ya lo haya hecho... —Respiró hondo—. ¿Me querrá llamar? —dijo, entregándome la tarjeta—. Es el número de mi busca. No sé dónde estaré. No en esta casa, por lo menos durante algún tiempo. Y puede que nunca más.

Marino ya estaba de vuelta.

Abby le miró enfurecida.

—Ya sé lo que me va a preguntar —dijo mientras él cerraba la puerta—. Y la respuesta es no. No había ningún hombre en la vida de Henna, nadie de Richmond. No se veía con nadie, no se acostaba con nadie.

Sin decir nada, Marino introdujo una nueva cinta en la grabadora y pulsó el botón de grabar.

—¿Y usted, señorita Turnbull? —preguntó, mirándola fijamente.

El aliento se le quedó atascado en la garganta. Tartamudeando, Abby contestó:

—Tengo una estrecha relación con una persona de Nueva York. No es nadie de aquí. Tengo muchas relaciones, pero son por cuestiones puramente de trabajo.

—Comprendo. ¿Y cuál es exactamente su definición de una cuestión de trabajo?

—¿Qué quiere usted decir? —preguntó Abby, mirando aterrada a su alrededor.

Marino pareció reflexionar un instante y después dijo con aire indiferente:

—Lo que yo me pregunto es si usted sabe que ese «sinvergüenza» que la siguió hasta su casa la otra noche lleva varias semanas vigilándola. El tipo del Cougar negro. Bueno, pues es un policía. De paisano; está adscrito a la brigada Antivicio.

Abby le miró con incredulidad.

—Mire —añadió Marino—, por eso nadie se preocupó cuando usted llamó para denunciarlo, señorita Turnbull. Mejor dicho, yo me hubiera preocupado porque este hombre tendría que haber sido más hábil. Lo que quiero decir es que, cuando se sigue a una persona, esa persona no tiene que darse cuenta.

Marino se expresaba cada vez con más dureza y con palabras más cortantes.

—Lo que ocurre es que ese policía no la conocía muy bien. Cuando he bajado al coche hace un momento, lo he localizado por radio y le he cantado las cuarenta. Reconoce que la estuvo hostigando deliberadamente, que se le fue la mano la otra noche cuando la siguió.

—Pero ¿eso qué es? —gritó Abby indignada—. ¿Me estaba hostigando porque soy una reportera?

—Bueno, hay una circunstancia un poco más personal, señorita Turnbull. —Marino encendió pausadamente un cigarrillo—. ¿Recuerda que hace un par de años publicó usted un gran reportaje de denuncia contra aquel policía de la brigada Antivicio que se introdujo en el negocio del contrabando de droga y fue detenido por posesión de cocaína? Seguro que lo recuerda. Acabó comiéndose su revólver de reglamento, se saltó la maldita tapa de los sesos. Aquel policía era compañero del tipo que la siguió. Pensamos que su interés por usted sería un estímulo para que hiciera un buen trabajo. Pero, al parecer, se pasó un poco...

—¡Usted! —gritó Abby con incredulidad—. ¿Usted le pidió que me siguiera? ¿Por qué?

—Se lo voy a decir. Puesto que a mi amigo se le fue la

mano, la cosa ya no tiene remedio. Al final, usted habría averiguado que era policía. Mejor poner todas las cartas sobre la mesa aquí mismo en presencia de la doctora puesto que, en cierto modo, también la concierne a ella.

Abby me miró con expresión trastornada. Marino sacudió con mucha calma la ceniza de su cigarrillo.

—Ocurre que el Departamento de Medicina Legal está sometido actualmente a una fuerte presión a causa de las presuntas filtraciones a la prensa, lo cual significa filtraciones directas a usted, señorita Turnbull —dijo Marino dando otra calada al cigarrillo—. Alguien ha estado manipulando el ordenador de la doctora y Amburgey le está apretando las tuercas, le ha causado muchos problemas y le ha lanzado muchas acusaciones. Yo tengo otra opinión. Creo que las filtraciones no tienen nada que ver con el ordenador. Creo que alguien ha estado manipulando el ordenador para que parezca que la información procede de allí para disimular el hecho de que la única base de datos que se ha tocado es la que hay entre las dos orejas de Bill Boltz.

—¡Eso es una locura!

Marino siguió fumando sin apartar los ojos de Abby. Disfrutaba viéndola retorcerse en aquella apurada situación.

—¡Yo no tengo absolutamente nada que ver con la manipulación de ningún ordenador! —estalló Abby—. Aunque supiera hacer semejante cosa, ¡jamás en mi vida lo habría hecho! ¡No puedo creerlo! Mi hermana ha muerto... Jesús... —exclamó con lágrimas en los ojos—. ¡Oh, Dios míos! ¿Qué tiene eso que ver con Henna?

—Ya estoy casi a punto de no tener ni idea de quién o qué tiene algo que ver con nada. Yo lo que sé es que algunas de las cosas que usted ha publicado no son del dominio público. Alguien está poniendo trabas a la investigación entre bastidores. Tengo curiosidad por saber qué motivo impulsa a esa persona a hacer tal cosa a menos que tenga algo que ocultar o algo que ganar.

—No sé adónde quiere ir a parar...

—Mire —la interrumpió Marino—, me pareció un poco raro que hace unas cinco semanas, inmediatamente después del segundo estrangulamiento, usted publicara un gran reportaje a doble plana sobre Boltz, un reportaje del tipo «un día-en-la-vida-de». Una magnífica semblanza de este chico de oro que cuenta con tantas simpatías en la ciudad. Usted y él pasan un día juntos, ¿verdad? Casualmente aquella noche yo estaba por ahí y les vi salir juntos del Franco's sobre las diez. Los policías somos muy entrometidos, sobre todo cuando no tenemos otra cosa mejor que hacer, ¿sabe?, cuando las calles están tranquilas y todo eso. Decidí seguirles...

—Ya basta —musitó Abby, sacudiendo la cabeza—. ¡Ya basta!

Marino no le hizo caso.

—Boltz no la acompaña al periódico. La acompaña a su casa, y cuando vuelvo a pasar por aquí varias horas más tarde... ¡premio! El elegante Audi blanco aún está aparcado y las luces de la casa están apagadas. Mira por dónde, inmediatamente después empiezan a aparecer unos jugosos detalles en sus reportajes. Supongo que eso es lo que usted llama una relación profesional.

Abby temblaba de pies a cabeza y se cubría el rostro con las manos. No podía mirarla. Tampoco podía mirar a Marino. Estaba tan trastornada que ni siquiera me daba cuenta... de la injustificada crueldad que suponía el hecho de azotarla con aquellas revelaciones después de lo que había ocurrido.

—Yo no me acosté con él. —Le temblaba tanto la voz que apenas podía hablar—. De veras que no. No quería. Él... se aprovechó de mí.

—Muy bien —dijo Marino, soltando un bufido.

Abby levantó la cabeza y cerró brevemente los ojos.

—Me pasé todo el día con él. La última reunión a la que asistimos no terminó hasta las siete de la tarde. Yo le invité a cenar, le dije que pagaría la cuenta el periódico. Fuimos al Franco's. Tomé tan sólo un vaso de vino, nada más. Pero se me subió a la cabeza. Apenas recuerdo cuándo abandonamos el restaurante. Sólo recuerdo que subí a su automóvil. Él me tomó la mano y me dijo que jamás lo había hecho con una reportera de sucesos. No recuerdo nada de lo que ocurrió aquella noche. Me desperté temprano a la mañana siguiente. Él aún no se había marchado...

—Por cierto —dijo Marino, apagando la colilla del cigarrillo—. ¿Dónde estaba su hermana cuando sucedió todo eso?

—Aquí. En su habitación, supongo. No me acuerdo. No importa. Nosotros estábamos abajo. En el salón. En el sofá, en el suelo, no me acuerdo... ¡ni siquiera sé si mi hermana se enteró!

Marino la miró con desagrado.

—No podía creerlo —añadió Abby histéricamente—. Me asusté mucho porque me encontraba mal, como si hubiera tomado un veneno. Lo único que se me ocurre pensar es que, cuando me levanté para ir al lavabo de señoras en determinado momento de la cena, me debió de echar algo en el vino. Me tenía atrapada. Sabía que no acudiría a la policía. ¿Quién me iba a creer si hubiera llamado, diciendo que el fiscal de la mancomunidad... había hecho una cosa así? ¡Nadie! ¡Nadie me hubiera creído!

—Entérese bien de una cosa —dijo Marino—. Es un hombre muy guapo que no necesita echarle nada en el vino a una mujer para que ésta suelte la mercancía.

—¡Es una basura! —gritó Abby—. ¡Probablemente lo habrá hecho miles de veces! Me amenazó, me dijo que, como dijera una sola palabra, ¡me haría pasar por una pelandusca y arruinaría mi carrera!

—Y entonces, ¿qué pasó? —preguntó Marino—. ¿Se sintió culpable y empezó a largarle información?

—¡No! ¡Yo no tengo nada que ver con ese hijo de puta! Como me acerque a él a una distancia de menos de un metro, ¡soy capaz de saltarle la maldita tapa de los sesos! ¡Mi información no me la facilita él!

No podía ser cierto.

Lo que Abby estaba diciendo no podía ser cierto. Quería

apartar de mí aquellas afirmaciones. Eran terribles y me estaban haciendo daño a pesar de que en mi fuero interno trataba desesperadamente de negarlas.

Abby debió de reconocer de inmediato el Audi blanco de Bill. Por eso se asustó al verlo aparcado en la calzada particular de mi casa. Antes, al ver a Bill en su casa, le había gritado que se marchara porque no podía soportar su presencia.

Bill me había advertido de que era una persona vengativa, oportunista y peligrosa, que no se detenía ante nada. ¿Por qué me lo había dicho? ¿Por qué? ¿Acaso estaba sentando las bases de su propia defensa en previsión de que Abby lo acusara?

Me había mentido. No rechazó los presuntos requerimientos de la periodista cuando la acompañó a su casa después de la entrevista. Su automóvil seguía aparcado allí a primera hora de la mañana del día siguiente...

Pasaban velozmente por mi cabeza las imágenes de las pocas ocasiones en que Bill y yo habíamos estado solos en el sofá de mi salón. De pronto, me asqueó el recuerdo de su repentina agresividad, aquella fuerza bruta que yo atribuí al whisky. ¿Acaso sería ése el lado oscuro de su personalidad? ¿Sería cierto que sólo disfrutaba avasallando y tomando a la fuerza?

Estaba allí en aquella casa, en el lugar del delito, cuando yo llegué. No me extrañaba que se hubiera presentado con tanta rapidez. Su interés rebasaba el ámbito profesional. No se limitaba simplemente a cumplir con su tarea. Reconoció la dirección de Abby. Probablemente supo antes que nadie a quién pertenecía la casa. Quiso verlo y comprobarlo.

Puede que incluso abrigara la esperanza de que la víctima fuera Abby. Entonces no habría tenido que temer la posibilidad de que ella revelara la verdad.

Sentada en silencio, hice un esfuerzo para que mi rostro se petrificara. No podía dejar traslucir nada. La angustiosa incredulidad. El sufrimiento. «Oh, Dios mío, que no se me note.»

Un teléfono empezó a sonar en otra estancia. Sonó repetidamente sin que nadie lo atendiera.

Se oyeron unas pisadas subiendo por la escalera. El metal

resonó contra los peldaños de madera y unos transmisores emitieron unos ininteligibles crujidos de interferencias. Unos camilleros estaban subiendo una camilla al tercer piso de la casa.

Abby sacó un cigarrillo, pero, de pronto, lo arrojó al cenicero junto con la cerilla encendida.

—Si es cierto que me ha hecho seguir... —bajó la voz y su desprecio pareció llenar toda la estancia— y si sus motivos eran averiguar si me reunía con él y me acostaba con él para obtener información, ya debería saber que lo que digo es cierto. Después de lo que ocurrió aquella noche no me he vuelto a acercar para nada a ese hijo de puta.

Marino no dijo ni una sola palabra. El silencio era su respuesta.

Abby no había vuelto a ver a Bill desde entonces.

Más tarde, mientras los camilleros retiraban el cuerpo, Abby se apoyó contra el marco de la puerta y, presa de una incontenible emoción, lo asió con tanta fuerza que sus nudillos palidecieron. Vio pasar la blanca forma del cuerpo de su hermana y contempló a los hombres que se la llevaban con el rostro convertido en una pálida máscara de inmenso dolor.

Presa de la emoción, comprimí suavemente su brazo y me retiré todavía conmovida por su irreparable pérdida. El hedor aún perduraba en la escalera y, cuando salí a la radiante luz de la calle, me quedé momentáneamente deslumbrada.

12

La carne de Henna Yarborough, húmeda a causa de las repetidas enjuagaduras, brillaba como el mármol blanco bajo la iluminación del techo. Yo estaba sola con ella en el depósito de cadáveres, suturando los últimos puntos de la incisión en forma de Y que formaba un ancho costurón desde el pubis hasta el esternón y se bifurcaba a la altura del pecho.

Wingo se había encargado de la cabeza poco antes de marcharse. El cráneo estaba en su sitio y la incisión de la parte posterior había sido cerrada y completamente cubierta por el cabello, pero la huella de la atadura alrededor del cuello parecía una quemadura provocada por la fricción de una cuerda. Tenía el rostro abotargado y amoratado y eso no lo podrían disimular ni mis esfuerzos ni los de la funeraria.

De pronto, sonó el timbre de la entrada. Consulté el reloj de pared. Eran algo más de las nueve de la noche.

Corté el hilo con un bisturí, la cubrí con la sábana y me quité los guantes. Oí a Fred, el guarda de seguridad, diciéndole algo a alguien en el pasillo mientras colocaba el cuerpo en una camilla y empujaba la camilla hacia el frigorífico.

Cuando volví a salir y cerré la gran puerta de acero, vi a Marino apoyado contra el escritorio del depósito de cadáveres, fumándose un cigarrillo.

Me observó en silencio mientras yo recogía pruebas y tubos de sangre y firmaba con mis iniciales en las etiquetas.

—¿Ha descubierto algo que yo necesite saber?

—La causa de la muerte ha sido asfixia por estrangulación

debida a la atadura que le rodeaba el cuello —contesté mecánicamente.

—¿Hay restos de algo? —preguntó Marino, sacudiendo la ceniza del cigarrillo al suelo.

—Algunas fibras...

—Bueno, pues —dijo Marino, interrumpiéndome— yo tengo un par de cosas.

—Bien —repliqué en el mismo tono—, pues yo quiero largarme de aquí.

—Perfectamente, doctora. Es justo lo que yo estaba pensando. Se me ha ocurrido la idea de ir a dar un paseo.

Interrumpí lo que estaba haciendo y le miré fijamente. Tenía un mechón de cabello pegado a la húmeda frente, se había aflojado el nudo de la corbata y su blanca camisa de manga corta estaba tremendamente arrugada por detrás, como si hubiera permanecido mucho tiempo sentado en su automóvil. Bajo el brazo izquierdo llevaba ajustada la funda beige de su revólver de cañón largo. La intensa iluminación del techo le confería un aire casi amenazador, con sus ojos profundamente hundidos en las cuencas y los músculos de la mandíbula fuertemente contraídos.

—Creo que le conviene acompañarme —añadió—. Por consiguiente, esperaré a que se quite su mono de trabajo y llame a su casa.

¡Llamar a casa! ¿Cómo sabía él que había alguien en casa a quien yo necesitaba llamar? Jamás le había mencionado a mi sobrina. Jamás le había mencionado a Bertha. Que yo supiera, no era asunto de su incumbencia.

Estaba a punto de decirle que no tenía intención de acompañarle a ningún sitio cuando la dureza de su mirada me lo impidió de golpe.

—De acuerdo —musité—. De acuerdo.

Aún estaba apoyado contra el escritorio fumándose un cigarrillo, cuando crucé la sala para dirigirme al vestuario. Me lavé la cara en la pila, me quité el mono y me puse la falda y la blusa. Estaba tan distraída que abrí mi cajón y fui a sacar mi bata de laboratorio sin darme cuenta de lo que hacía. No necesitaba la bata de laboratorio. Tenía el billetero, la cartera de documentos y la chaqueta del traje en mi despacho de arriba.

Lo recogí todo y seguí a Marino hasta su automóvil. Abrí la portezuela del lado del pasajero, pero la luz interior no se encendió. Me deslicé hacia el asiento, busqué a tientas el cinturón de seguridad y aparté unas migas y una arrugada servilleta de papel.

Marino dio marcha atrás y salió del parking sin decirme ni una sola palabra. La luz del radiotransmisor parpadeaba pasando de unos a otros canales mientras los operadores transmitían mensajes que a Marino no parecían interesarle y que yo casi nunca entendía. Los policías mascullaban contra el micrófono. Algunos parecían comérselo.

—Tres-cuarenta-y-cinco, diez-cinco, uno-sesenta-y-nueve en canal tres.

—Uno-sesenta-y-nueve, cambio.

—¿Estás libre?

—Diez-diez. Diez-diecisiete, pausa. Ocupado.

—Avísame cuando estés en diez-veinticuatro.

—Diez-cuatro.

—Cuatro-cincuenta-y-uno.

—Cuatro-cincuenta-y-uno X.

—Diez-veintiocho en Adam Ida Lincoln uno-siete-cero...

Las llamadas se transmitían y los tonos de alerta resonaban como la tecla de bajo de un órgano eléctrico. Marino permaneció en silencio mientras cruzaba el centro de la ciudad, donde todas las tiendas ya habían bajado sus persianas de acero al término de la jornada. Las luces verdes y rojas de neón de los escaparates anunciaban chillonamente casas de empeños, zapateros remendones y restaurantes baratos. Los hoteles Sheraton y Marriott estaban tan iluminados como barcos, pero había muy pocos automóviles o viandantes por las calles; sólo se veían algunos confusos grupos de mujeres de la vida apoyadas en las esquinas. Los blancos de sus ojos nos siguieron al pasar.

No me di cuenta de adónde íbamos hasta varios minutos más tarde. Al llegar a Winchester Place aminoramos la marcha a la altura del 498, la casa de Abby Turnbull. El edificio de piedra arenisca era una negra mole en cuya puerta la bandera semejaba una sombra levemente agitada por la brisa. No había ningún automóvil delante. Abby no estaba en casa. Me pregunté dónde se alojaría.

Marino se apartó muy despacio de la calle y giró a un angosto pasadizo entre la casa de piedra arenisca y el edificio de al lado. El automóvil brincó sobre los baches mientras los faros delanteros iluminaban los oscuros muros laterales de las casas, los cubos de la basura sujetos con cadenas a unas estacas y toda una serie de botellas rotas y otros desperdicios. Cuando ya nos habíamos adentrado unos seis metros por aquella claustrofóbica callejuela, Marino se detuvo y apagó los faros. Teníamos directamente delante de nosotros el patio posterior de la casa de Abby, una estrecha franja de hierba protegida por una valla metálica en la que un letrero advertía de la presencia de un inexistente perro.

Marino encendió el reflector del automóvil y el haz luminoso lamió la oxidada escalera contra incendios de la parte posterior de la casa. Todas las ventanas estaban cerradas y los cristales brillaban levemente en la oscuridad. El asiento crujió mientras Marino recorría el patio vacío con el reflector.

—Adelante —dijo Marino—. Quiero saber si usted está pensando lo mismo que yo.

Contesté lo más lógico.

—El letrero. El letrero de la valla. Si el asesino hubiera creído que había un perro, lo habría pensado mejor. Ninguna de sus víctimas tenía perro. De haberlo tenido, es probable que las mujeres todavía vivieran.

—Exactamente.

—Y supongo —añadí— que usted ha llegado a la conclusión de que el asesino debía de saber que el letrero no significaba nada y que Abby, o Henna, no tenían perro. ¿Cómo podía saberlo?

—Sí. ¿Cómo podía saberlo —repitió lentamente Marino— a menos que tuviera un motivo para saberlo?

No dije nada.

Marino tomó el encendedor.

—Quizá ya había estado anteriormente en la casa.

—No creo...

—Deje de hacerse la tonta, doctora —dijo Marino en voz baja.

Saqué mi cajetilla de cigarrillos con trémulas manos.

—Yo me lo imagino y creo que usted también se lo imagina. Alguien que ha estado en el interior de la casa de Abby Turnbull. No sabe que su hermana está ahí, pero sabe que no hay ningún maldito perro. Y la señorita Turnbull no le gusta demasiado porque sabe algo que él no quiere por nada del mundo que nadie sepa.

Marino hizo una pausa y yo sentí que me estaba mirando, pero me negué a mirarle a mi vez o a decirle algo.

—Mire, ya consiguió de ella lo que quería, ¿de acuerdo? Y, a lo mejor, no pudo evitar hacer lo que hizo porque experimenta un impulso irreprimible y tiene algún tornillo flojo, por así decirlo. Está preocupado. Teme que ella diga algo. Es una maldita reportera, qué caray. Le pagan para que descubra los trapos sucios de la gente. Y lo que él hizo no tendrá más remedio que divulgarse.

Marino volvió a mirarme de soslayo, pero yo permanecí en obstinado silencio.

—¿Qué hace? Decide liquidarla de manera que todo parezca como lo de las otras. Lo malo es que él ignora la existencia de Henna. Tampoco sabe dónde está el dormitorio de Abby porque, cuando estuvo en la casa, no pasó más allá del salón. Y el viernes pasado se equivoca de dormitorio y entra en el de Henna. ¿Por qué? Pues porque es el que tiene la luz encendida, dado que Abby no está. Ya es demasiado tarde. Ha llegado demasiado lejos. Tiene que seguir adelante. Y entonces va y la asesina...

—No puede haber hecho eso —dije, procurando que no me temblara la voz—. Boltz no sería capaz de hacer semejante cosa. No es un asesino, por el amor de Dios.

Silencio.

Marino me miró lentamente y sacudió la ceniza del cigarrillo.

—Curioso. Yo no he mencionado ningún nombre. Pero, puesto que usted lo ha hecho, conviene que ahondemos un poco más en el tema.

Me encerré nuevamente en mi mutismo. Necesitaba serenarme, pero me notaba un nudo en la garganta. No quería llorar. ¡Maldita sea! ¡No quería que Marino me viera llorar!

—Mire, doctora —dijo Marino en tono mucho más reposado—, no pretendo ponerla nerviosa, ¿comprende? Quiero decir que lo que usted haga en privado no es asunto mío, ¿de acuerdo? Los dos son adultos que actúan libremente y no tienen ningún compromiso. Pero yo lo sé. He visto el automóvil de Boltz en su casa...

—¿En mi casa? —pregunté perpleja—. Pero ¿qué...?

—Mire, yo recorro toda la maldita ciudad y usted vive en la ciudad, ¿no? Conozco su automóvil oficial. Sé dónde vive y conozco el Audi blanco de Boltz. Y sé que, en todas las ocasiones en que lo he visto aparcado en la calzada de su casa en los últimos meses, él no estaba allí tomándole a usted una declaración...

—Es cierto. Puede que no, pero eso a usted no le importa.

—Pues sí me importa. —Marino arrojó la colilla del cigarrillo a través de la ventanilla y encendió otro—. Ahora me importa por lo que él le ha hecho a la señorita Turnbull. Y eso me induce a preguntarme qué otras cosas ha podido hacer.

—El caso de Henna es prácticamente igual que los demás —dije fríamente—. No me cabe la menor duda de que fue asesinada por el mismo hombre.

—¿Qué me dice de las muestras?

—Betty las analizará a primera hora de la mañana. No sé...

—Bueno, pues yo le ahorraré la molestia, doctora. Boltz es un sujeto no secretor. Creo que usted ya lo sabe desde hace varios meses.

—Hay miles de hombres no secretores en la ciudad. Usted podría ser uno de ellos tal vez.

—Sí —dijo Marino—, tal vez podría ser uno de ellos. Pero el caso es que usted no lo sabe. Y, en cambio, sí sabe lo de Boltz. Cuando usted examinó a su esposa el año pasado, la sometió a las pruebas del ERP y encontró esperma, esperma de su marido. En el maldito informe de laboratorio se dice que el tío con quien ella se acostó poco antes de quitarse la vida era un no secretor. Qué demonios, hasta yo me acuerdo de eso. Estuve en el lugar de los hechos, no lo olvide.

No contesté.

—No estaba dispuesto a excluir ninguna posibilidad cuando entré en aquel dormitorio y la vi incorporada en la cama con su precioso camisón agujereado por la bala que le había traspasado el pecho. Yo siempre pienso en un asesinato. El suicidio es la última posibilidad de la lista, porque si no piensas en seguida en un asesinato, después ya es demasiado tarde. El único error que cometí entonces fue no hacerle a Boltz un perfil de sospechoso. Me pareció todo tan claro después de los exámenes que usted llevó a cabo que di por resuelto el caso. Quizá no debí hacerlo. En aquellos momentos tenía sobrados motivos para analizarle la sangre y asegurarme de que el esperma que había en la mujer era suyo. Él dijo que sí, que ambos habían mantenido relaciones sexuales a primera hora de aquella mañana. Lo dejé correr. Y ahora ni siquiera puedo preguntarlo. No tengo ningún motivo probable para hacerlo.

—Hay que analizar algo más que la sangre —dije estúpidamente—. Si es A negativo o B negativo en el sistema de grupos sanguíneos Lewis, no se puede afirmar que es un no secretor... hay que analizarle la saliva...

—Sí. Sé muy bien cómo se hace el perfil de un sospechoso. No importa. Nosotros sabemos lo que es Boltz, ¿verdad?

No hice ningún comentario. No podía.

—Sabemos que el tipo que ha asesinado a las mujeres es un no secretor. Y sabemos que Boltz conocía los detalles de los crímenes, los conocía tan bien que pudo liquidar a Henna de tal forma que pareciera un asesinato como los demás.

—Muy bien, haga usted un perfil y nosotros le haremos las

pruebas del ADN —dije enojada—. Adelante. Así saldrá usted de dudas.

—Sí, es posible. Es posible que lo examine con el maldito láser para ver si brilla.

Recordé el residuo brillante del ERP erróneamente etiquetado. ¿Serían mis manos el origen del residuo? ¿Solía lavarse Bill las manos con jabón Borawash?

—¿Ha encontrado usted el brillo en el cuerpo de Henna? —preguntó Marino.

—En el pijama. Y en la colcha.

Ambos permanecimos un rato en silencio.

—Es el mismo hombre —dije yo al final—. Conozco bien los resultados. Es el mismo hombre.

—Sí. Puede que lo sea, pero eso no me tranquiliza en absoluto.

—¿Está seguro de que lo que dijo Abby es cierto?

—He estado en el despacho de Boltz a última hora de esta tarde.

—¿Ha ido usted a ver a Boltz? —pregunté tartamudeando.

—Pues sí.

—¿Y ha podido confirmar algo?

Estaba levantando la voz sin darme cuenta.

—Sí —contestó Marino, mirándome de soslayo—. Más o menos.

No dije nada, temía hablar.

—Como era de esperar, lo ha negado todo y se ha enfadado muchísimo. Ha amenazado con denunciarla por difamación, pero no lo hará. No puede armar jaleo porque miente; yo lo sé y él lo sabe.

Vi que su mano se acercaba a la parte exterior de su muslo izquierdo y me asusté de repente. ¡La grabadora de microcasete!

—Si está usted haciendo lo que yo creo... —balbucí.

—¿Cómo? —preguntó Marino, sorprendido.

—Si está utilizando una grabadora...

—Pero, bueno, me estaba simplemente rascando. Cachéeme. Desnúdeme y regístreme si le parece.

—No tendría suficiente dinero para pagarme.

Marino se rio. Mi comentario le había hecho gracia.

—¿Quiere que le diga la verdad? Tengo ciertas dudas sobre lo que le pasó realmente a su mujer.

Tragué saliva y dije:

—El examen físico no reveló nada sospechoso. Tenía residuos de pólvora en la mano derecha...

—Claro —me interrumpió Marino—. Ella apretó el gatillo, eso no lo dudo, pero puede que ahora sepamos por qué razón lo hizo, ¿verdad? A lo mejor, él llevaba años haciéndolo. Y ella lo descubrió.

Poniendo el motor en marcha, Marino encendió los faros y momentáneamente brincamos entre las casas hasta salir a la calle.

—Mire —añadió Marino sin querer dejarme en paz—, no pretendo fisgonear en lo que no me importa. En otras palabras, no es ésa la idea que yo tengo de la diversión, ¿me entiende? Pero usted le conoce, doctora. Usted se ha estado viendo con él, ¿verdad?

Un travestido avanzó por la acera. La falda amarilla se agitaba alrededor de sus bien torneadas piernas y una ajustada camiseta blanca le moldeaba el alto y erguido busto postizo. Sus empañados ojos se desviaron hacia nosotros.

—Usted se ha estado viendo con él, ¿no es cierto?

—Sí —contesté con voz casi inaudible.

—¿Qué me dice del pasado viernes por la noche?

Al principio, no me acordé. No podía pensar. El travestido se volvió lánguidamente y se fue por el otro lado.

—Llevé a mi sobrina a cenar y a ver una película.

—¿Él las acompañó?

—No.

—¿Sabe usted dónde estuvo él la noche del viernes?

Sacudí la cabeza.

—¿Él no la llamó ni nada?

—No.

Silencio.

—Mierda —musitó Marino—. Si hubiera sabido entonces lo que ahora sé de él, habría pasado por delante de su casa. Habría podido comprobar dónde estaba. Maldita sea.

Silencio.

Arrojando la colilla por la ventanilla, volvió a encender otro cigarrillo. No paraba de fumar.

—¿Cuánto tiempo lleva viéndose con él?

—Varios meses. Desde abril.

—¿Él salía con otras mujeres o sólo con usted?

—No creo que saliera con nadie más. No lo sé. Está claro que hay muchas cosas de él que yo ignoro.

Marino siguió adelante con toda la fuerza de una implacable apisonadora.

—¿Notó usted algo alguna vez? Quiero decir alguna cosa rara que le llamara la atención.

—No sé a qué se refiere.

Me notaba la lengua espesa y arrastraba las palabras con voz pastosa como si estuviera medio dormida.

—Rara —repitió Marino—. Desde el punto de vista sexual.

No contesté.

—¿Fue violento alguna vez? ¿La obligó a la fuerza a hacer algo? —Una pausa—. ¿Cómo es? ¿Es el animal que Abby Turnbull ha descrito? ¿Se lo imagina haciendo algo de este tipo, algo como lo que le hizo a ella...?

Le escuchaba y no le escuchaba. Mis pensamientos fluían y refluían, como si yo entrara y saliera de la conciencia.

—... como una agresión, quiero decir. ¿Era agresivo? ¿Vio algo extraño...?

Las imágenes. Bill. Sus manos estrujándome, arrancándome la ropa, empujándome con fuerza contra el sofá.

—... los tipos así tienen unas pautas definidas. En realidad, no buscan el sexo. Tienen que adueñarse de las cosas. Ya sabe, necesitan conquistar...

Era tremendamente duro. Me hacía daño. Me introducía la lengua en la boca y casi no me dejaba respirar. No era él. Parecía otro hombre.

—No importa que sea guapo y pueda tener todo lo que quiera, ¿comprende? Los tipos así son raros. RAROS...

Como Tony cuando se emborrachaba y se enfadaba conmigo.

—... quiero decir que es un cochino violador, doctora. Sé que no desea oírlo. Pero es la pura verdad, maldita sea. Pensé que, a lo mejor, usted habría notado algo...

Bill bebía más de la cuenta. Y, cuando llevaba unas copas de más, su comportamiento era mucho peor.

—... ocurre muy a menudo. No sabe usted la cantidad de informes que tenemos, chicas que nos llaman para contarnos lo ocurrido al cabo de dos meses. Al final, se arman de valor y deciden denunciarlo. A veces, alguna amiga las convence de que lo hagan. Banqueros, hombres de negocios, políticos. Conocen a una nena en un bar, la invitan a una copa y le echan un poquito de hidrato de cloral. Y, zas, sin saber cómo ella se despierta con ese animal en su cama y tiene la sensación de que un camión le ha pasado por encima...

Él jamás hubiera hecho eso conmigo. Me apreciaba. Yo no era un objeto, una desconocida... O, a lo mejor, se había limitado a ser precavido. Yo sé demasiado. A mí no me la hubiera podido pegar.

—... y los tíos se pasan años y años haciéndolo impunemente. Algunos se pasan toda la vida haciéndolo. Y se van a la tumba con tantas muescas en su cinturón como Jack el Destripador...

Nos habíamos detenido ante un semáforo en rojo. No tenía ni idea del tiempo que llevábamos sentados allí sin movernos.

—Es un símil muy acertado, ¿no le parece? El tío que mataba moscas y hacía una muesca en su cinturón por cada una de ellas...

El semáforo parecía un brillante ojo de color rojo.

—¿Se lo hizo a usted alguna vez, doctora? ¿La ha violado Boltz alguna vez?

—¿Cómo? —pregunté, volviéndome lentamente a mirarle. Marino miraba directamente hacia adelante y su rostro aparecía intensamente pálido bajo el rojo resplandor del semáforo—. ¿Cómo? —repetí mientras el corazón se me desbocaba en el pecho.

El semáforo pasó de rojo a verde y nos pusimos nuevamente en movimiento.

—¿La violó alguna vez? —preguntó Marino como si yo fuera una desconocida, como si fuera una de aquellas «nenas» que le llamaban desde sus casas.

Sentí que la sangre me subía por el cuello.

—¿Le hizo daño alguna vez, intentó asfixiarla, alguna cosa que...?

Mi cólera estalló de repente. Empecé a ver manchas luminosas. Como si algo se estuviera apagando. Perdí los estribos mientras la sangre me palpitaba en la cabeza.

—¡No! ¡Ya le he dicho todo lo que sé sobre él! ¡Todas las malditas cosas que puedo decirle! ¡Y PUNTO!

Marino se quedó tan sorprendido que no tuvo más remedio que callarse.

Al principio, no supe dónde estábamos.

La gran esfera blanca del reloj flotaba directamente delante de nosotros hasta que, poco a poco, las sombras y las siluetas se fueron convirtiendo en el pequeño parque de unidades móviles de laboratorio estacionadas al otro lado del parking de la parte posterior del edificio. No había nadie cuando nos detuvimos al lado de mi vehículo oficial.

Me desabroché el cinturón de seguridad, temblando de pies a cabeza.

El martes llovió. El agua caía con tanta fuerza del encapotado cielo gris que los limpiaparabrisas no daban abasto para limpiar el parabrisas. Estaba metida de lleno en una caravana de automóviles que apenas conseguía avanzar por la carretera.

El tiempo parecía un reflejo de mi estado de ánimo. El encuentro con Marino me había dejado físicamente enferma y mareada. ¿Cuánto tiempo hacía que lo sabía? ¿Cuántas veces habría visto el Audi blanco aparcado en la calzada particular de mi casa? ¿Habría pasado por delante de mi casa por algo más que la simple curiosidad? Quería ver cómo vivía la arrogante jefa. Probablemente sabía qué sueldo cobraba de la mancomunidad y qué cantidad pagaba mensualmente por la hipoteca.

Unas sirenas me obligaron a desplazarme al carril izquierdo y, mientras yo circulaba muy despacio pegada a una ambulancia y unos agentes dirigían el tráfico alrededor de una despanzurrada furgoneta, mis negros pensamientos se vieron interrumpidos por las noticias de la radio.

«... Henna Yarborough sufrió un ataque sexual y fue estrangulada. Se cree que el asesino fue el mismo hombre que ha matado a otras cuatro mujeres de Richmond en los últimos dos meses...»

Subí el volumen y escuché lo que ya había escuchado varias veces desde que saliera de mi casa. Parecía que últimamente los asesinatos eran la única noticia de Richmond.

«... los más recientes acontecimientos. Según una fuente cercana a la investigación, la doctora Lori Petersen pudo intentar marcar el 911 poco antes de ser asesinada...»

La sensacional noticia se había publicado en la primera plana del periódico de la mañana.

«... El director de Seguridad Ciudadana, Norman Tanner, ha respondido a las preguntas en su casa...»

Tanner leyó un comunicado previamente preparado:

«El Departamento de Policía ha sido advertido de la situación. Dada la delicadeza de los casos, no puedo hacer ningún comentario...»

«¿Tiene usted alguna idea de quién es la fuente de esta información, señor Tanner?», preguntó el reportero.

«No estoy en condiciones de hacer ningún comentario a este respecto...»

No podía hacer ningún comentario porque no tenía ni idea.

Pero yo sí.

La presunta fuente cercana a la investigación tenía que ser la propia Abby. Su nombre no encabezaba ningún reportaje. Estaba claro que los jefes de redacción la habían apartado de aquella tarea. Ya no informaba sobre las noticias, sino que ella misma las creaba. Recordé su amenaza: «Alguien lo pagará...» Quería hacérselo pagar a Bill, a la policía y a la ciudad, quería hacérselo pagar al mismísimo Dios. Estaba esperando de un momento a otro la noticia sobre la manipulación del ordenador y del ERP con las etiquetas equivocadas. La persona que lo iba a pagar sería yo.

No llegué a mi despacho hasta casi las ocho y media y para entonces los teléfonos estaban sonando sin cesar en todo el pasillo.

—Periodistas —se quejó Rose, entrando y depositando sobre el papel secante de mi escritorio un montón de hojitas rosas de mensajes telefónicos—. Servicios telegráficos, revistas y, hace un minuto, un tipo de Nueva Jersey que, según dice, está escribiendo un libro.

Encendí un cigarrillo.

—Eso de que Lori Petersen llamara a la policía —añadió, mirándome con inquietud—. Sería horrible si fuera cierto...

—Usted siga enviando a la gente a la acera de enfrente —dije yo, interrumpiéndola—. Cualquiera que llame solicitando información sobre los casos tiene que ser desviado hacia Amburgey.

Amburgey ya me había enviado varios memorandos electrónicos, exigiéndome que le hiciera llegar «inmediatamente» una copia del informe de la autopsia de Henna Yarborough. En el más reciente, la palabra «inmediatamente» aparecía subrayada y se añadía la insultante frase: «Espero explicación sobre la noticia del *Times*.»

¿Acaso insinuaba que yo era en cierto modo responsable de aquella última «infiltración» a la prensa? ¿Me estaba acusando de haber revelado a un reportero lo de la abortada llamada al 911?

Amburgey no recibiría ninguna explicación por mi parte.

No iba a recibir absolutamente nada de mí aquel día, aunque me enviara veinte memorandos y se presentara personalmente en mi despacho.

—Está aquí el sargento Marino —dijo Rose, sacándome de quicio al preguntarme—: ¿quiere verle?

Sabía lo que quería Marino. De hecho, ya le tenía preparada una copia de mi informe. Seguramente esperaba en mi fuero interno que apareciera por allí más tarde, cuando yo ya me hubiera ido.

Estaba poniendo el visto bueno a un montón de informes de toxicología cuando oí sus fuertes pisadas por el pasillo. Entró enfundado en una gabardina azul marino empapada de agua. El mojado cabello se le pegaba al cráneo y su rostro estaba ojeroso.

—A propósito de lo de anoche... —dijo, acercándose a mi escritorio.

La mirada de mis ojos lo obligó a detenerse en seco.

Miró a su alrededor mientras se desabrochaba la gabardina y buscaba la cajetilla de cigarrillos en un bolsillo.

—Está lloviendo a cántaros —murmuró—. Por cierto, no sé cuál debe de ser el origen de esta expresión. Bien mirado, no tiene sentido. —Una pausa—. Supongo que al mediodía ya habrá despejado.

Sin decir ni una sola palabra le entregué una fotocopia del informe de la autopsia de Henna Yarborough en el que se incluían los resultados serológicos preliminares de Betty. No se acomodó en la silla del otro lado de mi escritorio, sino que permaneció de pie donde estaba, empapándome la alfombra mientras leía el informe.

Cuando llegó a la descripción de lo más gordo, vi que sus ojos se quedaban clavados en mitad de la página.

—¿Quién sabe todo eso? —preguntó, levantando la vista y mirándome con dureza.

—Apenas nadie.

—¿Ya lo ha visto el comisionado?

—No.

—¿Y Tanner?

—Llamó hace un rato. Le revelé únicamente la causa de la muerte. No le mencioné las lesiones.

Marino volvió a echar un vistazo al informe.

—¿Alguien más? —preguntó sin levantar la vista.

—No lo ha visto nadie más.

Silencio.

—Nada en los periódicos —añadió—. Ni en la radio ni tampoco en la televisión. En otras palabras, el que está filtrando cosas no conoce estos detalles.

Le miré fijamente sin decir nada.

—Mierda. —Dobló el informe y se lo guardó en un bolsillo—. El tío es un auténtico Jack el Destripador. Supongo que no ha tenido usted ninguna noticia de Boltz —añadió, mirándome—. Si la llama, esquívele, procure no verle.

—¿Y eso qué significa?

La sola mención del nombre de Bill me ponía físicamente enferma.

—No atienda sus llamadas, no concierte ninguna cita con él. No sé cuál es su estilo. No quiero que tenga copias de nada. No quiero que vea este informe ni que sepa más de lo que ya sabe.

—¿Le sigue considerando sospechoso? —pregunté con la mayor calma posible.

—Ya no estoy seguro de lo que considero —contestó—. Lo malo es que, siendo el fiscal, tiene derecho a que le faciliten todo lo que pida, ¿comprende? Pero a mí me daría lo mismo, aunque fuera el gobernador. No quiero que sepa nada. Por consiguiente, le pido que haga todo lo posible por evitarle y darle esquinazo.

Bill no me llamaría. Estaba segura de que no daría señales de vida. Sabía lo que Abby había contado de él y sabía que yo estaba presente cuando lo dijo.

—Y otra cosa —añadió Marino, abrochándose de nuevo la gabardina y subiéndose el cuello hasta las orejas—, si quiere usted enfadarse conmigo, enfádese. Pero anoche yo me limité a hacer mi trabajo y, si cree que me resultó divertido, está muy equivocada.

Giró en redondo al oír un carraspeo. Wingo se encontraba en la puerta con las manos metidas en los bolsillos de sus elegantes pantalones blancos de lino.

Una expresión de desagrado se dibujó en el rostro de Marino mientras éste rozaba bruscamente a Wingo al abandonar mi despachó.

Haciendo sonar nerviosamente la calderilla que llevaba en el bolsillo, Wingo se acercó a mi escritorio y dijo:

—Mmm... doctora Scarpetta, hay otro equipo de televisión en el vestíbulo...

—¿Dónde está Rose? —pregunté, quitándome las gafas.

Me escocían los párpados como si los tuviera forrados de papel de lija.

—En el lavabo de señoras o algo así. ¿Quiere que les diga a estos chicos que se vayan o qué?

—Envíelos a la acera de enfrente —contesté, añadiendo en tono exasperado—: tal como hicimos con el último equipo y como hicimos con el anterior.

—De acuerdo —musitó Wingo, haciendo tintinear nerviosamente la calderilla de su bolsillo.

—¿Alguna otra cosa, Wingo? —le pregunté con forzada paciencia.

—Bueno, es que hay algo que me llama la atención —dijo—. A propósito de Amburgey. ¿Acaso no era un enemigo del tabaco y siempre andaba armando alboroto por eso, o yo estoy equivocado y le confundo con otro?

Mis ojos se posaron en su serio rostro. Sin comprender qué importancia podía tener aquello, le contesté:

—Es un acérrimo enemigo del tabaco y a menudo manifiesta en público su opinión a este respecto.

—Ya me lo parecía. Creo que leí algo sobre eso en la página editorial y que incluso le vi en la televisión. Tengo entendido que el año que viene se propone instaurar la prohibición de fumar en todos los edificios del DSSH.

—Así es —dije sin poder disimular mi irritación—. El año que viene por estas fechas su jefa tendrá que permanecer fuera, bajo el frío y la lluvia para poder fumarse un pitillo... como un muchachuelo obligado a esconderse. ¿Por qué? —pregunté, mirándole inquisitivamente.

Un encogimiento de hombros.

—Simple curiosidad. —Otro encogimiento de hombros—. Tengo entendido que antes fumaba, pero se convirtió y lo dejó.

—Que yo sepa, nunca ha fumado —dije.

Volvió a sonar mi teléfono y, cuando levanté la vista de mi hoja de llamadas, Wingo había desaparecido.

Por lo menos Marino no se equivocó con respecto al tiempo. Aquella tarde me dirigí a Charlottesville bajo un cielo deslumbradoramente azul y comprobé que el único vestigio de la tormenta matinal era la niebla que se levantaba de los pastizales a ambos lados de la carretera.

Las acusaciones de Amburgey me preocupaban y, por consiguiente, había decidido averiguar por mi cuenta lo que efectivamente había discutido con el doctor Spiro Fortosis. Por lo menos, ésa fue la excusa que me di a mí misma cuando concerté una cita con el psiquiatra forense. En realidad, no era ése mi único propósito. Ambos nos conocíamos desde el comienzo de mi carrera y yo jamás había olvidado la amistad que él me brindó en la fría época en que asistía a las reuniones nacionales de especialistas en medicina legal, en las que apenas conocía a nadie. Hablar con él me ayudaba a librarme de mis angustias sin necesidad de tener que acudir a un psicoanalista.

Le encontré en el pasillo débilmente iluminado de la cuarta planta del edificio de ladrillo en el que estaba ubicado su departamento. Una sonrisa le alegró el rostro mientras me daba un abrazo paternal y me besaba suavemente el cabello.

Era profesor de Medicina y Psiquiatría en la Universidad de Virginia y me llevaba quince años; el cabello entrecano le cubría las orejas, y sus bondadosos ojos miraban a través de unas gafas con cristales sin montura. Como era de esperar, vestía traje oscuro y camisa blanca y lucía una estrecha corbata a rayas tan anticuada que se había vuelto a poner de moda. Siempre había pensado que hubiera podido posar como modelo para un lienzo de Norman Rockwell en el que se representara al «médico del pueblo».

—Me están pintando el despacho —me explicó, abriendo una oscura puerta de madera situada hacia la mitad del pasillo—. Por consiguiente, si no te importa que te trate como a un paciente, nos sentaremos aquí.

—En estos momentos, me siento como uno de tus pacientes —le dije mientras él cerraba la puerta a nuestra espalda.

La espaciosa estancia tenía todas las comodidades de un salón, aunque resultaba un poco fría e impersonal.

Me acomodé en un sofá de cuero de color beige. A mi alrededor había unas pálidas acuarelas abstractas y el teléfono. Las lámparas de las mesas auxiliares estaban apagadas, y los blancos estores de diseño estaban recogidos justo lo suficiente como para permitir que el sol penetrara suavemente en la habitación.

—¿Cómo está tu madre, Kay? —preguntó Fortosis, acercando un sillón orejero de color beige.

—Sobrevive. Creo que nos va a enterrar a todos.

Fortosis esbozó una sonrisa.

—Siempre pensamos lo mismo de nuestras madres, pero, por desgracia, raras veces ocurre.

—¿Qué tal tu mujer y tus hijas?

—Bastante bien —contestó, clavando los ojos en mí—. Te veo muy cansada.

—Supongo que lo estoy.

Fortosis permaneció en silencio un instante, mirándome.

—Tú perteneces al claustro de profesores de la Escuela de Medicina de Virginia —dijo con su reposado tono habitual—. No sé si tuviste ocasión de conocer a Lori Petersen en vida.

Sin que tuviera que aguijonearme, le confesé lo que no le

había confesado a nadie. Mi necesidad de desahogarme era inmensa.

—La vi una vez —dije—. O, por lo menos, estoy casi segura.

Había indagado exhaustivamente en mi memoria, sobre todo durante aquellos tranquilos momentos de introspección que me brindaban los viajes de ida y vuelta al trabajo en mi automóvil o cuando salía a cuidar las rosas de mi jardín. Veía el rostro de Lori Petersen y trataba de asociarlo a la vaga imagen de alguna de las incontables alumnas que se congregaban a mi alrededor en los laboratorios o formaban parte del público durante las conferencias. Ahora ya estaba casi segura de que, al contemplar las fotografías en su casa, había experimentado una confusa sensación familiar.

El mes anterior, yo había pronunciado una conferencia sobre el tema «Las mujeres en la medicina» y recordaba haber permanecido de pie en el estrado, contemplando todo el mar de jóvenes rostros que llenaba por completo las filas de asientos hasta el fondo del auditorio. Los estudiantes llevaban sus almuerzos y, sentados cómodamente en los asientos tapizados de rojo, comían y tomaban bebidas sin alcohol. La ocasión era una de tantas y no tenía nada de extraordinario ni de particularmente memorable, a no ser que se la contemplara retrospectivamente.

No podía asegurarlo con certeza, pero creía que Lori fue una de las chicas que más tarde se adelantó para formular alguna pregunta. Veía la borrosa imagen de una atractiva rubia enfundada en una bata de laboratorio. El único rasgo que recordaba con claridad eran los ojos verde oscuro en el momento en que ella me preguntó en tono dubitativo si realmente creía posible que una mujer pudiera atender una familia y dedicarse al mismo tiempo a una profesión tan exigente como la medicina. Me había quedado grabado aquel momento en la memoria porque vacilé un poco. Yo había conseguido lo uno, pero no lo otro.

Repasaba obsesivamente aquella escena como si, por el mero hecho de intentar evocarlo, el rostro pudiera aparecer con claridad en mi mente. ¿Era ella o no lo era? Jamás podría recorrer las dependencias de la Escuela de Medicina de Virginia sin buscar a aquella médica rubia. No creía que pudiera encontrarla. Pensaba que Lori surgiría de pronto como un fantasma de un futuro horror que acabaría relegándola a un simple recuerdo del pasado.

—Curioso —comentó Fortosis con aire pensativo—. ¿Por qué crees que es importante que la hubieras conocido entonces o en otro momento?

Contemplé el humo que se escapaba de mi cigarrillo.

—No estoy segura, pero creo que eso hace que su muerte resulte más real.

—Si pudieras regresar a aquel día, ¿lo harías?

—Sí.

—¿Y cómo te comportarías?

—Intentaría advertirla de la manera que pudiera —contesté—. Trataría de deshacer lo que él hizo.

—¿Lo que hizo su asesino?

—Sí.

—¿Piensas en él?

—No quiero pensar en él. Quiero simplemente hacer todo lo posible para que lo atrapen.

—¿Y lo castiguen?

—No hay castigo que pueda equipararse al delito. Ningún castigo sería suficiente.

—Si lo condenaran a muerte, ¿no te parece que el castigo sería suficiente, Kay?

—Sólo puede morir una vez.

—Entonces quieres que sufra —dijo Fortosis sin quitarme los ojos de encima.

—Sí —dije.

—¿Cómo? ¿Dolor?

—Temor —contesté—. Quiero que experimente el temor que experimentaron ellas cuando comprendieron que iban a morir.

No sé el rato que estuve hablando, pero el interior de la estancia estaba más oscuro cuando finalmente me detuve.

—Supongo que este caso me está afectando mucho más que los otros —reconocí.

—Es como un sueño —dijo Fortosis, reclinándose en su asiento y juntando las puntas de los dedos de ambas manos—. Muchas personas dicen que no sueñan, cuando sería más acertado afirmar que no recuerdan sus sueños. Nos afecta, Kay. Todo nos afecta. Lo que ocurre es que conseguimos dominar casi todas nuestras emociones para que no nos devoren.

—Está claro que últimamente no lo estoy consiguiendo demasiado, Spiro.

—¿Por qué?

Comprendí que lo sabía muy bien, pero quería oírmelo decir a mí.

—Quizá porque Lori Petersen era médica. Me identifico más con ella. A lo mejor, me proyecto hacia ella. Yo he tenido su edad.

—En cierto modo, tú fuiste ella.

—En cierto modo.

—¿Y lo que le ha ocurrido a ella... te hubiera podido ocurrir a ti?

—No creo que haya llegado tan lejos.

—Pues yo creo que sí. —Fortosis esbozó una leve sonrisa—. Creo que has llegado bastante lejos en muchas cosas. ¿Qué más?

Amburgey. ¿Qué le habría dicho realmente Fortosis?

—Hay muchas presiones periféricas.

—¿Como cuáles?

—La política —contesté, lanzándome.

—Ah, claro. —Fortosis tamborileó con las yemas de los dedos de ambas manos—. Eso es inevitable.

—Las filtraciones a la prensa. Amburgey teme que procedan de mi departamento. —Me detuve, tratando de adivinar si él sabía algo al respecto. Su impasible rostro no me reveló nada—. Según él, tu teoría es que los reportajes sobre los delitos inducen al asesino a actuar con más frecuencia, por cuyo motivo las filtraciones podrían ser indirectamente responsables de la muerte de Lori. Y ahora también de la de Henna Yarborough. Seguro que me van a lanzar esta acusación.

—¿Es posible que las filtraciones procedan de tu departamento?

—Alguien de fuera se introdujo en nuestra base de datos. Por esta razón, es posible. Mejor dicho, eso me coloca en una situación injustificable.

—A menos que descubras al culpable —dijo Fortosis.

—No veo cómo podría hacerlo. Hablaste con Amburgey, ¿verdad?

Me miró a los ojos.

—En efecto. Pero creo que él ha exagerado lo que yo le dije, Kay. Yo nunca habría llegado al extremo de asegurar que la información presuntamente filtrada desde tu departamento es responsable de los dos últimos homicidios. En otras palabras, que ambas mujeres vivirían de no haber sido por los datos que se publicaron. No puedo decir eso y no lo dije.

Mi alivio debió de ser claramente visible.

—No obstante, si Amburgey o quien sea quiere armar un alboroto por las presuntas filtraciones desde el ordenador de tu despacho, me temo que poco podré hacer yo. En realidad, creo que hay un nexo muy significativo entre la publicidad y la actuación del asesino. Si las informaciones confidenciales están dando lugar a reportajes más sensacionalistas y a titulares más espectaculares, entonces sí, Amburgey o el que sea puede tomar mis afirmaciones objetivas y utilizarlas contra tu departamento. ¿Comprendes lo que quiero decir? —preguntó, mirándome fijamente.

—Quieres decir que no puedes desactivar la bomba —dije en tono abatido.

Inclinándose hacia delante, Fortosis me dijo categóricamente:

—Quiero decir que no puedo desactivar una bomba que ni

siquiera puedo ver. ¿Qué bomba? ¿Insinúas acaso que alguien está maquinando contra ti?

—No lo sé —contesté cautelosamente—. Lo único que puedo decirte es que a algunos les van a arrojar muchos huevos a la cara por la llamada al 911 que hizo Lori Petersen poco antes de ser asesinada. ¿Lo has leído?

Fortosis asintió con la cabeza, mirándome con interés.

—Amburgey me convocó para estudiar el asunto mucho antes de que se publicara la noticia esta mañana. Estaban presentes Tanner y Boltz. Dijeron que podría haber un escándalo y que se podría entablar una querella. Entonces Amburgey ordenó que toda la información a la prensa se facilitara directamente a través de él. Por mi parte, yo no debería hacer ningún comentario. Dijo que, a tu juicio, las filtraciones a la prensa y los consiguientes reportajes estaban provocando una escalada en las actividades del asesino. Me hizo muchas preguntas sobre las filtraciones y sobre la posibilidad de que éstas procedieran de mi departamento. No tuve más remedio que confesarle que alguien se había introducido en nuestra base de datos.

—Comprendo.

—En el transcurso de la reunión —añadí—, empecé a experimentar la inquietante sensación de que, en caso de que estallara un escándalo, todo se centraría en lo que presuntamente ha estado ocurriendo en mi departamento. Consecuencia: yo he causado un daño a la investigación y tal vez he sido indirectamente culpable de la muerte de otras mujeres... —Hice una pausa porque estaba levantando la voz sin darme cuenta—. En otras palabras, ya lo estoy viendo, la gente se olvidará del fallo del 911 porque todo el mundo estará ocupado echándole la culpa a la oficina del jefe del Departamento de Medicina Legal, es decir, a mí.

Fortosis no hizo ningún comentario.

—A lo mejor, me estoy preocupando innecesariamente —dije sin creerlo.

—Puede que no.

No era lo que esperaba escuchar.

—Teóricamente —me explicó Fortosis—, podría ocurrir exactamente lo que has dicho. Si a algunos les conviniera para salvar su propio pellejo. El forense es un chivo expiatorio muy cómodo. El público en general no sabe muy bien lo que hace el forense y más bien tiene una idea un tanto vaga y siniestra sobre su actuación. A nadie le gusta que alguien corte el cuerpo de un ser querido. Se considera una mutilación, el colmo de la humillación...

—Por favor —dije, interrumpiéndole.

—Tú ya me entiendes —añadió Fortosis.

—Demasiado.

—Lo del ordenador ha sido una pena.

—Dios mío, casi preferiría que utilizáramos máquinas de escribir.

Fortosis miró con aire pensativo hacia la ventana.

—Te voy a ser sincero, Kay. —Sus ojos se posaron nuevamente en mí—. Te aconsejo que tengas mucho cuidado. Pero, al mismo tiempo, te ruego que no te obsesiones con todo eso hasta el punto de descuidar la investigación. Las sucias jugadas políticas o el temor que éstas suelen producir podrían trastornarte hasta el extremo de hacerte cometer errores, con lo cual les ahorrarías a tus adversarios la molestia de tener que fabricarlos ellos mismos.

Cruzaron por mi mente los portaobjetos erróneamente etiquetados y me noté un nudo en el estómago.

—Es lo que pasa cuando un barco se hunde —añadió Fortosis—. Las personas se vuelven salvajes. Cada cual va a lo suyo y no quiere que nadie se interponga en su camino y tampoco quiere sentirse vulnerable cuando ve que cunde el pánico a su alrededor. Y eso es lo que le ocurre a la gente de Richmond.

—A ciertas personas, sí.

—Y se comprende. La muerte de Lori Petersen se hubiera podido evitar. La policía cometió un imperdonable error al no otorgar la máxima prioridad a su llamada al 911. El asesino no ha sido atrapado. Las mujeres siguen muriendo. Los ciudadanos acusan a las autoridades, las cuales a su vez tienen que echarle la culpa a alguien. Es el instinto animal de conservación. Si la policía o los políticos pueden echarle la culpa a alguien de más abajo, lo harán.

—Y llegarán hasta la mismísima puerta de mi casa —dije con amargura, pensando automáticamente en Cagney.

¿Le habría ocurrido a él lo que me estaba pasando a mí? Conocía la respuesta y sentí la necesidad de expresarla en voz alta.

—No puedo evitar pensar que soy un blanco fácil por el hecho de ser mujer.

—Eres una mujer en un mundo de hombres —dijo Fortosis—. Siempre serás considerada un blanco fácil hasta que esos muchachos descubran que tienes dientes. Porque tú tienes dientes —añadió con una sonrisa—. Procura que se enteren.

—¿Cómo?

—¿Hay alguien de tu oficina en quien confíes ciegamente? —preguntó Fortosis.

—Mi equipo de colaboradores es muy leal...

Fortosis rechazó el comentario con un gesto de la mano.

—Hablo de confianza, Kay. Confianza absoluta. ¿Tu analista de informática, por ejemplo?

—Margaret siempre ha sido una persona muy leal —contesté en tono dubitativo—. Pero ¿confianza absoluta? No creo. Apenas la conozco desde un punto de vista personal.

—Quiero decir que tu seguridad, o tu mejor defensa si prefieres llamarla así, sería poder descubrir quién se ha introducido en la base de datos de tu ordenador. Puede que eso no sea posible. Pero si hubiera alguna posibilidad, supongo que para averiguarlo haría falta una persona con ciertos conocimientos de informática. Un detective tecnológico por así decirlo, alguien con quien pudieras hablar con entera confianza.

—No se me ocurre nadie —dije—. Pero aunque lo descubriera, puede que las perspectivas no fueran muy buenas. Si el culpable fuera un reportero, no creo que el hecho de descubrirlo resolviera mi problema.

—Puede que no. Pero yo que tú correría ese riesgo.

Me pregunté por qué insistía. Me daba la impresión de que tenía sus propias sospechas.

—Tendré en cuenta todo esto —me prometió— cuando me llamen a propósito de los casos, Kay, si es que me llaman. Si, por ejemplo, alguien insiste en el tema de la posible repercusión de las noticias en la frecuencia de los delitos. —Una pausa—. No estoy dispuesto a permitir que me utilicen. Pero tampoco puedo mentir. No cabe duda de que la reacción de este asesino a la publicidad, su modus operandi, en otras palabras, es un tanto insólito.

Le escuché sin decir nada.

—La verdad es que no a todos los asesinos en serie les gusta leer comentarios sobre lo que hacen. La gente tiende a creer que casi todas las personas que cometen crímenes sensacionales quieren llamar la atención y sentirse importantes. Como Hinckley. Disparas contra el presidente de la nación y te conviertes inmediatamente en un héroe. Un inadaptado que no consigue integrarse en la sociedad y no puede conservar un puesto de trabajo ni mantener relaciones normales con nadie se convierte de pronto en una persona internacionalmente conocida. A mi juicio, tales individuos son una excepción. Son un extremo.

»El otro extremo son los Lucas y los Tooles. Hacen lo que hacen y muchas veces no se quedan en la ciudad el tiempo suficiente como para poder leer la noticia en los periódicos. No quieren que nadie lo sepa. Ocultan los cuerpos y borran sus huellas. Se pasan la vida en la carretera, desplazándose de un sitio a otro, buscando a sus objetivos por el camino. Basándome en el análisis del modus operandi del asesino de Richmond, tengo la impresión de que se trata de una mezcla de ambos extremos: lo hace porque experimenta un impulso irreprimible, pero no quiere en modo alguno que lo atrapen. Al mismo tiempo, le encanta despertar el interés de la gente y quiere que todo el mundo sepa que lo ha hecho.

—¿Es eso lo que le dijiste a Amburgey? —pregunté.

—No creo que lo tuviera tan claro cuando hablé con él y los demás la semana pasada. Hizo falta el asesinato de Henna Yarborough para convencerme.

—Por tratarse de la hermana de Abby Turnbull.

—Sí.

—Si el asesino quería liquidarla a ella —dije—, ¿qué mejor manera de armar un revuelo en la ciudad y ser conocido en el resto del país que matar a la galardonada reportera que había estado informando sobre los delitos?

—Si Abby Turnbull era su objetivo, la elección se me antojaba un poco personal. Parece ser que los cuatro primeros fueron unos impersonales asesinatos de mujeres a quienes el atacante no conocía. Fueron objetivos circunstanciales.

—Las pruebas del ADN confirmarán si se trata del mismo hombre —dije, anticipándome a sus argumentos—. Pero yo estoy segura de que sí. No creo ni por un instante que Henna fuera asesinada por otra persona que, a lo mejor, pretendía acabar con su hermana.

—Abby Turnbull es un personaje conocido —dijo Fortosis—. Por una parte, me pregunto yo, si ella hubiera sido la víctima que buscaba el asesino, ¿cómo es posible que éste cometiera el error de asesinar a su hermana en su lugar? Y, por otra, si querían matar a Henna Yarborough, ¿no te parece una extraña coincidencia que fuera precisamente la hermana de Abby?

—Cosas más raras se han visto.

—Por supuesto. Nada es seguro. Podemos pasarnos toda la vida haciendo conjeturas sin conseguir aclarar nada. ¿Por qué eso o por qué aquello? El motivo, por ejemplo. ¿Fue maltratado por su madre, lo sometieron a abusos deshonestos en su infancia, etc., etc.? ¿Quiere vengarse de la sociedad y manifestar el desprecio que ésta le inspira? Cuanto más tiempo llevo en esta profesión, tanto más me convenzo de una cosa de la que los psiquiatras no quieren ni oír hablar, es decir, de que muchas de estas personas matan porque disfrutan haciéndolo.

—Yo llegué a esa conclusión hace mucho tiempo —dije con furia.

—Creo que el asesino de Richmond se lo está pasando en grande —añadió Fortosis en tono pausado—. Es muy astuto y actúa con mucho tiento. Raras veces comete errores. No estamos en presencia de un inadaptado mental que sufre lesiones en el lóbulo frontal derecho. Tampoco es un desequilibrado, rotundamente no. Es un psicópata y un sádico sexual con una inteligencia superior a la media, capaz de desenvolverse normalmente en la sociedad y de ofrecer una imagen pública aceptable. Creo que debe ganar un buen sueldo aquí en Richmond y no me sorprendería en absoluto que desempeñara un trabajo o tuviera una afición que le permite tratar con personas trastornadas o lesionadas, es decir, personas a las que puede controlar sin dificultad.

—¿Qué clase de trabajo? —pregunté con inquietud.

—Podría ser cualquier cosa. Apuesto a que es lo suficientemente listo e inteligente como para poder hacer cualquier cosa que se le antoje.

Me pareció oír la voz de Marino, diciendo: «Médico, abogado o jefe indio.»

—Has cambiado de idea —le recordé a Fortosis—. Al principio pensabas que podía tener un historial delictivo o unos antecedentes de enfermedad mental, o quizás ambas cosas a la vez. Creías que podía ser alguien recién salido de un manicomio o de una prisión...

Fortosis me interrumpió.

—A la vista de estos dos últimos homicidios, sobre todo el relacionado con Abby Turnbull, ya no lo creo. Los delincuentes psicópatas raras veces, o más bien nunca, tienen la capacidad de esquivar repetidamente a la policía. Opino que el asesino de Richmond es experto, probablemente lleva años asesinando en otros lugares y ha escapado de la justicia en el pasado con el mismo éxito con que está escapando ahora.

—¿Crees que va a un sitio, se pasa unos cuantos meses matando y después se va a otro?

—No necesariamente —contestó Fortosis—. Puede ser lo bastante disciplinado como para irse a un sitio, buscarse un trabajo y quedarse allí. Es posible que pueda pasarse algún tiempo sin hacer nada hasta que vuelve a empezar. Cuando empieza, ya no puede detenerse. Y, en cada nuevo territorio en el que actúa, le cuesta más saciarse. Cada vez es más audaz, cada vez pierde más el control. Juega con la policía y disfruta sabiendo que es la máxima preocupación de la ciudad, a través de la prensa... y quizás a través de la elección de la víctima.

—Abby —murmuré—. Si realmente pretendía liquidarla a ella.

Fortosis asintió con la cabeza.

—Ahí está la novedad, la mayor audacia y la mayor temeridad que ha cometido hasta ahora... si es que efectivamente pretendía asesinar a una conocida reportera especializada en crónicas de sucesos. Habría sido su acción más espectacular. Habría habido otros ingredientes, referencias y proyecciones psicológicas. Abby escribe cosas sobre él, y él cree que tiene una relación personal con ella. Su cólera y sus fantasías se concentran en ella.

—Pero falló —repliqué yo enfurecida—. Habría sido su actuación más espectacular, pero falló estrepitosamente.

—Exacto. Puede que no conociera suficientemente a Abby o no supiera que su hermana se había ido a vivir con ella el pasado otoño. Es muy posible que hasta que oyera la noticia por la televisión o la leyera en el periódico, no supiera que la mujer a la que había asesinado no era Abby.

La idea me sobresaltó. No se me había ocurrido aquella posibilidad.

—Y eso me preocupa muchísimo —añadió Fortosis, reclinándose en su asiento.

—¿Por qué? ¿Crees que podría volver a intentarlo? Tenía mis dudas.

—Me preocupa —repitió Fortosis como si pensara en voz alta—. Las cosas no le han salido como él quería. A su juicio, ha hecho el ridículo. Y puede que eso contribuya a exacerbar sus instintos perversos.

—Pero ¿es que puede ser «más perverso» de lo que ha sido? —exclamé—. Ya sabes lo que le hizo a Lori. Y ahora a Henna...

La expresión de su rostro me obligó a callar.

—Llamé a Marino poco antes de que vinieras aquí, Kay. Fortosis lo sabía.

Sabía que las muestras vaginales de Henna eran negativas. Probablemente el asesino no había dado en el blanco. Casi todo el líquido seminal que yo había recogido estaba en las sábanas y en las piernas de la víctima. El único instrumento que había logrado insertar con éxito era el cuchillo. Las sábanas bajo el cuerpo de la víctima estaban rígidas e impregnadas con oscura sangre reseca. No la había estrangulado, sino que probablemente ella se había muerto desangrada.

Ambos permanecimos sentados en opresivo silencio con la terrible imagen de una persona capaz de complacerse en causar tan horrendo dolor en otro ser humano.

Cuando miré a Fortosis, vi que tenía los ojos empañados y el rostro consumido. Creo que fue entonces cuando comprendí por primera vez que parecía mucho mayor de lo que era. Él podía ver y oír lo que le había ocurrido a Henna. Él conocía aquellas cosas con mucha más profundidad que yo. Era como si todo el peso de la estancia se nos estuviera cayendo encima.

Ambos nos levantamos al mismo tiempo.

Seguí el camino más largo para regresar a mi automóvil, cruzando el campus de la universidad en lugar de tomar el estrecho atajo que conducía directamente al parking. Las montañas de la Cordillera Azul parecían un brumoso océano congelado en la distancia, la blanca cúpula de la rotonda brillaba en todo su esplendor y los largos dedos de las sombras se estaban extendiendo por el césped. Se aspiraba la fragancia de los árboles y de la hierba todavía tibia bajo el sol.

Unos grupos de estudiantes pasaron riendo y charlando por mi lado sin prestarme la menor atención. Mientras caminaba bajo las ramas de un gigantesco roble, el corazón me dio un vuelco en el pecho al súbito rumor de unos pies corriendo a mi espalda. Me di bruscamente la vuelta y, al ver mi sobresalto, un joven practicante de *jogging* entreabrió los labios en gesto de asombro. Vi la borrosa imagen de unos pantalones cortos de color rojo y unas largas piernas morenas mientras el chico cruzaba al otro lado y se perdía de vista.

13

 Llegué al despacho a las seis de la mañana siguiente. Aún no había nadie y los teléfonos estaban todavía conectados a la centralita del edificio.

Mientras el café goteaba lentamente al interior de la taza, entré en el despacho de Margaret. El ordenador en respuesta módem aún estaba retando al intruso a intentarlo de nuevo. No lo había hecho.

Era absurdo. ¿Acaso sabía que habíamos descubierto su intrusión tras su intento de recuperar el caso de Lori Petersen la semana anterior? ¿Se habría asustado? ¿Sospechaba que no se había introducido ningún nuevo dato?

¿O había alguna otra razón? Contemplé la oscura pantalla. «¿Quién eres tú? —pregunté mentalmente—. ¿Qué quieres de mí?»

Volvió a sonar el teléfono al fondo del pasillo. Tres timbrazos y un repentino silencio cuando contestaba la telefonista de la centralita.

«Es muy astuto y actúa con mucho tiento...»

No hacía falta que Fortosis me lo dijera.

«No estamos en presencia de un inadaptado mental...»

No creía que se pareciera a nosotros. Pero, a lo mejor, se parecía.

«... capaz de desenvolverse normalmente en la sociedad y de ofrecer una imagen pública aceptable...»

Podía estar lo suficientemente bien preparado como para ejercer cualquier profesión. A lo mejor, usaba un ordenador en su lugar de trabajo o tenía uno en su casa.

Quizá quería penetrar en mi mente tanto como yo quería penetrar en la suya. Yo era el único nexo auténtico entre él y sus víctimas. Yo era el único testigo vivo. Cuando examinaba las contusiones, los huesos fracturados y los profundos cortes en los tejidos, sólo yo podía comprender la fuerza y la brutalidad que habían sido necesarias para infligir aquellas heridas. Las costillas son flexibles en las personas jóvenes y sanas. Le había roto las costillas a Lori colocándose de rodillas sobre su caja torácica y empujando violentamente hacia abajo con todo el peso de su cuerpo, estando ella boca arriba. Lo hizo tras haber arrancado el hilo del teléfono de la pared.

Las fracturas de los dedos eran fracturas de torsión en las cuales los huesos habían sido violentamente descoyuntados. La ató y la amordazó, y después le fue rompiendo los dedos uno a uno. Lo hizo con el exclusivo propósito de causarle un intenso dolor y de hacerle saborear de antemano lo que iba a ocurrir a continuación.

Entre tanto, ella se asfixiaba porque la corriente sanguínea que circulaba a presión rompía los vasos cual si fueran pequeños globos, produciéndole la sensación de que la cabeza le iba a estallar. Después la penetró, utilizando prácticamente todos los orificios de su cuerpo.

Cuanto más forcejeaba la víctima, tanto más se tensaba el cordón eléctrico que le rodeaba el cuello hasta que, al final, ella se desvaneció por última vez y murió.

Yo había reconstruido todo lo que les había hecho a cada una de ellas.

Debía de preguntarse qué sabía yo. Era arrogante. Era un paranoico.

Todo estaba en el ordenador, todo lo que les había hecho a Patty, a Brenda, a Cecile... La descripción de todas las lesiones, de todas las pruebas que yo había encontrado, el resultado de todos los análisis de laboratorio que había solicitado.

¿Estaría leyendo las palabras que yo había dictado? ¿Estaría leyendo mi mente?

Mis zapatos de tacón bajo resonaron fuertemente por el pasillo vacío mientras yo regresaba corriendo a mi despacho. En un estallido de febril energía, vacié el contenido de mi billetero hasta encontrar la tarjeta de visita blanco marfil con la cabecera del *Times* en letras góticas en relieve. En el reverso había un garabato escrito a bolígrafo con temblorosa mano.

Marqué el número del busca de Abby Turnbull.

Concerté la cita para la tarde porque, cuando hablé con Abby, el cuerpo de su hermana aún no estaba disponible. No quería que Abby entrara en el edificio hasta que el cuerpo de Henna hubiera sido retirado por la funeraria.

Abby llegó puntual. Rose la hizo pasar silenciosamente a mi despacho y cerró la puerta sin ruido.

Su aspecto era espantoso. Estaba ojerosa y tenía la tez casi grisácea. El desgreñado cabello se le derramaba de cualquier manera sobre los hombros; iba vestida con una arrugada blusa blanca de algodón y una falda de color caqui. Cuando encendió un cigarrillo, observé que estaba temblando. En el profundo vacío de sus ojos brillaba un destello de dolor y de rabia.

Empecé diciéndole lo mismo que les decía a los seres queridos de cualquier víctima cuyo caso me hubiera sido encomendado.

—La causa de la muerte de su hermana, Abby, fue estrangulación debido a la atadura que le rodeaba el cuello.

—¿Cuánto tiempo? —Abby expulsó una trémula nube de humo—. ¿Cuánto tiempo vivió después de que... de que él la atacara?

—No puedo decírselo con exactitud, pero los hallazgos físicos me inducen a sospechar que la muerte fue rápida.

Aunque no lo suficiente, me abstuve de decir. Había encontrado fibras en la boca de Henna. Había sido amordazada. El monstruo quiso que viviera algún tiempo, pero que se estuviera quieta. Basándome en la cantidad de sangre perdida, había calificado las heridas y los cortes de perimortales, queriendo significar con ello que sólo podía asegurar con certeza que habían sido infligidos alrededor del momento de la muerte de la víctima. Había sangrado muy poco en los tejidos circundantes tras el ataque con el cuchillo. Puede que ya estuviera muerta. O que hubiera perdido el conocimiento.

Probablemente había ocurrido algo mucho peor. Tenía la sospecha de que la cuerda de la persiana le había apretado el cuello cuando ella estiró las piernas en una violenta acción refleja provocada por el dolor.

—Tenía hemorragias petequiales en las conjuntivas, así como en la piel del rostro y el cuello —le dije a Abby—. En otras palabras, rotura de los pequeños vasos superficiales de los ojos y el rostro. Eso se debe a la presión por oclusión cervical de las venas yugulares debida a la atadura alrededor del cuello.

—¿Cuánto tiempo vivió? —volvió a preguntar Abby con voz apagada.

—Unos minutos —repetí.

No tenía intención de llegar más lejos. Abby pareció tranquilizarse levemente. Buscaba alivio en la esperanza de que los sufrimientos de su hermana hubieran sido mínimos. Algún día, cuando el caso se cerrara y ella recuperara la fuerza, Abby lo sabría. Que Dios se apiadara de ella si llegaba a enterarse de lo del cuchillo.

—¿Eso es todo? —preguntó con trémula voz.

—Es todo lo que puedo decirle en este momento —contesté—. Lo siento. Siento muchísimo lo que le ha ocurrido a Henna.

Abby se pasó un rato dando nerviosas caladas al cigarrillo como si no supiera qué hacer con las manos. Se mordía el labio inferior para que no le temblara.

Cuando al final me miró a los ojos, vi en los suyos una expresión de inquieto recelo.

Sabía que no la había llamado para decirle simplemente eso. Intuía que había algo más.

—No me ha llamado para eso, ¿verdad?

—No del todo —contesté con franqueza.

Silencio.

Estaba viendo crecer en ella el resentimiento y la cólera.

—¿Qué es? —preguntó—. ¿Qué es lo que quiere de mí?

—Quiero saber qué va usted a hacer.

Los ojos se le encendieron de repente.

—Ah, ya, entendido. Está usted preocupada por su maldito yo. Dios bendito. ¡Es como los demás!

—No estoy preocupada por mí —dije en tono pausado—. Eso ya lo he superado, Abby. Usted dispone de material suficiente para causarme problemas. Si quiere echar por tierra mi departamento y mi persona, hágalo. La decisión es suya.

Abby pareció dudar mientras apartaba los ojos.

—Comprendo su cólera —continué.

—No puede comprenderla.

—Más de lo que usted se imagina.

Pasó por mi mente la imagen de Bill. Comprendía muy bien la cólera de Abby.

—No puede. ¡Nadie podría comprenderla! —exclamó—. Él me ha robado a mi hermana. Me ha robado una parte de mi vida. ¡Qué harta estoy de que la gente me quite cosas! ¿Qué clase de mundo es este en el que alguien puede hacer una cosa así? ¡Oh, Dios mío! No sé qué voy a hacer...

—Sé que tiene usted intención de investigar por su cuenta la muerte de su hermana, Abby —dije con firmeza—. No lo haga.

—¡Alguien tiene que hacerlo! —gritó—. Qué quiere, ¿que lo deje en manos de estos policías de película de risa?

—Algunas cuestiones hay que dejarlas en manos de la policía. Pero usted puede colaborar. Puede hacerlo si realmente quiere.

—¡No me venga con paternalismos!

—No es ésa mi intención...

—Lo haré a mi manera...

—No, usted no lo hará a su manera, Abby. Hágalo por su hermana.

Me miró fijamente con sus enrojecidos ojos.

—Le he pedido que viniera porque voy a hacer una jugada. Necesito su ayuda.

—¡Exacto! Necesita que la ayude, marchándome de la ciudad y quitándome de en medio...

Sacudí lentamente la cabeza.

—¿Conoce a Benton Wesley?

—El experto en diseño de programas —dijo Abby en tono vacilante—. Sé quién es.

Consulté el reloj de pared.

—Estará aquí dentro de diez minutos.

Abby me miró largamente en silencio.

—¿Qué es lo que quiere? —preguntó al final—. ¿Qué quiere exactamente que haga?

—Que utilice sus contactos periodísticos para ayudarnos a encontrar al asesino.

—¿Encontrarle a él? —preguntó Abby, abriendo enormemente los ojos.

Me levanté para ver si quedaba café.

Wesley se había mostrado un poco reacio cuando le expliqué mi plan por teléfono, pero ahora que estábamos los tres en mi despacho, comprendí que lo había aceptado.

—Su total colaboración no es negociable —le dije resueltamente a Abby—. Tengo que contar con la absoluta seguridad de que usted hará exactamente lo que acordemos. Cualquier improvisación o variación por su parte podría dar al traste con la investigación. Su discreción es imprescindible.

Abby asintió con la cabeza y preguntó:

—Si el asesino se ha introducido en los datos del ordenador, ¿por qué lo hizo sólo una vez?

—Sólo una vez nos dimos cuenta —le recordé.

—Pero no ha vuelto a ocurrir desde que lo descubrieron.

—Va muy de prisa —apuntó Wesley—. Ha asesinado a dos mujeres en dos semanas y seguramente la información facilitada por la prensa ha sido suficiente para saciar su curiosidad. Puede estar tranquilamente sentado porque, según las noticias que se publican, no sabemos nada de él.

—Tenemos que enfurecerle —añadí yo—. Tenemos que hacer algo que lo haga sentirse acosado y le induzca a actuar con temeridad. Una manera de hacerlo podría consistir en hacerle creer que mi departamento ha descubierto unas pruebas que podrían ser la ocasión que esperábamos.

—Si es él quien se ha introducido en la base de datos del ordenador —dijo Wesley—, esto podría inducirle a tratar de descubrir qué es lo que realmente sabemos.

Wesley me miró.

La verdad era que no habíamos descubierto absolutamente nada. Había apartado a Margaret de su despacho con carácter indefinido y el ordenador se encontraba en respuesta módem. Wesley había instalado un dispositivo para localizar todas las llamadas que se hicieran a la extensión de Margaret. Íbamos a utilizar el ordenador para atraer al asesino, pidiéndole a Abby que publicara un reportaje en el que se dijera que la investigación forense había descubierto un «nexo significativo».

—Se volverá paranoico y se lo creerá —vaticiné—. Si, por ejemplo, ha estado sometido a tratamiento en algún hospital de la zona, temerá que lo localicemos a través de la historia clínica. Si compra unos determinados medicamentos en una farmacia, también se preocupará.

Todo giraba en torno al extraño olor que Matt Petersen había mencionado a la policía. No existía ninguna otra prueba a la que pudiéramos referirnos sin temor a equivocarnos.

La única prueba capaz de causarle dificultades al asesino era el ADN.

Yo podía echarme un farol, e incluso cabía la posibilidad de que no fuera un farol.

Pocos días antes, me habían enviado las copias de los informes correspondientes a los dos primeros casos. Estudié la disposición de las franjas verticales de distintos tonos y anchuras, curiosamente parecidas a los códigos de barras de los productos que se expendían en los supermercados. En cada caso había tres pruebas radiactivas y la posición de las franjas en cada prueba del caso de Patty Lewis no se diferenciaba de la posición de las franjas en las tres pruebas del caso de Brenda Steppe.

—Por supuesto que eso no nos facilita su identidad —les expliqué a Abby y a Wesley—. Lo único que podemos establecer es que, si se trata de un negro, sólo uno entre ciento treinta y cinco millones de hombres podría encajar teóricamente en este esquema y, si es un blanco, sólo podría encajar uno entre quinientos millones de hombres.

El ADN es el microcosmos de una persona en su totalidad, su código vital. Los ingenieros genéticos de un laboratorio privado de Nueva York habían aislado el ADN de las muestras de líquido seminal que yo había recogido. Habían cortado las muestras en determinados puntos y los fragmentos habían emigrado a regiones aleatorias de una superficie eléctricamente cargada y recubierta con un espeso gel. En un extremo de la superficie había un polo positivo y en el otro un polo negativo.

—El ADN lleva una carga negativa —añadí—. Los contrarios se atraen.

Los fragmentos más cortos se desplazaban con más rapidez que los más largos en dirección al polo positivo, distribuyéndose por el gel, en el que formaban un esquema de franjas. Éste se transfería a una membrana de nailon y se sometía a una prueba.

—No lo entiendo —me interrumpió Abby—. ¿Qué prueba?

Se lo expliqué.

—Los fragmentos de doble hebra del ADN del asesino fueron sometidos a un proceso de rotura o desnaturalizado que los transformó en fragmentos de una sola hebra. En palabras más sencillas, se abrieron como una cremallera. La prueba es una solución de ADN de una sola hebra de una determinada secuencia básica señalada con un marcador radiactivo.

Cuando la solución, o prueba, se extendió sobre la membrana de nailon, la prueba buscó y se unió con las hebras individuales complementarias... es decir, con las hebras individuales complementarias del asesino.

—¿Y entonces la cremallera se volvió a cerrar? —preguntó Abby—. Pero ahora es radiactiva, ¿verdad?

—Ahora el esquema se puede visualizar en una película de rayos X —contesté.

—Ya, el «código de barras». Lástima que no le podamos pasar por encima un escáner y averiguar su nombre —dijo Wesley en tono malhumorado.

—Todo lo suyo está allí —añadí—. Lo malo es que la tecnología no está lo suficientemente avanzada como para leer datos concretos, tales como los defectos genéticos, el color de los ojos y el cabello y todas esas cosas. Hay tantas franjas que cubren tantos puntos de la estructura genética de una persona que sería demasiado complejo obtener algo más que una coincidencia o una discrepancia.

—Pero eso el asesino no lo sabe —dijo Wesley, mirándome inquisitivamente.

—Ahí está.

—A no ser que sea un científico o algo por el estilo —terció Abby.

—Vamos a suponer que no lo es —dije—. Sospecho que jamás había pensado en el perfil del ADN hasta que empezó a leer los datos que publicó la prensa. Dudo que haya entendido el concepto.

—Explicaré el procedimiento en mi reportaje —aprobó Abby—. Haré que lo comprenda y que le entre miedo.

—Justo lo suficiente como para que tema que hayamos descubierto su defecto —convino Wesley—. Si es que tiene un defecto... Eso es lo que más me preocupa, Kay. —Me miró fijamente a los ojos—. ¿Y si no tuviera ningún defecto?

Volví a explicárselo pacientemente.

—Lo que a mí me llama la atención es esta referencia de Matt Petersen, al olor que se percibía en el dormitorio y que a él le recordó el del barquillo o el de algo dulce, pero empalagoso.

—El jarabe de arce —recordó Wesley.

—Sí. Si el cuerpo del asesino despide un olor semejante al del jarabe de arce, es posible que sufra alguna anomalía, algún tipo de trastorno metabólico. Concretamente, «la enfermedad urinaria del jarabe de arce».

—¿Y eso es de tipo genético?

Wesley ya me lo había preguntado dos veces.

—Ahí está lo bueno, Benton. Si sufre esta enfermedad, tendría que estar en algún lugar de su ADN.

—Jamás había oído hablar de eso —dijo Abby—. Me refiero a la enfermedad.

—Bueno, no es que sea tan frecuente como el resfriado común.

—Entonces, ¿qué es exactamente?

Me levanté de mi escritorio y me acerqué a una librería. Saqué el grueso volumen del *Manual de medicina*, lo abrí por la página correspondiente y lo deposité delante de ellos.

—Es un defecto enzimático —les expliqué, volviendo a sentarme—. El defecto da lugar a una acumulación de aminoácidos en el cuerpo, los cuales actúan como un veneno. En la forma clásica o aguda, la persona sufre graves retrasos mentales y/o muerte en la infancia, por cuyo motivo es bastante insólito encontrar personas adultas y sanas y en plenitud de sus facultades mentales que padezcan esta enfermedad. Pero es posible. En su forma leve, que sería la que probablemente presentaría el asesino, el desarrollo posnatal es normal, los síntomas son intermitentes y la enfermedad puede tratarse mediante una dieta baja en proteínas y ciertos suplementos dietéticos... concretamente la tiamina, o vitamina B_1, en una dosis diez veces superior a la ingestión diaria normal.

—En otras palabras —dijo Wesley, inclinándose hacia delante y frunciendo el ceño mientras examinaba el libro—, ¿podría padecer la forma leve, llevar una vida razonablemente normal, ser más listo que un demonio... pero apestar?

Asentí con la cabeza.

—El síntoma más común de la enfermedad urinaria del jarabe de arce es un olor característico de la orina y el sudor semejante al del jarabe de arce. Los síntomas se agudizan cuando el sujeto está nervioso, y el olor se acentúa cuando hace aquello que más tensión le provoca, es decir, cometer estos asesinatos. El olor se le pega a la ropa. Seguramente él es profundamente consciente de este problema.

—¿Y el líquido seminal no despide este mismo olor? —preguntó Wesley.

—No necesariamente.

—Bueno, pues —dijo Abby—, si le huele mal el cuerpo, se debe de duchar mucho. Y, si trabaja en compañía de otras personas, éstas tienen que haberse dado cuenta.

No dije nada.

Abby ignoraba lo del residuo brillante y yo no pensaba comentárselo. Si el asesino despedía habitualmente aquel olor, no sería nada extraño que tuviera la manía de lavarse constantemente los sobacos, la cara y las manos para evitar que otras personas pudieran notar el olor. A lo mejor, se lavaba en su lugar de trabajo, donde seguramente habría un dispensador de jabón de bórax en el lavabo de caballeros.

—Es una apuesta arriesgada —dijo Wesley, reclinándose en su asiento—. Dios mío —añadió, sacudiendo la cabeza—, si el olor que mencionó Petersen fuera una figuración suya o algo que confundió con otro olor, tal vez una colonia que llevaba el asesino, haremos el más espantoso de los ridículos. Entonces el tío estará más seguro que nunca de que no tenemos ni idea de lo que se lleva entre manos.

—No creo que Petersen se equivocara en lo del olor —dije con absoluta convicción—. En medio del sobresalto que experimentó al descubrir el cuerpo de su esposa, el olor tuvo que ser muy raro e intenso para que Petersen lo notara y lo recordara. No se me ocurre ninguna colonia que pueda tener un perfume parecido al del jarabe de arce. Deduzco que el asesino debía de sudar mucho y había abandonado el dormitorio pocos minutos antes de que entrara Petersen.

—La enfermedad provoca retraso... —dijo Abby, hojeando el libro.

—En caso de que no se trate inmediatamente despúes del nacimiento —repetí.

—Bueno, pues ese hijo de puta no es un retrasado —replicó Abby, mirándome con dureza.

—Por supuesto que no —convino Wesley—. Los psicópatas lo son todo menos tontos. Nosotros lo que pretendemos es que el tipo crea que le consideramos un tonto. Queremos hacerle daño donde más le duela... herir su maldito orgullo de persona con inteligencia superior a la normal.

—La enfermedad —expliqué— puede provocar este efecto. Si la padece, lo debe de saber. Probablemente es de carácter hereditario. Seguramente es una persona hipersensible, no sólo con respecto a su olor corporal, sino también a las deficiencias mentales que suele llevar aparejadas la dolencia.

Mientras Abby tomaba apuntes, Wesley miró hacia la pared; los rasgos de su rostro denotaban una fuerte tensión. No parecía muy contento.

—La verdad es que no lo sé, Kay —dijo, lanzando un suspiro—. Si el tipo no padece esta enfermedad del jarabe de arce... —Sacudió la cabeza—. Nos va a dar un palo. Y la investigación podría sufrir un retraso.

—No se puede retrasar algo que ya está acorralado en un rincón —dije sin perder la calma—. No tengo la menor intención de mencionar la enfermedad en el reportaje —añadí, mirando a Abby—. Diremos que se trata de un trastorno metabólico. Pueden ser muchas cosas y se preocupará. A lo mejor, se trata de algo que él ignora. ¿Cree que goza de excelente salud? ¿Cómo puede estar seguro? Jamás un equipo de ingenieros genéticos había examinado sus líquidos corporales. Aunque el tipo fuera médico, no podría excluir la posibilidad de padecer una anomalía que hubiera permanecido en estado latente toda su vida, como una bomba capaz de estallar en cualquier momento. Conseguiremos que se preocupe y que lo vaya pensando. Que tema padecer una grave enfermedad. Puede que eso le induzca a acercarse a la clínica más próxima para someterse a un examen físico. Puede que vaya a la biblioteca médica más próxima. La policía podría indagar y averiguar quién ha solicitado un examen médico o quién ha empezado a hojear frenéticamente los libros de referencia en alguna biblioteca. Si es el que se ha introducido en la base de datos de aquí, es probable que vuelva a hacerlo. En cualquier caso, tengo la corazonada de que algo va a ocurrir. Seguramente se pondrá nervioso.

Los tres nos pasamos una hora preparando el lenguaje que Abby utilizaría en su artículo.

—No podemos atribuir la noticia a nadie —dijo Abby—. No conviene. Si las citas se atribuyeran a la jefa del Departamento de Medicina Legal, la cosa le olería a chamusquina, porque usted siempre se ha negado a hacer declaraciones. Y ahora le han ordenado no decir nada. Tiene que parecer que se trata de una filtración.

—Bueno —comenté yo secamente—, puede usted sacarse de la manga su famosa «fuente médica».

Abby leyó el borrador en voz alta. No me sonaba bien. Resultaba demasiado vago. Demasiado «presunto» por aquí y «posible» por allá.

«Si tuviéramos alguna muestra de su sangre. El defecto enzimático, en caso de que existiera, se podía detectar en los leucocitos, es decir, en los glóbulos blancos. Si por lo menos tuviéramos algo...»

De pronto, sonó mi teléfono. Era Rose.

—Doctora Scarpetta, está aquí el sargento Marino. Dice que es urgente.

Me reuní con él en el vestíbulo. Llevaba una bolsa de plástico gris de las que se utilizaban para guardar prendas de vestir relacionadas con delitos.

—No se lo va a creer —me dijo mientras una radiante sonrisa le iluminaba el arrebolado rostro—. ¿Conoce a Urraca?

Contemplé la abultada bolsa con visible perplejidad.

—Ya sabe, Urraca. Anda recorriendo la ciudad con todas sus posesiones terrenales en un carrito de la compra que debió de birlar en alguna parte. Se pasa las horas rebuscando en los cubos y los contenedores de la basura.

—¿Se refiere a un mendigo?

Pero ¿de qué me estaba hablando Marino?

—Sí. Me refiero al rey de los mendigos. Bueno, pues estaba rebuscando en el contenedor de la basura situado a menos de una manzana de distancia del lugar donde asesinaron a Henna Yarborough y ¿a que no sabe una cosa? Va y encuentra nada menos que un bonito mono azul marino, doctora. Y se extraña un poco porque la prenda tiene manchas de sangre. Es uno de mis confidentes, ¿sabe? Y se le ocurre la idea de guardar la prenda en una bolsa de la basura. Lleva varios días buscándome. Hace un rato me saluda con la mano y me cobra el aguinaldo habitual tras felicitarme las pascuas. —Marino estaba desanudando el cordel de cierre de la bolsa—. Huela esto.

Por poco me tumba de espaldas, no sólo el desagradable olor de la prenda manchada de sangre reseca de varios días, sino también un intenso y dulzón olor de jarabe de arce. Un estremecimiento me recorrió la columna vertebral.

—Además —añadió Marino—, antes de venir aquí, he pasado por el apartamento de Petersen y le he pedido que oliera esto.

—¿Es el olor que él recuerda?

Marino me apuntó con el dedo y me guiñó el ojo.

—Ni más ni menos.

Vander y yo nos pasamos dos horas trabajando con el mono azul. Betty tardaría un poco en analizar las manchas de sangre, pero no nos cabía la menor duda de que el mono azul pertenecía al asesino. La prenda brillaba bajo el láser como el alquitrán mezclado con mica.

Suponíamos que, al atacar a Henna con el cuchillo, se habría manchado mucho de sangre y se habría secado las manos en la prenda. Los puños de las mangas también estaban rígidos a causa de la sangre reseca. Seguramente tenía por costumbre ponerse un mono encima de la ropa cuando perpetraba sus ataques. Y, a lo mejor, arrojaba la prenda a un contenedor de basura una vez cometido el crimen, aunque yo tenía mis dudas. Ésa la había arrojado porque había hecho sangrar a su víctima.

Apostaba a que era lo bastante listo como para saber que las manchas de sangre son permanentes. Si alguna vez lo atraparan, no quería tener en su armario ninguna prenda manchada de sangre. Y tampoco quería que nadie localizara el origen del mono. Por eso había quitado la etiqueta.

El tejido parecía una mezcla de algodón y fibra sintética, de color azul oscuro; la prenda era de talla grande o extra grande. Recordé las fibras oscuras encontradas en el antepecho de la ventana y en el cuerpo de Lori Petersen. En el cuerpo de Henna también se habían encontrado algunas fibras oscuras.

Ninguno de los tres le habíamos comentado a Marino lo que íbamos a hacer. Estaría en la calle o tal vez en casa tomándose una cerveza delante del televisor. No tendría ni idea. Cuando se divulgara la noticia, creería que era una filtración relacionada con el mono que él había entregado y con los informes sobre el ADN que acababan de enviarme. Queríamos que todo el mundo pensara que la noticia era auténtica.

Y puede que efectivamente lo fuera. No se me ocurría ninguna otra razón por la cual el asesino pudiera despedir aquel olor corporal tan característico a no ser que Petersen estuviera confundido y el mono se hubiera arrojado casualmente encima de un frasco de jarabe de arce que alguien hubiera tirado previamente al contenedor.

—Es magnífico —dijo Wesley—. El tipo lo debía de tener todo previsto y hasta puede que supiera dónde estaba el contenedor antes de salir aquella noche. No debió de pensar que lo encontraríamos.

Miré de soslayo a Abby. Estaba resistiendo muy bien.

—Es suficiente para empezar —añadió Wesley.

Ya me imaginaba el titular:

ADN, NUEVAS PRUEBAS:
EL ASESINO EN SERIE PODRÍA PADECER
UN TRASTORNO METABÓLICO

En caso de que efectivamente padeciera la enfermedad urinaria del jarabe de arce, la noticia lo dejaría estupefacto.

—Si quiere usted atraerle al ordenador de su oficina —dijo Abby—, tenemos que hacerle creer que aquí también entra en juego el ordenador. O sea, que los datos guardan relación.

Reflexioné un instante.

—De acuerdo. Podemos decir que se introdujo recientemente en el ordenador una información relacionada con un curioso olor, presente en uno de los escenarios de los delitos y relacionado con una prueba recientemente descubierta a propósito de un insólito defecto enzimático capaz de producir un olor parecido, si bien fuentes cercanas a la investigación no han especificado exactamente cuál podía ser el defecto o la enfermedad, ni si el defecto ha sido confirmado a través de los resultados de las pruebas del ADN recientemente realizadas.

A Wesley le gustó la idea.

—Estupendo. Que sufra un poco. Que no sepa si hemos encontrado el mono. No hay que dar detalles. Podríamos decir simplemente que la policía se ha negado a revelar la naturaleza exacta de la prueba.

Abby seguía tomando apuntes.

—Volviendo a su «fuente médica» —dije yo—, no sería mala idea reproducir algunos comentarios de esta persona.

Abby me miró.

—¿Como cuáles?

—Podemos decir —contesté, mirando a Wesley— que esta fuente médica se niega a revelar la naturaleza exacta de este trastorno, pero ha señalado que puede producir daños mentales e incluso retraso en los casos agudos. Y después se puede añadir... —compuse el párrafo en voz alta—: «Un experto en genética humana ha afirmado que ciertos tipos de trastornos metabólicos pueden dar lugar a graves retrasos mentales. Aunque la policía no cree posible que el asesino en serie padezca un grave deterioro mental, algunas pruebas indican que podría sufrir cierto grado de deficiencia que se manifiesta a través de la desorganización y la confusión intermitentes.»

—Se quedará de una pieza —musitó Wesley—. Se pondrá furioso.

—Es importante no poner en tela de juicio su cordura —añadí—. Eso nos podría perjudicar durante el juicio.

—Pondremos simplemente que lo ha dicho la fuente —sugirió Abby—. Estableceremos una distinción entre el retraso y la enfermedad mental. —Ya había llenado media docena de páginas de su cuaderno de apuntes—. Ahora vamos a la cuestión del jarabe de arce. ¿Tenemos que concretar algo sobre ese olor? —preguntó sin dejar de escribir.

—Sí —contesté sin dudar—. Puede que ese hombre trabaje en contacto con el público. O, por lo menos, tendrá compañeros. Es posible que alguien se presente a declarar.

Wesley reflexionó.

—No cabe duda de que eso le desquiciará y seguramente le volverá paranoico.

—A menos que no despida un extraño olor corporal —dijo Abby.

—¿Y cómo puede él saber que no? —pregunté.

Ambos me miraron sorprendidos.

—¿Nunca han oído decir que uno no se nota el propio olor? —añadí.

—¿Quiere decir que podría oler mal y no saberlo? —preguntó Abby.

—Dejémosle en la duda —contesté.

Abby asintió con la cabeza y se inclinó de nuevo sobre su cuaderno de apuntes.

Wesley se reclinó en su sillón.

—¿Qué más sabe usted sobre este defecto, Kay? ¿Le parece que investiguemos en las farmacias para averiguar si alguien compra vitaminas al por mayor o algún determinado medicamento con receta?

—Se podría preguntar si alguien compra habitualmente elevadas dosis de vitamina B_1 —contesté—. También hay un suplemento dietético en polvo para esta enfermedad. Creo que es un suplemento proteínico que se expende sin receta. A lo mejor, controla su enfermedad por medio de la dieta, limitando la ingestión de alimentos con elevado contenido proteico. Sin embargo, supongo que es demasiado listo como para dejar estas huellas y, por otra parte, no creo que su enfermedad sea lo bastante grave como para obligarle a seguir una severa dieta alimenticia. Supongo que, a juzgar por lo bien que sabe desenvolverse, debe de llevar una vida bastante normal. Su único problema es ese extraño olor corporal que se intensifica cuando está sometido a tensión.

—¿Tensión emocional?

—Tensión física —contesté—. La enfermedad urinaria del jarabe de arce tiende a agudizarse en períodos de tensión física, como cuando una persona padece una infección respiratoria o la gripe. Es algo de tipo fisiológico. Seguramente no duerme lo suficiente. Hace falta mucha energía física para atacar a las víctimas, entrar en las casas y hacer lo que él hace. La tensión emocional y la física están relacionadas... la una influye en la otra. Cuanto mayor es la tensión emocional, tanto más se intensifica la física, y viceversa.

—Y entonces, ¿qué?

Miré a Wesley sin saber a qué se refería.

—¿Qué ocurre cuando la enfermedad se agudiza?

—Depende del grado.

—Supongamos que es alto.

—Se produce un serio problema.

—¿Y eso qué significa?

—Significa que se registra una acumulación de aminoácidos y el sujeto se vuelve letárgico, irritable y atáxico. Unos síntomas muy similares a los de una hiperglucemia grave. Puede ser necesaria una hospitalización.

—Hable en cristiano —dijo Wesley—. ¿Qué demonios quiere decir atáxico?

—Inestable. Camina como si estuviera borracho. No tendría fuerza para escalar vallas y encaramarse a las ventanas. Si la enfermedad se agudiza y el grado de tensión sigue aumentando, se podría descontrolar.

—¿Se podría descontrolar? —dijo Wesley—. Es lo que nosotros pretendemos, ¿no? ¿Se le podría descontrolar la enfermedad?

—Posiblemente.

—Muy bien. Y entonces, ¿qué ocurre?

—Hiperglucemia grave y aumento de la ansiedad. Si no se controla la enfermedad, experimentará confusión mental y excitación. Su capacidad de discernimiento podría deteriorarse. Sufrirá cambios de humor —añadí sin concretar nada más.

Sin embargo, Wesley aún no se daba por satisfecho.

—A usted no se le ha ocurrido sin más esta cuestión de la enfermedad urinaria, ¿verdad? —preguntó, inclinándose hacia delante en su asiento y mirándome fijamente.

—La tenía en cuenta.

—Pero no dijo nada.

—Porque no estaba muy segura. No vi ninguna razón para sugerir esta posibilidad hasta ahora.

—Muy bien. De acuerdo. Ha dicho que quiere sacarlo de quicio y provocarle una tensión que lo vuelva loco. Pues hagámoslo. ¿Cuál es la última fase? Quiero decir, ¿qué ocurriría si la enfermedad se agudizara realmente?

—Podría perder el conocimiento y sufrir convulsiones. Si la situación se prolongara, podría registrar un grave déficit orgánico.

Wesley me miró con incredulidad.

—Qué barbaridad —exclamó como si de pronto hubiera comprendido el alcance de mis intenciones—. Usted lo que quiere es matar a ese hijo de puta.

Abby dejó de escribir y me miró con cierto asombro.

—Todo eso es teórico —dije—. En caso de que sufra la enfermedad, el grado debe de ser muy bajo. Ha vivido con ella toda la vida. Es altamente improbable que la enfermedad lo mate.

Wesley clavó los ojos en mí. Estaba claro que no me creía.

14

No pude dormir en toda la noche. Mi mente se negaba a descansar y me obligaba a debatirme entre unas inquietantes realidades y unos sueños descabellados. Yo disparaba contra alguien, y Bill era el forense que acudía al lugar de los hechos. Cuando llegaba con su maletín negro, le acompañaba una bella a quien yo no conocía...

Mis ojos se abrieron en la oscuridad y tuve la sensación de que una fría mano me estrujaba el corazón. Me levanté de la cama antes de que sonara el despertador y me fui al trabajo envuelta en una nube de depresión.

Creo que jamás en mi vida me había sentido tan sola y aislada. Apenas hablaba con nadie en el departamento y mis colaboradores ya estaban empezando a dirigirme extrañas miradas de inquietud.

Varias veces había estado a punto de llamarle, pero mi decisión había vacilado como un árbol a punto de caer. Al final, decidí hacerlo poco antes del mediodía. Su secretaria me comunicó jovialmente que el «señor Boltz» se había ido de vacaciones y no regresaría hasta primeros de julio.

No dejé ningún recado. Sabía que aquellas vacaciones no estaban previstas. Sabía también por qué Bill no me las había comentado. En el pasado me lo hubiera dicho. Pero el pasado ya no existía. Ya no habría decisiones ni endebles excusas o descaradas mentiras. Se había apartado de mí para siempre porque no podía enfrentarse a sus propios pecados.

Después del almuerzo, subí a Serología y me sorprendió

ver a Betty y a Wingo de espaldas a la puerta y con las cabezas juntas, examinando una cosa blanca en el interior de una bolsita de plástico.

—Hola —dije al entrar.

Wingo guardó nerviosamente la bolsa en un bolsillo de la bata de laboratorio de Betty como si le deslizara subrepticiamente dinero.

—¿Ha terminado abajo? —pregunté, simulando estar distraída y no haberme dado cuenta de aquel curioso manejo.

—Ah, sí. Por supuesto, doctora Scarpetta —contestó rápidamente Wingo dirigiéndose hacia la puerta—. McFee, el tipo que murió de un disparo anoche... ya lo he enviado a la funeraria hace un rato. Y las víctimas del incendio de Albemarle no llegarán hasta las cuatro o así.

—Muy bien. Las tendremos aquí hasta mañana por la mañana.

—De acuerdo —le oí decir desde el pasillo.

Extendida sobre la mesa del centro de la sala estaba la razón de mi visita. El mono azul, pulcramente alisado y con la cremallera subida hasta el cuello. Habría podido pertenecer a cualquier persona. Tenía numerosos bolsillos y creo que yo los había examinado media docena de veces con la esperanza de encontrar algo que pudiera facilitarme alguna clave sobre la identidad de su dueño, pero todos estaban vacíos. En las mangas y las perneras se veían unos grandes agujeros correspondientes a los trozos de tela que Betty había cortado para examinar las manchas de sangre.

—¿Ha habido suerte con el grupo sanguíneo? —le pregunté a Betty, tratando de no mirar la bolsita de plástico que asomaba por su bolsillo.

—Ya lo tengo casi terminado —contestó Betty, indicándome por señas que la acompañara a su despacho.

Sobre su escritorio había un cuaderno de apuntes lleno de notas y números que a los iniciados les habrían parecido unos jeroglíficos.

—El grupo sanguíneo de Henna Yarborough es el B —dijo

Betty—. En eso hemos tenido suerte, porque no es muy frecuente. En Virginia, un doce por ciento de la población pertenece al grupo B. Su PGM es uno-más uno-menos. Su PEP es A-uno, el EAP es CB, ADA-uno y AK-uno. Por desgracia, los subsistemas son muy comunes, más del ochenta y nueve por ciento de la población de Virginia.

—¿Hasta qué punto es común la configuración? —pregunté.

La bolsita de plástico que asomaba por encima de su bolsillo estaba empezando a ponerme nerviosa.

Betty empezó a pulsar los botones de una calculadora, multiplicando los porcentajes y dividiéndolos por el número de subsistemas que tenía.

—Aproximadamente un diecisiete por ciento. Diecisiete personas sobre cien podrían tener esta configuración.

—No es que sea insólita precisamente —dije en un susurro.

—No, a menos que consideremos insólitos a los gorriones.

—¿Y qué me dice de las manchas de sangre del mono?

—Tuvimos suerte. El aire ya debía de haber secado el mono cuando el mendigo lo encontró. Está todo asombrosamente claro. Tengo todos los subsistemas menos un EAP. Coincide con la sangre de Henna Yarborough. Las pruebas del ADN nos lo dirán con seguridad, pero para eso tendremos que esperar entre un mes y seis semanas.

—Tendríamos que comprar más aparatos para los laboratorios —comenté con aire ausente.

Betty me miró con afecto.

—La veo muy preocupada, Kay.

—Se me nota, ¿verdad?

—Lo noto yo.

No dije nada.

—No permita que eso la destruya. Después de haberme pasado treinta años sufriendo estas angustias, sé lo que me digo...

—¿Qué está tramando Wingo? —pregunté insensatamente.

Sorprendida, Betty vaciló.

—¿Wingo? Bueno...

Miré fijamente su bolsillo.

Betty soltó una risita nerviosa y se dio unas palmadas en el bolsillo.

—Ah, ¿se refiere a eso? Un trabajito personal que me ha pedido que le haga.

Betty no estaba dispuesta a decir más. A lo mejor, Wingo tenía otras inquietudes en la vida. A lo mejor, se había hecho unos análisis en secreto. Dios mío, que no tenga el sida.

Reuniendo mis fragmentados pensamientos, pregunté:

—¿Qué hay de las fibras? ¿Se ha descubierto algo?

Betty había comparado las fibras del mono con las fibras encontradas en la casa de Lori Petersen y las pocas fibras encontradas en el cuerpo de Henna Yarborough.

—Las fibras encontradas en el antepecho de la ventana de los Petersen podrían proceder del mono —me dijo— o de cualquier cruzadillo con mezcla de algodón y poliéster azul oscuro.

«En un juicio —pensé tristemente—, la comparación no significaría nada porque el cruzadillo es algo tan genérico como el papel de máquina de escribir que se vende en los almacenes... hay por todas partes. Podría proceder de los pantalones de trabajo de una persona. Podría pertenecer incluso al uniforme de un policía o de un miembro de un equipo de socorro.»

Hubo otra decepción. Betty estaba segura de que las fibras encontradas en el cuerpo de Henna Yarborough no pertenecían al mono.

—Son de algodón ciento por ciento —dijo—. Pueden pertenecer a algo que ella se puso durante el día o incluso a una toalla de baño. ¿Quién sabe? La gente lleva encima toda clase de fibras. Pero no me extraña que el mono no dejara ninguna fibra.

—¿Por qué?

—Porque los tejidos de cruzadillo como el del mono son muy suaves. Raras veces dejan fibras a no ser que la tela entre en contacto con alguna superficie áspera.

—El antepecho de ladrillo de una ventana o un áspero antepecho de madera como en el caso de Lori.

—Es posible. Las fibras oscuras que encontramos en su caso podrían proceder de un mono. Puede que incluso de éste. Pero no creo que podamos saberlo.

Bajé a mi despacho y me senté en el sillón de mi escritorio. Abrí el cajón y saqué las cinco fichas de las mujeres asesinadas.

Empecé a buscar algo que quizá me hubiera pasado inadvertido. Una vez más, buscaba a tientas alguna relación.

¿Qué tenían en común aquellas cinco mujeres? ¿Por qué motivo las eligió el asesino? ¿Cómo entró en contacto con ellas?

Tenía que haber un nexo. En mi fuero interno no creía que las hubiera elegido al azar y que hubiera pasado simplemente por allí en busca de alguna candidata. Creía que las había elegido por alguna razón. Debió de establecer contacto con ellas y quizá las siguió hasta su casa.

Zona, actividad laboral, aspecto físico. No había ningún común denominador. Seguí el proceso inverso y busqué el mínimo común denominador. Siempre acababa en el caso de Cecile Tyler.

Era negra, mientras que las otras cuatro víctimas eran blancas. Esta circunstancia me había preocupado al principio y ahora me seguía preocupando. ¿Acaso el asesino había cometido un error? A lo mejor, no se dio cuenta de que era negra. ¿Acaso iba tras otra? ¿Su amiga Bobbi, por ejemplo?

Pasé las páginas y eché un vistazo al informe de autopsia que yo misma había dictado. Examiné unas facturas, unos avisos telefónicos y una vieja historia clínica del hospital St. Luke donde cinco años atrás la víctima había sido atendida por un embarazo ectópico. Cuando llegué al informe de la policía, vi el nombre del único familiar que tenía Cecile, una hermana en Madras, Oregón. A través de ella Marino había obtenido información sobre los antecedentes de Cecile y su fracasado matrimonio con un dentista que ahora vivía en Tidewater. Las radiografías chirriaron como las hojas de una sierra quirúrgica cuando las saqué de sus sobres de cartulina y las examiné una a una a contraluz de mi lámpara de sobremesa. Cecile no tenía ninguna lesión esquelética aparte de una fractura por impacto ya soldada en el codo izquierdo. La antigüedad de la lesión no se podía precisar, pero se veía que no era reciente. Podía remontarse a muchos años atrás.

Estudié una vez más la conexión con el centro médico. Tanto Lori Petersen como Brenda Steppe habían estado recientemente en la sala de urgencias del hospital. Lori estaba allí debido a sus turnos rotatorios en traumatología. Y a Brenda la habían atendido en aquel lugar tras sufrir un accidente de tráfico. Quizás era demasiado rebuscado pensar que, a lo mejor, Cecile también había sido atendida allí cuando se fracturó el codo. Pero yo estaba dispuesta a examinarlo todo.

Marqué el número de la hermana de Cecille que figuraba en el informe de Marino.

Me contestaron al cabo de cinco timbrazos.

—¿Diga?

La conexión era mala y pensé que había cometido un error.

—Perdone, creo que me he equivocado de número —dije rápidamente.

—¿Cómo?

Repetí lo que había dicho, levantando un poco más la voz.

—¿Qué número marca?

La voz correspondía a una mujer instruida, de unos veintitantos años, con acento de Virginia.

Leí el número.

—Es aquí. ¿Por quién pregunta?

—Fran O'Connor —contesté, leyendo el nombre que figuraba en el informe.

—Al habla —dijo la joven e instruida voz.

Le expliqué quién era y oí un leve jadeo.

—Tengo entendido que es usted la hermana de Cecile Tyler.

—Sí. Dios mío, no quiero hablar de eso. Por favor.

—Señora O'Connor, siento mucho lo ocurrido con Cecile.

Soy la médica forense que trabaja en su caso y la llamo para preguntarle si sabe cómo se fracturó el codo izquierdo su hermana. Tiene una fractura soldada en el codo izquierdo. Ahora mismo estoy contemplando la radiografía.

Una vacilación. Estaría reflexionando.

—Fue un accidente de *jogging*. Corría por una acera, tropezó y cayó al suelo. Trató de parar el golpe con las manos y el impacto le fracturó un codo. Lo llevó escayolado tres meses durante uno de los veranos más calurosos que se recuerdan. Lo pasó muy mal.

—¿Estaba ella en Oregón aquel verano?

—No, Cecile nunca ha vivido en Oregón. Fue en Fredericksburg, donde ambas nos criamos.

—¿Cuánto tiempo hace?

Otra pausa.

—Puede que unos nueve o diez años.

—¿Dónde la atendieron?

—No lo sé. En un hospital de Fredericksburg cuyo nombre no recuerdo.

La fractura de Cecile no había sido tratada en el Centro Médico de Virginia y la lesión era demasiado antigua como para que ahora tuviera importancia. Pero a mí me daba igual.

Jamás había conocido a Cecile Tyler en vida.

Jamás había hablado con ella.

Suponía que debía de hablar como una «negra».

—Señora O'Connor, ¿es usted negra?

—Por supuesto que soy negra —contestó mi interlocutora en tono levemente ofendido.

—¿Hablaba su hermana igual que usted?

—¿Que si hablaba igual que yo? —repitió la hermana de Cecile, levantando un poco la voz.

—Ya sé que parece una pregunta extraña...

—¿Quiere decir si hablaba como una blanca igual que yo? —añadió ella enfurecida—. ¡Sí! ¡Así hablaba ella! ¿Acaso no consiste precisamente en eso la educación? ¿En que los negros puedan hablar como los blancos?

—Por favor —dije en tono compungido—, no tenía la menor intención de ofenderla. Pero es importante...

Me estaba disculpando ante un teléfono mudo.

Lucy estaba enterada de la quinta estrangulación. Sabía todo lo concerniente a las cinco mujeres. También sabía que yo guardaba un revólver del 38 en mi dormitorio y dos veces me había hecho preguntas al respecto después de la cena.

—Lucy —le dije mientras enjuagaba los platos y los colocaba en un escurridor—, no quiero que pienses en las armas de fuego. No tendría el revólver si no viviera sola.

Había estado tentada de esconderlo en algún lugar donde ella no pudiera encontrarlo, pero después del incidente del módem, que yo había relacionado con mi ordenador doméstico días atrás, me había jurado ser sincera con ella. El revólver del 38 se quedaría en un estante de mi armario dentro de una caja de zapatos, aunque descargado. Lo descargaba por la mañana y lo cargaba por la noche antes de acostarme. Los cartuchos Silvertip, en cambio... los ocultaba en un lugar donde ella no pudiera encontrarlos.

Vi que me estaba mirando con los ojos muy abiertos.

—Tú ya sabes por qué tengo un arma, Lucy. Y supongo que ya sabes lo peligrosas que son...

—Matan a la gente.

—Sí —dije yo mientras ambas nos dirigíamos al salón—. Pueden matar.

—Y tú la tienes para poder matar a alguien.

—No quiero pensar en eso —dije, mirándola con la cara muy seria.

—Pero es verdad. Por eso la tienes. Porque hay gente mala. Es por eso.

Tomé el mando a distancia y encendí el televisor.

Lucy se remangó el chándal color rosa y se quejó:

—Aquí dentro hace mucho calor, tía Kay. ¿Por qué hace tanto calor?

—¿Quieres que ponga el aire acondicionado? —pregunté, pasando distraídamente de uno a otro canal.

—No. Odio el aire.

Encendí un cigarrillo, y Lucy también protestó.

—Tu despacho es muy caluroso y siempre apesta a cigarrillos. Apesta aunque abra la ventana. Mamá dice que no deberías fumar. Eres médica y fumas. Mamá dice que tendrías que ser más juiciosa.

Dorothy había llamado la víspera. Estaba en no sé qué sitio de California con su marido el ilustrador. Estuve amable con ella, pero hubiera querido decirle: «Tienes una hija que es carne de tu carne y sangre de tu sangre. ¿Te acuerdas de Lucy? ¿Te acuerdas de ella?» En su lugar, me mostré circunspecta y casi cariñosa, sobre todo en atención a Lucy, que estaba sentada a la mesa con los labios fuertemente apretados.

Lucy se pasó unos diez minutos hablando con su madre y después ya no tuvo nada más que decir. Desde entonces, me estaba constantemente encima y no paraba de despotricar y de criticar. Se había pasado todo el día haciendo lo mismo según Bertha, la cual me había comentado que la niña estaba hecha un «manojo de nervios». Apenas había salido de mi despacho. Se sentó delante del ordenador en cuanto yo salí de casa y no lo dejó hasta que regresé. Bertha ni siquiera la llamó a la cocina para las comidas. Lucy había comido en mi escritorio.

La serie del televisor resultaba un tanto absurda, porque Lucy y yo ya teníamos nuestra serie particular en el salón.

—Andy dice que es más peligroso tener un arma y no saber usarla que no tener ninguna —dijo Lucy en voz alta.

—¿Andy? —pregunté distraída.

—El que hubo antes que Ralph. Salía al patio de atrás y disparaba contra las botellas. Podía disparar desde mucha distancia. Apuesto a que tú no sabrías hacerlo —añadió, mirándome con expresión acusadora.

—Tienes razón. Seguro que no sabría disparar tan bien como Andy.

—¿Lo ves?

No le dije que, en realidad, tenía muy buenos conocimientos sobre las armas de fuego. Antes de comprar mi Luger de acero inoxidable del calibre 38, había bajado a la sala de tiro cubierta situada en el sótano de mi departamento y había probado toda una serie de armas procedentes del laboratorio de armas de fuego bajo la supervisión profesional de uno de los expertos. De vez en cuando practicaba y no se me daba del todo mal. No creía que vacilara en caso de que surgiera la necesidad. Pero no me apetecía hablar de aquellas cosas con mi sobrina.

En tono muy pausado, pregunté:

—Lucy, ¿por qué la tienes tomada conmigo?

—¡Porque eres más tonta que yo qué sé! —contestó Lucy con los ojos llenos de lágrimas—. Porque eres tonta de remate y, si lo intentara, ¡te harías daño o él te quitaría el arma! ¡Y entonces te mataría! Si lo intentaras, ¡él te pegaría un tiro como ocurre en la televisión!

—¿Si lo intentara? —pregunté, perpleja—. ¿Si intentara qué, Lucy?

—Si intentaras disparar primero contra alguien.

Lucy se enjugó las lágrimas mientras el tórax le subía y bajaba.

Yo no estaba al tanto de los programas familiares de la televisión y no supe qué decir. Experimenté el impulso de retirarme a mi despacho y cerrar la puerta para distraerme un poco con el trabajo, pero lo que hice fue acercarme a ella y atraerla hacia mí. Ambas permanecimos un buen rato sentadas sin decir nada.

Me pregunté con quién debía hablar Lucy en casa. No me la imaginaba manteniendo conversaciones significativas con mi hermana. Dorothy y sus libros infantiles habían sido elogiados por distintos críticos, los cuales los habían calificado de «extraordinariamente perspicaces», «profundos» y «rebosantes de sentimiento». Qué cruel ironía. Dorothy entregaba lo mejor de sí misma a unos personajes juveniles inexistentes, los mimaba, se pasaba largas horas cuidándolos en todos sus detalles, desde su forma de peinarse hasta las prendas que vestían y todos los rituales y las pruebas propias de la edad. Y, entre tanto, Lucy se moría de ganas de que alguien le prestara un poco de atención.

Recordé las veces que Lucy y yo habíamos estado juntas cuando yo vivía en Miami, las vacaciones que había pasado con ella, mi madre y Dorothy. Pensé en la última visita de Lucy a Richmond. No recordaba que me hubiera hablado jamás de ningún amigo. No creo que los tuviera. Hablaba de sus maestros, del variado surtido de «novios» de su madre, de la señora Spooner, la de la acera de enfrente, de Jack, el que cuidaba del patio, y del incesante desfile de criadas. Lucy era una pequeña sabelotodo con gafas a quien los niños mayores envidiaban y los pequeños no entendían. No estaba sincronizada, y creo que yo era exactamente igual que ella a su edad.

Una profunda sensación de paz nos invadió a las dos.

—El otro día alguien me hizo una pregunta —le dije, hablando contra su cabello.

—¿Sobre qué?

—Sobre la confianza. Alguien me preguntó si había alguien en quien confiara por encima de todo el mundo. ¿Y sabes una cosa?

Lucy echó la cabeza hacia atrás y me miró.

—Creo que esa persona eres tú.

—¿De veras? ¿Más que en nadie? —preguntó con incredulidad.

Asentí con la cabeza y añadí sosegadamente:

—Por lo tanto, voy a pedirte que me ayudes en una cosa.

Lucy se incorporó y me miró emocionada.

—¡Pues claro! ¡Pídeme lo que sea! ¡Te ayudaré, tía Kay!

—Necesito saber cómo pudo alguien introducirse en el ordenador del departamento...

—Yo no lo hice —dijo, mirándome con expresión apenada—. Ya te lo dije.

—Te creo. Pero alguien lo hizo, Lucy. ¿No podrías tú ayudarme a descubrirlo?

No creía que pudiera hacerlo, pero sentía el impulso de darle una oportunidad.

Rebosante de energía y entusiasmo, Lucy contestó sin vacilar:

—Cualquiera puede hacerlo porque es muy fácil.

—¿Fácil? —pregunté sin poder reprimir una sonrisa.

—Con el System/Manager.

La miré con asombro.

—¿Y cómo sabes tú lo del System/Manager?

—Está en el manual. Es como Dios.

En momentos como aquél recordaba el cociente intelectual de Lucy. La primera vez que le habían hecho la prueba, el examinador insistió en repetirla porque tenía que haber «algún error». Y lo había. La segunda vez Lucy consiguió diez puntos más.

—Así es como se entra en SQL —añadió—. Mira, no puedes crear nada si no tienes el System/Manager. Para eso sirve precisamente. Es como Dios. Con él puedes entrar en SQL y crear lo que te dé la gana.

«Lo que te dé la gana», pensé. Como, por ejemplo, todos los nombres de usuario y contraseñas asignados a mis despachos. Era una terrible revelación, tan simple que ni siquiera se me había ocurrido pensarlo. Supongo que a Margaret tampoco se le habría ocurrido.

—Lo único que se necesita es entrar —añadió Lucy—. Y, si uno conoce este dios, puede crear cualquier cosa que se le antoje, convertirla en un ABD y entrar de esta manera en tu base de datos.

En mi despacho, el administrador de base de datos o ABD era GARGANTA/PROFUNDA. De vez en cuando, Margaret tenía sentido del humor.

—O sea que entras en SQL conectando el System/Manager y entonces tecleas, por ejemplo: GRANT CONNECT, RESOURCE, ABD DE TÍA IDENTIFICADA POR KAY.

—A lo mejor, eso fue lo que ocurrió —dije, reflexionando en voz alta—. Y, con el ABD, cualquier persona no sólo puede visualizar sino también alterar los datos.

—¡Pues claro! Dios le dijo que podía. El ABD es como Jesús.

Sus símiles teológicos eran tan tremendos que no tuve más remedio que reírme.

—Así entré yo al principio en SQL —me confesó—. Como no me habías dicho cuáles eran las contraseñas ni nada de eso, tuve que probar con algunos de los comandos del manual. Entonces asigné una contraseña al nombre de usuario de tu ABD para poder entrar.

—Un momento —dije yo—. ¡Un momento! ¿Quieres decir que le asignaste al usuario de mi ABD una contraseña que tú inventaste? ¿Y cómo sabías tú mi nombre de usuario? Yo no te lo había dicho.

—Está en los archivos —me explicó—. Lo encontré en el directorio Home donde están todas las contraseñas de los nombres de usuario de las tablas que tú creaste. Tú tienes un archivo llamado «Grants. SQL» en el que creaste todos los sinónimos públicos de tus tablas.

En realidad, aquellas tablas no las había creado yo. Lo había hecho Margaret el año anterior y yo había cargado el ordenador de mi casa con los disquetes que ella me entregó. ¿Sería posible que en el ordenador de la OJDML hubiera un archivo similar?

Tomé a Lucy de la mano y ambas nos levantamos del sofá y nos dirigimos a mi despacho. La senté delante del ordenador y acerqué la otomana.

Entramos en el paquete de *software* de comunicaciones y tecleamos el número del despacho de Margaret. Vimos la cuenta atrás en la parte inferior de la pantalla mientras el ordenador marcaba. Casi inmediatamente, el aparato anunció que estábamos conectadas y, varios comandos más tarde, la pantalla quedó a oscuras y apareció la C de color verde. Mi ordenador se había convertido de pronto en un espejo. Al otro lado estaban los secretos de mi despacho situado a dieciocho kilómetros de distancia. Me puse un poco nerviosa al pensar que, mientras nosotras trabajábamos, la llamada estaba siendo localizada. Tendría que acordarme de decírselo a Wesley para que no perdiera el tiempo tratando de descubrir al intruso, que, en aquel caso, era yo.

—Haz un archivo de búsqueda de cualquier cosa que se pueda llamar «Grants» —dije.

Lucy lo hizo. La C de entrada nos dio inmediatamente el mensaje de «Archivo no encontrado». Probamos de nuevo. Tratamos de encontrar un archivo llamado «Sinónimos» y tampoco tuvimos suerte. Entonces a Lucy se le ocurrió la idea de buscar cualquier archivo en la extensión «SQL», porque normalmente ésa era la extensión de cualquier archivo que contuviera comandos SQL, como, por ejemplo, los utilizados para crear sinónimos públicos en las tablas de los datos de la oficina. Varios nombres aparecieron en la pantalla. Uno de ellos nos llamó la atención. Se llamaba «Public. SQL».

Lucy entró en el archivo y mi emoción corrió pareja con mi desaliento. Contenía los comandos que Margaret había escrito y ejecutado hacía mucho tiempo al crear los sinónimos públicos de todas las tablas creadas en la base de datos de la oficina... comandos como, por ejemplo, CREAR SINÓNIMO PÚBLICO PARA PROFUNDA.

Yo no era una programadora de informática. Había oído hablar de los sinónimos públicos, pero no estaba enteramente segura de lo que eran.

Lucy estaba hojeando el manual. Al llegar al apartado de sinónimos públicos, me dijo:

—Mira, está muy claro. Cuando creas una tabla, tienes que crearla bajo un nombre de usuario y una contraseña.

Sus brillantes ojos me miraron a través de los gruesos cristales de las gafas.

—De acuerdo —dije—. Me parece muy lógico.

—Por consiguiente, si tu nombre de usuario es «Tía» y tu contraseña es «Kay», si quieres crear una tabla llamada «Juegos» o lo que sea, el nombre que realmente le da el ordenador es «Tía juegos». O sea, junta el nombre de la tabla con el nombre de usuario bajo el cual se ha creado. Si no te quieres molestar en teclear «Tía juegos» cada vez que quieres entrar en la tabla, creas un sinónimo público. Pulsas el comando CREAR SINÓNIMO PÚBLICO JUEGOS PARA TÍA. JUEGOS. Y entonces se cambia el nombre de la tabla y se llama simplemente «Juegos».

Contemplé la larga lista de comandos de la pantalla en la que figuraban todas las tablas del ordenador de mi oficina con todos los nombres de usuario del ABD, bajo los cuales se había creado cada tabla.

Estaba perpleja.

—Pero aunque alguien hubiera visto este archivo, Lucy, no habría sabido la contraseña. Aquí sólo figura el nombre de usuario del ABD y no puedes entrar en una tabla como, por ejemplo, nuestra tabla de casos, sin conocer la contraseña.

—¿Qué te apuestas a que sí? —dijo Lucy con los dedos en suspenso encima del teclado—. Si conoces el nombre de usuario del ABD puedes cambiar de contraseña, poner lo que quieras y entrar. Al ordenador le da igual. Te deja cambiar las contraseñas siempre que quieras sin alterar los programas ni nada de todo eso. A la gente le gusta cambiar las contraseñas por motivos de seguridad.

—¿O sea que se puede tomar el nombre de usuario «Profunda», asignarle una nueva contraseña y entrar en los datos?

Lucy asintió con la cabeza.

—Enséñamelo.

Lucy me miró con expresión dubitativa.

—Pero es que tú me dijiste que no entrara en la base de datos de tu despacho.

—Por esta vez, haremos una excepción.

—Si le asigno a «Profunda» una nueva contraseña, tía Kay, la antigua quedará eliminada. Ya no valdrá.

Experimenté un sobresalto al recordar lo que había dicho Margaret cuando descubrimos por primera vez que alguien había intentado recuperar el caso de Lori Petersen: dijo que la contraseña del ABD no funcionaba y tuvo que conectar de nuevo la clave.

—La antigua contraseña quedará invalidada porque ha sido sustituida por la nueva que yo me he inventado. Por consiguiente, no se puede trabajar con la antigua. —Lucy me miró furtivamente—. Pero yo te lo puedo arreglar.

—¿Arreglar? —pregunté sin apenas escucharla.

—En tu ordenador de aquí. La antigua contraseña quedará invalidada porque yo la cambiaré para entrar en SQL. Pero yo te lo arreglaré. Te lo prometo.

—Más tarde —dije rápidamente—. Más tarde me lo arreglarás. Ahora quiero que me enseñes exactamente cómo pudo entrar una persona en la base de datos.

Estaba tratando de comprenderlo y no me parecía improbable que la persona que hubiera entrado en la base de datos de mi despacho tuviera los suficientes conocimientos de informática como para crear una nueva contraseña para el nombre de usuario encontrado en el archivo «Public. SQL». Sin embargo, dicha persona no se había dado cuenta de que, al hacerlo así, invalidaría la antigua contraseña y nos impediría utilizarla la próxima vez que lo intentáramos. Y entonces nos daríamos cuenta y nos extrañaría: al parecer, a dicha persona también se le había pasado por alto la posibilidad de que el eco estuviera conectado y los comandos quedaran reflejados en la pantalla. ¡Lo cual significaba que la intrusión sólo se había producido una vez!

Si la persona hubiera entrado otras veces en la base de datos, aunque el eco estuviera desconectado, nos habríamos enterado porque Margaret habría descubierto que la contraseña «Garganta» había quedado invalidada. ¿Por qué?

¿Por qué había querido aquella persona introducirse en la base de datos y recuperar el caso de Lori Petersen?

Los dedos de Lucy se desplazaron rápidamente por el teclado.

—¿Ves? —dijo—. Ahora finjo que soy el malo que ha querido entrar. Mira cómo lo hago.

Entró en SQL tecleando System/Manager y ejecutó un comando connect/resource/ADB con el nombre de usuario «Profunda» y una contraseña que se inventó... «jaleo». La clave ya estaba conectada. Era el nuevo ABD. Con él, Lucy podría entrar en cualquiera de las tablas del ordenador de mi oficina. El nuevo ABD tenía el suficiente poder como para permitirle hacer cualquier cosa que quisiera.

El suficiente poder como para permitirle modificar los datos.

Para permitir, por ejemplo, que alguien hubiera alterado los datos del caso de Brenda Steppe de tal manera que el artículo «cinturón de tela de color beige» figurara en la lista de «Prendas. Efectos personales».

¿Lo había hecho? Conocía los detalles de los asesinatos que había cometido. Leía los periódicos. Estaba obsesionado con todas las palabras que se escribían acerca de él. Podía descubrir una imprecisión en las noticias mejor que nadie. Era arrogante. Quería hacer alarde de inteligencia. ¿Había cambiado los datos de mi despacho para tomarme el pelo y burlarse de mí?

La intrusión se había producido casi dos meses después de que los detalles aparecieran en el reportaje de Abby sobre la muerte de Brenda Steppe.

Y, sin embargo, el desconocido sólo había penetrado una vez en los datos y de eso hacía muy poco tiempo.

El detalle que se mencionaba en el reportaje de Abby no podía proceder del ordenador de mi oficina. ¿Y si el detalle del ordenador procediera del reportaje periodístico? A lo mejor, el asesino había repasado cuidadosamente en el ordenador todos los casos de estrangulación, buscando alguna discrepancia con lo que Abby escribía. A lo mejor, al llegar al caso de Brenda Steppe, descubrió la inexactitud y alteró los datos, sustituyendo «un par de pantys color carne» por «un cinturón de tela de color beige». A lo mejor, lo último que hizo antes de terminar fue tratar de sacar el caso de Lori Petersen por simple curiosidad. Eso explicaría por qué Margaret había encontrado aquellos comandos reflejados en la pantalla.

¿Y si la paranoia me estuviera confundiendo la razón?

¿Y si hubiera una relación entre todo aquello y el ERP erróneamente etiquetado? La carpeta de cartulina tenía un residuo brillante. ¿Y si el origen del residuo no fueran mis manos?

—Lucy —dije—, ¿habría alguna manera de saber si alguien ha alterado los datos del ordenador de mi despacho?

—Tú pones al día los datos, ¿verdad? —me preguntó Lucy—. Alguien hace una exportación de datos, ¿no?

—Sí.

—Pues entonces podrías buscar una exportación antigua, hacer una importación en el ordenador y ver si los datos antiguos son distintos.

—Lo malo —dije yo— es que, aunque descubriera una alteración, no podría asegurar con certeza que ésta no fuera el resultado de una puesta al día hecha por uno de mis colaboradores. Los casos se mueven constantemente porque los informes siguen llegando a lo largo de semanas y meses tras la introducción inicial del caso.

—Creo que lo tendrías que preguntar, tía Kay. Pregúntales si lo han cambiado. Si te dicen que no y encuentras una exportación antigua que no coincide con lo que ahora hay en el ordenador, ¿no te serviría de algo?

—Puede que sí —reconocí.

Lucy volvió a cambiar la contraseña. Después, limpiamos la pantalla para que, al día siguiente, nadie viera los comandos reflejados en el ordenador de mi oficina.

Ya eran casi las once de la noche. Llamé a Margaret a su casa y ésta me contestó con voz adormilada cuando yo le pregunté si tenía algún disquete de exportación de datos anterior a la fecha en la que alguien había manipulado los datos del ordenador.

Tal como ya esperaba, su respuesta me deparó una decepción.

—No, doctora Scarpetta. En la oficina no hay nada tan antiguo. Hacemos una exportación nueva al final de cada día y el disquete de exportación anterior se formatea y después se pone al día.

—Maldita sea. Necesito una versión de la base de datos que no se haya puesto al día desde varias semanas atrás.

Silencio.

—Un momento —musitó Margaret—. A lo mejor, tengo un fichero...

—¿De qué?

—No sé... —Margaret pareció dudar—. Creo que de los datos correspondientes a los últimos seis meses más o menos. El Departamento de Estadísticas Vitales nos pide los datos y, hace un par de semanas, hice una prueba, trasladando los datos de los distritos a una sección y colocando todos los datos de los casos en un archivo para ver qué tal quedaba. Después, los tuve que enviar directamente a la central informática del Departamento de Estadísticas Vitales...

—¿Cuánto tiempo hace? —pregunté, interrumpiéndola—. ¿Cuánto tiempo hace que envió los datos?

—El primero de mes... vamos a ver, creo que lo hice hacia el primero de junio.

Estaba hecha un manojo de nervios. Necesitaba saberlo. Por lo menos, si yo pudiera demostrar que los datos habían sido alterados en el ordenador después de la aparición de los reportajes en la prensa, nadie podría echarle la culpa de las filtraciones a mi departamento.

—Necesito ese archivo inmediatamente —le dije a Margaret.

Hubo un prolongado silencio tras el cual Margaret me contestó con cierta vacilación:

—Tuve algunos problemas para hacerlo. —Otra pausa—. Pero le puedo facilitar lo que tenga mañana a primera hora.

Consulté mi reloj y marqué el número del busca de Abby.

Cinco minutos más tarde, pude hablar con ella.

—Abby, sé que sus fuentes son sagradas, pero hay algo que debo saber.

Ella no contestó.

—En su reportaje sobre el asesinato de Brenda Steppe, usted escribió que la estrangularon con un cinturón de tela beige. ¿Dónde obtuvo usted ese dato?

—No puedo...

—Por favor. Es muy importante. Necesito conocer la fuente.

Tras una larga pausa, Abby contestó:

—No le facilitaré ningún nombre. Un miembro del equipo de socorro. Fue un miembro del equipo de socorro. Uno de los tipos que estuvieron en el lugar de los hechos. Conozco a muchos...

—¿La información no procedía de mi departamento?

—Absolutamente no —contestó Abby sin dudar—. Está usted preocupada por esa intrusión en el ordenador que comentó el sargento Marino... le juro que yo no he publicado nada que procediera de su departamento.

—Quienquiera que lo hiciera, Abby, pudo introducir en la tabla del ordenador este dato sobre el cinturón de tela beige para que pareciera que usted lo obtuvo de mi departamento y que el origen de la filtración somos nosotros. Este detalle es inexacto. No creo que jamás figurara en nuestro ordenador. Creo que la persona que lo hizo sacó el detalle de su reportaje.

—Dios mío —se limitó a decir Abby.

15

Marino arrojó el periódico de la mañana sobre la mesa de la sala de reuniones con tanta fuerza que las páginas se abrieron y los suplementos se deslizaron hacia fuera.

—Pero ¿qué demonios es eso? —exclamó. Tenía el rostro congestionado por la cólera y no se había afeitado—. ¡La madre que los parió!

La respuesta de Wesley fue empujar una silla con el pie e invitarle a sentarse.

El reportaje del jueves se publicaba en primera plana con un titular que rezaba:

ADN, NUEVAS PRUEBAS SUGIEREN LA POSIBILIDAD
DE QUE EL ESTRANGULADOR PADEZCA
UN DEFECTO GENÉTICO

El nombre de Abby no aparecía por ninguna parte. El reportaje estaba firmado por un reportero que normalmente cubría la información judicial.

En una columna lateral se explicaba en qué consistían las pruebas del ADN y se incluía un dibujo del proceso de obtención de «huellas». Me imaginé al asesino leyendo y volviendo a leer el periódico. Pensé que, cualquiera que fuera su trabajo, aquel día habría llamado para decir que estaba enfermo.

—¡Lo que quiero saber es cómo es posible que yo no fuera informado de nada de todo eso! —Marino me miró enfurecido—. Yo entrego el mono. Cumplo con mi obligación. ¡Y, de pronto, leo toda esta mierda! ¿Qué defecto? ¿Acaso se han recibido los resultados de las pruebas del ADN y algún hijo de puta los ha filtrado o qué?

No contesté.

Wesley replicó apaciblemente:

—No importa, Pete. El reportaje del periódico no es asunto de nuestra incumbencia. Considéralo una bendición. Sabemos que el asesino despide un extraño olor corporal o, por lo menos, eso parece. Y como cree que el departamento de Kay ha averiguado algo, es posible que cometa algún estúpido error. ¿Alguna otra cosa? —añadió dirigiéndose a mí.

Sacudí con la cabeza. De momento, no se habían producido nuevas intrusiones en el ordenador del departamento. Si cualquiera de ellos hubiera entrado veinte minutos antes en la sala de reuniones, me hubiera sorprendido hundida en un mar de papeles.

No me extrañaba que Margaret hubiera vacilado la víspera cuando le pedí que me imprimiera aquel archivo. En él se incluían unos tres mil casos correspondientes a todo el mes de mayo, es decir, una tira de papel a rayas verdes prácticamente tan larga como todo el edificio.

Y, por si fuera poco, los datos estaban comprimidos en un formato de difícil lectura. Era algo así como intentar completar las frases en una escudilla de sopa de letras.

Tardé más de una hora en encontrar el número del caso de Brenda Steppe. No sé si me entusiasmé o si me horroricé (o tal vez ambas cosas) cuando descubrí la lista bajo el apartado «Prendas. Efectos personales»: «Un par de pantys color carne alrededor del cuello.» No se mencionaba para nada un cinturón de tela de color beige. Ninguno de mis colaboradores recordaba haber cambiado los datos o haberlos puesto al día tras la introducción de los mismos. Lo cual significaba que los datos habían sido alterados por una persona ajena a mi equipo de colaboradores.

—¿Qué es eso del deterioro mental? —preguntó Marino, empujando bruscamente el periódico en dirección a mí—. ¿Se ha descubierto en esta idiotez del ADN alguna cosa que induzca a suponer que le falta algún tornillo?

—No —contesté con toda sinceridad—. Creo que en el reportaje se quiere subrayar simplemente que algunos trastornos metabólicos pueden producir problemas de ese tipo. Pero yo no he descubierto nada que me permita suponer tal cosa.

—Bueno, pues yo estoy absolutamente seguro de que este tío no tiene el cerebro podrido. Ya empezamos otra vez con lo mismo. Que si el tío es un imbécil, que si no es más que un desgraciado. Que probablemente trabaja en un túnel de lavado de coches, o se dedica a limpiar las alcantarillas de la ciudad o algo por el estilo...

Wesley estaba empezando a impacientarse.

—Tranquilízate, Pete.

—Yo soy el encargado de investigar este caso y tengo que leer el maldito periódico para averiguar lo que está pasando...

—Es que ha surgido un problema más gordo, ¿comprendes? —replicó Wesley en tono malhumorado.

—Ah, ¿sí? ¿De qué se trata?

Se lo dijimos.

Le comentamos mi conversación telefónica con la hermana de Cecile Tyler.

Marino escuchó con creciente perplejidad mientras la cólera de sus ojos se iba esfumando poco a poco.

Le dijimos que las cinco mujeres tenían una cosa en común. Las voces.

Le recordé la conversación con Matt Petersen.

—Si no recuerdo mal, dijo algo a propósito de la noche en que conoció a Lori. En una fiesta, creo. Nos comentó que su voz llamaba la atención de la gente porque era una voz de contralto muy agradable. Estamos considerando la posibilidad de que el nexo común entre las cinco mujeres sea la voz. A lo mejor, el asesino no las vio, sino que las oyó.

—No se nos había ocurrido esta posibilidad —añadió Wesley—. Cuando pensamos en los atacantes, siempre solemos pensar que los psicópatas ven a su víctima en determinado momento. En una galería comercial, practicando el *jogging* o a través de la ventana de una casa o un apartamento. Por regla general, lo del teléfono se produce después del contacto inicial. Él la ve. Y, a lo mejor, después la llama para oír su voz y soñar con ella. Ahora estamos pensando en una posibilidad mucho más aterradora, Pete. A lo mejor, el asesino ejerce una ocupación que le obliga a llamar a mujeres a quienes no conoce. Tiene acceso a sus teléfonos y direcciones. Llama. Y, si la voz le gusta, la elige.

—Eso no reduce para nada el campo de investigación —se quejó Marino—. Ahora tendremos que averiguar si las cinco mujeres figuraban en la guía telefónica. Después, tendremos que considerar las actividades laborales relacionadas con el teléfono. Quiero decir que no pasa una semana sin que la señora de la casa reciba alguna llamada. Tipos que venden escobas, bombillas o chalets de alguna urbanización. Después están también los encuestadores. Esos del permítame-hacerle-cincuenta-preguntas. Preguntan si estás casado o soltero, cuánto dinero ganas y cosas por el estilo, si te pones los pantalones colocando primero una pierna en una pernera y después la otra, y tonterías así.

—Exactamente —dijo Wesley en voz baja.

—O sea que tenemos a un tipo que viola y asesina. A lo mejor, le pagan ocho dólares a la hora por sentarse en su casa y llamar a la gente que figura en la guía telefónica. Una mujer le dice que es soltera y que gana veinte de los grandes al año. Y una semana más tarde —añadió Marino, mirándome— ella llega al Departamento de Medicina Legal convertida en fiambre. Y ahora yo pregunto: ¿cómo demonios vamos a encontrarle?

No lo sabíamos.

El posible nexo de la voz no reducía el campo de la investigación. Marino tenía razón. En realidad, lejos de facilitarnos la labor, nos la complicaba. Quizá lográramos averiguar a quién había visto la víctima en determinado día. Pero no era probable que pudiéramos encontrar a todas las personas con quienes ella hubiera conversado por teléfono. De haber estado viva, puede que ni siquiera la víctima lo hubiera podido saber. Las personas que llaman por teléfono ofreciendo algún servicio, los encuestadores y los que se equivocan de número raras veces se identifican. Todos recibimos múltiples llamadas de día y de noche, pero no solemos recordarlas.

—La modalidad de los ataques me induce a suponer que trabaja fuera de casa de lunes a viernes —dije yo—. Durante la semana, la tensión se va acumulando. Y, a última hora del viernes o pasada la medianoche, ataca. Si utiliza jabón de bórax veinte veces al día, no es probable que lo tenga en el cuarto de baño de su casa. Los jabones de tocador que se compran en la tienda no contienen bórax, que yo sepa. Si se lava con jabón de bórax, lo debe de hacer en su lugar de trabajo.

—¿Estamos absolutamente seguros de que es bórax? —preguntó Wesley.

—Los laboratorios lo han determinado por medio de la cromatografía de iones. El residuo brillante que hemos encontrado en los cuerpos contiene bórax. Sin el menor asomo de duda.

Wesley reflexionó un instante.

—Si utiliza jabón de bórax en su lugar de trabajo y regresa a casa a las cinco, no es probable que conserve el residuo brillante a la una de la madrugada. Quizá trabaja en un turno de noche. Hay jabón de bórax en los lavabos de caballeros. Sale un poco antes de la medianoche o la una de la madrugada y se va directamente a la casa de la víctima.

Señalé que era una explicación más que posible. Si el asesino trabajaba de noche, significaba que de día tenía muchas posibilidades de recorrer el barrio de la siguiente víctima y examinar la zona cuando la mayoría de la gente estaba trabajando. Más tarde, quizá después de la medianoche, podía pasar de nuevo por allí a bordo de su automóvil. Las víctimas o no estaban en casa o estaban durmiendo como la mayoría de sus vecinos. Por consiguiente, nadie le vería.

¿Qué clase de trabajos nocturnos estaban relacionados con el teléfono?

Nos pasamos un rato examinando la cuestión.

—Casi todos los que llaman para ofrecer o pedir algo lo hacen sobre la hora de la cena —dijo Wesley—. No es frecuente que llamen después de las nueve.

Estábamos unánimemente de acuerdo.

—Los que sirven pizzas a domicilio —propuso Marino—. Salen a todas horas. Podría ser el tipo que atiende las llamadas. Marcas y lo primero que te preguntan es tu número de teléfono. Si has llamado otras veces, tu domicilio aparece en la pantalla del ordenador. Treinta minutos después un tío llama a tu puerta con una pizza de pimiento y cebolla. Podría ser el repartidor. O podría ser el telefonista. Le gusta la voz de la mujer y conoce su dirección.

—Vamos a comprobarlo —dijo Wesley—. Que un par de hombres recorran inmediatamente las distintas pizzerías que reparten a domicilio.

¡El día siguiente era viernes!

—A ver si hay alguna pizzería a la que llamaban las cinco mujeres de vez en cuando. Los datos estarán en el ordenador y no habrá ningún problema.

Marino se retiró un momento y regresó con las páginas amarillas. Buscó la sección de pizzerías y empezó a anotar rápidamente los nombres y direcciones.

Seguíamos buscando otros posibles trabajos. Los telefonistas de los hospitales y de las compañías telefónicas atendían constantemente llamadas. Los que solicitaban donativos para alguna obra benéfica no dudaban en interrumpir los programas preferidos de televisión que uno estuviera viendo a las diez de la noche. También cabía la posibilidad de que alguien jugara a la ruleta con la guía telefónica... por ejemplo, un guarda de seguridad que permanece sentado sin hacer nada en el vestíbulo de la Reserva Federal o el empleado de una gasolinera que se aburre durante las largas horas de la noche.

Yo estaba cada vez más confusa y no sabía cómo desentrañar la maraña.

Y, sin embargo, había algo que me preocupaba.

«Te complicas demasiado la vida —me decía la vocecita interior—. Te estás alejando cada vez más de lo que efectivamente sabes.»

Contemplé el sudoroso rostro y los inquietos ojos de Marino. Estaba cansado y nervioso. Ardía en su interior una profunda cólera. ¿Por qué era tan susceptible? ¿Qué había dicho a propósito del asesino? ¿Que no le gustaban las mujeres profesionales porque eran demasiado arrogantes?

Cada vez que trataba de localizarle, estaba «en la calle». Había estado en todos los lugares de las estrangulaciones.

En casa de Lori Petersen estaba totalmente despierta. ¿Se habría ido a dormir aquella noche? ¿No era un poco extraño que hubiera mostrado tanto empeño en tratar de endilgarle los asesinatos a Matt Petersen?

«La edad de Marino no coincide con el perfil», me dije.

«Se pasa todo el día en su automóvil y no se gana la vida atendiendo llamadas telefónicas. Por consiguiente, no veo qué relación podría tener con las mujeres.

»Y, además, no despide ningún extraño olor corporal y, si el mono encontrado en el contenedor hubiera sido suyo, ¿por qué razón lo hubiera entregado?

»A no ser —pensé— que esté actuando al revés porque sabe demasiado. A fin de cuentas, es un experto que tiene encomendada una investigación y su habilidad le permite ser un salvador o un demonio según convenga.»

Creo que desde un principio yo había albergado el temor de que el asesino pudiera ser un policía.

Marino no encajaba. Pero el asesino podía ser alguien con quien éste hubiera trabajado a lo largo de muchos meses, alguien que se compraba monos azul marino en alguna de las muchas tiendas de uniformes de la ciudad, alguien que se lavaba las manos con el jabón Borawash de los lavabos de caballeros del Departamento de Policía y tenía los suficientes conocimientos sobre las investigaciones forenses y criminales como para poder dejarnos con un palmo de narices tanto a sus compañeros como a mí. Un policía depravado. O alguien que había ingresado en el cuerpo de policía porque es una profesión que suele atraer a los psicópatas.

Habíamos investigado los equipos de socorro que acudían a los escenarios de los delitos. Pero no se nos había ocurrido investigar a los agentes uniformados que atendían la llamada una vez descubiertos los cuerpos.

A lo mejor, algún policía se dedicaba a hojear las páginas de la guía telefónica durante su turno de trabajo o fuera de su jornada laboral. A lo mejor, su primer contacto con las víctimas era la voz. Las voces lo excitaban. Las asesinaba y procuraba estar en la calle cuando encontraban los cuerpos.

—Nuestra mejor apuesta es Matt Petersen —le estaba diciendo Wesley a Marino—. ¿Sigue en la ciudad?

—Sí, que yo sepa.

—Creo que convendría que fueras a verle y averiguaras si su mujer le comentó algo acerca de alguna llamada telefónica, alguien que la llamó para decirle que había ganado un premio o para hacer una encuesta. Cualquier cosa relacionada con el teléfono.

Marino empujó su silla hacia atrás.

Yo dudé un poco y no me atreví a decir lo que pensaba. En su lugar, pregunté:

—¿Sería muy difícil imprimir o grabar las llamadas efectuadas a la policía cuando se descubrieron los cuerpos? Quiero ver a qué horas exactas se notificaron los homicidios, a qué hora llegó la policía, sobre todo en el caso de Lori Petersen. La hora de la muerte puede ser muy importante para ayudarnos a determinar a qué hora sale de su trabajo el asesino, suponiendo que trabaje de noche.

—Eso está hecho —contestó Marino con indiferencia—. Después de hablar con Petersen, pasaremos por la sala de comunicaciones.

No encontramos a Matt Petersen en casa. Marino dejó su tarjeta de visita bajo la aldaba de latón de su apartamento.

—No creo que conteste a mi llamada —masculló mientras nos adentrábamos de nuevo en el tráfico.

—¿Por qué no?

—Cuando vine el otro día no me invitó a pasar. Se quedó plantado en la puerta como una maldita barricada. Se limitó a olfatear el mono y prácticamente me dijo que me largara con viento fresco antes de cerrarme la puerta en las narices y añadir que en el futuro hablara con su abogado. Dijo que había superado la prueba del detector de mentiras y que yo le estaba acosando.

—Y es probable que sea verdad —comenté secamente.

Marino me miró de soslayo y esbozó una leve sonrisa.

Abandonamos el West End y regresamos al centro de la ciudad.

—Dice usted que la prueba de los iones detectó el bórax. —Marino cambió de tema—. ¿Eso quiere decir que no descubrió nada en el maquillaje de teatro?

—No había bórax —contesté—. Una cosa llamada «Colorete Solar» reaccionó al láser. Pero no contiene bórax. Lo más probable es que las huellas que dejó Petersen en el cuerpo de su mujer se deban a que la tocó cuando en sus manos todavía quedaban residuos de ese «Colorete Solar».

—¿Y qué me dice de la sustancia brillante del cuchillo?

—El residuo era demasiado escaso como para poder analizarlo. Pero no creo que fuera «Colorete Solar».

—¿Por qué no?

—No es un polvo granuloso. Es una base en crema... ¿recuerda aquel tarro tan grande de crema rosa oscuro que usted llevó al laboratorio?

Marino asintió con la cabeza.

—Era «Colorete Solar». Cualquiera que sea el ingrediente que lo hace brillar bajo el láser, no es posible que se extienda como el jabón de bórax. Es más probable que la base cremosa del cosmético dé lugar a elevadas concentraciones de brillo en los puntos donde las yemas de los dedos de la persona entran en contacto con alguna superficie.

—Como, por ejemplo, la clavícula de Lori Petersen —apuntó Marino.

—Sí. Y la tarjeta de las diez huellas dactilares de Petersen, en los puntos donde las yemas de los dedos comprimieron el papel. No había ningún otro brillo en la tarjeta, sólo sobre las huellas de tinta. Los centelleos en el mango del cuchillo de supervivencia no estaban concentrados de la misma manera. Más bien estaban desperdigados al azar como los centelleos que había en los cuerpos de las mujeres.

—Quiere decir que, si Petersen tenía residuos de «Colorete Solar» en las manos y hubiera tomado el cuchillo, habría habido no sólo tiznaduras brillantes, sino también pequeños centelleos individuales diseminados al azar.

—Eso estoy diciendo.

—Bueno, pues, ¿y el brillo que usted encontró en los cuerpos y en las ataduras?

—En las muñecas de Lori las concentraciones eran lo suficientemente elevadas como para poder analizarlas. Era bórax.

—Entonces hay dos clases de brillos —dijo Marino, mirándome.

—Así es.

—Mmmm.

Como casi todos los edificios oficiales de Richmond, la Jefatura Superior de Policía está revestida de estuco y apenas se distingue del hormigón de las aceras. Su pálida y pastosa fealdad sólo está animada por los vibrantes colores de las banderas del estado y de la nación que ondean en el tejado, recortándose contra el azul del cielo. Rodeando el edificio, Marino se situó en una hilera de vehículos de policía sin identificación.

Entramos en el vestíbulo y pasamos por delante del acristalado mostrador de información. Varios oficiales uniformados de azul miraron con una sonrisa a Marino y me saludaron a mí con un «Hola, doctora». Me miré el traje de chaqueta y lancé un suspiro de alivio. Menos mal que había recordado quitarme la bata de laboratorio. Estaba tan acostumbrada a llevarla que, a veces, me olvidaba. Cuando olvidaba quitármela y salía a la calle con ella, me sentía como en pijama.

Pasamos por delante de unos tablones de anuncios con retratos robots de tipos acusados de abusos deshonestos infantiles, artistas de la estafa y delincuentes de todas clases. Había fotografías de los diez ladrones, violadores y asesinos más buscados de Richmond. Algunos de ellos sonreían a la cámara. Era la galería de los famosos de la ciudad.

Bajé con Marino por una lóbrega escalera metálica y nos detuvimos delante de una puerta donde él miró a través de una ventanilla de cristal y saludó a alguien.

La puerta se abrió electrónicamente.

Era la sala de comunicaciones, una estancia subterránea llena de escritorios y de terminales de ordenador conectados con consolas telefónicas. Al otro lado de un tabique de cristal había otra sala para cuyos ocupantes la ciudad era como un videojuego; los operadores del 911 nos miraron con curiosidad. Algunos de ellos estaban ocupados atendiendo llamadas mientras que otros estaban fumando o charlando entre sí con los auriculares alrededor del cuello.

Marino me acompañó a un rincón donde había tres estantes llenos a rebosar de cajas de carretes de cintas. Cada caja llevaba una etiqueta con la fecha. Marino recorrió las hileras con los dedos y sacó cinco cajas en total, cada una de las cuales abarcaba un período de una semana.

—Felices fiestas —me dijo, colocándolas en mis brazos.

—¿Cómo? —dije yo, mirándole como si estuviera loco.

—Mire. —Marino sacó su cajetilla de cigarrillos—. Yo tengo que ocuparme de las pizzerías. Allí tiene una grabadora —añadió, señalando con el pulgar la sala del otro lado del tabique de cristal—. Escúchelas aquí o lléveselas a su despacho. Yo que usted, las sacaría de este zoo, pero no le diga a nadie que se lo he dicho yo, ¿vale? No está permitido sacarlas. Cuando termine, me las entrega a mí personalmente.

Me estaba empezando a doler la cabeza otra vez.

A continuación, Marino me acompañó a una pequeña estancia donde una impresora de láser estaba imprimiendo kilómetros de papel a rayas verdes. El montón de papeles del suelo ya alcanzaba una altura de sesenta centímetros.

—Llamé a los chicos de aquí antes de que saliéramos de su despacho —me explicó lacónicamente—. Les pedí que imprimieran todo lo que hay en el ordenador correspondiente a los últimos dos meses.

«Oh, Dios mío», pensé.

—Por consiguiente, las direcciones y todo lo demás están aquí. —Sus ojos castaños me miraron fijamente—. Tendrá que mirar en las copias del disco duro para ver qué apareció en la pantalla cuando se hicieron las llamadas. Sin las direcciones, no sabría a qué corresponde cada llamada.

—¿Y no podríamos sacar directamente lo que queremos saber en el ordenador? —pregunté, exasperada.

—¿Sabe usted lo que es un gran ordenador?

Por supuesto que no lo sabía.

Marino miró a su alrededor.

—Aquí nadie tiene ni idea de lo que es un gran ordenador. Arriba tenemos un experto en informática, pero resulta que se ha ido a la playa. Sólo podríamos conseguir a un experto si se estropeara algo. Entonces llamarían al servicio técnico y éste nos cobraría setenta dólares a la hora. Pero, aunque el Departamento de Policía se mostrara diligente, los del servicio técnico se lo tomarían con mucha calma. Vienen como muy pronto a última hora del día siguiente o el lunes o algún día de la semana que viene, eso con un poco de suerte, doctora. La verdad es que ha tenido usted suerte de que haya encontrado a alguien capaz de pulsar la tecla de la impresora.

Permanecimos en la estancia unos treinta minutos. Al final, la impresora se detuvo y Marino rasgó el papel continuo. El montón alcanzaba una altura de casi un metro. Marino lo introdujo en una caja vacía de papel para impresora que había encontrado por allí y tomó la caja con un gruñido.

Mientras ambos abandonábamos la sala, Marino se volvió a mirar a un joven y apuesto oficial negro de comunicaciones y le dijo:

—Si ves a Cork, tengo un recado para él.

—Vale —dijo el oficial, reprimiendo un bostezo.

—Dile que ya no está al volante de un cacharro de dieciocho ruedas y que eso no es ninguna historieta de *Smokey y el bandido*.

El oficial soltó una carcajada, muy parecida a la de Eddie Murphy.

Me pasé un día y medio encerrada en mi casa sin quitarme los auriculares.

Bertha se portó como un ángel y se fue a pasar el día fuera con Lucy.

No quise hacer el trabajo en mi despacho del departamento porque estaba segura de que me hubieran interrumpido cada cinco minutos. Era una carrera contra reloj y rezaba para que pudiera encontrar algo antes de que el viernes diera paso a las primeras horas de la mañana del sábado. Tenía la corazonada de que el asesino volvería a atacar.

Ya había llamado a Rose un par de veces. Ésta me había dicho que la oficina de Amburgey me había llamado cuatro veces desde que yo me fuera con Marino. El comisionado exigía mi presencia inmediata y quería que le diera una explicación sobre el reportaje de primera plana de la víspera, que, según sus propias palabras, era «la última y más descarada filtración». Quería ver el informe de las pruebas del ADN. Quería ver el informe sobre las «pruebas más recientes». Estaba tan furioso que él mismo se había puesto al teléfono, amenazando a la pobre Rose, que bastantes preocupaciones tenía ya en la cabeza.

—¿Y qué le ha dicho usted? —le pregunté, asombrada.

—Le dije que dejaría el mensaje sobre su escritorio. Al decirme él que me despediría como no le pusiera inmediatamente en contacto con usted, le contesté que muy bien. Nunca le he puesto un pleito a nadie, pero...

—No me diga que se ha atrevido...

—Pues claro que sí. Y supongo que ya habrá tomado buena nota.

Tenía el contestador automático conectado. Si Amburgey

intentaba llamarme a casa, sólo recibiría un mensaje grabado. Aquello era una auténtica pesadilla. Cada cinta contenía siete días de veinticuatro horas. Pero, como es natural, las cintas no duraban lo mismo porque en general sólo había tres o cuatro llamadas de dos minutos por cada hora. Todo dependía del trabajo que hubiera en la sala del 911 en un determinado turno. Mi problema era establecer el período exacto de tiempo en el cual yo creía que se había comunicado uno de los homicidios. Si me impacientaba, podía pasar de largo y después tenía que retroceder. Y entonces perdía la localización. Era horrible.

Y tremendamente descorazonador. Las llamadas urgentes variaban entre las de los locos cuyos cuerpos estaban siendo invadidos por extraterrestres y las de los borrachos y los pobres hombres y mujeres cuyos cónyuges acababan de sufrir un infarto o un ataque de apoplejía. Había muchas llamadas de accidentes de tráfico, amenazas de suicidio, perros que ladraban, presencia de extraños merodeadores, tocadiscos con el volumen demasiado alto y presuntos disparos que, en realidad, no eran más que petardos.

Todo eso me lo saltaba rápidamente. De momento, había conseguido encontrar tres de las llamadas que buscaba. La de Brenda, la de Henna y, en último lugar, la de Lori. Pulsé el botón de retroceso de la cinta hasta encontrar la abortada llamada al 911 que aparentemente hizo Lori a la policía poco antes de ser asesinada. La llamada se había producido exactamente a las 12.49 de la madrugada del sábado 7 de junio y lo único que había registrado la cinta era la recepción por parte del operador y la voz de éste, limitándose a decir «911».

Empecé a doblar hojas de papel continuo de impresora hasta encontrar la impresión correspondiente. La dirección de Lori aparecía en la pantalla del 911 bajo el nombre de Lori A. Petersen. Asignando a la llamada una prioridad 4, el operador la había enviado al compañero del otro lado del tabique de cristal que se encargaba de transmitir los datos a los agentes de la calle. Treinta y un minutos más tarde el coche patrulla 211 había recibido finalmente la notificación. Seis minutos después, el agente pasó por delante de la casa en su automóvil y se alejó a toda prisa para atender una llamada interior.

La dirección de los Petersen aparecía de nuevo sesenta y ocho minutos después de la abortada llamada al 911, es decir, a la 1.57 de la madrugada, momento en el que Matt Petersen encontró el cuerpo de su mujer. «Si aquella noche no hubiera tenido un ensayo —pensé—. Si aquella noche hubiera regresado a casa una hora o una hora y media antes...»

La cinta hizo clic.

«911.»

Respiración afanosa.

«¡Mi mujer! —Voz aterrorizada—. ¡Alguien ha matado a mi mujer! ¡Por favor, dense prisa! —Gritos—. ¡Oh, Dios mío! ¡Alguien la ha matado! ¡Por favor, vengan enseguida!»

La histérica voz me dejó paralizada. Petersen no podía articular frases coherentes ni recordar su dirección cuando el operador le preguntó si la dirección de la pantalla era correcta.

Detuve la cinta e hice unos rápidos cálculos. Petersen había llegado a casa veintinueve minutos después de que el primer oficial que atendió la llamada pasara por delante de la casa, la iluminara e informara de que todo parecía «seguro». La abortada llamada al 911 se había producido a las 12.49 de la madrugada y el oficial había llegado finalmente a la 1.34 de la madrugada.

Habían transcurrido tan sólo cuarenta y cinco minutos. Ése fue el tiempo que el asesino pasó con Lori.

A la 1.34 de la madrugada el asesino ya se había ido. La luz del dormitorio estaba apagada. Si el asesino se hubiera encontrado en el dormitorio, la luz habría estado encendida. No me cabía la menor duda al respecto. No era posible que hubiera encontrado los cordones eléctricos y hubiera hecho aquellos nudos tan complicados estando la habitación a oscuras.

Era un sádico. Debió de querer que la víctima le viera la cara, sobre todo si la llevaba cubierta. Debió de querer que ella viera todo lo que hacía. Debió de querer que, en medio de un terror indescriptible, ella se imaginara todas las cosas horrendas que él se proponía hacerle... mientras miraba a su alrededor, cortaba los cordones y empezaba a atarla...

Al terminar debió de apagar tranquilamente la luz del dormitorio y debió de salir por la ventana del cuarto de baño, probablemente pocos minutos antes de que el coche patrulla pasara por delante de la casa y menos de media hora antes de que Petersen regresara a casa. El extraño olor corporal quedó flotando en el aire como el hedor de la basura.

De momento, no había encontrado ningún coche patrulla que hubiera atendido las llamadas de aviso correspondientes a Brenda, Lori y Henna. La decepción me estaba robando la energía que necesitaba para poder seguir adelante.

Decidí hacer una pausa cuando oí que se abría la puerta de entrada de la casa. Bertha y Lucy acababan de regresar. Ambas me contaron con todo detalle lo que habían hecho, y yo hice un esfuerzo por escucharlas con una sonrisa. Lucy estaba agotada.

—Me duele la tripa —se quejó.

—No me extraña —dijo Bertha, sacudiendo la cabeza—. Te dije que no te comieras todas aquellas porquerías. Algodón de azúcar, palomitas de maíz...

Le preparé a Lucy un caldo de gallina y la acosté.

Después, regresé y volví a ponerme a regañadientes los auriculares.

Perdí la noción del tiempo como si todo aquello fuera una película de dibujos animados repentinamente detenida.

«911.» «911.»

El número cruzaba una y otra vez por mi cabeza.

Poco después de las diez estaba tan exhausta que apenas podía pensar. Muerta de cansancio, repasé la cinta tratando de encontrar la llamada que alguien había hecho al descubrir el cuerpo de Patty Lewis. Mientras escuchaba, revisé las páginas de impresión del ordenador colocadas sobre mis rodillas.

Lo que estaba viendo no tenía sentido.

La dirección de Cecile Tyler estaba impresa en la parte inferior de la página y correspondía a las 21.23, es decir, a las 9.23 de la noche del día 12 de mayo.

No era posible.

La habían asesinado el 31 de mayo.

Su dirección no tendría que haber figurado en aquella sección de la impresión. ¡No tendría que haber estado en aquella cinta!

Pulsé el botón de avance, deteniéndome cada pocos segundos. Tardé veinte minutos en encontrar lo que buscaba. Pasé el segmento tres veces, tratando de comprender su significado.

A las 9.23 en punto una voz masculina había contestado: «911.»

Y una suave y refinada voz femenina había exclamado con asombro, tras una pausa:

«Oh, perdón.»

«¿Ocurre algo, señora?»

Una risita nerviosa.

«Quería marcar Información. Lo siento. —Otra risita—. Habré marcado el nueve en lugar del cuatro.»

«No se preocupe, me alegro de que no ocurra nada. Que pase usted una buena noche», añadió jovialmente el operador.

Silencio. Un clic y la cinta seguía adelante.

En la hoja impresa, la dirección de la negra asesinada figuraba simplemente bajo el nombre de Cecile Tyler.

—Jesús bendito —musité, presa de un momentáneo mareo. De pronto, lo comprendí.

Brenda Steppe había llamado a la policía tras sufrir el accidente de tráfico. Lori Petersen había llamado a la policía, según su marido, la vez que le pareció oír a un merodeador que resultó ser un gato revolviendo los cubos de la basura. Abby Turnbull había llamado también a la policía tras haberse percatado de que la seguía un hombre al volante de un Cougar negro. Cecile Tyler había llamado a la policía por error... se había equivocado de número.

Marcó el 911 en lugar del 411.

¡Un número equivocado!

Cuatro mujeres sobre cinco. Todas las llamadas se habían

hecho desde sus casas. Cada dirección apareció inmediatamente en la pantalla del ordenador del 911. Cuando la dirección figuraba a nombre de una mujer, el operador suponía que probablemente ésta vivía sola.

Corrí a la cocina. No sé por qué. Tenía un teléfono en mi despacho.

Marqué inmediatamente el número de la brigada de investigación.

Marino no estaba.

—Necesito su número particular.

—Lo siento, señora, no estamos autorizados a facilitarlo.

—¡Maldita sea! ¡Soy la doctora Scarpetta, la jefa del Departamento de Medicina Legal! ¡Deme el maldito número de su casa!

Una sorprendida pausa. El oficial, quienquiera que fuera, se deshizo en disculpas y me dio el número.

Volví a marcar.

—Gracias a Dios —dije cuando Marino se puso al aparato.

—¿De veras? —dijo Marino tras escuchar mi entrecortada explicación—. Pues claro que lo comprobaré, doctora.

—¿No cree que sería mejor que se acercara usted a la sala de comunicaciones para ver si está allí ese hijo de puta? —pregunté prácticamente a gritos.

—¿Y qué diría el tío? ¿Le ha reconocido usted la voz?

—Por supuesto que no le he reconocido la voz.

—¿Qué le dijo exactamente a Tyler?

—Se lo dejaré escuchar.

Regresé corriendo a mi despacho y tomé el supletorio. Pasando de nuevo la cinta, desenchufé los auriculares y subí el volumen.

—¿Lo reconoce? —pregunté a través del teléfono.

Marino no contestó.

—¿Está usted ahí? —grité.

—Pero, bueno, cálmese un poco, doctora. Ha sido un día muy duro, ¿verdad? Déjelo de mi cuenta. Le prometo que lo comprobaré —dijo Marino, y colgó el teléfono.

Me quedé sentada, contemplando en silencio el teléfono que sostenía en la mano. No me moví hasta que el tono de marcar desapareció y una voz mecánica empezó a quejarse:

—Si quiere efectuar una llamada, cuelgue, por favor, y vuelva a intentarlo...

Me aseguré de que la puerta de la entrada estuviera cerrada y de que la alarma estuviera conectada y subí al piso de arriba. Mi dormitorio se encontraba al final del pasillo y daba a los bosques de la parte de atrás. Al ver las luciérnagas parpadeando en la oscuridad más allá del cristal, me puse nerviosa y cerré las persianas.

Bertha tenía la absurda manía de que el sol debía penetrar a raudales en una habitación, tanto si había alguien dentro como si no.

—Mata los gérmenes, doctora Kay —solía decir.

—Y destiñe las alfombras y la tapicería —replicaba yo.

Pero ella era muy suya en esas cosas. Me molestaba subir arriba por la noche y encontrar las persianas abiertas. Siempre las cerraba antes de encender la luz para que no me viera si hubiera alguien por allí afuera. Sin embargo, aquella noche había olvidado hacerlo. No me molesté en quitarme el mono de ejercicio que llevaba puesto. Me serviría de pijama.

Me encaramé a un taburete que guardaba en el interior del armario, saqué la caja de zapatos Rockport y levanté la tapa. Después, coloqué el revólver del 38 bajo mi almohada.

Me moría de miedo de que sonara el teléfono y me llamaran de madrugada y yo tuviera que decirle a Marino: «¡Se lo dije, estúpido bastardo! ¡Se lo dije!»

¿Qué estaría haciendo en aquel momento el muy imbécil? Apagué la lámpara de la mesita y me tapé con los cobertores hasta las orejas. Probablemente, tomando cerveza y mirando la televisión.

Me incorporé y volví a encender la lámpara. El teléfono de la mesita se burlaba de mí. No podía llamar a nadie más. Si llamara a Wesley, éste llamaría a Marino. Si llamara a la brigada de investigación, quienquiera que escuchara mis explicaciones (siempre y cuando me tomara en serio) también llamaría a Marino.

Marino. Era el encargado de aquella investigación. Todos los caminos conducían a Roma.

Apagué nuevamente la lámpara y permanecí tendida en la oscuridad.

«911.»

«911.»

Escuchaba incesantemente la voz mientras daba vueltas en mi cama. Ya era pasada la medianoche cuando bajé sigilosamente a la planta baja y saqué la botella de coñac del mueble bar. Lucy no se había movido desde que yo la acostara en su cama. Dormía como un tronco. Ojalá yo pudiera hacer lo mismo. Tras tomarme dos tragos cual si fueran un par de cucharadas de jarabe para la tos, regresé tristemente a mi dormitorio y volví a apagar la lámpara. Oí el reloj digital, marcando los minutos.

Clic.

Clic.

Me adormilaba y me despertaba, dando vueltas en la cama.

«... ¿qué le dijo exactamente a Tyler?»

Clic. La cinta siguió adelante.

«Perdón. —Una risita nerviosa—. Creo que he marcado el nueve en lugar del cuatro...»

«No se preocupe... Que pase usted una buena noche.»
Clic.

«... he marcado el nueve en lugar del cuatro...»

«911.»

«Es un hombre muy guapo que no necesita echarle nada en el vino a una mujer para que ésta suelte la mercancía...»

«¡Es una basura!»

«... porque ahora no está en la ciudad, Lucy. El señor Boltz se ha ido de vacaciones.»

«Ah. —Ojos rebosantes de infinita tristeza—. ¿Cuándo volverá?»

«No antes de julio.»

«Ah. ¿Por qué no hemos podido ir con él, tía Kay? ¿Se ha ido a la playa?»

«Mientes habitualmente sobre nosotros... por omisión...»

«Su rostro resplandecía tras el velo de humo y calor, su cabello dorado brillaba bajo el sol.»

«911.»

Estaba en casa de mi madre y ella me decía algo.

Un pájaro volaba perezosamente en círculo por encima de nosotros mientras yo viajaba en una furgoneta en compañía de alguien a quien no conocía ni podía ver. Las palmeras pasaban velozmente por nuestro lado. Unas garzas reales de largo cuello asomaban cual periscopios de porcelana en los Everglades de Florida. Las blancas cabezas se volvían a nuestro paso. Observándonos. Observándome a mí.

Apartando la mirada, yo trataba de ponerme más cómoda, apoyándome contra el respaldo.

Mi padre se incorporaba en la cama y me miraba mientras yo le describía mi jornada escolar. Tenía el rostro cetrino. Sus ojos no parpadeaban y no podía oír lo que le estaba diciendo. Él no me contestaba, pero me miraba fijamente. El temor me atenazaba el corazón. Su blanco rostro me miraba. Sus vacíos ojos me miraban.

Estaba muerto.

—¡Papáaa!

Percibí un nauseabundo olor de sudor rancio cuando hundí el rostro en su cuello...

El cerebro se me quedó en blanco.

Emergí a la conciencia como una burbuja que aflorara a la superficie. Estaba despierta. Percibía los latidos de mi corazón.

El olor.

¿Era de verdad o estaba soñando?

¡El olor a podrido! ¿Estaría soñando?

Una alarma se disparó en mi cabeza mientras el corazón me golpeaba las costillas.

El pestilente aire se agitó y algo rozó mi cama.

16

La distancia entre mi mano derecha y el revólver del 38 colocado bajo mi almohada era sólo de veinte centímetros.

Era la distancia más larga que yo jamás hubiera conocido. Era una eternidad. Algo imposible. No pensaba, simplemente sentía la distancia mientras mi corazón se volvía loco y golpeaba contra mis costillas como un pájaro contra los barrotes de una jaula. La sangre me hacía silbar los oídos. Mi cuerpo, estremecido de temor, estaba rígido y tenía todos los músculos y tendones en tensión. Mi habitación estaba oscura como la pez.

Asentí lentamente con la cabeza, escuché unas metálicas palabras mientras una mano me cubría la boca y me comprimía los labios contra los dientes. Asentí para decirle que no gritaría.

El cuchillo contra mi garganta era tan grande que parecía un machete. La cama se inclinó hacia la derecha y, con un clic, me quedé ciega. Cuando mis ojos se acomodaron a la luz de la lámpara, le miré y reprimí un jadeo.

No podía respirar ni moverme. Sentía la afilada hoja, mordiéndome fríamente la piel.

Su rostro era blanco y tenía los rasgos aplanados bajo una media blanca de nailon con unas rendijas para los ojos. Un gélido odio se escapaba a través de ellas. La media se hinchaba y deshinchaba siguiendo el ritmo de su respiración. El repugnante rostro inhumano se encontraba a escasos centímetros del mío.

—Un solo sonido y te corto la cabeza.

Los pensamientos eran como destellos, volando en todas direcciones. «Lucy.» La boca se me estaba entumeciendo y yo notaba el salado sabor de la sangre. «Lucy, no te despiertes.» La angustia me recorría el brazo a través de su mano, como la electricidad a través de un cable de alta tensión. «Voy a morir.»

«No lo hagas. Tú no quieres hacer eso. No tienes por qué hacerlo.»

«Soy una persona como tu madre, como tu hermana. Tú no quieres hacer eso. Soy un ser humano como tú. Te puedo revelar algunos detalles. Sobre los casos. Te puedo decir lo que sabe la policía. Tú quieres saber lo que yo sé.»

«No lo hagas. Soy una persona. ¡Una persona! ¡Puedo hablar contigo! ¡Tienes que permitirme hablar contigo!»

Discursos fragmentados. No pronunciados. Inútiles. Estaba aprisionada por el silencio. «Por favor, no me toques. Oh, Dios mío, no me toques.»

Tenía que conseguir que apartara la mano y me dijera algo. Traté de relajar los músculos del cuerpo. Experimenté un ligero alivio. Él lo notó y aflojó un poco la presión que ejercía sobre mi boca. Tragué lentamente saliva.

Vestía un mono azul oscuro. El cuello estaba manchado de sudor y había unas grandes medias lunas bajo sus sobacos. La mano que sostenía el cuchillo contra mi garganta estaba protegida por un translúcido guante quirúrgico. Percibía el olor de la goma. Percibía el olor de mi atacante.

Recordé el mono en el laboratorio de Betty y aspiré el pútrido olor mientras Marino abría la bolsa de plástico...

La frase «¿Es el olor que él recuerda?» pasaba por mi cabeza como la repetición de una vieja película. Veía el dedo de Marino apuntándome mientras éste me contestaba, guiñando el ojo: «Ni más ni menos.»

El mono extendido sobre la mesa del laboratorio, talla grande o extra grande, con unos agujeros en los lugares correspondientes a las manchas de sangre...

Respiraba afanosamente.

—Por favor —dije sin apenas moverme.

—¡Cállate!

—Le puedo decir...

—¡Cállate!

La mano me volvió a aplastar los labios con violencia. Me iba a romper la mandíbula como una cáscara de huevo.

Sus ojos miraban a su alrededor, estudiando todo lo que había en mi dormitorio. Se detuvieron en los cortinajes y en sus cordones. Vi que lo miraba. Comprendí lo que estaba pensando. Sabía lo que iba a hacer con ellos.

De pronto, sus ojos se posaron en el cordón de la lámpara de la mesita de noche. Se sacó una cosa blanca del bolsillo, me la introdujo en la boca y apartó el cuchillo.

Me ardía el cuello y tenía el rostro entumecido. Traté de empujar el trapo seco hacia delante, moviendo la lengua sin que él se diera cuenta. La saliva me bajaba por la garganta.

La casa estaba totalmente en silencio. La sangre me pulsaba en los oídos. «Lucy. Te lo suplico, Dios mío.»

Las otras mujeres habían hecho lo que él les había mandado. Vi sus rostros congestionados, sus rostros muertos...

Traté de recordar lo que sabía de él y de encontrarle una lógica. El cuchillo se hallaba a escasos centímetros de mí y brillaba bajo la luz de la lámpara. «Toma la lámpara y estréllala contra el suelo.»

Tenía los brazos y las piernas bajo los cobertores. No podía agitarme ni moverme ni intentar agarrar nada. Si arrojara la lámpara al suelo, la habitación quedaría a oscuras. Yo no podría ver nada. Y él tenía un cuchillo.

Quería disuadirle de su intento. Si pudiera hablar y discutir con él...

Los rostros congestionados, los cordones que se habían hundido en sus cuellos.

Veinte centímetros, no más. Era la distancia más larga que jamás hubiera conocido.

Él no sabía nada del revólver.

Estaba nervioso y parecía alterado. Tenía el cuello congestionado, chorreaba sudor y respiraba afanosamente.

No miraba la almohada. Miraba todo lo que había a su alrededor, pero no la almohada.

—Como te muevas... —dijo, rozándome la garganta con la afilada punta del cuchillo.

Yo mantenía los ojos clavados en él.

—Te lo vas a pasar muy bien, perra. —Su gélida y ronca voz parecía directamente salida del infierno—. He guardado lo mejor para el final. —La media se hinchaba y se deshinchaba—. Tú quieres saber cómo lo he hecho. Pues ahora te lo voy a enseñar muy despacito.

La voz. Me sonaba.

Mi mano derecha. ¿Dónde estaba el arma? ¿Más hacia la derecha o hacia la izquierda? ¿Estaba justo en el centro bajo la almohada? No me acordaba. ¡No podía pensar! Él necesitaba unos cordones. No podía cortar los de la lámpara porque entonces la habitación se quedaría a oscuras. La lámpara de la mesita era la única luz encendida. El interruptor de la lámpara del techo estaba junto a la puerta y él contemplaba el vacío rectángulo oscuro. Desplacé la mano derecha un par de centímetros.

Los ojos se clavaron en mí y se desviaron rápidamente hacia los cortinajes. Mi mano derecha descansaba bajo las sábanas sobre mi pecho casi a la altura del hombro derecho.

Noté que se elevaba el borde del colchón cuando él se levantó de la cama. Las manchas de sudor bajo sus sobacos eran cada vez más extensas. Estaba empapado de sudor.

Contempló con expresión dubitativa el interruptor de la luz situado al lado de la puerta y los cortinajes del otro extremo del dormitorio.

Todo ocurrió con extremada rapidez. La dura y fría forma me rozó la mano y mis dedos la asieron. Me levanté de un salto de la cama y me agaché al suelo arrastrando los cobertores. Amartillé el arma y me incorporé con una sábana envuelta alrededor de las caderas, todo ello en un solo movimiento.

No recuerdo lo que hice. No recuerdo nada. Fue un gesto

instintivo, como si lo hiciera otra persona. Mi dedo se curvó alrededor del gatillo, pero me temblaban tanto las manos que el revólver subía y bajaba delante de mí.

No recuerdo cómo me quité la mordaza. Sólo podía oír mi voz.

—¡Hijo de puta! —le grité—. ¡Hijo de la grandísima puta!

El arma subía y bajaba mientras yo gritaba aterrorizada y mi cólera estallaba en palabrotas que parecían proceder de otra persona. Le estaba ordenando a gritos que se quitara la máscara.

Él se quedó petrificado al otro lado de la cama. Empecé a darme cuenta poco a poco de las cosas casi con distante indiferencia. Vi que el cuchillo que sostenía en su mano enguantada no era más que una navaja.

Sus ojos contemplaban fijamente el revólver.

—¡QUÍTATE LA MÁSCARA!

Su brazo se movió muy despacio y la blanca vaina cayó flotando hacia el suelo...

Entonces él dio media vuelta...

Lancé un grito mientras las explosiones estallaban por todas partes, escupiendo fuego y rompiendo cristales con tal rapidez que yo no supe lo que estaba ocurriendo.

Era una locura. Los objetos volaban por el aire, el cuchillo le resbaló de la mano mientras él se golpeaba contra la mesita de noche arrastrando la lámpara en su caída mientras una voz decía algo. La habitación se quedó a oscuras.

Oí unos arañazos en la pared junto a la puerta...

—¿Dónde está la maldita luz de esta condenada habitación...?

Lo hubiera hecho. Sé que lo hubiera hecho.

Jamás en mi vida había deseado algo con tanta vehemencia como en aquellos momentos estaba deseando apretar el gatillo.

Quería abrirle en el corazón un boquete del tamaño de la luna.

Lo habíamos repasado por lo menos cinco veces. Marino se empeñaba en discutir. No creía que hubiera ocurrido de aquella manera.

—Mire, en cuanto le vi saltar por la ventana, le seguí, doctora. No pudo permanecer en su habitación más de treinta segundos antes de que yo llegara. Y usted no tenía ningún arma. Usted quiso cogerla y saltó de la cama cuando yo irrumpí en la habitación y le pegué unos disparos que le hicieron salir de golpe de sus zapatillas de *jogging* del número cuarenta y dos.

Estábamos sentados en mi despacho del departamento el lunes por la mañana. Apenas recordaba los acontecimientos de los días anteriores. Tenía la sensación de haber estado bajo el agua o en otro planeta.

Por mucho que se empeñara Marino en decir lo contrario, yo creía que estaba apuntando con mi revólver al asesino cuando Marino apareció repentinamente en la puerta de mi dormitorio y, empuñando su 357, alojó cuatro balas en la mitad superior del cuerpo del asesino. Yo no me molesté en tomarle el pulso. No hice ningún esfuerzo por detener la hemorragia. Permanecí sentada sobre la arrugada sábana del suelo con el revólver sobre el regazo. Las lágrimas empezaron a rodar por mis mejillas y, de pronto, recordé un detalle.

El revólver del 38 no estaba cargado.

Estaba tan trastornada y distraída cuando subí al piso de arriba para acostarme que había olvidado cargarlo. Los cartuchos se encontraban todavía en su caja bajo un montón de jerseys en el interior de uno de los cajones de la cómoda donde a Lucy jamás se le habría ocurrido mirar.

Estaba muerto.

—Ni siquiera se había quitado la máscara —añadió Marino—. La memoria juega malas pasadas, ¿sabe? Yo mismo le arranqué la maldita media de la cara en cuanto llegaron Snead y Riggy. Para entonces ya estaba muerto.

No era más que un chiquillo.

No era más que un chiquillo de pálido rostro y ensortijado cabello rubio oscuro. Su bigote era una simple pelusilla.

Jamás podría olvidar aquellos ojos. Eran unas ventanas a través de las cuales no se podía vislumbrar su alma. Unas ventanas abiertas a la oscuridad como aquellas a las que él se encaramaba para asesinar a las mujeres cuyas voces había oído por teléfono.

—Me pareció oírle decir algo —musitó Marino—. Me pareció oírle decir algo mientras se desplomaba. Pero no lo recuerdo.

—¿De veras? —pregunté en tono vacilante.

—Pues sí. Dijo una cosa.

—¿Qué? —pregunté, tomando con temblorosa mano el cigarrillo que había dejado en el cenicero.

Marino esbozó una leve sonrisa.

—Las mismas últimas palabras grabadas en las cajas negras de los aviones que se estrellan. Las mismas últimas palabras de muchos miserables hijos de puta. Dijo: «¡Oh, mierda!»

Una bala le cortó la aorta. Otra le arrancó el ventrículo izquierdo. Otra le atravesó un pulmón y se alojó en su columna vertebral. La cuarta traspasó tejido blando y no le alcanzó ningún órgano vital, saliendo por el otro lado y rompiendo los cristales de mi ventana.

No le hice la autopsia. Uno de los jefes adjuntos del norte de Virginia dejó el informe sobre mi escritorio. No recuerdo haberle pedido que se la hiciera él, pero debí de pedírselo, con toda seguridad.

No había leído los periódicos. No habría podido resistirlo. Los titulares del periódico de la tarde habían sido más que suficiente. Los vi fugazmente mientras arrojaba el periódico al cubo de la basura segundos después de que el repartidor lo hubiera dejado en el porche de mi casa:

EL ESTRANGULADOR MUERTO
POR UN INVESTIGADOR DE LA POLICÍA
EN EL DORMITORIO DE LA JEFA
DEL DEPARTAMENTO DE MEDICINA LEGAL

Muy bonito. «¿Y ahora quién pensará la gente que estaba en mi dormitorio a las dos de la madrugada, el asesino o Marino?», me pregunté.

Muy bonito.

El psicópata abatido por los disparos de Marino era un oficial de comunicaciones contratado el año anterior. Los oficiales de comunicaciones en Richmond no son en realidad policías, sino civiles. Trabajaba en el turno de seis de la tarde a doce de la noche y se llamaba Roy McCorkle. A veces atendía las llamadas al 911 y, a veces, trabajaba al otro lado del tabique de cristal, transmitiendo las notificaciones a los agentes de la calle. Por eso Marino había reconocido su voz en la cinta de las grabaciones del 911 que yo le había pasado por teléfono. Marino no me dijo que había reconocido la voz.

McCorkle no estaba de servicio el viernes por la noche. Llamó para decir que estaba indispuesto. No había vuelto al trabajo desde la publicación del reportaje de Abby en la primera plana del periódico del jueves. Sus compañeros no tenían una opinión demasiado definida de él, simplemente pensaban que su manera de atender las llamadas telefónicas y sus chistes resultaban divertidos. Solían gastarle bromas por sus frecuentes visitas al lavabo de caballeros, a veces hasta doce en un solo turno. Allí se lavaba las manos, el rostro y el cuello. Un compañero entró una vez y le sorprendió bañándose prácticamente con una esponja.

En el lavabo de la sala de comunicaciones había un dispensador de jabón Borawash.

Era un tipo «normal» a quien sus compañeros no conocían muy bien. Suponían que fuera del trabajo se veía con «una rubia muy guapa» llamada «Christie». La tal Christie no existía. Las únicas mujeres con quienes se veía fuera del trabajo eran aquellas a las que asesinaba. Ninguno de sus compañeros podía creer que fuera el estrangulador.

Sospechábamos que podía ser el autor del asesinato de tres mujeres en el área de Boston años atrás. Entonces era camionero. Uno de sus destinos era Boston, adonde transportaba pollos para una fábrica de alimentos en conserva. Pero no estábamos seguros. Quizá nunca llegáramos a saber a cuántas mujeres había asesinado a lo largo y ancho de Estados Unidos.

Podían ser docenas. Probablemente había empezado como simple mirón y después se había convertido en violador. No tenía antecedentes policiales. La única sanción que había recibido era una multa por exceso de velocidad.

Sólo tenía veintisiete años.

Según su currículo, había desempeñado varios oficios: camionero, empleado de una fábrica de cemento en Cleveland, cartero y repartidor de una floristería de Filadelfia.

Marino no pudo localizarle el viernes por la noche, pero tampoco se molestó demasiado en buscarle. Llevaba desde las once y media montando guardia en mi casa detrás de unos arbustos. Se había puesto un mono azul oscuro de la policía para confundirse con la oscuridad de la noche. Cuando encendió la lámpara del techo de mi dormitorio y le vi allí con el mono azul y un arma en la mano no supe por un aterrador instante quién era el asesino y quién el policía.

—Mire —me dijo—, yo pensaba en lo que le había ocurrido a Abby Turnbull y temía que el tipo hubiera querido cargársela a ella y hubiera acabado matando a su hermana por equivocación. Eso me preocupaba. Me pregunté a qué otra mujer de la ciudad estaría acechando —añadió, mirándome con expresión pensativa.

La noche en que Abby se dio cuenta de que la seguían y llamó al 911, fue McCorkle quien atendió su llamada. Así averiguó dónde vivía. A lo mejor, ya tenía intención de matarla o, a lo mejor, no se le ocurrió la idea hasta que escuchó y comprendió quién era. Jamás podríamos saberlo.

Sólo sabíamos que las cinco mujeres habían llamado a la policía en el pasado. Patty Lewis lo hizo menos de dos semanas antes de que la asesinaran. Llamó a las 8.23 de la tarde de un jueves tras una fuerte tormenta para comunicar que un semáforo situado a un kilómetro de su casa se había averiado.

Era una buena ciudadana. Quería evitar un accidente. No quería que nadie sufriera daños.

Cecile Tyler había marcado un nueve en lugar de un cuatro. Un número equivocado.

Yo jamás había marcado el 911.

No hacía falta.

Mi nombre y dirección figuraban en la guía telefónica porque a veces los forenses tenían que ponerse en contacto conmigo después del horario de trabajo. En las últimas semanas me había visto obligada a buscar muy a menudo a Marino y había hablado varias veces con los oficiales de comunicaciones. Puede que uno de ellos hubiera sido McCorkle. Jamás lo sabría. Y no creo que me interesara saberlo.

—Su imagen ha aparecido en la prensa y en la televisión —añadió Marino—. Usted ha trabajado en todos los casos y seguramente el tipo se preguntaba cuántas cosas sabía sobre él. Yo estaba un poco preocupado, la verdad. Cuando se publicó toda esta mierda sobre el trastorno metabólico y se dijo que el Departamento de Medicina Legal había averiguado algo sobre él, pensé: «Ahora la cosa se pone fea, ahora el asunto está adquiriendo un cariz personal. Es posible que la arrogante doctora haya insultado su inteligencia y su virilidad.»

Las llamadas telefónicas que yo recibía a altas horas de la noche...

—«Eso le va a enfurecer. No le gusta que ninguna mujer lo trate como si fuera un estúpido. Pensará: "La muy bruja se cree muy lista, más lista que yo. Pues se va a enterar. Yo le arreglaré las cuentas."»

Yo llevaba un jersey bajo la bata de laboratorio y ambas prendas estaban abrochadas hasta el cuello, pero, aun así, no lograba entrar en calor. Me había pasado las dos últimas noches durmiendo en la habitación de Lucy. Iba a cambiar la decoración de mi dormitorio. Incluso quería vender la casa.

—Por consiguiente, me imagino que el gran reportaje periodístico del otro día le debió de atacar los nervios. Benton dijo que era una bendición y que, a lo mejor, cometería una imprudencia o algo así. Pero yo me enfadé, ¿lo recuerda?

Asentí levemente con la cabeza.

—¿Quiere saber el verdadero motivo por el cual me enfadé tanto?

Me limité a mirarle en silencio. Parecía un niño. Estaba orgulloso de su actuación y esperaba que yo lo elogiara y me entusiasmara por el hecho de que hubiera disparado contra un hombre a bocajarro y lo hubiera abatido en mi dormitorio. El tipo sólo tenía una navaja. Nada más. ¿Qué iba a hacer, arrojársela?

—Bueno, pues, yo se lo diré. En primer lugar, yo había recibido una pequeña información confidencial.

—¿Una información confidencial? —Clavé los ojos en él—. ¿Qué información?

—El Chico de Oro, Boltz —contestó Marino, sacudiendo la ceniza de su cigarrillo con indiferencia—. Tuvo la amabilidad de decirme una cosa antes de largarse de la ciudad. Me dijo que estaba preocupado por usted...

—¿Por mí? —pregunté, extrañada.

—Me dijo que una noche fue a visitarla a su casa y vio acercarse un extraño automóvil que, de pronto, apagó los faros y se alejó a toda prisa. Temió que alguien la estuviera vigilando y que ese alguien pudiera ser el asesino...

—¡Era Abby! —exclamé sin pensar—. Fue a verme a mi casa para hacerme unas preguntas, vio el automóvil de Bill y se asustó...

Marino pareció sorprenderse momentáneamente, pero después se encogió de hombros.

—Lo que sea. Pero, aun así, nos llamó la atención, ¿verdad? No dije nada. Estaba a punto de echarme a llorar.

—Fue suficiente para que yo me preocupara. El caso es que llevaba algún tiempo vigilando su casa. La vigilaba mucho de noche. Entonces va y se publica el reportaje sobre el ADN y yo pensé: «A lo mejor este tío está acechando a la doctora y ahora se pondrá como una furia. El reportaje no le empujará hacia el ordenador, sino directamente hacia ella.»

—Y tuvo usted razón —dije, carraspeando.

Marino no tenía que haberle matado, pero nadie lo sabría excepto nosotros dos. Yo jamás lo diría y no lo lamentaba. Yo misma lo hubiera hecho. A lo mejor, estaba molesta en mi fuero interno porque sabía que, de haberlo intentado, hubiera fallado. El revólver del 38 no estaba cargado. Clic. No habría pasado de aquí. Creo que estaba molesta porque sabía que yo no me hubiera podido salvar por mí misma y no quería deberle la vida a Marino, motivo por el cual la cólera me subía por la garganta como si fuera bilis.

De pronto, entró Wingo.

Con las manos metidas en los bolsillos, pareció dudar al ver la mirada despectiva de Marino.

—Mmm... doctora Scarpetta, ya sé que no es un buen momento. Quiero decir que aún está trastornada...

—¡No estoy trastornada!

Wingo me miró con asombro y palideció.

—Perdone, Wingo —dije bajando la voz—. Sí, estoy trastornada y enfurecida. No soy yo. ¿Qué me quería decir?

Se introdujo la mano en un bolsillo de los pantalones de seda verde azulada y sacó una bolsa de plástico. Dentro había una colilla de cigarrillo de la marca Benson & Hedges 100.

La colocó con sumo cuidado sobre el papel secante de mi escritorio mientras yo le miraba, esperando una explicación.

—Bueno, ¿recuerda que yo le pregunté si el comisionado era un enemigo del tabaco y todo eso?

Asentí con la cabeza.

Marino se estaba poniendo nervioso y miraba a su alrededor con cara de asco.

—Verá, mi amigo Patrick trabaja como contable en la acera de enfrente, en el mismo edificio donde trabaja Amburgey. A veces, Patrick y yo tomamos su coche y nos vamos a almorzar juntos. Su plaza de aparcamiento se encuentra situada dos hileras por detrás de la de Amburgey. Le hemos visto otras veces.

—¿Le han visto otras veces? —pregunté, desconcertada—. ¿Han visto a Amburgey otras veces? ¿Haciendo qué?

Wingo se inclinó hacia delante y dijo en tono confidencial:

—Le hemos visto fumando, doctora Scarpetta. Lo juro —añadió, enderezando de nuevo la espalda—. A última hora de la mañana y después de la pausa del almuerzo, Patrick y yo solemos sentarnos a charlar un rato o a escuchar música en su automóvil. Hemos visto a Amburgey subir a su New Yorker negro y encender un pitillo. No usa cenicero porque no quiere que nadie lo sepa. Mira constantemente a su alrededor. Después, arroja la colilla por la ventanilla, mira un poco más y regresa al edificio, refrescándose la boca con un aerosol contra el mal aliento...

Wingo me miró perplejo.

Yo reía tanto que casi lloraba. Debía de ser una cosa histérica, pero no podía parar. Aporreé con el puño mi escritorio y me enjugué los ojos. Estoy segura de que me oyeron desde todos los despachos del pasillo.

Wingo también se echó a reír nerviosamente sin poder detenerse.

Por su parte, Marino nos miraba como si fuéramos un par de imbéciles. Al final, no tuvo más remedio que reprimir una sonrisa y, apagando su cigarrillo, estalló en una carcajada.

—El caso es... —añadió Wingo, respirando hondo—, el caso es, doctora Scarpetta, que un día esperé y, en cuanto se alejó de su automóvil, me acerqué corriendo y recogí la colilla. Después la llevé directamente a Serología y le pedí a Betty que la analizara.

—¿Cómo? —dije, emitiendo un jadeo—. ¿Que le llevó la colilla a Betty? ¿Eso es lo que le entregó el otro día? ¿Por qué? ¿Para que le analizara la saliva? ¿Por qué razón?

—El grupo sanguíneo. Es AB, doctora Scarpetta.

—Dios mío.

Inmediatamente comprendí la relación. El grupo encontrado en el ERP erróneamente etiquetado que Wingo había descubierto en el frigorífico donde se guardaban las pruebas era AB.

El grupo AB es extremadamente insólito. Sólo un cuatro por ciento de la población tiene el grupo AB.

—Sospechaba de él —añadió Wingo—. Sé lo mucho que... mmm... la odia. Siempre me ha dolido que la tratara tan mal. Entonces le pregunté a Fred...

—¿El guarda de seguridad?

—Sí. Le pregunté si había visto entrar en el depósito de cadáveres a alguien que no fuera de allí. Me dijo que había visto a este tipo un lunes por la tarde. Fred iba a comenzar su turno y se fue al lavabo. Al salir del lavabo, se cruzó con este tipo blanco. Me dijo que el blanco sostenía una cosa en las manos, una especie de paquete de papel. Después, Fred se fue a lo suyo.

—¿Amburgey? ¿Seguro que era Amburgey?

—Fred no lo sabía. Dice que, para él, todos los blancos son iguales. Pero aquel tipo le llamó la atención porque lucía un anillo de plata precioso con una enorme piedra azul. Era un tipo canijo y algo calvo.

—A lo mejor —apuntó Marino—, Amburgey entró en el lavabo e impregnó unas torundas...

—Son orales —le recordé—. Me refiero a las células de los portaobjetos. Y no había corpúsculos de Barr. Cromosoma Y, en otras palabras... varón.

—Me encanta oírle decir palabrotas —dijo Marino, mirándome con una sonrisa—. O sea que se pasó las torundas por el interior de las mejillas... confío en que no fueran las de abajo sino las de arriba... las que tiene encima del maldito cuello. Untó los portaobjetos de un ERP, les pegó una etiqueta.

—Una etiqueta que sacó de la ficha de Lori Petersen —dije yo, interrumpiéndole casi sin poderlo creer.

—Y después lo introdujo todo en el frigorífico para hacerle creer a usted que había cometido un fallo. A ver si habrá sido él el que se introdujo en la base de datos del ordenador. Sería el colmo —dijo Marino muerto de risa—. ¿No le encantaría? ¡Le vamos a sorprender con las manos en la masa!

Alguien se había vuelto a introducir en el ordenador durante el fin de semana, creíamos que el viernes, después del horario laboral. Wesley vio los comandos reflejados en la pantalla el sábado por la mañana cuando se presentó para conocer los resultados de la autopsia de McCorkle. Alguien había intentado recuperar el caso de Henna Yarborough, pero, como es lógico, la llamada no se había podido localizar. Estábamos esperando a que Wesley recibiera el informe de la compañía telefónica.

Yo pensaba que, a lo mejor, McCorkle había intentado introducirse en el ordenador en algún momento de la noche del viernes, poco antes de ir a mi casa.

—Si el comisionado ha estado manipulando el ordenador —les recordé a mis interlocutores—, no corre ningún peligro. Tiene derecho por el cargo que ocupa a conocer todos los datos de mi oficina y cualquier otra cosa que se le antoje examinar. Jamás podremos demostrar que alteró los datos.

Todos los ojos se posaron en la colilla de la bolsa de plástico.

Manipulación de pruebas, falsedad. Ni siquiera el gobernador del estado podía tomarse tales libertades. Un delito es un delito, pero yo dudaba que lo pudiéramos demostrar.

Me levanté y colgué mi bata de laboratorio detrás de la puerta, me puse la chaqueta del traje y recogí una abultada cartera de documentos que había dejado en el asiento de una silla. Me esperaban en los juzgados en cuestión de veinte minutos para declarar en un nuevo caso de homicidio.

Wingo y Marino me acompañaron hasta el ascensor. Les dejé en el pasillo y entré. Mientras se cerraban las puertas les lancé un beso a cada uno.

Tres días más tarde, Lucy y yo nos encontrábamos sentadas en la parte de atrás de un Ford Tempo camino del aeropuerto. Ella regresaba a Miami y yo la acompañaba por dos poderosas razones.

Quería comprobar la situación de su madre y el ilustrador con quien ésta se había casado, y necesitaba desesperadamente unas vacaciones.

Tenía el propósito de llevar a Lucy a la playa, a los cayos, a los Everglades, a la Selva de los Monos y al Acuario. Veríamos a los indios seminolas luchando contra los caimanes. Veríamos la puesta de sol en cabo Vizcaíno e iríamos a ver los flamencos rosa de Hialeah. Alquilaríamos la película *El motín del Bounty* y después visitaríamos el célebre barco en Bayside y nos imaginaríamos a Marlon Brando en la cubierta. Iríamos de compras al Coconut Grove y nos pondríamos las botas comiendo mero, cuberas coloradas y tarta de lima. Haríamos todo lo que yo hubiera querido hacer cuando tenía la edad de Lucy.

Hablaríamos también del sobresalto que ella acababa de experimentar. Milagrosamente, se había pasado la noche durmiendo hasta que Marino disparó. Pero Lucy sabía que su tía había estado a punto de morir asesinada.

Sabía que el asesino había entrado por la ventana de mi despacho, la cual estaba cerrada, pero no asegurada, porque ella misma había olvidado correr el pestillo tras haberla abierto unos días antes.

McCorkle había cortado los hilos del sistema de alarma eléctrica instalado en la parte exterior de la casa. Saltó por la ventana de la planta baja, pasó a escasa distancia de la habitación de Lucy y subió sigilosamente por la escalera. ¿Cómo sabía él que mi dormitorio estaba en el piso de arriba?

No creo que pudiera saberlo a menos que previamente hubiera vigilado mi casa.

Lucy y yo teníamos muchas cosas de que hablar. Quería llevarla a un buen psicólogo infantil. Quizás a ambas nos convenía ir al psicólogo.

Nuestra conductora era Abby. Se había empeñado amablemente en acompañarnos al aeropuerto.

Se acercó a la entrada de nuestras líneas aéreas, se volvió en su asiento y esbozó una sonrisa nostálgica.

—Ojalá pudiera acompañaros.

—Puedes hacerlo si quieres —contesté con toda sinceridad—. Lo digo en serio. Nos encantaría, Abby. Yo estaré allí unas tres semanas. Ya tienes el teléfono de mi madre. Si puedes escaparte, toma un avión y nos iremos las tres juntas a la playa.

Un tono de alerta sonó en su escáner. Ella se volvió para bajar el volumen y ajustar el pitido.

Comprendí que no tendría noticias suyas ni al día siguiente ni al otro ni al otro.

En cuanto despegara nuestro avión, Abby ya andaría persiguiendo de nuevo ambulancias y vehículos de la policía. Era su vida. Necesitaba escribir reportajes como otras personas necesitaban el aire para respirar.

Yo estaba en deuda con ella.

Gracias a lo que ella había organizado entre bastidores, habíamos descubierto que el intruso del ordenador era Amburgey y habíamos podido establecer que la llamada procedía de su teléfono particular. Era aficionado a la informática y en su casa tenía un ordenador personal con un módem.

Creo que la primera vez lo hizo porque quería controlar mi trabajo, como de costumbre. Debió de examinar los casos de estrangulamiento al observar un detalle en el caso de Brenda Steppe que no coincidía con los datos que Abby había publicado en el periódico. Pensó que la filtración podía proceder de mi despacho y, en su afán de que lo pareciera, alteró los archivos.

Después conectó deliberadamente con el eco e intentó recuperar el caso de Lori Petersen. Quería que viéramos los comandos reflejados en la pantalla el lunes siguiente, pocas horas antes de que me convocara a su despacho en presencia de Tanner y Bill.

De una cosa pasó a otra. El odio le cegó la razón y, cuando vio las etiquetas informatizadas en la ficha del caso de Lori, no pudo contenerse. Yo había reflexionado mucho acerca de aquel encuentro en mi sala de reuniones, en cuyo transcurso los hombres se pasaron un rato examinando las fichas. Al principio, pensé que la etiqueta del ERP había sido robada cuando varias fichas resbalaron de las rodillas de Bill y cayeron al suelo. Pero después recordé que Bill y Tanner lo habían vuelto a ordenar todo según los números correspondientes a cada caso. La ficha de Lori no figuraba entre ellos porque Amburgey la estaba examinando en aquel momento. Aprovechó la momentánea confusión y arrancó rápidamente la etiqueta del ERP. Más tarde abandonó la sala de informática en compañía de Tanner, pero se entretuvo en el depósito de cadáveres para ir al lavabo. Y fue entonces cuando dejó los portaobjetos en el frigorífico.

Ése fue su primer error. El segundo fue subestimar a Abby, la cual se puso pálida de rabia al enterarse de que alguien estaba utilizando sus reportajes para destruir mi carrera. Sospecho que eso a ella le daba igual. Lo que no soportaba era que la utilizaran. Era una defensora de la verdad, de la justicia y del estilo de vida americano. Estaba preparada para atacar, pero le faltaba un objetivo.

Tras la publicación del reportaje, se fue a ver a Amburgey. Ya sospechaba algo, me dijo, porque había sido él quien le había facilitado astutamente acceso a la información sobre el ERP con las etiquetas equivocadas. En su escritorio tenía el informe de serología y unos apuntes personales acerca del «error en la serie de pruebas» y «la discrepancia entre aquellos resultados y los de las pruebas anteriores». Estando Abby sentada junto a su famoso escritorio chino, se retiró un momento y la dejó sola en el despacho... el tiempo suficiente como para que ella viera lo que había sobre el papel secante.

Sus propósitos estaban muy claros y los sentimientos que yo le inspiraba no constituían un secreto para nadie. Abby no tenía un pelo de tonta. Entonces decidió convertirse en agresora. El viernes por la mañana acudió nuevamente a verle y le planteó el asunto de la intrusión en el ordenador.

Amburgey se mostró evasivo y fingió horrorizarse ante la posibilidad de que ella pudiera publicar semejante cosa, pero, en realidad, se estaba relamiendo de gusto y ya saboreaba de antemano mi ignominia.

Abby le tendió una trampa, diciéndole que no tenía suficiente material para llevar a buen fin su proyecto.

—La intrusión sólo se produjo una vez —le dijo—. Si volviera a ocurrir, doctor Amburgey, no tendría más remedio que publicarlo junto con otros detalles que he averiguado, pues la opinión pública tiene derecho a saber que hay un problema en el Departamento de Medicina Legal.

Volvió a ocurrir.

La segunda intrusión en el ordenador no tuvo nada que ver con lo que se publicó en el periódico porque el propósito no era atraer hacia el ordenador de mi oficina al asesino, sino al comisionado.

—Por cierto —me dijo Abby mientras sacábamos el equipaje del maletero—, no creo que Amburgey te siga planteando dificultades.

—Un leopardo no puede borrarse las manchas —dije yo, consultando mi reloj.

Abby esbozó una sonrisa, pensando sin duda en algún secreto que no quería divulgar.

—No te extrañes demasiado si, cuando vuelves, descubres que ya no está en Richmond.

No hice ninguna pregunta.

Abby estaba furiosa con Amburgey. Alguien tenía que pagar. Y a Bill no podía tocarlo.

Éste me había llamado la víspera para decirme que se había enterado de lo ocurrido y se alegraba de que estuviera bien. No hizo la menor alusión a sus propios delitos y yo no se los comenté cuando me anunció tranquilamente que no le parecía una buena idea que siguiéramos viéndonos.

—Lo he pensado mucho y creo que no daría resultado, Kay.

—Tienes razón —convine yo, sorprendiéndome de que pudiera experimentar tanto alivio—. No daría resultado, Bill.

Abracé cariñosamente a Abby.

Lucy frunció el ceño mientras trataba de levantar una voluminosa maleta de color rosa.

—Qué lástima —se quejó—. En el ordenador de mamá no hay más que un programa de tratamiento de textos. Qué lástima. No hay ninguna base de datos ni nada de todo eso.

—Nosotras nos iremos a la playa —le dije, tomando dos maletas y cruzando con ella las puertas de cristal—. Nos lo vamos a pasar muy bien, Lucy. Puedes olvidarte del ordenador durante algún tiempo. No es bueno para la vista.

—A un kilómetro de casa hay una tienda de *software*...

—A la playa, Lucy. Necesitas unas vacaciones. Las dos las necesitamos. El aire puro y el sol nos sentarán de maravilla. Te has pasado dos semanas encerrada en mi despacho.

Cuando llegamos al mostrador de los billetes, todavía estábamos discutiendo.

Coloqué las maletas en la báscula, alisé el cuello del vestido de Lucy por detrás y le pregunté por qué no se había puesto la chaqueta.

—El aire acondicionado de los aviones siempre es excesivo.

—Tía Kay...

—Vas a pillar un resfriado.

—¡Tía Kay!

—Nos da tiempo a tomarnos un bocadillo.

—¡No tengo apetito!

—Tienes que comer. De aquí al Dulles tardaremos una hora y a bordo no sirven almuerzos. Tienes que llenarte un poco el estómago.

—¡Hablas igual que la abuela!